bene Bücher

Den Totengräbersohn ereilen traurige Nachrichten. Farin reist in sein Heimatdorf zurück, um seinen Vater zu beerdigen. Bei der Gelegenheit trifft er seine große Liebe, die für ihn jedoch in immer weitere Ferne rückt. Zurück in der Burg von Ritter Emicho konzentriert er sich darauf, ein guter Knappe zu werden. Beim bedeutendsten Ritterturnier des Weltenreiches übernimmt er Verantwortung und darf deshalb seinen Herrn auf einen Eroberungszug ins Weltenreich begleiten. Mit von der Partie ist sein stets unberechenbares geheimes Anhängsel. Von der Stadtwache in Nabenstein gejagt, steigt die Kopfprämie für das geflohene Waisenmädchen Aross Woche für Woche. Im Hafen freundet sie sich mit dem Künstler Ki an, der sie künftig auf ihren Abenteuern begleitet. In der Kathedrale kommt es zum entscheidenden Kampf der Unterwelt und Aross steckt zwischen den Fronten.

Sam Feuerbach hat nach seinem Studienabschluss als Diplom-Ökonom 30 Jahre in der IT-Branche gearbeitet. Seit 2017 konzentriert er sich als Vollzeitautor auf das Schreiben von Fantasy-Romanen und Thrillern. Gleich mit seinem Debut *Die Auftragsmörderin* feierte er einen großen Erfolg. Mit der neuen Fantasy-Reihe *Der Totengräbersohn* geht es in dem ihm eigenen augenzwinkernd humoristischen Schreibstil weiter.

In 2018 gewinnt *Der Totengräbersohn Buch 1* in der Kategorie „Bestes deutschsprachiges Hörbuch" den renommierten Deutschen Phantastik Preis.

Sam Feuerbach

Der Totengräbersohn

Buch 2

B bene Bücher

Speziellen Dank an Johanna, Bene und Jasmin

Covergestaltung: Johanna Benden, bene
Foto: © @wingnutdesigns, depositphoto

Druck: Print Group Sp. z.o.o.
4. Auflage 2019

info@benebuecher.de
www.benebuecher.de
www.samfeuerbach.de
ISBN: 978-3-947515-01-1

bene Bücher

Der beste Platz

Ein Rammbock krachte gegen die schwere Holztür seiner Turmkammer. Nein, ein Rammbock war leiser. Langsam realisierte Farin, dass er nicht träumte. Noch im Halbschlaf richtete er sich auf, sehen konnte er nichts, durch das schmale Fenster des Turmzimmers drang weder Mond- noch Tageslicht, dafür drangen Worte dumpf in sein Bewusstsein.

»Öffnet bitte!«

»Was … ist los?«, brachte er zustande.

Die Stimme jenseits der Tür verkündete: »Der Herr verlangt nach Euch. Sofort und dringend.«

Ein altes Weckritual holte ihn ein. »Hat der Hahn schon gekräht?«

»Welcher Hahn, Herr?«

»Schon gut. Ich komme.«

Seinen Herrn, Ritter Emicho, wollte er nicht warten lassen. Mit wenigen Handgriffen schlüpfte er in Hemd und Hose, zog den Riegel zur Seite und öffnete die Tür. Ein livrierter Diener trat von einem Bein aufs andere. »Kommt, wenn der Burgherr in diesem Ton 'sofort' sagt, dann meint er 'gestern'.«

»Egal wie sehr wir uns auch beeilen, 'gestern' schaffen wir nicht mehr«, stellte Farin fest. Mit beiden Händen rieb er sich den Schlaf aus den Augen und hastete dem Mann hinterher. Wieso war Emicho so ungeduldig?

Wenige Augenblicke später betrat er die Schreibstube des Ritters. Der Burgherr hatte bereits Besuch. Liam – Kundschafter, Bote und Spion – stützte sich mit beiden Händen auf eine Stuhllehne. Seine Lederrüstung sah noch abgewetzter und sein Gesicht noch durchschnittlicher aus als bei ihrem ersten Zusammentreffen.

»Da bist du ja endlich«, grollte der Ritter. Für den Diener hatte er ein herzliches »RAUS!« und »TÜR ZU!« übrig, bevor er grunzte: »Liam, erzähl!«

»Einer meiner Boten ist gerade mit Neuigkeiten aus Haufen zurückgekehrt.« Der Mann senkte die Stimme und wandte sich an Farin: »Mit schlechten Neuigkeiten. Dein Vater ist verstorben.«

Farins Magen rollte sich zusammen. »Wie … wie?«

»Keine schöne Sache. Er wurde vor seiner Hütte von Fremden ermordet. Vorher haben sie ihn gefoltert.«

Der Rabe! Emicho hatte nicht übertrieben, dieser Mörder lebte für die Lust, andere Menschen zu quälen und zu töten. Ohne es zu merken, setzte sich Farin auf den freien Stuhl. Tiefe Traurigkeit erfasste ihn. Was nun? Trage ich Mitschuld an Vaters Tod? Habe ich die schrecklichen Ereignisse ins Rollen gebracht und mein Heimatdorf ins Verderben gestürzt?

Als könnte er Gedanken lesen, meinte der Ritter: »Erstmalig tauchte der Rabe zu Gerlundas Beerdigung in deinem Dorf auf, Knappe. Seit diesem Zeitpunkt sind alle Bewohner in Gefahr. Er will den Dämon unbedingt fangen und für seine dunklen Machenschaften einsetzen. Ein Grund mehr für mich, beide zu töten.« Er richtete seinen Blick auf Liam. »Weißt du, ob der Rabe gefunden hat, wonach er sucht?«

»Sieht nicht so aus, sonst hätte er den Totengräber nicht so hart rangenommen.« Der Spion verzog das Gesicht. »Tut mir leid, Farin.«

»Wer aus dem Dorf weiß, wo sich mein Knappe zurzeit aufhält?«, fragte Emicho.

»Ich selbst habe es nur dem Vater erzählt.«

Mit einem Ruck fuhr Farins Kopf nach oben. »Erzählt mir, wie hat er es aufgenommen?«

Nachdenklich sah ihn Liam an. »Es war eine eigenartige Situation. Wie bei unserem letzten Gespräch abgemacht, reiste ich erneut nach Haufen und suchte deinen Vater auf. Er weigerte sich zunächst, meinen Worten Glauben zu schenken und verwies mich des Hofes. Er schimpfte fürchterlich: 'Knappe? Dass ich nicht lache. Doch nicht dieser Nichtsnutz. Stinkend faul ist er und will sich nur vor ehrlicher Arbeit drücken.'«

Eine lebensechte Schilderung, dachte Farin und sah seinen tobenden alten Herrn bildlich vor sich.

»Nachdem ich ihm erneut versichert hatte, dass sein Sohn auf der Burg Sturmwacht als Knappe des Burgherrn ausgebildet wird, beruhigte er sich, schüttelte unentwegt den Kopf und murmelte: 'verrücktes Kerlchen'. Bei meiner Verabschiedung sagte er mit belegter Stimme: 'Erzählt es ihm bloß nicht, aber ich bin stolz auf meinen Jungen.'« Liam räusperte sich und suchte Farins Blick. »Ich denke, das solltest du wissen.«

Tränen standen dem Totengräbersohn in den Augen, durch seinen verknoteten Hals brachte er keinen Ton heraus.

Eine Weile sagte niemand ein Wort, bis der Burgherr laut überlegte: »Alle Einwohner des Dorfes schweben in Gefahr. Und wenn du dem Raben so wichtig bist, dann wird er dich weiterhin jagen, Farin.«

Unwillkürlich dachte der Totengräbersohn an die Wache, die ihn in der Bibliothek angegriffen hatte.

Der Ritter kratzte sein breites Kinn, während er laut überlegte: »Der Dämon, der in Gerlunda gesteckt hat, bleibt demnach verschwunden. Vigo hat Mutter gegenüber ein Schmuckstück erwähnt, das dem Dämon als Rückzugsort dient. Es kann ein Ring, ein Armband oder ein Anhänger sein.«

Liam zuckte die Schultern. »Mehr wissen wir nicht.«

Halbwegs beherrscht sagte Farin: »Herr, ich … ich muss nach Haufen und meinen Vater zur letzten Ruhe betten. Er hat … eine anständige Beerdigung verdient.«

»Ich wollte, ich könnte dir den Wunsch verwehren, denn die Reise wird gefährlich werden. Vermutlich rechnet der Rabe mit diesem Schritt.« Der Ritter schob das Kinn vor. »Zwei Tage hin, zwei Tage dort, zwei Tage zurück. Ich gebe dir Stummel, Drogdan und Plaudius als Geleitschutz mit.«

»Danke, Herr.«

»Ihr macht euch noch heute auf den Weg.«

Farin erhob sich. »Das ist mir sehr recht.«

Über die Hälfte der Strecke hatten die vier Reiter bereits hinter sich gebracht. Der Winter hielt den Norden des Weltenreiches im eisigen Griff. Eine Schneedecke tauchte die Landschaft in ein stilles, friedliches, unberührtes Weiß, bis sich die Hufe der Pferde hindurchwühlten. Es war ganz ungewohnt, dass aufgrund des weißen Teppichs kaum Geräusche zu hören waren.

Meine erste Reise als Knappe führt mich zurück in mein Heimatdorf Haufen, um den eigenen Vater unter die Erde zu bringen, sinnierte Farin.

Die Begeisterung seiner Begleiter über den spontanen Ausflug hielt sich in Grenzen, was hauptsächlich der Kälte geschuldet war. Bisher hatten sie Glück mit dem Wetter, es windete kaum, und die hohen, weißen Wolken kündigten keinen neuen Schnee an. Eingehüllt in einen Überwurf aus Bärenfell ritt Stummel an der Spitze des Quartetts, gefolgt von Plaudius und Farin. Die Nachhut bildete Waffenmeister Drogdan.

Wenn der Anlass nicht so traurig gewesen wäre, hätte Farin durchaus Freude verspürt – jedenfalls war es diesmal um Welten angenehmer im Vergleich zur ersten Reise nach Burg Sturmwacht, als er mit einem Rübensack über dem Kopf quer über sein Reittier gebunden worden war. Sein Pferd Fiesel verhielt sich ungewöhnlich kooperativ und hatte erst ein einziges Mal versucht, ihn zu beißen. Vielleicht lag es daran, dass sich Ekel auffallend zurückhielt.

In irgendeinem tiefen Winkel meines Verstandes wird sich die Schimäre schon herumtreiben, da machte sich Farin keine Hoffnung.

Richtig, Wurm. Hab keine Angst, ich bin bei dir!

Fiesel reagierte. Abrupt stemmte das Pferd die Vorderläufe in den Schnee und bockte mit der Hinterhand. Das tierische Katapult schleuderte den Totengräbersohn aus den Steigbügeln waagerecht über den Kopf des Pferdes. Der Flug dauerte länger als ein Sprung vom Felsen in den Großen See. Wie bei einem Kopfsprung riss Farin die Arme nach vorn, um sich abzufangen. Die Landung fiel deutlich härter aus als im See. Elegant rutschte er noch etwa vier Meter auf dem Bauch. Ächzend rappelte er sich auf und klopfte sich von oben bis unten ab. Der weiche Schnee hatte Schlimmeres verhindert. »Nichts passiert!«, versicherte der Meisterreiter.

Die Kameraden hielten an und sahen von den Pferderücken interessiert auf ihn herab.

Plaudius stemmte sich mit beiden Händen auf das

Sattelhorn und meckerte los: »Och, das habe ich nicht sehen können. Ab jetzt reite ich hinter dir, Farin.«

»Da hast du was verpasst. Beeindruckende Bremstechnik. Es sah umwerfend aus. Zeigst du uns das noch einmal?«, bat Drogdan unschuldig.

Stummel verzog keine Miene. Stattdessen gab er ein aufmunterndes »Hmm« von sich.

»Nicht schön, solch schadenfreudige Begleiter bei sich zu wissen«, stöhnte Farin und schüttelte sich fröstelnd, da gerade ein Teil des Schnees in Form von Eiswasser seinen Rücken hinunterlief. Untröstliche Gesichter grinsten ihn an. Besonders mitfühlend waren sie nicht. Vermutlich ärgerten sie sich, ihn bei der Kälte begleiten zu müssen. Farin bückte sich und klopfte den Schnee aus dem Kragen seines Fellmantels.

»Wir sollen dich beschützen. So der Auftrag des Alten«, überlegte Drogdan laut. »Wir sind jedoch machtlos, wenn du dir beim Reiten den Hals brichst.«

Farin zog den Handschuh aus und streichelte Fiesel über den Widerrist. »Alles gut, Fiesel. Wir kriegen das schon hin.«

Das Tier spitzte die Ohren und riss die Augen groß auf. War das Zustimmung oder Ablehnung? Tapfer saß der Totengräbersohn ohne weiteren Unfall auf, und die Reise in die Heimat konnte fortgesetzt werden.

In der Ferne erhob sich der rotgeziegelte Kirchturm über die Baumwipfel. Ein vertrauter Anblick, und doch bohrte ein Gefühl der Fremde in seinem Bauch. Was hatte sich verändert?

»Wir sind gleich da!«, rief Farin angespannt, als sie eine Kreuzung erreichten. »Hier geht es nach Haufen, doch zum

Totengräberhof müssen wir dort entlang.« Er deutete in die entgegengesetzte Richtung.

Im Trab erreichten sie Farins Zuhause. Die Männer stiegen ab, vertraten sich die Beine und sahen sich um. Farins erster Blick fiel auf die Werkbank im Schuppen. Unter dem Leichentuch lugten nur Zehenspitzen hervor, doch er wusste sofort, wen die Dörfler dort aufgebahrt hatten. Stumm zog er das Tuch vom Körper.

»Scheiße!«, sagte Plaudius neben ihm.

Die Kälte hatte dafür gesorgt, dass der Verwesungsprozess noch nicht allzu weit fortgeschritten war. Dennoch bot sein Vater keinen schönen Anblick. Der Leiche fehlten beide Ohren und sieben Finger. Die Augäpfel waren verdreht, sodass fast nur das Weiße zu sehen war. Die schmerzverzerrte Miene hatte sich in das Gesicht eingefroren.

Für einen kurzen Moment schloss Farin die Augen. Wut und Erschütterung nährten seine Rachegelüste. Diese Folter würde der Rabe noch bereuen. »Du hast lange durchgehalten, Vater«, flüsterte der Totengräbersohn. Trotz aller Traurigkeit blieb seine Stimme fest: »Geht schon mal ins Haus und macht den Ofen an. Wir sollten uns aufwärmen und ausruhen.«

Drogdan legte ihm kurz die Hand auf die Schulter, nickte aufmunternd und folgte Plaudius und Stummel in die Kate.

Seinen Vater wollte er nach allen Regeln der Totengräberkunst waschen, schminken und auf dem Haufener Friedhof beisetzen. Mit Mühe zog er ihm das zerschlissene Leinenhemd aus. Frisches Wasser musste her, um Schmutz und verkrustetes Blut zu entfernen. Mit zwei Eimern ging er durch das Stückchen Wald zu seinem Bach. Schon von Weitem hörte er das Plätschern, vertraut und tröstend, und doch anders. Nachdem er die Eimer mit eiskaltem Wasser gefüllt hatte, betrachtete Farin sein Spiegelbild. So alt hatte er noch nie ausgesehen.

So alt habe ich auch noch nie in den Bach geblickt, tröstete er sich halbherzig.

Zurück in der Scheune füllte er einen Teil des Wassers in die Schüssel und zog sich die Handschuhe aus. Mit der ihm eigenen Akribie wusch er den alten Mann – auch seine Füße. Ein guter Vater war er ihm nicht gewesen, doch er hatte den Sohn auf seine eigene raue Art geliebt, dessen war sich Farin sicher. Das hatte er zwar äußerst sparsam in nur wenigen Momenten gezeigt, doch umso schöner waren diese dann gewesen. Die Umstände seines Todes bestürzten Farin. Mit Tränen in den Augen strich er über die verstümmelten Finger. Solch einen Tod hatte kein Mensch verdient, und sein Vater schon gar nicht. Der Rabe gierte nach Gerlundas Vermächtnis, nach der Schimäre in Farins Körper, und er bediente sich dabei aller Mittel.

Spätestens jetzt, Herr Rabe, habe ich eine Rechnung mit dir offen, schwor sich Farin erneut. Ich werde nicht mehr angstschlotternd vor dir weglaufen.

Woher nahm er das neue Selbstbewusstsein? Hatte Ekel dazu beigetragen? Entschlossen schüttelte er den Kopf. Der Dämon besaß ungeheure Kräfte und Fähigkeiten, doch er konnte und wollte sich nicht darauf verlassen. Vor dreißig Jahren hatte die Schimäre den Ersten Ritter, Emichos Vater Vigo, fallen lassen wie ein Stück glühende Kohle.

Die Kälte kroch nun in Farins Körper, seine Brust kam ihm wie gefroren vor. Mit beiden Händen packte er die Waschschüssel und kippte die graue Brühe einige Schritte weiter ins Rotdorngebüsch. Danach nahm er einen Hammer und zertrümmerte sie mit einem beherzten Schlag. So sollte es sein.

»He, Farin. Ruh dich doch erst einmal von der Reise aus«, rief Drogdan von der Tür herüber.

»Ich komme!« Die Kameraden hatte er über seine Arbeit völlig vergessen. Der qualmende Rauchabzug versprach ein heimeliges Feuer im Ofen. Letztlich musste er ohnehin in die Hütte und ein anderes Leinenhemd für Vater holen. Selbst wenn er die Blutflecken herausbekäme, konnte er ihm den zerrissenen Lumpen unmöglich wieder anziehen.

Ein seltsam vertrautes, nicht vertrautes Gefühl beschlich ihn, als er die Kate betrat. Dort saßen drei Personen seines neuen Lebens inmitten seines alten Lebens in einem Halbkreis um den Ofen.

Plaudius meinte: »Da bist du ja. Wärm dich auf. Tut mir leid, das mit deinem Vater. Auch die Hütte haben die Mörder verwüstet. Sieh dir das Chaos besser nicht an.«

»Nee, alles ganz normal«, stellte Farin mit einem Blick fest.

Die Gesichter seiner Kameraden verrieten, dass sie vom Einblick in das bisherige Leben des neuen Knappen weidlich betroffen waren. Das andere Hemd lag zusammengeknüllt auf der Schlafstätte seines Vaters. Farin hob es auf und hängte es an einen Haken neben der Tür. Erschöpft setzte er sich direkt vor den Ofen auf den Lehmboden. Eine Weile sagte niemand ein Wort.

Das Schweigen empfand der Totengräbersohn als angenehm. Leise stellte er fest: »Ich bin froh, dass ihr mich begleitet. Danke!«

Drogdan räusperte sich: »Es kommen wieder besserer

Zeiten, Farin. Wie geht es jetzt weiter?«

»Morgen früh bin ich mit meiner Arbeit fertig, dann werde ich Vater auf dem Dorffriedhof begraben.«

Die drei Männer nickten stumm.

Den ganzen Weg nach Haufen führte Farin sein Pferd Fiesel am Zügel. Auf dem Rücken lag die Leiche seines Vaters, gewaschen, geschminkt und fest in ein Tuch gewickelt. Raureif bedeckte an diesem Morgen alle Gräser und Zweige, der Atem der Pferde und Menschen stieß Wölkchen aus. Die einzigen Geräusche rührten von den Pferdehufen, und ab und an klapperten Hacke und Schaufel aneinander, da sie hinter der Leiche auf Fiesels Rücken geschnallt waren.

Nach alter Tradition wurden die Männer vom Quietschen des ausgeblichenen Schildes des Wirtshauses empfangen. Doch dafür hatte der Totengräbersohn weder Augen noch Ohren. Er schritt an der Schenke vorbei über die Wiese auf die Kirche zu, ging um sie herum und suchte einen Platz für das Grab seines Vaters.

Diese Stelle hier ist besonders gut geeignet, befand Farin. Ganz in der Nähe von Priester Amen – dem Altar der Kirche sogar noch einen Meter näher. Ein wunderbarer Ort.

»Genau hier werde ich ein Grab ausheben. Die ideale Stelle für Vaters letzte Ruhestätte.«

Drogdan nickte. »Was ist mit einem Priester? Und Kirchenglocken?«

»Der alte Priester wurde ebenfalls vom Raben ermordet. Selbst wenn er noch leben würde, der Tod des Totengräbers interessiert keinen. Dafür wird nicht gebimmelt.«

»Hm«, machte der Waffenmeister.

Plaudius und Stummel sahen Farin nachdenklich an.

Der Totengräbersohn schnallte die Werkzeuge ab und begann mit der Arbeit. Die erste Handbreit Erde war noch gefroren, sodass er die Hacke verwenden musste. Danach kam er mit der Schaufel gut voran. Als die Grube knietief war, hörte er Schritte. Hamak kam zusammen mit seinem Sohn Torf um die Kirche spaziert – ausgerechnet die beiden waren die ersten Dorfbewohner, die Farin nach seiner Rückkehr zu Gesicht bekam.

»Einen gesegneten Morgen wünsche ich den Herrschaften«, Hamaks Ton hatte nichts Freundliches. Misstrauisch musterte er die drei Fremden.

Stummel, Drogdan und Plaudius nickten ihm zu.

»Ich bin der Dorfschulze und verantwortlich für die Vorgänge in Haufen.« Mit wichtiger Miene trat er auf Farin zu. »Mein Beileid«, seine Augen schwenkten zur Leiche. Der Ton klang alles andere als beileidig, eher beleidigt. Schon kam er zur Sache: »Was erlaubst du dir hier, Bengel?« Empört deutete er auf das Grab.

Jahrelang war der Krug zum Brunnen gegangen. Es klirrte in Farins Kopf. Mit einem Stich versenkte er das Schaufelblatt in der Erde, stapfte aus der Grube und stellte sich direkt vor den Dorfschulzen. »Ich sehe hier keinen Bengel. Wen meinst du, Hamak?«

Der riss die Augen auf. »Was ist in dich gefahren? Wie redest du mit mir?« Seine Wangen glühten, bevor er gönnerhaft ergänzte: »Ich denke, der Schmerz über den Tod deines Vaters umnebelt deine Sinne.«

»So klar wie jetzt habe ich noch nie gesehen.«

Abschätzig und irritiert zugleich antwortete der Dorfschulze: »Totengräbersohn, hier ist kein Platz für deinen

Vater, vergrab ihn hinter dem Zaun.«

Farin schüttelte den Kopf und deutete in die Grube. »Genau hier wird seine Ruhestätte sein. Diesen Platz hat er verdient. Er war nicht schlechter, nicht korrupter und nicht verschlagener als der ehrenwerte Priester Amen.«

Der Dorfschulze schnappte nach Luft. »Pack deine Sachen und buddel woanders. Hier wird er jedenfalls nicht begraben!«

»Hörst du nicht zu? Ich bestatte ihn genau hier!«

»Nein!« sagte Hamak mit der Mimik eines großen Kriegsherrn. Und mit der Gestik eines noch größeren Kriegsherrn verschränkte er die Arme vor der Brust.

Farin sah auf ihn hinunter. »Wer will mich daran hindern?«

»Du … du bist verrückt geworden.« Mit eindringlicher Stimme wandte sich Hamak an die drei Männer, die scheinbar unbeteiligt danebenstanden. »Ich weiß nicht, was er den ehrenhaften Herrschaften erzählt hat, doch ihr solltet wissen, es handelt sich um … den Totengräbersohn.« Er blickte auf Farin wie auf ein Stück verschimmeltes Brot und verzog das Gesicht. »Nur der Totengräbersohn.«

Aufmerksam sah Drogdan ihn an. »Nichts hat er erzählt. Doch bei dir handelt es sich nur um den Dorfschulzen. Wo ist der Unterschied?«

Stummel grollte: »Ehrm!«

In diesem Moment erfasste Farin tiefe Dankbarkeit. Noch vor wenigen Stunden hatten ihn seine Begleiter über den Sturz in den Schnee verspottet, nun standen sie vollends hinter ihm.

Schnell begriff Hamak, dass er von den drei Männern keine Unterstützung erwarten konnte. Er zischte Farin an:

»Du reißt deine Klappe doch nur so weit auf, weil du diese … Fremden dabeihast.«

Drogdan lächelte: »Wir halten uns da raus.«

Unerschüttert machte der Totengräbersohn einen Schritt auf Hamak zu. »Das ist mein letztes Wort! Vater wird in dieses Grab gelegt, und er wird so lange dort liegenbleiben, wie ich es für richtig halte.«

»Die Bürger von Haufen werden es nicht gutheißen.«

Langsam verwandelte sich Farins Trauer in Wut. »Schweig! Versteck dich nicht hinter den Dörflern.«

Der Dorfschulze konnte Farin nicht länger in die Augen sehen. Er stammelte: »Un … unverschämt. Das … lasse ich mir nicht bieten.« Nun stieg ihm die Zornesröte ins Gesicht. Er plusterte sich auf und ballte die Fäuste.

Ausgerechnet sein Sohn Torf ging mit einem leichten Zittern in der Stimme dazwischen: »Hör auf, Vater. Ist doch egal, wo er ihn begräbt. Lass gut sein! Du weißt nicht, wozu er fähig ist.«

Verwirrt sah Hamak erst zu seinem Sohn, dann zu Farin. Zu guter Letzt senkte er den Blick, als suchte er sein verlorenes Gesicht auf dem Boden. Er fand es nicht.

»Dein Schweigen deute ich als Einverständnis. Sonst noch was?«, fragte Farin.

Der Dorfschulze verließ den Friedhof wortlos und kopfschüttelnd, ohne sich noch einmal umzudrehen. Sein Sohn Torf folgte ihm.

»Was sind denn das für Gestalten?«, wunderte sich Plaudius.

Farin setzte seine Arbeit bereits fort.

Die Schmiedtochter

In Ermangelung eines Priesters hatte Farin selbst einige Abschiedsworte am Grab seines Vaters gesprochen. Von den Dörflern hatte sich niemand blicken lassen. Ein paar Köpfe der Haufener Pfeifengesellschaft lugten um die Ecke der Kirche, nur um sich dann hastig zu verdrücken.

Schaufel um Schaufel verschwand der Körper seines Vaters unter der dunklen Erde.

»Gleich sind wir hier fertig!«, sagte der Totengräbersohn zu seinen Begleitern.

»Was ist mit dem Wirtshaus? Ich könnte etwas zu essen und zu trinken vertragen«, fragte Plaudius.

Mit der Hand über den Augen prüfte Farin den Stand der Sonne. »Der Wirt sollte wach sein. Lasst uns einkehren, bevor wir uns auf den Rückweg zum Hof machen.«

Zufrieden betrachtete Farin den braunen Erdhügel, ein wohltuender Kontrast zur schneebedeckten Umgebung.

»Finde Frieden, Vater«, sagte der Totengräbersohn, bevor er Hacke und Schaufel auf Fiesels Rücken band.

Gemeinsam gingen sie zur Schenke 'Zum warmen Bier'.

»Im Winter wird das Bier wohl kalt sein«, hoffte Plaudius.

»Verlass dich nicht darauf.« Farin öffnete die Tür. Von Gästen keine Spur, geschweige denn von Georig.

Am Tisch hinter der Tür setzte sich Farin auf den Stuhl seines Vaters. Seine drei Begleiter zogen die dicken Mäntel aus, hängten sie an die Haken neben dem Ausgang und machten es sich ebenfalls rund um den Tisch bequem.

Geschäftewitternd kam Georig aus der hinteren Kammer gelaufen. »Seid willkommen, Herrschaften.« Voller Respekt starrte er auf die Lederuniform mit dem gelb-schwarzen

Wanderfalken von Stummel, und seine Verbeugung fiel noch einige Zentimeter tiefer aus. Immer wieder erstaunlich, welche Wirkung der schlichte Anblick des königlichen Wappens erzielte. In geöltem Ton empfahl er: »Die edlen Herren sollten nicht hier sitzen. Das ist der Tisch für den da.« Er würdigte Farin nicht einmal eines Seitenblickes, deutete lediglich in seine Richtung wie auf ein Stück Erbrochenes. »Äh, die Plätze dahinten, direkt beim Fenster und nah am Ofen sind für die besseren Leute.«

Unmissverständlich und ungewohnt scharf sagte Drogdan: »Wir sind stolz, den Tisch mit dem Knappen des größten Ritters des Weltenreiches, Herrn Emicho, Burgherr von Sturmwacht und Gebieter des Nordens sowie Vertrauter des Alten Königs Grachus, teilen zu dürfen.«

Völliges Unverständnis entstellte die Gesichtszüge des Wirts. »Hier muss es sich um einen Irrtum handeln. Oder einen Schwindel – das ist nur der Totengräbersohn.«

»Das bestreitet niemand. Es stellt sich jedoch die Frage, was er darüber hinaus ist. Also Wirt, sieh dich vor!«, drohte Drogdan mit militärischer Schärfe.

»Selbstverständlich«, schluckte der Mann, der in seinem Wirtshaus gelernt hatte, sich bei jeder Gelegenheit der Meinung der zahlungskräftigen Kundschaft anzuschließen. »Dann bitte ich die … gesamte ehrenwerte Gesellschaft an den besten Tisch meines bescheidenen Hauses.«

»Mein Platz ist hier!«, sagte Farin bestimmt. »Vater hat stets hier gesessen, jetzt nehme ich seinen Platz ein. Ich bin der Totengräbersohn – bis an mein Lebensende.«

Mit offenem Mund starrte Georig Farin an.

»Wirt! Du tanzt auf des Messers Schneide. Willst du nur Maulaffen feilhalten oder uns endlich Speis und Trank herbeischaffen?«, forderte ihn Drogdan auf.

»Äh, verzeiht! Aber natürlich. Ein dunkles Bier für jeden?«

»Hauptsache kalt«, meinte Plaudius.

»Ah ... jawohl«, Georig trollte sich.

»Mich beschleicht der Eindruck, du hast es mit deinem Gewerbe in diesem Nest noch schwerer, als ich es für möglich gehalten habe«, stellte Drogdan fest.

»Beschwert habe ich mich nie.« Mehr sagte Farin nicht. Eigentlich hatte er erwartet, er würde sich schämen, den neuen Kameraden Einblick in sein bisheriges Leben zu geben, doch es war ihm nicht peinlich. Das gewissenhaft Erlernte hatte er stets gewissenhaft angewandt. Für das, was die Dörfler daraus gemacht haben, konnte er nichts. Und für ihr Verhalten fühlte er sich nicht verantwortlich.

Der Wirt kam mit vier randvoll gefüllten Bierkrügen an den Tisch.

Als sei nichts gewesen, fragte Farin: »Ein Wirt hat so viele Ohren und Augen wie seine Gäste. Sag du mir, was in Haufen geschehen ist, insbesondere mit meinem Vater.«

Einen Moment sammelte sich Georig: »Viel gibt es nicht zu berichten. Der Seiler hat drei Männer gesehen, die sich in der Nähe des Totengräberhofes herumgetrieben haben. Einer davon könnte gut der unheimliche schwarze Fremde gewesen sein, der bei Gerlundas Beerdigung zum ersten Mal aufgetaucht ist. Zwei Tage später hat Hamak deinen Vater auf eurem Hof tot aufgefunden. Er lag vor dem Haus.«

»Ist der Schwarze seitdem noch einmal gesehen worden?«

»Nein!« Der Wirt schüttelte überzeugt den Kopf. »Du weißt selbst, wie sehr Fremde in Haufen auffallen. Seit zwei Wochen ist es ruhig.«

»Hat Vater irgendetwas über meinen Verbleib verlautbaren lassen?«

Der Wirt knabberte sichtlich an Farins Tonfall und Wortwahl. Nach einem scheuen Blick auf Drogdan und Stummel antwortete er: »Nein, gar nichts hat er erzählt. Daher auch … äh, mein Erstaunen. Der Totengräber hatte nur auffallend gute Laune in seinen letzten Tagen.«

Wieder wurde Farins Herz schwer. Sein Vater hatte sich für ihn gefreut. Es gab plötzlich so viele Dinge, die Farin ihm noch gern gesagt hätte.

Bockmist! Immer, wenn es zu spät ist, kommen die guten Vorsätze. Was kann ich in Zukunft besser machen?

Hierzu fiel ihm direkt etwas ein. Es gab Menschen, die noch lebten und zuhören konnten. »Bestellt schon mal das Essen, ich muss noch zur Schmiede, etwas erledigen.«

»Wir sind dein Geleitschutz. Sollen wir nicht mitkommen?«, fragte Drogdan.

»Nein, die Schmiede ist nicht weit von hier, und ihr habt den Wirt gehört. Es wird schon nichts schiefgehen.«

Stummel nickte Farin zu. Georig fielen fast die Augen aus dem Kopf, er konnte den unheimlichen Aufstieg des Totengräbersohns nach wie vor nicht fassen.

»Was gibt's zu essen, Wirt?«

»Die Empfehlung des Hauses lautet: Hasengulasch«, antwortete der Gefragte, froh über den Themenwechsel.

»Und sonst noch?«, fragte Plaudius.

»Öhm, … Hasengulasch.« Georig breitete die Arme aus, sodass jeder sehen konnte, dass er keine anderen Gerichte in seinen Händen verbarg.

»Dann nehme ich Hasengulasch«, entschied Plaudius.

»In spätestens zwei Stunden bin ich zurück«, sagte Farin,

stand auf und zog seinen Fellmantel an.

»Und ich nehme dasselbe wie mein Freund Plaudius«, meinte Drogdan.

Auch Stummel nickte.

»Also dreimal«, fasste Georig zusammen.

Farin verließ die Schenke 'Zum warmen Bier'. Er band Fiesel los und saß auf. Sein Magen knurrte – vielleicht hätte er vorher doch was essen sollen.

Nicht einmal zehn Minuten brauchte er bis zur Schmiede. Je näher er kam, desto weniger nagte der Hunger. Der Rauch der Esse stieg ihm in die Nase, bevor er die Werkstatt sehen konnte. Unter dem breiten Vordach stand der Schmied und blies mit einem riesigen Blasebalg in die Steinkohleglut.

Sein rußgeschwärztes, verschwitztes Gesicht sah ihn unfreundlich an. »Was willst du hier, Totengräbersohn? Wo hast du das Pferd und das Schwert her? Gestohlen?«

Der Ruf seiner Zunft eilte ihm voraus.

»Seid gegrüßt, Schmied. Ich möchte Eure Tochter Annietta besuchen.«

Der Mann wischte sich mit dem Handrücken über die Stirn, woraufhin Schweiß und Ruß eine schmierige Spur hinterließen. »Meine Tochter empfängt keinen Besuch! Auf Wiedersehen!«

Mit ungewohnter Hartnäckigkeit entgegnete Farin: »Morgen früh verlasse ich Haufen wieder. Es ist mir wichtig, Eure Tochter vorher zu sehen.«

»Hast du was an den Ohren? Sie will dich aber nicht sehen.«

So hatte sich Farin das nicht vorgestellt. Was sollte er nun tun? Wieso kam er sich auf einmal so albern vor? Was hatte er erwartet? Er blieb einfach stehen, alles in ihm sträubte sich, unverrichteter Dinge abzuziehen.

Die Tür öffnete sich, und Annietta trat heraus. »Vater, verzeih, doch lass mich entscheiden, wen ich zu Besuch empfange.«

»Du gehst nicht mit diesem … Kerl mit«, polterte der Schmied und ballte die Fäuste. Die Adern an den muskulösen Armen schwollen an.

»Natürlich nicht, Vater. Ich bleibe hier und bitte ihn herein. Komm Farin.«

Der Totengräbersohn wusste nicht, wie ihm geschah. Annietta schickte ihn nicht fort, sondern bot ihrem Vater die Stirn. Was für eine Frau! Und wie immer sah sie umwerfend aus. Sie trug eine weiße Haube, unter der ihr langes Haar hervorwallte, sowie ein faltenreiches Kleid, das von einem roten Gürtel gehalten wurde.

Mit einem mulmigen Gefühl stieg Farin ab. Nicht wegen des übel gelaunten Schmieds, der war ihm egal. Nein, Annietta wühlte ihn auf. Jetzt gab es kein Zurück mehr.

Lass mich diesmal helfen. Du blamierst dich sonst wieder.

In aller vorgeschobener Ruhe band Farin Fiesel an einen Holzpfahl. In Gedanken brüllte er: HALT DICH ZURÜCK! Ich werde Annietta nichts vormachen und dich vorschicken. So bin ich nicht.

Deine Rechtschaffenheit ist kaum auszuhalten. Ekel klang regelrecht beleidigt. *Dann lass mal deinen stammeligen, stieseligen, stoffeligen Charme spielen. Ich helfe dir jedenfalls nicht!*

Gut, dachte Farin und lächelte Annietta zu, bevor er ihr ins Haus folgte.

Sie sagte freundlich: »Mutter ist bei der Näherin. Setzen wir uns an den Tisch in der Stube.« Mit einer Drehung nahm sie Platz.

Wie im Rausch ließ sich auch Farin nieder. Etwas staksig, etwas steif, doch er würde es durchziehen. Er war wild entschlossen! Wozu eigentlich? Was wollte er noch einmal hier?

»Danke, dass du mich reingebeten hast. Dein Vater ist jetzt ziemlich sauer.«

»Das ist er den überwiegenden Teil seines Lebens.« Sie hob den Kopf, fingerte an ihrer weißen Haube herum und sah seltsam knapp an ihm vorbei. »Mein Beileid wegen deines Vaters. Hast du ihn beerdigt?«

»Hab ich.«

»Was führt dich auf unseren Hof, Totengräbersohn?«, fragte Annietta.

Sagenhaft, wie diese Frau direkt zur Sache kam. Zu direkt für Farin. »Öhm, bevor … äh … ich wieder verschwinde, wollte ich sehen, wie es dir geht.«

»Aha!« Sie lehnte sich zurück. »Das ist nett von dir.«

Eine Pause entstand. Das Glucksen im Hinterkopf brachte ihn beinahe aus dem Konzept. Konzept? Aus welchem Konzept eigentlich?

Über Anniettas Nasenwurzel zeichnete sich eine winzige Furche ab, die ihm noch nie zuvor aufgefallen war. »Farin, du warst einige Wochen spurlos verschwunden.«

»Ja, auf einer Burg im Norden. Ich habe von dem Ritter, der damals plötzlich auftauchte und das Grab von Gerlunda öffnen ließ, eine Anstellung als Knappe erhalten.«

Ihre Augenbrauen hoben sich. »Der Ritter, der den Dorfschulzen beinahe enthauptet hätte?«

Farin nickte.

»Der Ritter, den Blossak im letzten Moment aufgehalten hat, indem er ihm von dem unheimlichen Fremden erzählt hat?«

Der Knoten im Magen kam gerade zur rechten Zeit, so spürte Farin seinen Hunger überhaupt nicht mehr. Blossi der Lügner und Angeber. Sollte er Annietta die Wahrheit sagen?

Gegen seinen Willen nickte Farin schwach.

»Der Ritter, den Blossak so stark beeindruckt hat, weil er den Tathergang aufklären konnte?«

Gegen seinen Willen nickte Farin schwach.

Annietta stand auf und holte zwei Tonbecher aus dem Regal. Sie schürzte die Lippen. »Ich stelle mir die Frage, warum der Ritter dann dich als Knappen anstellt und nicht den schlauen Blossak.«

Farin nickte.

»Weil es nicht Bloss war, sondern du.«

Farin nickte.

»Hör auf, mit dem Kopf zu wackeln wie ein Specht. Habe ich recht?«

Farin hielt den Kopf ruhig.

Mit sanfter Stimme sagte Annietta: »Was bist du nur für ein Sturkopf. Für wie dämlich hältst du mich?«

»Na ja, eine weiße Haube macht noch keinen hellen Kopf.« Der Totengräbersohn lächelte. Alles, was er für diese Frau empfand, legte er in dieses Lächeln und machte es warm und liebenswert. »Ja, ich war es.«

Ein Schmunzeln schmückte ihr Gesicht. »Männer! Wenn der Moment richtig ist, sind sie primitiv und im falschen Moment, ehrenhaft. Auch ein ehrenhafter Idiot bleibt ein Idiot.« Sie schüttelte den Kopf, dann nickte sie. Oder anders herum. Egal was sie auch tat, es raubte Farin den Atem.

»Im Grunde habe ich es von Anfang an gewusst.« Annietta verließ die Stube und kam mit zwei Krügen zurück. »Wein oder Wasser?«

Er musste tief Luft holen, bevor er antworten konnte: »Stoßen wir mit Wein an. Morgen muss ich Haufen wieder verlassen.«

»Zurück zu deinem Ritter?«

»Ja, er ist ein schwieriger, aber guter Mann.«

»Willst du Haufen und deine Totengräbervergangenheit hinter dir lassen?«

»Nein, ich bin der Totengräbersohn. Das ist ein Teil von mir und wird es immer bleiben, egal was noch kommt.«

Annietta hob den Becher mit Rotwein. »Auf Farin, den Totengräbersohn, den Knappen, und auf das, was noch kommt.«

»Auf die Tochter des Schmieds. Wir reden die ganze Zeit über mich, doch gerne würde ich mehr über dich erfahren. Erzähl mir doch etwas von dir«, bat der Totengräbersohn.

»Was willst du denn hören?«

»Deine Stimme«, antwortete Farin leise.

Mir wird gleich schlecht.

Sie hob den Kopf. Zum ersten Mal seit vielen Jahren sah sie ihn wahrhaftig an. Ihre Blicke trafen aufeinander, berührten sich sanft für einen Wimpernschlag, bevor sie die Augen niederschlug.

Waren ihre Wangen nun etwas rosiger? Wenn sie ihn noch einmal so ansah, würde er nie wieder aufstehen, sondern den Rest seines Lebens genau hier verbringen.

Mit einem Räuspern hob Farin den Becher erneut. »Auf Annietta, die Person in Haufen, die mir am meisten fehlen wird.« Nun suchten seine Augen die Tischplatte. »Sehr fehlen wird. Das wollte ich dir unbedingt noch sagen.«

Die Farbe war aus Anniettas Gesicht gewichen. »Ich …

ich schäme mich für mein Verhalten damals vor der Schenke, Farin.« Ihre Augen glänzten.

Was ist denn nun los, fragte er sich.

»Ich mochte dich schon immer, seit unserer frühesten Kindheit. Als ich dann lernen musste, und hierbei hat Vater mit allen Mitteln nachgeholfen, welchen gesellschaftlichen Status ein Totengräber innehat, habe ich keine weiteren Gefühle zugelassen.«

Das Kribbeln in seinem Bauch nahm zu. Was wollte Annietta ihm mitteilen?

»Und …«, sie stockte kurz, »… Blossak hat mich gefragt, ob ich ihn heirate.«

»Das … das ist …«

Ja, was eigentlich, überlegte Farin fieberhaft.

»Er ist kein schlechter Mensch … und … ich trage sein Kind in meinem Bauch.« Nur noch ein Flüstern: »Ich habe 'Ja' gesagt.«

Nach der Neuigkeit brauchte Farin noch mindestens zehn weitere Becher Rotwein. Mit lautem Getöse stürzte seine Liebeswelt ein, er wollte nichts mehr hören und widerstand dem Reflex, sich trotzig die Ohren zuzuhalten. Was hatte er denn erwartet? Dass sich Annietta ihm an den Hals warf, nur weil er auf einem Pferd, das ihn nicht leiden konnte, daherkam und am Gurt ein Schwert trug, mit dem er kaum umgehen konnte? Dass sie sich begeistert vor ihm aufs Pferd setzte und mit ihm zur Burg Sturmwacht ritt? Wie naiv. Er machte sich Vorwürfe. Wieso hatte er bloß so lange gewartet? Vor allem, als sich Blossak mit Farins Taten gebrüstet hatte, um Annietta zu beeindrucken, hätte er ihn mit seinen Lügen konfrontieren und ihr seine Liebe gestehen sollen. Er ballte die Fäuste. Wäre es dann anders gekommen?

Beim besten Willen konnte er die Fragen nicht beantworten und schon gar nicht in diesem Moment. Für die Zukunft nahm er sich fest vor, die eigenen Ziele kämpferischer zu verfolgen. So, wie er am Morgen das Grab seines Vaters verteidigt hatte.

Tapfer würgte er heraus: »Mir lag es am Herzen, dass ich dich noch einmal sehe. Und dir zeige, dass … dass du wichtig für mich bist.« Er stand auf.

Sie trat auf ihn zu und gab ihm einen Kuss auf die linke Wange.

Stur glotzte der Totengräbersohn zum Ausgang, mehr ging nicht. Er musste hier raus, solange er noch die Kraft dafür besaß. Schritt für Schritt näherte er sich der Tür. Tapfer drehte er sich noch einmal um: »Werde glücklich, Annietta.« Seine Stimme klang wie morsches Holz.

»Du auch, Farin. Du hast es verdient.« Sie drehte sich weg und rieb sich mit einem Taschentuch über die Augen.

Als der Totengräbersohn aus dem Haus trat, sah ihn der Schmied nur mit einem herzlichen 'meine-Tochter-hat-etwas-Besseres-verdient'-Blick an.

Ein Stürzen zum Pferd, ein Stützen ans Pferd, ein Stemmen aufs Pferd, er schaffte es in den Sattel.

Mit ungewohnt sanfter Stimme meldete sich Ekel zu Wort: *Kopf hoch! Verzage nicht, es ist noch nicht aller Liebe Abend. Dabei mag sie dich mehr als Blossak. Wesentlich mehr – sie will es sich nur nicht eingestehen.*

Wollte ihn der Dämon trösten, das passte so gar nicht zu ihm. »Wie kommst du denn darauf?«, fragte er schwach.

Beobachtung. Und … hör genau hin – sie sitzt noch am Tisch und schluchzt.

»Was? Wie willst du das wissen? Ich schluchze.«

Ich höre sie. Du hast dich allmählich so an meine Präsenz gewöhnt, dass ich deine Sinne ohne ausdrückliches Loslassen nutzen kann …

Was sollte das denn heißen? Dafür hatte er jetzt keinen Kopf. Farin glaubte gar nichts mehr. Er kämpfte mit seinen Gefühlen und musste schnell weg von hier. Trotz Ekels Präsenz gehorchte Fiesel jedem Schenkeldruck, das Pferd spürte offensichtlich die Verletzbarkeit seines Reiters. Im Trab ging es zur Schenke zurück.

Insgesamt hast du es besser hinbekommen, als ich erwartet habe.

Farin besaß nicht einmal mehr die Kraft, sich über den ausbleibenden Spott und die sonderbaren Kommentare zu wundern.

Sie ist guter Hoffnung und heiratet Blossak. Mehr konnte Farin nicht denken.

Der Fremde

Ihr Herzschlag beschleunigte sich. Kein gutes Zeichen. Ihre Blicke schossen in alle Richtungen. Aross suchte zwischen Pier Drei und Pier Vier nach Fischabfällen, doch der Friede am frühen Morgen trog. Sie fasste sich an die Brust, spürte den kleinen Widerstand in der Innentasche ihres Kleides. Ein Kupferling und ein Backenzahn.

Nicht überlegen – handeln!

Mit einem Hechtsprung tauchte Aross unter den Hauptsteg des Hafens von Nabenstein ab. Ganz wörtlich durfte das nicht genommen werden, denn sie sprang nicht ins Hafenbecken, sondern griff zunächst mit beiden Händen an den Bohlenrand, nahm den Schwung mit und klammerte sich mit den Beinen an einen der Balken der Unterkonstruktion. Während das Meerwasser ihren Hintern umschwappte, stemmte sie sich hoch und lugte durch eine der Bretterspalten.

Im selben Moment kamen fünf Soldaten der Stadtwache hinter der großen Markthalle hervor und blickten sich misstrauisch um.

»Hat der Hafenmeister nicht gemeint, hier würde ein einzelnes Mädchen herumlungern?«, murmelte der eine.

»Der Schwachkopf ist doch meistens betrunken. Ich sehe jedenfalls keins«, erklärte ein anderer. Die Patrouille marschierte weiter.

Boah! Das war knapp. Sie kletterte unter dem Steg hervor und rannte in entgegengesetzter Richtung nach Süden. Auf Geheiß der Obrigkeit suchten sie seit Tagen nach ihr. Und ihr war klar, wer dahintersteckte. Nachdem Gram nun tot war, hatte sich der Erzbischof zu ihrem Erzfeind erhoben.

Oft musste sie an den scheinheiligen Heiligen denken, den sie auf dem Dachboden der Waisenhausscheune belauscht hatte. Was wollte er nur von ihr? Immerfort musste das Mädchen auf der Hut sein, den Patrouillen ausweichen und sich möglichst unsichtbar machen.

Auch gestern hatte sie beobachtet, wie Soldaten einige Fischer gezielt nach ihr befragt hatten. Bei all den Bemühungen der Stadtwache war es ein kleines Wunder, dass sie noch nicht erwischt worden war. Lag es daran, dass sie stumpfsinnig ein vierzehnjähriges Mädchen in einem grauen Waisenhauskleid und einer Mütze suchten? Letztere trug Aross längst nicht mehr. Schweren Herzens hatte das Mädchen ihre alte Filzkappe einem Bettler geschenkt. Vielleicht brachte sie ihm Glück, und die Leute warfen ein paar Münzen hinein.

Auch ihr schmuckes, braunes Kleid aus der Oberstadt half ihr bei der Tarnung. Mit der flachen Hand strich sie über den Stoff und dachte dankbar an die dicke Frau zurück, die es ihr geschenkt hatte.

Doch letztlich hatte sie bisher vor allem ihr Instinkt vor der Ergreifung geschützt. So manches Mal, wenn sie eine Straße entlangging, erfasste sie eine seltsame Unruhe. Zufall oder Intuition? Jedenfalls verdrückte sie sich dann sofort in eine Seitengasse oder in ein Versteck hinter einer Mauer. Oder unter einen Steg.

Aufstehen, überleben, schlafen legen. So sieht mein Tag aus. Mit den Instinkten einer Ratte, dachte Aross. Wie lange geht das noch gut?

Die sicherste Methode, nicht erwischt zu werden, bestand darin, die Besuche in der Stadt auf das Notwendigste zu reduzieren. Doch jetzt war es wieder notwendig. Ein treuer, steter Begleiter in ihrem Leben plagte sie: der Hunger. Somit musste sie sich von ihrem letzten Kupferling etwas zu Essen kaufen und sich dann Gedanken machen, wie sie an neues Geld kam.

Sie erreichte den südlichen Stadtrand von Nabenstein und lief das Ufer entlang. Trotz ihres Hungers hatte sie von der Stadt erst einmal genug. Einige Tage hatte Aross bereits an der unbewohnten Küste verbracht. Stets in Bewegung hatte sie den Strand Stück für Stück erkundet und vor allem die Felsformationen bei Ebbe untersucht. In einer zerklüfteten Wand war ihr ein gurgelndes Loch aufgefallen. Das erinnerte sie an Geschichten von geheimen Piratenhöhlen und unterirdischen Wasserläufen. Der enorme Tidenhub machte bei Flut nahezu drei Meter aus und überspülte einen Großteil der Felsen.

Ein Blick auf das Meer verriet ihr, dass die Ebbe in etwa einer halben Stunde ihren tiefsten Stand erreicht haben würde – die ideale Gelegenheit, um das auftauchende Loch trockenen Schlammfußes näher zu untersuchen. Also erst einmal dorthin. Eine halbe Stunde später erreichte sie die Stelle. Wie ein kleines Tor sah die Öffnung aus. Handelte es sich um einen Höhleneingang? Neugierig zog sie den Kopf ein und schritt hindurch. Ein kreisförmiges Gewölbe tat sich auf, weiträumig, doch nicht sonderlich hoch. Auf Zehenspitzen konnte sie die feucht glänzende Decke mit den Fingern erreichen – demnach füllte sich die Höhle bei Flut vollständig. Schade, also nicht zu bewohnen oder anderweitig zu gebrauchen, es sei denn zum Ertrinken. Gerade, als sie sich umdrehen wollte, fiel ihr ein heller Fleck mittig auf dem Boden auf. Wo kam der wohl her? Durch den feuchten

Sand ging das Mädchen tiefer in die Höhle und legte den Kopf in den Nacken. Durch ein Loch in der Decke fiel Licht herein, ein Schacht führte steil nach oben. Das Konstrukt erinnerte Aross an einen umgedrehten Trichter. Über einen Felsen erklomm sie den Eingang und stemmte sich beherzt an den engen Wänden hoch. Nach knapp zwei Metern erweiterte sich der Schacht zu einer Höhle, die beinahe so viel Platz bot wie der Dachboden im Waisenhaus. Hier fühlte sich das Gestein trocken an, also zu hoch für das Meerwasser. Ein weiterer Durchlass steil nach oben, von dort kam der Lichteinfall und, was noch wichtiger war, frische Luft. Das Mädchen zwängte sich Stück für Stück auch durch diesen Schacht, bis sie den Kopf aus einem kleinen Loch strecken konnte. Sie befand sich oberhalb der Uferböschung umgeben von Felsbrocken und Sträuchern. Von außen betrachtet, erinnerte der Eingang an einen Fuchsbau und war von einem ausgewachsenen Menschen nicht passierbar. Eine wunderbare Höhle. Das neue Domizil der Königin der Ratten, beschloss Aross. Gut versteckt, vom Strand aus nur bei Ebbe zugänglich, und für Notfälle gab es einen Hinterausgang. In der Ferne sah sie es glitzern. In einem zehnminütigen Fußmarsch konnte sie von hier aus den Fluss erreichen, um ihren Wasserbeutel nachzufüllen. Ein idealer Rückzugs- und Schlafplatz, zumindest vorübergehend. Für die Höhle würde sie sich später aus dem Pferdestall eines der am Stadtrand liegenden Höfe noch eine Decke besorgen.

Sie hoffte, in dieser kleinen Rattenhöhle etwas zur Ruhe zu kommen – die letzten aufregenden Wochen steckten ihr noch in den Knochen. Und im Hinterkopf. Über eine Menge Dinge wollte sie Nachdenken, vor allem über die sonderbare

Frau, die sie in der Markthalle kennengelernt hatte. Didiweis. Unter Höllenqualen war sie auf dem Scheiterhaufen verbrannt – ohne einen einzigen Schrei. Aross griff in die Innentasche ihres Kleides und umklammerte Didiweis' Backenzahn, den sie aus der Asche geholt hatte. Sie nahm sich fest vor, mehr über die Herkunft und das Leben von Didiweis in Erfahrung zu bringen. Was hatte der gottesfürchtige Erzbischof gemeint? Didiweis sei mit Rotbart über den Ozean gekommen. Den Namen hatte sie nie zuvor gehört, doch er war immerhin ein Anhaltspunkt.

Hunger! Ihrer Gürteltasche entnahm sie eine Schnur mit Haken. Letzterer, mit einem Stück hellen Muschelfleisches versehen, gab eine brauchbare Angel ab. Obwohl sie die ufernahen Wege der Heringsschwärme kannte, dauerte es den ganzen Vormittag, bis ein mickriger Fisch anbiss. Ihre heutige Mahlzeit – roh und kalt.

Landeinwärts gab es ein Gutshaus mit großen Stallungen und einer Menge Pferde. Sobald es dunkel geworden war, schlich sich Aross dorthin und beobachtete geduldig den Hof. Obgleich sie sich nur eine Pferdedecke aus einem Stall nehmen wollte, ging sie ein hohes Risiko ein. Es gab Diebe, die wegen weit weniger ihre rechte Hand unter dem Beil des Scharfrichters verloren hatten.

Als sie halbwegs sicher sein konnte, dass die Bewohner schliefen, schlich sie sich gegen die Windrichtung an. Sie wusste von mindestens zwei großen Hunden. Es blieb ruhig. Sie klaute eine muffige Decke und machte sich auf den Weg zu ihrer neuen Höhle.

Diesmal musste sie den Hintereingang oberhalb der Uferböschung nehmen, denn das Wasser stand zu hoch. Das

Mädchen rollte sich unter der Decke in der Felsnische zusammen – ihre erste Nacht in ihrem neuen Zuhause.

Sehr früh am Morgen wachte Aross auf. Mit gemischten Gefühlen beschloss sie, ihr letztes Geld für Brot auszugeben. Sie kroch aus ihrem Versteck und begrüßte den neuen Tag.

Sei heute nett zu mir.

Auf dem Weg nach Nabenstein sah sie ihn von Weitem. Der Mann saß auf seinem Schemel im hinteren Teil des Hafens auf dem kleinen Steg, wo nur Ruderboote und kleine Einmaster lagen. Was machte der Kerl an ihrem Lieblingsplatz? Argwöhnisch näherte sich Aross dem Rücken des Fremden. Sein Schemel besaß nur ein schmales Bein, wie konnte er darauf sitzen? Vor sich hatte er ein Dreibein mit einer holzgerahmten Leinwand aufgebaut. In einem Zinnbecher neben ihm steckten zwanzig oder mehr Holzkohlestifte in verschiedenen Längen und Stärken. Die rechte Hand des Mannes glitt schwungvoll hin und her, dann hielt er inne, hob den Kopf, betrachtete den Himmel, das Meer, die Mole und setzte den Stift erneut an.

Aross hielt neben der Leinwand inne und schielte auf das Werk. Sie blinzelte erstaunt – was sollte das denn?

»Nihau – guten Morgen. So sagen die Leute, wo ein Maler aufgewachsen ist, zueinander, wenn sie sich in der Früh begegnen«, erklärte der Mann und musterte Aross mit schmalen Augen.

»Ich grüße keine Fremden!«

»Jede Freundschaft beginnt mit einem Gruß.«

»Ich sehe keinen Freund.«

»Drei Freunde. Einen Mann, einen Maler, einen Künstler.«

Und einen Irrenhäusler. Wenn sie so rechnen würde, vervielfachte sich die Anzahl ihrer Feinde dramatisch. Lieber nicht.

Erneut wandte der Fremde ihr den Rücken zu und ließ seinen Blick schweifen. »Ein Maler sieht einen Hafen. Was sieht er, wenn er sich umdreht?«

»Eine Rattenkönigin.« Das wäre jetzt hoffentlich geklärt.

Erneut guckte sie ungläubig auf das Bild.

Er drehte sich um. »Dann besucht eine Rattenkönigin wohl nicht den Maler, sondern nur die Staffelei?«

Aross überlegte. Wenn du keine Antwort weißt, stelle selbst eine Frage, hatte ihr mal jemand empfohlen. Irritiert starrte sie auf die Leinwand. »Wie kannst du hier sitzen, auf das Meer schauen und dann … Bäume zeichnen?« Sie legte die Hand über die Augen und drehte sich demonstrativ einmal um die eigene Achse. »Weit und breit kein Baum zu sehen.«

Mit gefurchter Stirn betrachtete der Künstler sein Werk. »Wie kommt eine Rattenkönigin darauf, dass ein Künstler einen Baum malt?« Enttäuschung schwang in der Stimme mit.

Der wollte sie für dumm verkaufen. Außerdem sprach der Fremdländer fremdländisch. Skeptisch glotzte das Mädchen auf das Meer, auf den Fremden, auf die Zeichnung. Bäume! Elf Stück zählte sie, Birken, knochig, schwarz und weiß gefleckt. Auf der Leinwand gab es kein Anzeichen für Wasser, Schiffe, Möwen. Im Grunde tat dies jedoch der brillanten Zeichnung keinen Abbruch.

»Wie wollen wir das nennen, wenn nicht Baum?« Nachdrücklich zeigte Aross auf das Bild.

»Tamade! Wenn eine Dame einen Baum sieht, dann hat

ein Künstler sich vermalt.«

Für Blödmannscherze am frühen Morgen stand Aross nicht der Sinn. »Es sind mehrere Bäume.«

Die Miene des Malers hellte sich auf. »Ah, jetzt sieht ein Künstler es auch.«

Der ist verrückt, dachte das Mädchen. Vielleicht auch gefährlich. Nabenstein – eine Stadt voller Verrückter und Arschlöcher. Und die Schlimmsten waren die verrückten Arschlöcher wie der Kettenhund und der Erzbischof. Sie sollte schleunigst verschwinden, doch unsichtbare Fäden hielten sie fest. Eine für sie noch nicht fassbare Faszination fesselte sie. Rattenneugier?

Nun erhob er sich. Argwohn erfasste Aross, fluchtbereit tat sie einen Schritt zurück.

Stillschweigend beobachtete sie, wie der Maler seinen Blick schweifen ließ und mit verkniffenen Augen ein kleines Ruderboot verfolgte.

Ziemlich sonderlich sah er aus: Strähniges, schwarzes, gescheiteltes Haar fiel ihm über die rechte Braue, und seine Nase war breit und auffallend kurz. Am ungewöhnlichsten fand Aross die dunklen Augen, wie Mandeln geformt und auf merkwürdige Weise arg verengt. Jetzt stand er vor ihr, und der einbeinige Schemel klebte an seinem Hintern. Viel größer als Aross war der Mann nicht, viel kräftiger auch nicht, und mit dem wie ein Stachel abstehenden Stuhl sah er geradezu grotesk aus. Erst jetzt fiel dem Mädchen der Gurt um die Hüfte auf, mit dem er seine Sitzgelegenheit befestigt hatte.

Der kommt sicherlich nicht von hier, was für ihn spricht, dachte das Mädchen.

Schwups, nun saß er wieder auf seinem Stachel. Ein

Wunder, dass er nicht umfiel. Nach dem inspirierenden Hafenrundblick entstanden nun Wurzeln und Stamm eines zwölften Baumes auf der Leinwand.

»Wieso schaust du nicht auf einen Wald, wenn du einen Wald malst?«, Aross musste es nun unbedingt wissen.

»Sagte eine Rattenkönigin nicht, ein Künstler male einen Baum?« Er nahm den Kopf zurück und betrachtete die Leinwand skeptisch.

Boah, was für ein Klugscheißer. »Es sind mehrere Bäume, also eher ein Wald«, meinte Aross im forschen Das-weiß-doch-jede-Dame-Ton.

»Hm, wie viele Bäume ergeben einen Wald?«, grübelte der Maler mit einem Gesicht, als ergründe er den Sinn allen Lebens.

»Ab einem Dutzend! Du bist also auf dem richtigen Weg«, legte Aross fest. »Meine Frage hast du immer noch nicht beantwortet. Hier gibt es keinen Wald, keine zwölf Bäume, nicht einmal einen.«

»Woher die Ungeduld? Wenn ein Maler exakt das malt, was er sieht, vergleichen die Menschen sein Bild angestrengt mit der Realität. Das strengt den Maler an, wenn sie losmeckern: Der Turm da hinten hat mehr Höhe als auf dem Bild, die Mauer mehr Niedrigkeit, das Wasser mehr Blau und das Morgenrot mehr Rot. Wenn ein Maler an diesem Platz einen Wald zeichnet, dann akzeptieren ihn die Leute ohne Murren.«

»Aha«, machte Aross und überlegte: »Vielleicht liegt es aber auch daran, dass du nur Wälder malen kannst und sonst nichts anderes.«

»Eine Dame ist eine Person voll mit Misstrauen.« Der Mann lachte leise. »Glaube es, du stehst vor einem

Allesmaler, der am liebsten einen Hafen auf die Leinwand malt, wenn er vor einem Wald sitzt.«

Überzeugt hatte der Fremde Aross nicht, es mochte auch daran liegen, dass sie enorme Schwierigkeiten hatte, Erwachsenen Glauben zu schenken. »Hm. Kannst du auch Gesichter zeichnen?«

»Na klar! Gesichter von Außerordentlichkeit«, behauptete der Mann. »Vor wenigen Tagen hat ein Künstler die Frau Königin gezeichnet.«

»Die Königin? Niemals!«

»Mein Künstlerehrenwort als Allesmaler!« Er legte die Hand auf sein Herz. »Die Frau Gemahlin des Alten König Grachus persönlich.«

»Aber … dann musstest du doch das malen, was du sahst. Und alle konnten vergleichen. Oder saß da der König, als du die Königin gemalt hast?«

Wieder das leise Lachen. »Nein, die Königin hat wahrlich drei Stunden Modell gesessen. Hätte sie nicht gemusst, das Bild wäre dasselbe geworden, nur hätte es das Ehrgefühl der Königin verletzt. Und so etwas sollte ein Maler nicht tun.« Er beugte sich vor, schaute verschwörerisch nach links, nach rechts, nach oben und flüsterte mit noch schmaleren Augen: »Ein Maler verrät einer Dame ein Geheimnis – aber nur ihr. Das Gemälde ist kein Spiegel. Ein Künstler hat ein paar Falten und Altersflecken … äh, übersehen. Und ihre Augen mehr groß und die Nase mehr klein gezeichnet. Sie sieht auf der Leinwand dreißig Jahre jung aus, doch der halbe Hof hat geschworen, dass ein Maler sie in Haargenauigkeit getroffen hat. Dabei ist sie mehr alt als jeder Wald mit mindestens zwölf Bäumen.«

Aross konnte nicht anders – sie musste lachen, nicht

leise, sondern laut. Wie schaffte es dieser Mann, dass sie ihn nach so kurzer Zeit mochte?

»Verdienst du genug Geld mit der Malerei?«

»Genug Geld? Das ist ein Feld von großer Weite. Ein Maler kennt viele Menschen, für die es diese Wortkombination nicht gibt.« Er sah sie an. »Genug Geld? Um was zu tun?«

»Überleben.«

»Ja! Dafür reicht es.« Zufrieden wandte er sich wieder seiner Staffelei zu.

»Du malst schöne Wälder.« Ein Gedanke formte sich in ihrem Kopf. Sie war doch auch eine Königin – sollte sie fragen, ob er eine kleine Skizze von ihrem Gesicht anfertigte? Doch dann verwarf sie die Idee. Ein von der Stadtwache gesuchtes Mädchen sollte sich nicht verewigen lassen.

»Was macht eine Dame so?«, fragte der Fremde, die Augen fest auf die Leinwand gerichtet.

»Ich schaue mir gerne Künstler an, die im Hafen Wälder malen«, wich Aross aus. Sie wollte nicht über sich erzählen.

»Hm, verdient eine Dame damit genug Geld?«

Zum zweiten Mal an diesem Morgen musste Aross lachen. Das war ihr lange nicht mehr passiert – nicht, dass sie ihre Mundwinkel noch überanstrengte. »Ich habe genug Geld«, behauptete sie, griff in die Innentasche ihres braunen Kleides und spürte den Zahn von Didiweis und die Münze. Letztere zog sie heraus: »Hier, mein letzter Kupferling. Dafür kaufe ich mir gleich etwas zu essen.«

»Tatsächlich!«, der Maler staunte in ihre Hand. »Eine große Idee! Bringt eine Dame mir etwas mit?«

Nun zögerte Aross. Der Kupferling reichte höchstens für ein halbes Brot vom Vortag, für mehr nicht. Davon konnte sie zwei Tage leben. Doch geizig war sie noch nie gewesen, daher nickte das Mädchen. »Ich schau mal, was ich auftreiben kann.«

Der kleine Mann nickte und ergänzte sein Bild um einige Äste. Der Birkenwald wuchs schnell.

Zu dieser frühen Tageszeit stromerte Aross am liebsten durch den Hafen. Mit Ausnahme des gestrigen Tages war weder die Stadtwache noch Soldaten zu sehen, Huren und Beschützer lagen noch in den Betten, Fischer fischten auf dem Meer, und Händler bestückten ihre Stände. Tatsächlich erhielt sie nach zäher Verhandlung und unter Murren des Bäckers für ihren letzten Kupferling einen halben Laib Brot vom Vortag. Stolz machte sie sich auf zum kleinen Steg. Der Fremde hatte emsig weitergemalt. Über dem Wald ging inzwischen die Sonne auf, zwei Raben flogen durch die Lüfte, und die Bäume warfen Schatten. Das Bild wurde immer schöner.

»Hier!«, das Mädchen brach mit beiden Händen ein großes Stück Brot ab.

Bevor er es annahm, führte der kleine Mann die Handflächen unter seinem Kinn zusammen und verbeugte sich kurz. Es sah aus wie ein Dankeschön.

Erst jetzt griff er zu und biss hinein. »Über das Malen vergisst ein Künstler oftmals Essen und Trinken.« Das Brot krachte in seinem Mund. »Lecker!«

Auch Aross' Kiefer arbeiteten angestrengt. Verfluchter Bäcker, der Laib war nicht vom Vortag, sondern vom Vormonat.

Beide kauten vor sich hin, ein angenehmes Schweigen.

»Wie heißt eine Dame?«, fragte der Maler in die Stille

hinein.

»Aross«, antwortete das Mädchen, ohne zu überlegen. »Und du?«

»Mein Name ist Ki.«

»Wie Ki??«

»Nicht Wiki, nur Ki. Nicht so ein Allerweltsname ...«, er verzog das Gesicht, »... wie Aross.« Und lächelte.

Zum dritten Mal musste Aross lachen.

Lieber, alberner Tag. Heute hast du mir tatsächlich etwas Unglaubliches beschert: einen albernen Erwachsenen mit einem Stachel am Hintern.

»Ki ist ein Name voller Zweckdienlichkeit«, erklärte Ki. »Da ein Künstler ihn unter alle seine Bilder setzt, muss er nicht viel schreiben.«

Einleuchtend.

»Der Platz hier auf dem Steg ist voller Wunder«, sagte er.

Was für Wunder, wunderte sich Aross. Dann verstand sie. »Ja, es ist der wundervollste Platz in ganz Nabenstein. Ich mag ihn sehr.«

»Am liebsten malt ein Maler beim Licht der Morgensonne – ein ganz besonderes Licht, voller Frische und Würzigkeit.« Der kleine Mann erhob sich von seinem Schemel. »Andere Aufgaben rufen. Wollen ein Maler und eine Dame sich morgen um die gleiche Zeit wieder treffen?«, schlug er vor.

»Abgemacht! Hier auf dem Steg«, antwortete Aross, während sie über das frische und würzige Licht nachdachte.

Geübt klemmte Ki seine Staffelei unter den Arm und schnallte mit einer Hand den Schemel ab: »Bis morgen.«

Eine Dame nickte ihm zu.

Wie spät war es? Aross erwachte zum zweiten Mal in ihrer neuen Höhle. Hatte sie nicht eine Verabredung? Ob der Allesmaler wirklich Wort hielt? Sie strampelte die alte Pferdedecke weg und reckte sich. Von hier bis zu ihrem Lieblingssteg brauchte sie etwa zwanzig Minuten. Mal sehen, ob sie noch Zeit für ein Bad im Meer hatte. Vorsichtig zwängte sie sich durch den Tunnel nach oben und achtete darauf, ihr Kleid nicht zu zerreißen.

Am Strand angekommen, zog sie sich aus und schwamm einige Züge in den Wellen. Zu essen hatte sie nur noch das Endstück des uralten Brots. Der letzte Kupferling war ausgegeben – sie musste sich etwas einfallen lassen, wenn sie nicht verhungern wollte.

Wie am Vortag saß Ki am Ende ihres Lieblingsstegs auf seinem Schemel, blickte versonnen auf das Meer, die Boote und die Möwen. Der Wald wurde immer dichter, er wirkte geheimnisvoll. Unter der Staffelei lag ein zusammengeknotetes Tuch.

Mit einem freundlichen Nicken empfing er das Mädchen. »Nihau! Wo kommt eine Dame her?«

Trotz des wolkenlosen Himmels spürte Aross, wie ein Schatten über ihr Gesicht huschte. »Wie meinst du das?«

Mit einem Kohlestift zeigte Ki auf die Küste. »In dieser Richtung liegt kein Dorf. Da hat sich ein Maler gefragt, wo eine Dame wohnt.«

»Ich habe mich noch nicht gefragt, wo du wohnst«, entgegnete Aross schärfer, als sie beabsichtigt hatte.

Der Künstler führte die Handflächen unter seinem Kinn zusammen und verbeugte sich kurz. Es sah aus wie ein Fangen-wir-von-vorn-an. »Ein Maler hat verstanden. Die

Antwort auf seine Frage bleibt ihr Geheimnis. Und eine Dame wird das Geheimnis so lange für sich behalten, bis es kein Geheimnis mehr sein soll.«

Das beruhigte Aross etwas, sie hasste es, ausgefragt zu werden.

Die Kohlezeichnung auf der Leinwand wurde immer detaillierter. Den Zweigen entwuchsen Blätter. Hunderte kleine Birkenblätter, was für eine Geduld, was für ein Fleiß.

»Dein Bild wird wunderschön«, lobte das Mädchen.

Der Künstler führte die Handflächen unter seinem Kinn zusammen und verbeugte sich kurz. Es sah aus wie ein Dankeschön.

Eine Weile sah sie der Entstehung weiterer Birkenblätter zu. Die Geschwindigkeit des Kohlestiftes faszinierte sie. »Kann ich das auch lernen?«, wollte sie wissen.

»Eine Dame kann es bereits. Jeder kann malen.«

»Meine Bilder sind aber hässlich«, murrte Aross.

»Hm, wer entscheidet das?«

Dieser Ki überraschte das Mädchen. Ein wenig erinnerte er sie an Didiweis, wobei die noch rätselhafter gesprochen hatte. In dem Moment fielen ihr die vielen Fragen ein, die die alte Frau aufgeworfen hatte. »Sag mal, Ki. Bist du auch über den Ozean gekommen?«

»Ja, eine große Reise, von einem anderen Kontinent.«

»Kennst du Didiweis?«

Verdutzt blickte der Maler das Mädchen an. »Nein, nie gehört. Ein seltener Name.«

Boah, Aross – die Frage war auch selten dämlich.

»Äh, ich meine die vermeintliche Hexe, die sie auf dem großen Platz vor einigen Wochen verbrannt haben.«

»Ich habe davon gehört.« Ki verzog das Gesicht. »Doch

so etwas sehe ich mir nicht an.«

»Hm. Wie bist du denn hergekommen?«

»Auf einem Schiff voller Mächtigkeit, der Barbarossa. Vier Maste so hoch wie der Bergfried der königlichen Burg, Segel so breit wie das Deckentuch der Markthalle, das Steuerrad so groß wie eine Wassermühle. Kein anderes Segelschiff schafft es, den Ozean zu überqueren. Die Reise dauert drei Wochen und führt durch Gewässer so wild wie ein Tiger.«

»Davon habe ich noch nie gehört«, wunderte sich Aross. Und was zum Henker war ein Tiger?

»Das Schiff läuft nur selten in den Hafen von Nabenstein ein. Der Kapitän wird Rotbart gerufen. Er ist ein Mann voller Gefährlichkeit. Ein Pirat.« Kräftig nickend bekräftigte Ki seine eigenen Worte und wandte sich wieder der Leinwand zu. »Ein Maler liebt Bäume. Das sind Lebewesen voller Ruhe und Schönheit«, sagte er.

In Gedanken weilte Aross noch bei Didiweis' Worten. »Weißt du, was ein Knochendeuter ist?«

Ki unterbrach seine Arbeit. »Ein Ausdruck von Seltenheit. Es gibt Menschen, die anhand der Leiche feststellen können, wie diese Person gestorben ist. Sie untersuchen die Wunden, die Knochen, sogar die Organe und ziehen ihre Schlüsse. Eine Kunst voller Schwierigkeit, denn sie erfordert großes Talent. Und viele Tote zum Sammeln von Erfahrung. Da wo ich herkomme, sind diese Leute sehr angesehen.«

»Wer hat denn viel mit Toten zu tun?«, fragte Aross.

»Leichenbestatter und Totengräber. Und Heiler ohne Erfolg.«

»Totengräber also.«

»Der Beruf wäre passend, wobei Totengräber in diesen

Landen alles andere als bewundert werden.«

Haben der Erzbischof und der merkwürdige Fremde in der Scheune nicht einen Totengräbersohn verfolgt, der auf einer Burg zum Knappen ausgebildet wird? Wie hieß denn die Burg nochmal? Vergeblich kramte sie in ihrem Gedächtnis.

Eine Weile blieben beide still, bis sich Ki von seinem kleinen Schemel erhob. »An diesem Steg mag ich auch die Luft.«

Aross grinste: »Ja, sie ist wunderbar hell und strahlend.«

Ki nickte. »Der Wind kommt aus unserem Rücken und erspart uns die Ausdünstungen von Nabenstein«, erklärte er auffallend sachlich.

Der kleine Mann war schwer einzuschätzen.

»Ki, was ist in dem weißen Tuch?«, fragte Aross.

Der Maler zog eine Wolke vor seine Stirn. »Das ist ein Geheimnis großer Heimlichkeit.« Er schob die Unterlippe vor und pustete sich selbst über das Gesicht, sodass der Scheitel hochwehte. »Ein Geheimnis, das ich jetzt mit dir teilen werde, denn eine Dame ist eine Freundin.«

Er bückte sich und knotete das Tuch auf. Ein frischer Laib Brot, mehrere Würste, zwei Krapfen, jede Menge getrocknete Apfelscheiben und Pflaumen taten sich auf. Aross starrte auf die Köstlichkeiten – ein Anblick, noch schöner als der Birkenwald, vor allem, da sie wieder riesigen Hunger verspürte.

»Das … das ist …«, ihr fehlten die Worte.

»… lecker. Gestern hat eine Freundin einen Maler eingeladen, heute ist es umgekehrt.«

Eine Weile aßen beide um die Wette. Gegen Aross hatte Ki jedoch nicht den Hauch einer Chance. Knackend und schmatzend stopfte sie ein Würstchen in den Mund und ließ ihre Füße ins Meer baumeln. Wie eine Dame wirkte sie hierbei allerdings nicht. Als der Mund leer war, sagte sie: »Danke, so gut habe ich lange nicht gegessen.« Sie wackelte mit ihren Zehen im Wasser und grinste. »So etwas Feines gab es im Waisenhaus nie.« Oh – jetzt hatte sie sich glatt verplappert.

»Gern geschehen.« Eine weitere Reaktion zeigte Ki nicht.

Es dauerte eine Weile, bis Aross fragte: »Wie alt bist du, Ki?«

»Alt? Im Vergleich zu was?«

Konnte er nicht einfach eine Zahl nennen?

»Im Vergleich zu mir. Ich bin vierzehn.«

»Uh! Dann ist ein Maler sehr alt. Er könnte ein Großvater sein.« Ki verzog das Gesicht, sodass auf einmal unzählige Falten erschienen.

»Opa Ki«, nannte ihn das Mädchen.

Den ganzen Vormittag verbrachten die beiden auf dem kleinen Steg. Die Kohlestifte huschten über die Leinwand, während Aross weiterhin mit ihren Beinen das Meer umrührte.

»Nur noch morgen, dann ist ein Hafenmaler fertig«, lächelte Ki.

»Und was dann?« Ein Drücken in der Brust machte Aross klar, dass sie gern mehr Zeit mit dem kleinen Mann verbringen würde. Schon nach zwei Tagen war er kein Fremder mehr, sondern jemand, den sie mochte. Und sie war keine eine Dame mehr, sondern eine Freundin. Freundschaft? Vielleicht? Mit Freunden kannte sie sich nicht so gut aus.

Der Ausrichter

Ein freudloser Rückweg lag hinter ihm. Trotz aller Versuche Drogdans, Zuversicht und gute Laune zu verbreiten, fühlte sich Farin leer wie ein Kuckucksnest. Immer wieder wanderten seine Gedanken zu Annietta, er konnte nicht glauben, dass seine Angebetete für ihn für immer verloren war. Natürlich hatte er nicht erwartet, dass sie sich ihm an den Hals warf, doch ihre Heirat machte jegliche Träume zunichte. Und er träumte gern, jahrelang hatte er nicht viel mehr gehabt als seine Träume.

Auf dem Hügel in der Ferne tauchte die Burg Sturmwacht auf. Der graue Himmel passte zum Gemäuer und seinen Gefühlen. Die beiden Türme verschmolzen mit den Wolken. Der Wall wirkte aus der Ferne plump und trutzig, wenig begehrenswert und noch weniger bewohnenswert, allein die strategische Lage machte die Festung wertvoll.

Einige Männer, die am Fuße des Hügels Bäume fällten, winkten Stummel zu. Freundlich grüßte der Kleine zurück.

Seine Kameraden freuten sich auf ein ordentliches Essen und den Kamin. Farins Lebensgeister waren in eine Winterstarre verfallen, die selbst ein Feuer nicht auftauen würde. Dröhnend trabten sie über die Zugbrücke, stiegen ab und führten die Pferde am Zügel durchs Tor. In den Stallungen liefen mehr Soldaten und Diener umher als sonst. Ein Vierspänner wartete im Burghof – hoher Besuch war eingetroffen.

»Fürst Gorian von Siegesmund mit Gefolge«, erklärte ihnen ein Wachsoldat. »Sie bleiben bis morgen und reisen dann mit der Leiche ihres Sohnes in den Süden zurück.«

Zwei Stalljungen nahmen ihre Pferde in Empfang, Farin

kraulte Fiesel zum Abschied zwischen den Ohren. Dort mochte sie es ganz besonders, sie blieb ganz friedlich, und ihre Nase wurde dabei immer länger. Offenbar hatte sie sich so langsam an Farins Ekel gewöhnt.

Die drei verließen den Stall.

»Ich melde Emicho, dass wir zurück sind«, erklärte Drogdan.

Plaudius meinte: »Nicht nötig.«

Laute Stimmen gellten ihnen entgegen. Ritter Emicho erschien in Begleitung eines stattlichen Herrn im Burghof. Letzterer trug eine Tunika, die wie ein Sternenhimmel glitzerte, obwohl weder Mond noch Sonne schien. Am Kragen, an den Handgelenken und unten zierten kunstfertige Arabesken die Säume. Den breiten Gürtel schmückte ein Wappen mit einem Haifisch. Darüber trug er einen dunklen Mantel, der auf der rechten Schulter mit einem goldenen Knopf zusammengehalten wurde. Sein Haar war zu einem langen Zopf gebunden, auch die Gesichtszüge sahen edel aus.

Hinter den beiden Männern tauchte der Rest der Prozession auf. Vier Bedienstete trugen den geschlossenen Sarg, dahinter folgten weitere livrierte Männer und Frauen. Eine Edeldame stach sofort ins Auge. Maghareta von Siegesmund. Ihr reich besticktes Kleid war in einem dunklen Grün gehalten und fiel ihr auf die Füße. Die Ärmel waren so ausladend, dass sie die Hände stets auf Bauchhöhe halten musste, um nicht über den Stoff zu stolpern.

Trotz aller Müdigkeit konnte Farin nicht anders, als stehenzubleiben und das Szenario zu beobachten.

»Eure Vorwürfe entbehren jeder Grundlage, Fürst Gorian«, sagte Emicho in scharfem Ton.

»Ihr könnt Euch nicht von jeder Schuld am Tod meines Sohnes freisprechen, Emicho«, polterte der Adlige. »Ich habe Euch meinen ältesten Sohn als Knappen geschickt, und Ihr habt Eure Fürsorgepflicht aufs Schändlichste verletzt.«

Ein Grummeln erfasste Farins Bauch. Politik nannten die Menschen den verlogenen Mist. In Wirklichkeit hatte der Sohn von Fürst Gorian seinen Herrn Emicho skrupellos ausspioniert, dafür hatte Letzterer ihn skrupellos erschlagen und das Ganze wie einen Unfall aussehen lassen. Es hörte sich nicht so an, als habe der Ritter dem Fürsten reinen Wein eingeschenkt. Spielte Fürst Gorian zumindest zu einem Teil den unbescholtenen, verzweifelten Vater, oder wusste er genau über den Verrat seines Sohnes Bescheid? Hatte er ihn womöglich dazu angestiftet? Gegner des Burgherrn war in erster Linie der Kult der Nekorer, der in Gorians Heimat, im Süden des Weltenreiches, besonders stark vertreten war. Gehörte die Adelsfamilie ihnen an? Wer war für welche Intrige verantwortlich?

Bockmist! Es ist nicht meine Welt, Antworten auf diese Fragen zu finden.

Es ist die Welt, in der du lebst. Und eine andere hast du nicht.

Ist ja klar, dass Schlaumäre es mal wieder besser weiß, dachte Farin müde.

Der Trauerzug zog an Drogdan, Stummel, Plaudius und ihm vorbei. Weder der Gorian von Siegesmund noch Emicho schienen sie zur Kenntnis zu nehmen. Farin wusste es besser, natürlich hatte sie der Ritter gesehen, nur forderte der wütende Fürst all seine Aufmerksamkeit.

»Sagt mir eins, wieso besudelt Ihr die Ehre meines verstorbenen Sohnes, indem Ihr als seinen Nachfolger einen … Totengräber zu Eurem Knappen erkoren habt? Wollt Ihr mich durch diesen unwürdigen Akt provozieren?«

»Ist es das, was Euch jetzt bewegt?«, fragte Emicho.

Gorian schäumte: »Fürst Ransorg hat mir so einiges über Eure Eskapaden berichtet. Ihr … solltet Eure Handlungen besser durchdenken.«

»Euer Schmerz ist verständlich, doch Ihr macht mir keine Vorschriften, was ich zu denken, und wie ich mich zu verhalten habe.« Der Blick des Ritters durchbohrte seinen Besuch, offenbar versuchte er zu sondieren, inwieweit Fürst Gorian mit den Feinden paktierte. Farin konnte sich nicht vorstellen, dass der Knappe Keimund von ganz allein auf den Gedanken gekommen war, den Kult der Nekorer zu unterstützen.

»Früher habt Ihr zu den talentiertesten Schwertkämpfern des Weltenreiches gezählt – Ihr wart auf gutem Weg, eine lebende Legende zu werden. Nun seid Ihr ein vergessener Ritter in einem unbedeutenden Landstrich mit einer ungastlichen Burg. Das Einzige, was legendär ist, ist Eure Starrköpfigkeit.« Mit einer herrschaftlichen Bewegung wandte er sich von Emicho ab. »Wir werden noch heute abreisen.« Der Fürst sprach nun ruhiger, doch das Blut wallte in seinen Adern.

»Eure Entscheidung.« Der Burgherr hatte beschlossen, sich nicht provozieren zu lassen.

»Zunächst werde ich mich um eine würdige Bestattung meines Sohnes kümmern. Doch in wenigen Wochen sehen wir uns in der Arena beim Großen Turnier wieder. Aller Welt werde ich zeigen, was für ein Versa…«

»SCHWEIGT!«, herrschte ihn Emicho an. »Lasst für den Moment gut sein. Später werden wir klären, was Ihr meint, klären zu müssen.«

Beklommen hielt Farin die Luft an. Jede weitere Eskalation würde zu einem tödlichen Duell führen, denn Emicho konnte sich ein solches Benehmen vor seinen Vasallen nicht bieten lassen.

Der Fürst merkte, dass er schon zu weit gegangen war und sammelte sich. Er knirschte. »Wir treffen uns beim Tjost. Bei Eurem eigenen Turnier könnt Ihr Euch nicht verstecken, diesmal müsst Ihr in die Arena.« Die Worte dienten sowohl als Drohung als auch als Abschiedsgruß. Gorian würdigte seinen Gastgeber keines Blickes und keines Wortes mehr.

Drogdan, Stummel und Plaudius tauschten ernste Blicke aus.

Leise fragte Farin: »Wovon spricht der Fürst?«

»An den letzten fünf Großen Turnieren hat Emicho nicht teilgenommen. Viele sagen, er habe sich gedrückt, weil er nicht mehr gut genug sei. Nun ist er Gastgeber und muss in den Tjost«, flüsterte Drogdan.

Stumm drehte sich Ritter Emicho um und kam zurück des Weges. Er warf einen Seitenblick auf seine vier Vasallen und knurrte im Vorübergehen: »Knappe, in einer Stunde in der Schreibstube.«

»Schön, wieder zuhause zu sein«, säuselte Waffenmeister Drogdan so leise hinter ihm her, dass Emicho es nicht hören konnte.

Sie blickten ihm nach, wie er im Pallas verschwand.

»Badezuber?«, fragte Plaudius in die Runde.

Alle nickten.

Eine Stunde später betrat Farin die Schreibstube des Burgherrn.

Ausnahmsweise ließ ihn Emicho nicht warten, sondern kam direkt auf den Punkt. »Konntest du regeln, was du regeln musstest?«

»Ja, Herr. Vater hat eine würdige Bestattung bekommen. Ich … ich habe nun mit Haufen abgeschlossen.« Ein wenig schämte er sich, weil er in dem Moment mehr an Annietta, als an seinen Vater dachte.

»Gut!« Damit hakte der Ritter das Thema ab. »Gibt es sonst irgendwelche Erkenntnisse? Über den Schwarzen oder den Dämon?«

»Nein, wir konnten nichts in Erfahrung bringen.«

Sein prüfender Blick beunruhigte Farin. Wie lange noch konnte er diesem Mann etwas vormachen?

Die flache linke Hand Emichos hämmerte neben ein aufgeschlagenes Buch auf das Schreibpult. »Erinnerst du dich? Klemens, die Wache, die dich in der Bibliothek angegriffen hat, trug auf dem Unterarm die gleiche Tätowierung wie mein ehemaliger Knappe Keimund.«

Das Mal des Unaussprechlichen, schoss es Farin in den Kopf. Er versuchte nur dumm aus der Wäsche zu gucken. Hätte er Emicho darüber aufklären sollen? Schwierig, ohne die Existenz des Dämons zu verraten.

Der Ritter hob den Folianten mit dem dunklen Ledereinband hoch und zeigte auf den Drudenfuß mit der Flamme. »Hier finden wir das Zeichen erneut. Und genau diesen Folianten hat sich mein Knappe zu Gemüte geführt, als er von der Wache mit der Pike angegriffen wurde.« Er rieb sich das breite Kinn. »Was für ein Zufall.«

Bockmist. In der ganzen Aufregung hatte Farin nach dem Kampf vergessen, das Buch zurückzustellen.

»Ich … ich habe das Symbol auf Keimunds Unterarm

wiedererkannt und wollte etwas über seine Bedeutung in Erfahrung bringen.«

Der Unterkiefer des Ritters schob sich vor. »Schwere Kost, ich versuche seit Jahren die Sprache zu begreifen, um die wichtigsten Passagen zu übersetzen.«

Wie viel konnte er erzählen, ohne den Ritter noch misstrauischer zu machen? Farin trat von einem Bein auf das andere. Mit heruntergezogenen Brauen sah ihn Emicho prüfend an. »Kartanesisch ist gar nicht so schwer«, sagte der Totengräbersohn – nur um etwas zu sagen.

Auch ohne das Stöhnen in seinem Hinterkopf wusste er sofort, dass diese kluge Feststellung alles andere als klug gewesen war. Traurig von den Erlebnissen in Haufen und erschöpft von der langen Reise, hatte er sich verplappert.

Die buschigen Augenbrauen des Ritters schossen von ganz unten durch die Decke. »Mit Ausnahme von mir kennt auf dieser Burg kein Schwanz das Wort 'kartanesisch'. Eine Sprache, die es seit Jahrhunderten nicht mehr gibt. Und selbst damals wurde sie nur jenseits des Ozeans gesprochen. Doch mein erlesener, belesener Wunderknappe bildet die eindrucksvolle Ausnahme.« Er musste durchatmen. »Und er findet kartanesisch gar nicht so schwer!« Unglaublich, dass die tiefe Stimme des Ritters gleichzeitig quietschte. »Was bist du nur für ein Genie?«

Was bin ich nur für ein Blödmann, dachte Farin.

Was bist du nur für ein Blödmann.

»Öhm, ein paar Worte verstehe ich – meine Mutter hat sie mir beigebracht.«

Der Ritter brachte seine Brauen wieder in Normalstellung. Scheinbar entspannt lehnte er sich zurück. »Ah, ja. Schön, wer solch eine schlaue Mutter hat. Gern würde ich die Dame mal kennenlernen und fragen, wo sie kartanesisch gelernt hat.«

»Sie ist seit vielen Jahren tot.«

»Tut mir leid.« Er erhob sich. »Doch warum wundert mich das nicht? Komm mal her und verrate mir, was hier steht.«

Bitter schluckend schritt Farin um den Tisch herum und starrte auf den Folianten. Er schwieg.

»Nun?«

»Ich … ich erkenne nur zwei Wörter – es geht um einen Dämon, der mit Feuer und Chaos zu tun hat.«

»Ich glaube es nicht«, flüsterte Emicho. Sein Finger zeigte auf eine Stelle. »Du kannst es! Das hier bedeutet Feuer, so weit war ich auch schon. Und das daneben Chaos?«

Farin nickte nur stumm.

Tiefe Ruhe kehrte in die Schreibstube ein. »Verflucht noch eins! Jetzt begreife ich die Zusammenhänge.« Wütend funkelte er Farin an. Eigentlich reichte Emichos Blick vollends aus, um Teufel und Dämonen auszutreiben und jede Form von Besessenheit umgehend zu heilen.

Nun war der Ritter Ekel und ihm offenbar auf die Schliche gekommen. Hätte er doch Emicho vorher alles gebeichtet! Oder hätte ihn der Ritter dann aufgrund seiner Rachegelüste an dem Dämon, der vermeintlich seinen Vater getötet hatte, sofort umgebracht? Farin machte sich auf das Schlimmste gefasst.

Schon erklärte Emicho: »Offensichtlich besitzt der Kult der Nekorer den Dämon bereits. Daher taucht im Dorf Haufen auch niemand mehr von ihnen auf.«

Dein Herr Ritter glaubt, es gibt nur einen Dämon.

Wie gelähmt hörte Farin weiter zu.

»Und die Tätowierung ist keine Tätowierung, sondern ein Mal, ein Biss des Teufels, der die Menschen in Besitz nehmen kann«, überlegte der Ritter laut. »Das sind alles keine guten Nachrichten.«

»Ja, äh … so wird es sein.«

»Du hilfst mir bei der Übersetzung.« Emicho pochte auf den Folianten. »Ich muss alles über die hässliche Fratze hier wissen. Wir sollten bei den Menschen in der Burg auf ihre Unterarme achten und möglichst unauffällig nach diesem Mal Ausschau halten. So eine Überraschung wie mit Klemens und Keimund möchte ich nicht noch einmal erleben.«

»Ich auch nicht«, sagte Farin.

»Auf mich wartet eine Menge andere Arbeit, vornehmlich die Organisation des Großen Turniers. Es muss noch Wald gerodet und Vieh besorgt werden. Dann sollen Steinmetze und Zimmermänner Hand anlegen und die Gebäude in Schuss bringen. Eigentlich passt es mir überhaupt nicht, dieses Turnier der Eitelkeiten ausrichten zu müssen, aber es blieb mir nichts anderes übrig.«

»Warum sträubt Ihr Euch dagegen?«

»Hast du eben nicht danebengestanden? Weil ich als Gastgeber den Blödsinn auch noch mitmachen muss.«

»Hm, so wie ich Euch erlebt habe, kommt Ihr doch sicherlich in die finalen Kämpfe.«

»Genau das ist mir zuwider.«

»Dann scheidet direkt am Anfang aus.«

Unter den Brauen drehten die Pupillen. »Die Ratschläge meines Knappen. Es gibt drei Dinge, die ich nicht kann: kartanesisch, fliegen und verlieren.«

»Ach so.«

»Auch auf dich warten eine Menge andere Aufgaben. Mach dich mit meinen Waffen, meinen Rüstungen und Pferden vertraut. Spätestens zum Großen Turnier bist du der perfekte Knappe, verstanden?«

»Ja, Herr.«

»Und Farin …«

»Ja, Herr?«

»Du übertreibst es in letzter Zeit. Wie oft gedenkst du noch, mich zu erstaunen?«

»Ich weiß nicht.«

»Jetzt raus hier!« Emichos Mundwinkel zuckten. Vor Freude, vor Sorge? Der Totengräbersohn wusste es nicht.

Früher oder später

Auch am nächsten Morgen hatte Ki ein opulentes Frühstück in seinem geknoteten Tuch mitgebracht, opulent nicht nur für Waisenhausverhältnisse.

»Eigentlich bin ich heute wieder dran«, bemerkte Aross und biss knapp vor der Kiefersperre in einen frischen Krapfen.

»Hat eine Freundin denn noch Geld?«

»Nö! Keinen Pfifferling und keinen Kupferling«, antwortete Aross unbeschwert. Natürlich stellte ihre Armut das Mädchen nahezu jeden Morgen vor ein existenzielles Problem, doch davon wollte es sich nicht den Tag verderben lassen. Waisenkinder lernten früh, dass sie nichts hatten, nicht einmal Eltern. Aross überlegte. Ihr gehörten zwei Dinge: ihr Leben und sonst nichts.

»Geld ist in unserer Welt von Nöten, doch dieses Bild wird ein Maler nicht verkaufen«, meinte Ki, während er seine Zeichnung mal mit dem rechten, mal mit dem linken Auge betrachtete. »Heute wird es fertig und bekommt einen Namen.«

»Gibst du deinen Bildern Namen?«

Verwundert sah Ki das Mädchen an. »Selbstverständlich. Jedes Werk hat einen Namen verdient.«

»Wie willst du es nennen?«

»Aross.«

Entgeistert brachte sie hervor: »Ich ... fühle mich geehrt, nur ... bin ich doch gar nicht darauf zu sehen.«

»Was?« Verwunderung malte sich in Kis Züge, die schmalen Augen blitzten. »Natürlich ist eine Freundin auf dem Bild.« Vehement deutete sein Zeigefinger in Richtung

Leinwand. »Dort! Ein vierzehnjähriges Mädchen, meistens mit großer Hungrigkeit in einem braunen Kleid mit vielen Geheimnissen. Wer kann das denn sonst sein?«

Mit Augen so schräg wie die von Ki starrte sie erst ihn und dann die Zeichnung mit den zwölf Birken an. Dieser Maler war von großer Durchgeknalltheit, soviel stand fest.

Ki schien verwirrt über ihre Verwirrung. Mit sanfter Stimme forderte er das Mädchen auf: »Sieh mal genau hin! Mitten im Wald versteckt sich eine Freundin hinter einem Baum vor der Stadtwache.«

Sofort verharrte Aross mitten in der Kaubewegung. Aha! Der oberschlaue Maler wusste also, dass sie gesucht wurde. Und anstatt sie direkt darauf anzusprechen, kam er ihr auf eine solch verschlagene Tour. Mit einem Mal verspürte sie den Drang aufzustehen und nie wieder herzukommen. Bitterkeit füllte ihren Mund, das Mädchen schluckte, doch die Enttäuschung stocherte weiter in ihren Eingeweiden.

»Das Bild nenne ich Aross, weil eine Freundin in meinem Herzen in diesem Wald lebt.«

»Hier gibt es weit und breit keine Birken!«, stellte das Mädchen schnippisch klar.

»Das ist bildlich gemeint«, lächelte Ki.

Was wollte der kleine Mann? Übellaunig überlegte sie, ob sie gehen sollte.

»In Nabenstein ist eine Belohnung von zwanzig Silberlingen auf die Ergreifung von Aross, dem Waisenkind, ausgesetzt. Das ist viel Geld. Was hat eine Freundin getan?«

Jetzt blieb ihr der letzte Rest Luft weg. Verhörte Ki sie gerade? »Das geht dich nichts an«, zischte sie und stand auf. Empörung rauschte durch ihren Körper, sie fühlte sich überfallen und zwar von jemandem, von dem sie das nicht erwartet hatte, zu dem sie gerade Vertrauen aufgebaut hatte. Das schmerzte genauso wie Rohrstock Nummer fünf. Bloß weg hier, weg von diesem doppelzüngigen Maler.

Rhythmisches Klirren ertönte. Ein Mann stiefelte die Hafenmauer entlang, bog auf den Steg ab und versperrte nun den Weg zum Ufer. Ein stämmiger Kerl in einer Kettenrüstung. Ein Schwert, ein Kolben und eine Peitsche baumelten an seinem Gürtel. Der Kettenhund hielt direkt auf sie zu. Wieso gerade jetzt? Hatte Ki sie für zwanzig Silberlinge verraten? Nein, noch weigerte sie sich, dies zu glauben.

Der Maler erhob sich. Gegen den Neuankömmling sah er klein und mit seinem Stachelstuhl am Hintern fürchterlich lächerlich aus.

Der Meinung schloss sich auch der Kettenhund an. Mit schalem Grinsen baute er sich vor Ki auf und höhnte. »Was bist du denn für einer?«

»Ein Künstler voller Bescheidenheit, mein Herr«, verbeugte sich Ki ehrerbietig.

»Und die Kleine da? Die kommt mir bekannt vor.« Misstrauisch beäugte er Aross.

Sie konnte schlecht durch ihn hindurchrennen. Sollte sie ins Wasser springen und versuchen, schwimmend zu fliehen?

Wenn ich ins Meer springe, verliere ich vielleicht den Zahn, überlegte Aross, griff sich unbewusst in die Innentasche des Kleides und umklammerte ihn. Wütend funkelte sie den Kettenhund an. Der widerwärtige Kerl hatte Mattilda auf dem Gewissen.

Dicke Finger grabschten nach ihren Oberarmen und schüttelten sie. »WER BIST DU? HEISST DU AROSS?«, brüllte es in ihren Ohren.

Grelle Blitze in ihren Pupillen ließen das Mädchen schwindeln. Geblendet kniff Aross die Augen zusammen. Wohin sie auch blickte, es sah aus, als würde sie mit offenen Augen in einem See aus Milch tauchen. Wo kam denn der viele Nebel so plötzlich her? Eine Gestalt tauchte auf – der Kettenhund. Seine Finger tropften Blut. Es donnerte, regnete, ein heftiges Gewitter. Und dann sah sie es, immer wenn es blitzte. Heulend vor Wut verfolgte sie der Kettenhund – genau auf diesen Steg. Sein Gesicht sah furchtbar aus: die Wangen kalkweiß, Stirn und Nase rot verschmiert. Er humpelte, die Knieschiene und seine Kettenstrümpfe klebten vor Blut und Schmutz.

»DU HAST MICH VERRATEN! DU HAST ZOLKAN VON MEINEM HINTERHALT ERZÄHLT! ICH ZERREISSE DICH!«, brüllte er, streckte die Arme vor und griff nach ihrem Hals.

Erschrocken riss das Mädchen die Augen auf, dass es schmerzte. Immer noch hielt der Fiesling ihre Oberarme fest. Nur Sekundenbruchteile sah Aross in ihn hinein, durchlebte die Gräueltaten dieses Mannes. Schreckensbilder unzähliger toter Frauen und Männer zuckten durch ihren Kopf. Noch am heutigen Morgen hatte er einem unbewaffneten Mann hinterrücks die Kehle durchgeschnitten. Seine Brutalität wurde nur noch durch seinen Ehrgeiz übertroffen. Er wirkte dumm und primitiv, dadurch wurde er von seinen Feinden maßlos unterschätzt. Bar jeden Skrupels wollte der Kettenhund die Unterwelt von Nabenstein beherrschen, und er war auf dem besten Weg, sein Ziel zu erreichen.

Der Nebel verschwand, und sie blickte in den wolkenleeren Himmel.

»HEISST DU AROSS?«, spuckte der Kettenhund. Er sah

aus wie immer.

Ki stellte sich hinter das Mädchen, legte seine Hände vertraut auf ihre Schultern und zog sie vom Kettenhund weg. »Das ist Marinda, mein Lehrling«, erklärte er mit ruhiger Stimme, »Verzeiht, sie kann nicht sprechen – von Geburt an ist sie stumm.«

»Keine schlechte Eigenschaft für eine Frau«, lobte der Kettenhund. Misstrauisch glubschte er Aross an. »Ich suche ein Mädchen aus dem Waisenhaus. Sie wurde in der Vergangenheit des Öfteren auf diesem Steg gesehen.«

»Werter Herr, seid versichert. Ein Maler und ein Lehrling arbeiten seit einigen Tagen hier, und keine andere Person ist ihnen in dieser Zeit ansichtig geworden.«

Über den Sinn der Worte musste der Kettenhund erst nachgrübeln. Er kam zu dem unbefriedigenden Ergebnis, den Weg zum kleinen Steg vergeblich gemacht zu haben. Seine schlechte Laune wurde noch schlechter. »Was ist das für ein dämliches Bild? Warum malst du hier einen Wald, du Pinselfurz?« Pure Abscheu vor Dingen, die er nicht verstand, verzerrte seine Miene. Die tiefen Furchen verrieten, dass dies durchaus häufiger vorkam.

»Die Inspiration eines Künstlers, mein Herr. Es tut mir leid, wenn es Euch nicht gefällt«, buckelte Ki.

»Du malst Blödsinn!« Schneller, als Aross ihm es zugetraut hatte, schlug der Kettenhund mit der einen Hand Ki ins Gesicht, riss mit der anderen die Leinwand von der Staffelei und drehte sich in Richtung Wasser. »Weg damit.«

»Bitte nicht, Herr.« Der kleine Mann blutete aus der Nase.

»Wer will mich daran hindern? Duu?« Er schüttelte sich vor Lachen, seine Kettenglieder rasselten rhythmisch dazu.

Mit einer ausholenden Armbewegung schleuderte er die Leinwand flach ins Meer. Sanft wogte der Holzrahmen auf den Wellen, das Wasser überflutete den Birkenwald, die Kohlestriche verschwammen.

Der Kettenhund knurrte: »Ich behalte dich im Auge! Wenn du mein Freund werden möchtest, dann sag mir Bescheid, sobald du ein hässliches Mädchen mit einer Mütze und einem grauen Kleid siehst. Ich bin an den Piers. Und denk daran: Wer nicht mein Freund ist, ist mein Feind!«

Der Kettenhund drehte sich um und verließ den Steg, nicht ohne sich vorher die letzte Wurst an einem Stück in den Mund zu stopfen.

Zunächst standen Ki und Aross wortlos nebeneinander. Durch einen Tränenschleier sah Aross der Leinwand, die langsam ins offene Meer hinaustrieb, nach. Mit gemischten Gefühlen suchten ihre Augen die von Ki. Immerhin hatte er sie nicht verraten, sondern sie mit seiner Geschichte des Lehrlings Marinda geschützt. Daher verspürte Aross einerseits Dankbarkeit, andererseits verabscheute sie Feigheit. Und der Maler hatte sich erschreckend mutlos gegeben. Selbst, als der Kettenhund damit gedroht hatte, die schöne Zeichnung einfach ins Meer zu werfen, war Ki noch wie eine Weinbergschnecke gekrochen. Und nun stand er nach drei Tagen emsigen Malens mit leeren Händen vor ihr. Und … lächelte.

»Was ist denn das für ein Mensch gewesen?«, fragte Ki verwundert. Seine Nase hatte aufgehört zu bluten.

»Der gemeinste von allen!«, sagte Aross. »Warum hast du erzählt, ich sei stumm?«

»Er schien eine Freundin zu kennen, und der Klang ihrer Stimme hätte ihm die letzten Zweifel nehmen können.«

»Oh. Das war schlau. Danke Ki, dass ich dein Lehrling sein durfte. Dieser Mann gehört zu den Beschützern. Getroffen habe ich ihn am Pier Vier. Er hat meine Freundin Mattilda wochenlang gequält.« Zorn wallte in ihr auf. »Dann hat er sie an den Füßen aufgehängt und aufgeschlitzt. Dafür wird er sterben.«

Betroffen sah Ki das Mädchen an. »Er wird so oder so sterben. Früher oder später. Eine Freundin sollte wissen: Vergebung ist die beste Rache.«

Vergebung? Der Fremde kam wahrlich von weit her und hatte jede Menge Naivität mitgebracht. Na klar – Feiglinge nennen Tatenlosigkeit gern Vergebung. Wusste er nicht, wie Nabenstein funktionierte? Nur Geld und Gewalt sorgten für Bewegung in diesem klebrigen Morast. Wer war hier das Kind?

Aufgebracht versuchte es das Mädchen erneut: »Je früher er stirbt desto besser, Ki. Der Fiesling heißt Kettenhund und ist brutal und skrupellos. Er gehört zu den Schnittern – das ist eine von zwei ganz üblen Banden, die Nabenstein beherrschen. Die andere nennt sich Dreher. Beide verdienen ihr Geld mit Mord, Erpressung und Hurerei. Und dem König ist es vollkommen egal, er unternimmt nichts dagegen.«

Der Maler sah wieder aus wie ein alter Mann. Zwei Generationen fremdländischer Lebenserfahrung blickten sie an. »Einst hatte ein Maler einen Todfeind, den er unbedingt umbringen wollte. Als der Moment gekommen war, hatte er gezögert und ihn leben lassen. Kurze Zeit später rettete dieser Todfeind einem Maler das Leben.«

»Pah! Hier nennen die Menschen so etwas Märchen. Du wirst den Kettenhund niemals bekehren, etwas Gutes zu tun.«

»Ein Maler hat nichts von bekehren gesagt. Ohne Zweifel, der Mann spielt eine Rolle voller Dunkelheit im Leben einer Freundin. Wer weiß schon, welche? Vielleicht rettet er auch einmal ihr Leben.«

Schwachsinn! Was wusste Ki schon! Dem war nicht zu helfen. Mit Sicherheit war er nicht im Waisenhaus einer faulenden, stinkenden Stadt groß geworden.

Immer noch aufgewühlt, holte Aross tief Luft. »Dein Bild! Ich glaube es immer noch nicht, dass du die Zerstörung durch den Fiesling so leichtnimmst.«

»Nun ist das Bild nur noch in unseren Köpfen. Natürlich ist der Vorfall bedauerlich, nur kann ein Maler es nicht mehr ändern – es sei denn, er malt ein neues. Auch eine Freundin sollte das Vergangene akzeptieren.«

Entschlossen entgegnete Aross: »Wenn du meinst! Dann konzentriere ich mich auf die Gegenwart und sorge für die Zukunft.«

»Genau – ein nächster Tag, ein nächstes Bild. Was hat eine Freundin nun vor?«

Sie würde es Ki nicht anvertrauen. Wenn du keine Antwort geben möchtest, stelle selbst eine Frage, hatte mal jemand empfohlen. »Was hat ein Freund nun vor?«

Der kleine Mann wiegte seinen Kopf hin und her. »Ein Maler ist für einen Auftrag von hoher Wichtigkeit angefragt worden. In der Kathedrale soll eine frisch verputzte Wand mit Bildereien verziert werden. Das wird eine Weile für Beschäftigung sorgen.«

Alle Waisenkinder mussten von Zeit zu Zeit an Gottesdiensten in der Kathedrale teilnehmen. Im Gedächtnis geblieben waren Aross zum einen die mit knallbunten, fettwanstigen Adligen vollgemalten Wände. Zum anderen würde sie nie vergessen, wie ergriffen die Oberin den Worten des Priesters gelauscht hatte, um wenige Stunden später ihre Nächstenliebe mittels Rohrstock heftig und kräftig unter Beweis zu stellen.

Lächelnd verbeugte sich Ki zum Abschied vor Aross. »Eine Freundin weiß, wo sie mich findet.« Der Künstler führte die Handflächen unter seinem Kinn zusammen und verbeugte sich kurz.

»Danke für deine Hilfe, Ki. Es war schön mit dir auf dem Steg.«

Aufgewühlt sah sie dem Allesmaler nach, auch noch, als er längst hinter dem großen Hafenlager verschwunden war. Ob sie ihn jemals wiedersehen würde? Sie hatte ihm Unrecht getan, denn er hatte nur versucht sie auszufragen, weil er sich sorgte. Ki war ein guter Mensch, davon war Aross überzeugt. Zu gut – er benahm sich wie ein Kind, das glaubt, sich vor Gefahr und Bösem verstecken zu können, indem es die Hände vor die Augen hält. Allzu lange überlebte in Nabenstein mit dieser Strategie niemand.

Mit einem Mal fühlte sie sich furchtbar allein. Sie musste unbedingt weg von hier. Mit langsamen Schritten und gesenktem Kopf verließ sie den Steg. Es klimperte in ihrem Kleid. Irritiert fasste sie durch den Ausschnitt in die Innentasche und strich über die vertraute Form des Backenzahns. Doch sie spürte noch etwas – flach und rund. Perplex zog sie ihre Hand mit drei glänzenden Münzen wieder heraus.

Boah! Drei Silberlinge! Davon konnte sie einige Wochen leben. Ohne viel Federlesens musste Ki ihr das Geld ins

Kleid gesteckt haben, als er sich demonstrativ hinter sie gestellt hatte.

»Danke, dass du mich nicht weiter bedrängt hast. Danke für deine Hilfe, danke für das Geld, Ki.«

Eine Freundin hatte einen Freund. Sie überlegte. Und ein Freund hatte eine Freundin.

Es dauerte zwei Tage bis sich Aross entschied, was sie als Nächstes tun würde. Ein Gefühl der Leere hatte das Mädchen erfasst. Sie horchte in sich hinein – Hunger war es diesmal ausnahmsweise nicht, dank Kis Silberlingen. Es handelte sich um etwas anderes, sie wollte es nicht wahrhaben, nicht laut denken, doch sie fühlte sich allein. Einsamkeit nannten es die Menschen. Manchmal ist Einsamkeit schlimmer als Streit.

Schon aus der Ferne beeindruckte die Kathedrale von Nabenstein die Menschen durch ihre Ausmaße. Die beiden Türme wuchsen fünfzig Meter hoch in den Himmel, die Eingangspforte dazwischen war höher als das königliche Burgtor, und in das Mittelschiff passten locker fünf der umliegenden Fachwerkhäuser. Unvorstellbar, wie viele Menschen unzählige Jahre daran gebaut haben mussten. Eine Zeitlang hatten neben den Gottesdiensten auch reger Handel sowie Theateraufführungen in der Kirche stattgefunden, doch nun diente die Kathedrale nur noch der Andacht. Und pompösen Auftritten des Erzbischofs – was für eine Verschwendung.

Vor der Kirche standen zwei Soldaten. Erstaunlich, dass der alte Bau stets bewacht wurde. Aross machte einen Bogen und ging zum Eingang am westlichen Nebenschiff. Der

Bügel des großen Vorhängeschlosses war offen, der dazugehörige Riegel aufgeschoben. Die schwere Tür öffnete sich fast von allein, nachdem sie die Klinke heruntergedrückt hatte. Das Mädchen kräuselte die Nase – so hatte sie den Geruch in Erinnerung, andächtig, erhaben und doch irdisch nach Staub und menschlichen Ausdünstungen miefend. Gott jedenfalls konnte sie nicht riechen. Dafür aber den unverwechselbaren Geruch nach frischer Farbe. Aross bog um eine dicke Säule und stand wie ein Prediger hinter dem Hauptaltar – ein glattgeschliffener, riesiger Block aus schwarzem Granit, zwei mal drei Meter groß und massiv mit einer kleinen Einbuchtung in Kniehöhe. Was mochte dieses Ungetüm nur wiegen? Obgleich sie den Anblick bereits kannte, gestand sie es sich ein: Die Decken und Bögen in schwindelerregender Höhe, die riesigen, bunten Bleiglasfenster, das lichtdurchflutete Mittelschiff und die gemeißelten Statuen links und rechts an den Wänden sahen atemberaubend aus. Doch die Gnade des göttlichen Segens durch die Errichtung eines Hauses, und sei es noch so prachtvoll, hatte sich Aross noch nicht erschlossen. Wenige Meter von hier verhungerten Menschen, und dieses Bauwerk protzte vor sich hin. Vielleicht würde sie es verstehen, wenn sie einmal groß geworden war. Trotz allen Prunks erkannte das Mädchen, dass die Jahre an der Kathedrale nicht spurlos vorübergegangen waren. Gegenüber der Fensterseite stand ein Gerüst, dessen Pfeiler in den Himmel ragten, so sah es aufgrund des hohen Mittelschiffes zumindest aus. Erstaunt legte Aross den Kopf in den Nacken. Offensichtlich musste auch die Decke renoviert werden.

Bisher hatte sie keine Menschenseele entdecken können.

»Ki?«, flüsterte sie.

Die Akustik verstärkte ihre Stimme, als hätte sie laut gerufen.

»Eine Freundin besucht einen Freund. Ein Maler freut sich sehr.« Die kleine Gestalt tauchte im Portalbereich der Kathedrale auf.

War es doch die einzigartige Atmosphäre dieses mächtigen Gebäudes mit der Nähe zu Gott? Jedenfalls rannte Aross auf Ki zu und umarmte ihn. Nur schwach und flüchtig – doch so etwas hatte sie noch nie getan.

Der Kleine strahlte heller als die Bleiglasfenster. »Ein Maler freut sich über den Besuch einer Freundin.«

Mit einem Seufzen löste sich Aross von ihm. »Danke für die Münzen, Ki. Ich habe das meiste Geld noch. Nur eine Schlafrolle und ein wenig Essen habe ich gekauft.«

Mitten auf Kis Nase schimmerte ein gelber Klecks. Auch sein weißer Kittel war übersät mit unzähligen Flecken in allen Farben. »Ein Künstler weiß, eine Freundin kann für sich selbst sorgen, doch ein wenig Hilfe konnte nicht schaden.«

»Bist du ganz alleine hier?«

»Jetzt nicht mehr. Und jeden Abend kommt einer der Priester und sieht sich meine Fortschritte an.« Er deutete auf eine weiß verputzte Wand neben dem Baugerüst. Dort nahm in lebensechter Größe ein edler Mann auf einem edlen Ross Gestalt an.

»Das sieht toll aus.« Aross bewunderte das entstehende Bild, das schon jetzt etwas von seiner zukünftigen Schönheit offenbarte.

Laute Stimmen hallten durch das Mittelschiff. Zwei Männer traten ein, einer trug eine Priesterrobe, der andere eine kostspielige Tunika. Sie würdigten den Maler und das

Mädchen keines Blickes.

»Werter Herr Architekt, habt Ihr Euch eine Vorgehensweise zur Instandhaltung des Dachstuhls überlegt?«, fragte der Priester. Obgleich er leise redete, konnte Aross jedes Wort gut verstehen.

»Das Kirchengebälk ist über dreihundert Jahre alt und nun auch noch vom Holzwurm befallen. Die Gänge des Ungeziefers haben die tragenden Balken ausgehöhlt. First- und Fußpfette müssen komplett ersetzt werden. Zudem sind die Querstreben in den Glockentürmen befallen, die schon vom Erdbeben vor vier Jahren beschädigt wurden.«

Der Priester blieb unbeeindruckt: »Der Erzbischof hat Euch bereits großzügige Geldmittel für die Renovierung bewilligt. Ihr wisst, welche Bedeutung er der Kathedrale beimisst. Also, worauf wartet Ihr?«

»Auf mehr Geld und weitere Handwerker, vor allem Schreiner und Tischler. Das Dachgebälk muss zunächst weitflächig abgesichert werden.«

Die beiden Männer verschwanden im nördlichen Seitenschiff.

Ki zuckte die Achseln. »Der Zahn der Zeit macht auch vor Gotteshäusern nicht Halt.«

Nach diesen Worten fuhr Aross' Hand unwillkürlich in ihren Kleiderausschnitt. Dort spürte sie ihn in der Innentasche – den Zahn der Zeit.

Sie kniff die Augen zu, das einfallende Licht blendete zu sehr. Mit einem Arm lehnte sie sich an die Wand. Vorsichtig öffnete sie die Lider. Wieso waberte dicker Nebel durch die Kirche? Es wurde dunkel, es donnerte, es regnete, ein heftiges Gewitter. Schon wieder so ein Erlebnis, ähnlich wie auf dem Steg. Was war nur mit ihr los? In ihren Ohren rauschte es. War es der Wind? Sie hörte raue Männerstimmen rufen. Es klang wie Orkan, Orkan, Orkan. Riefen sie den Sturm herbei? Beide Glocken läuteten. Immer lauter. Schrill, ohne Harmonie, wild. Nur noch eine Glocke. Ihre Ohren dröhnten. Dann sah sie es zwischen den Blitzen. Staub und Blut überall. Gebrülltes Chaos. Sterben! Ein Tanz um den Altar! Hier passierte es.

Sie verspürte einen Sog, den unerklärlichen Drang, die Erscheinungen nicht einfach abzutun, sondern ihnen auf den Grund zu gehen. Was bewirkte der Zahn von Didiweis? Ein Blick in die Zukunft? Wie sie sein wird? Oder wie sie sein könnte? Und zwar an dem Ort, an dem sie sich gerade befand. Sie verstand es nicht, spürte jedoch, dass ihre Eingebungen äußerst nützlich waren. Schließlich hatte sie bisher stets den richtigen Riecher gehabt, um der Stadtwache aus dem Weg zu gehen. Auch den Überfall von Gram auf dem Scheunenboden hatte sie erwartet und sich vorbereiten können. Doch es war nicht einfach, sich einen Reim auf ihre Visionen zu machen. Was gab ihr Gewissheit, dass es so kommen würde, wie sie es gesehen hatte? Vielleicht hatte sie von der Oberin zu viele Schläge auf den Kopf bekommen und war verrückt geworden. Sie versuchte ihre Gedanken zu ordnen. Wann hatte sie zum ersten Mal eine Zukunftsvision gehabt? Die Antwort fiel ihr schwer, da sie ständig gezwungen war, sich Gedanken über die Zukunft zu machen, und sei es nur die nächste Mahlzeit. Waren nicht alle geplanten Handlungen ein Abwägen? Ein Schnuppern in die Zukunft? Die Möglichkeiten ihres Tuns waren unendlich, nur musste sie mit den Konsequenzen leben. Am Strand, nachdem sie mit ihrem neuen Kleid aus der Oberstadt zurückgekommen war, hatte sie die erste Eingebung gehabt.

Gram, wie er über die Buche auf den Dachboden geklettert war, um sie zu erwischen. Hatte sie es sich zusammengereimt? Vermutet? Geahnt? Vorausgesehen? Oder gewusst? Was war mit ihren Besuchen in der Stadt? Es war mehr als unverschämtes Glück, dass die Stadtwache sie noch nicht erwischt hat. Es steckte mehr dahinter als der Instinkt, sich im richtigen Moment zu verstecken. Bei all den sonderbaren Vorkommnissen spielte der Zahn von Didiweis eine Rolle. Die entscheidende Rolle?

Bin ich jetzt, die, die weiß, fragte sich das Mädchen und wusste nichts.

»Aross!« Die Stimme von Ki holte sie heim.

»Wie … was ist geschehen?«

»Der Geist einer Freundin war auf Reisen. Willkommen zurück.«

Das mochte sie an Ki. Er tat immer so, als sei alles, was passierte, vollkommen normal.

»Ich … ich habe wohl geträumt.«

»Solange eine Freundin träumt, sind die Träume wahr.« Schon wandte sich Ki wieder der Wand zu. »Morgen wird ein Maler weitere Farben auftragen.« Er gluckste wohlig. »Das Mischen von Farbe bereitet große Freude.«

»Soll ich uns wieder etwas zu essen besorgen?«, fragte Aross.

»Gerne, das Brot hat geschmeckt.«

»Na ja, mit deinem Geld finde ich diesmal eins, das höchstens zwei Wochen alt ist«, versprach das Mädchen und sauste durch den Nebenausgang.

Auf dem Marktplatz drängten sich die Menschen durch

die Stände. Wie gewohnt boten die Händler lautstark ihre Superlative feil. Alle zwei Meter gab es die einzigartigsten Angebote für das wenigste Geld. Beim erstbesten Bäcker erstand Aross einen frischen Laib Brot und zwei Krapfen. Letztere verstaute sie in ihrer Gürteltasche, das Brot klemmte sie sich unter den Arm, sie spürte, wie weich und frisch es war.

»Hierher! Die könnte es sein!«, rief ein Mann aufgeregt und stürzte auf Aross zu. Das Mädchen erhaschte lediglich den Zipfel einer Uniform, doch das reichte ihr vollends. Brutal bahnte sich eine Patrouille der Stadtwache ihren Weg durch die Menge, genau auf sie zu.

Oh nein, eine weitere Gruppe von Soldaten tauchte links davon auf. Sofort duckte sie sich und lief in die entgegengesetzte Richtung. Kaum jemand vermochte sich in einer derartigen Geschwindigkeit durch Menschenmassen zu drängeln wie Aross. Sie setzte ihre Schultern, Hüften und Ellenbogen ein, stieß die Leute zur Seite oder krabbelte ihnen notfalls durch die Beine.

»HALTET DAS MÄDCHEN FEST!«, hörte sie es brüllen.

Darüber machte sie sich keine Sorgen. Die Stadtwache war unbeliebt, galt als faul und korrupt, und zu guter Letzt war es immer klüger, sich nicht in deren Angelegenheiten einzumischen.

»ZWANZIG SILBERLINGE FÜR DEN, DER DAS MÄDCHEN FASST!«

Darüber machte sie sich Sorgen. Wütend ließ sie das Brot fallen, es störte bei der Flucht. Sie erhöhte ihre Geschwindigkeit noch einmal. Für so viel Geld warfen die meisten Stadtbewohner ihre Bedenken fort, wie sie ihr Brot. Prompt griff ein Mann, an dem sie eigentlich schon vorbei gehastet war, nach ihrem Arm. Blitzartig drehte sie sich um und rammte ihm mit voller Wucht das Knie in den Unterleib. Leider hatte sie nicht die Zeit zu beobachten, wie er stöhnend zusammenklappte, denn die Soldaten blieben ihr von mehreren Seiten auf den Fersen. Die Menschenmasse war zu gefährlich, zu unberechenbar, zu launisch. Der einzige verbliebene Fluchtweg führte ins große Lagerhaus. Dort unterhielten die großen Händler der Stadt ihre Warendepots. Eigentlich handelte es sich nicht um ein Haus, sondern eher um ein überdachtes Areal mit riesigen Regalen, in denen Fässer, Kisten und Körbe lagerten. Auch jede Menge Baustoffe, wie Balken, Bohlen und Planken waren hier untergebracht. Warum also nicht dort hinein? Es bot viele Winkel und Ecken, in denen sie sich verstecken konnte. Schon flitzte das Mädchen auf das Gelände und verschwand zwischen zwei turmhohen Regalen.

»Sie ist im Lagerhaus!«, rief es hinter ihr her.

»Wir riegeln die Rückseite ab!«, rief ein anderer.

Eine dritte Patrouille tauchte auf.

Mit Anlauf sprang sie auf eine Holzkiste, kletterte auf eine weitere und duckte sich hinter einen Haufen Bretter. Was nun? Auf der anderen Seite wieder hinunterklettern und in Richtung Hafen flüchten? Nein, genau das würden die Soldaten erwarten.

Vor, hinter, neben und über ihr stapelten sich jede Menge leere Holzkisten. Allesamt gut geeignet, um sich darin zu verstecken. Würden sie wirklich sämtliche Behälter nach ihr absuchen? Wenn die Männer sie in einer der Kisten fänden, säße sie in der Falle. Besser wäre es, zwischen die Kisten zu kriechen. Also machte sich Aross ganz klein und quetschte sich in einen Spalt zwischen zwei groben Holzwänden. Wie eine Ratte. Ihr Herz pumpte aufgeregt, ihr Atem beruhigte sich nur langsam. Ganz von allein fand ihre Hand den Weg in die Innentasche des Kleides und umklammerte den Zahn von Didiweis. Zunächst geschah nichts, doch dann sah sie durch den Nebel, wie unzählige Männer der Stadtwache nach ihr Ausschau hielten. Jeder Zwischenraum, jeder Behälter wurde genau kontrolliert. Eine Stimme flüsterte: 'Dein Name ist der Weg'.

Bevor sich Aross wundern konnte, schob jemand die leere Kiste neben ihr zur Seite und schrie: »HIER!«

Zu dritt stürzten sie sich auf sie. Einer der Soldaten rief erbost: »Erwischt! Seit Wochen suchen wir dich und müssen uns ständig Vorträge über unser Versagen anhören! Damit ist jetzt Schluss!« Wütend schlug er ihr ins Gesicht.

Zu tiefst erschrocken riss Aross die Augen auf, die Soldaten verschwanden. Der Nebel auch.

Nur eine schreckliche Vision. Noch! Nein, das durfte nicht geschehen. Schleunigst musste sie von hier verschwinden. Panisch kroch Aross aus ihrem Versteck hervor. Wohin nur? Ihre Beine fühlten sich an wie Hafergrütze. Ein Zittern ging durch ihren Körper, die Hilflosigkeit lähmte sie. Mit wilden Blicken orientierte sie sich. Aufgebrachte Stimmen kamen immer näher. Oben auf einem Stapel fiel ihr eine Holzkiste mit großen, eingebrannten Lettern auf. Sie blinzelte. Konnte das sein? Wie konnte das sein?

BOAH!

Alles drehte sich um diese eine Erkenntnis – die Angst, die Hoffnung, das Geheimnis, die Rettung.

Die Buchstabenkiste zog sie an wie ein Strudel, wollte sie verschlucken. Und auch verstecken oder eher fangen? Wie gebannt ging das Mädchen darauf zu, kletterte hinauf. Der Deckel stand halb offen, sie kroch hinein und kauerte sich in eine Ecke. Von allen Optionen hatte sie sich jetzt, sachlich betrachtet, für die risikoreichste entschieden. Würde das ihr letztes Versteck sein? Eine Kiste? Eine Rattenfalle? Ein Sarg? Sie fühlte sich wie ein Säugling, sie zog die Knie unters Kinn und widerstand dem Drang, am Daumen zu nuckeln.

Schritte und das Gebrüll der Männer kamen schnell näher. Dumpf drang es von allen Seiten in ihr Versteck.

»Hinten raus ist alles abgeriegelt. Sie muss hier irgendwo sein. Jetzt erwischen wir sie endlich.«

»Sucht zuerst die Zwischenräume ab, sie ist mit Sicherheit nicht so dämlich und kriecht in eine der Kisten«, befahl der Hauptmann.

Völlig bewegungslos verharrte Aross in ihrem Versteck. Überall wuselten die Männer der Stadtwache herum. Immer häufiger, immer lauter wurden die Flüche, je länger die Suche andauerte.

»Hier könnte sie hineingekrochen sein«, rief einer.

Kisten wurden zur Seite geschoben, Aross befürchtete, dass dies ihr erstes Versteck war.

»Verflucht! Die kann sich doch nicht in Luft auflösen. Stellt nun doch jede Kiste auf den Kopf. Alles wird durchsucht.«

Die Männer stöhnten, denn davon gab es Hunderte.

Mit verschwitzten Fingern umklammerte Aross den Zahn. Sie spürte nichts, es geschah nichts. Der würde sie nun auch nicht mehr retten.

Schritte direkt neben ihr – nur die Holzwand trennte sie von der Stadtwache. Laut knarzende Kisten wurden zur Seite geschoben, wütende Flüche begleiteten den Unmut der

Männer bei der Suchaktion.

»Verflucht! Wir haben alles durchsucht. Der Erzbischof wird toben. Die Göre ist ein Teufel!«

Eine Ewigkeit später entfernten sich die Stimmen. Die Welt jenseits der Holzwände wurde ruhiger und verlassener. Eine zweite Ewigkeit lang bibberte Aross leise vor sich hin. Zögerlich traute sie sich, den Gedanken zu Ende zu denken: Die Soldaten der Stadtwache hatten aufgegeben und waren abgezogen. Drei Ewigkeiten später kroch das Mädchen aus der Kiste heraus. Misstrauisch lugte sie in alle Richtungen, sie konnte es immer noch nicht glauben. Aufgewühlt betrachtete sie ihr Versteck. Nur diese eine Kiste hatten die Soldaten ausgelassen, schlichtweg übersehen. Ihre Kiste. Mein Name war der Weg. Große Lettern waren tief ins Holz gebrannt. BARBAROSSA – genau wie auf der Holzschachtel, in der sie als Windelkind vor der Tür des Waisenhauses gefunden wurde. Nur hatte damals jemand das Brett zurecht gesägt. Mit großen Augen suchte sie das Holz nach weiteren Hinweisen ab. Mit viel Mühe entzifferte sie ein mit Kreide auf die Rückseite geschriebenes Wort: ZOLKAN. Sie nahm sich vor, besser lesen zu lernen.

Lieber Tag, zuerst offenbarst du mir das Geheimnis um meinen Namen. Und dann präsentierst du mir zum zweiten Mal diesen Zolkan. Zuerst in meiner Vision vom Kettenhund auf dem Steg und nun hier auf dieser Kiste. Ich kenne dich. Zufälle hast du noch nie für mich bereitgehalten.

Zolkan gehörte zu den reichsten und einflussreichsten Männern in Nabenstein – viele Geschichten und Gerüchte rankten sich um ihn. Und er machte offensichtlich Geschäfte mit dem Piraten Rotbart. Darum wollte sie sich später kümmern. Jetzt musste sie erst einmal zurück zu Ki.

»Tut mir leid, dass es so lange gedauert hat, Ki. Und ich habe nur zwei Krapfen mitgebracht.« Langsam zog sie zwei plattgedrückte Teile aus ihrer Gürteltasche und hielt eins davon Ki vor die Nase.

»Danke schön!«, freute sich der Kleine und biss hinein. »Es ist inzwischen später Nachmittag. Gab es Schwierigkeiten?«

»Hm. Durchaus. Die Stadtwache hat mich beinahe erwischt.«

»Wie lange will eine Freundin noch weglaufen?«

»Was? Ich habe überhaupt nichts getan, und die verfolgen mich. Soll ich mich stellen? Niemals!«

»Jedenfalls etwas ändern.« Er hob den Zeigefinger. »Denn wer ständig auf der Flucht ist, kommt niemals an.«

Kis Weisheiten konnten einem aber auch die Haare ausraufen. »Hast du noch einen Ratschlag für mich?«, grantelte Aross.

Der kleine Mann ließ sich nicht lumpen: »Das Leben sollte mit Sinn gefüllt werden.«

Mit schrägem Blick betrachtete Aross den Künstler – dann fauchte sie wie eine verletzte Katze: »Was weißt du schon? Ist das Leben etwa ein Behälter? Obwohl – wenn ich mich in Nabenstein so umgucke, käme ein vollgekackter Nachttopf der Sache schon sehr nahe.«

Kis schmale Augen erreichten fast Normalgröße. »Von der Philosophie einer Freundin kann auch ein Maler noch viel lernen.«

Er meinte es gut, Aross beruhigte sich. Ein anderes Thema musste her: »Du verstehst etwas von Farben. Kannst du mir helfen, mein Kleid umzufärben?«

Interessiert begutachtete Ki den braunen Stoff. »Das

geht. Eine Waschlauge aus Buchenasche, zwei Tage einweichen, eine Woche in die Sonne hängen und dabei feucht halten. Dann neu einfärben. Wie wäre es mit einem gelb, wie die Sonne?« Er strahlte wie selbige.

Das Gesicht des Mädchens war wolkenverhangen. »Ki – das dauert viel zu lang, bis dahin bin ich tot. Davon abgesehen ist gelb viel zu auffällig. Doch nicht so eine 'Hier-bin-ich-Farbe'.«

»Dann gibt es kaum eine andere Möglichkeit, als ein neues Kleid zu kaufen. Oder wie wäre es mit Hose und Hemd?« Er klimperte mit dem Münzgeld in seiner Tasche.

Einer der seltenen Augenblicke, in denen Aross nicht wusste, was sie sagen sollte.

Die Wiese

»Halte dein Schwert lockerer, du greifst zu verkrampft«, belehrte ihn Drogdan.

Farin schwitzte, vor allem an den verkrampften Fingern. Auf keinen Fall wollte er seine Waffe fallen lassen, daher umklammerte er das Heft, als wollte er es zerquetschen. Der Schlagabtausch wurde schneller – immerhin, nach wochenlangen Übungen merkte der Totengräbersohn, wie er bestimmte Bewegungsabläufe automatisierte. Zudem reagierte er nicht mehr ausschließlich, sondern übernahm zwischendurch auch mal die Initiative. Leider wehrte der Waffenmeister seine stürmischen Angriffe nach wie vor mühelos ab.

Klingend krachte der Stahl aufeinander. Waren es Reflexe oder Intuition – ab und an gelang es auch Farin, das Vorhaben seines Gegners zu lesen und dadurch die Hiebe frühzeitig zu parieren.

»Pause!«, sagte sein Lehrmeister. »Wir trinken und fangen danach mit einer neuen Lektion an.«

»In zwei Wochen beginnt das Große Turnier. Habe ich eine Chance, die erste Runde zu überstehen?«

»Wenn wir noch zwei Jahre Zeit hätten, mit etwas Glück, vielleicht.«

Stöhnend sagte Farin: »Ich hätte nie gedacht, dass dieses Fuchteln mit dem Schwert so anspruchsvoll ist.«

Drogdan kniff sich ins Ohrläppchen: »Na ja, du trittst gegen Gegner an, die sich im Schwertkampf üben, bevor sie Mama sagen können. Und nicht nur das – davor klettern, stoßen, ringen und reiten sie.« Er betrachtete Farin mit einem vielsagenden Seitenblick. »Du bist völlig anders aufgewachsen. Zudem bist du nicht gerade mit außergewöhnlichem Talent gesegnet.«

»Na toll. Immer nur Nackenschläge. Du könntest mich ruhig mal loben.«

»Feinde lobe ich, Freunden sage ich die Wahrheit. Du fichtst immer noch scheiße.«

»Das ist lieb von dir, Drogdan«, schmeichelte ihm Farin, doch sein Gesichtsausdruck schrie das Gegenteil.

Eine dritte Stimme ertönte: »Wie niedlich. Hier also übt unser neuer Knappe heimlich. Das wird nichts nützen, du wirst dich trotzdem beim Turnier bis auf die Knochen blamieren.« Herzog Turgenson betrat den Pferdestall in Begleitung seines Sohnes Baraldon, der den perfekten zukünftigen Ritter verkörperte. Mit seinen blonden Locken, feinen Gesichtszügen und breiten Schultern sah er nicht nur gut aus, sondern strahlte zudem Edelmut und Hochherzigkeit aus. Ein wenig Neid bohrte in Farin.

»Wenn es geheim wäre, hättet Ihr uns nicht gefunden. Was wollt Ihr hier, Herzog Turgenson?«, fragte Drogdan.

»Nicht, dass ich mich vor Euresgleichen erklären müsste – nun ja, die Kampfgeräusche irritierten mich, da habe ich nachgesehen.« Er rümpfte die Nase. »Warum vergeudet Ihr Eure Zeit mit dem sinnlosen Unterfangen, aus einem Totengräber einen Ritter zu machen? Eher wird aus einem Esel ein Schlachtross.« Er lachte freudlos.

»Vater, lass uns gehen«, bat Baraldon, der diese Provokationen offenbar nicht guthieß.

»Warten wir das Turnier ab, wo sich aller Welt offenbaren wird, welch grandiose Fehlentscheidung Emicho bei der Wahl seines Knappen getroffen hat«, grollte der Herzog. »Dieser Kerl da …«, sein Gesicht wandelte sich zu einer

Fratze voller Ablehnung und Empörung, »… taugt höchstens zum Latrinen ausheben. Niedrigste Tätigkeiten, dafür ist er geschaffen – das kann er.« Nun sprach er Farin direkt an: »Du solltest deiner Arbeit als Totengräber nachgehen und nicht die Ehre der Knappen und Ritter besudeln. Schließlich ist das Turnier dem Adel vorbehalten.«

Muss ich mir das wirklich bieten lassen, fragte sich Farin.

Natürlich nicht. Überlass mir das Kommando – dann fordere ich beide gleichzeitig zum Duell und zerfetze sie.

»Wenigstens haben wir eine Gemeinsamkeit, Herzog Turgenson: Ich kann Euch auch nicht leiden«, sagte Farin mit fester Stimme.

Der Adlige lief rot an. »Unverschämter Hundsfott.« Mit einer schnellen Bewegung schlug er Farin mit der flachen Hand ins Gesicht.

Drogdan trat vor. »Verzeiht, Herzog. Es reicht!«

»Ihr habt mir nichts zu sagen, Soldat«, wütete Turgenson.

Baraldon zog ihn sanft am Arm in Richtung Ausgang. »Kommt, Vater.«

Drogdan und Farin blieben alleine zurück. Mit glühender Wange und hängendem Kopf sagte der Totengräbersohn: »Immer schlägt mir Ablehnung, wenn nicht gar Hass, entgegen. Fürst Gorian, Herzog Turgenson und viele mehr machen mir das Leben schwer. Für die bin allein aufgrund meiner niedrigen Geburt ein Nichtsnutz.«

»Sie wissen es nicht besser. Machen wir Schluss für heute.« Mit einer schnellen Bewegung steckte der Waffenmeister das Schwert in die Scheide. »Das Privileg der hohen Geburt prägt die Adligen, bevor sie denken können. Von Anbeginn an pudern sie sich den Hintern, später dann auch das Gesicht. Der Adlige herrscht, der Rest der Bevölkerung arbeitet. Eine einfache Aufgabenverteilung.«

»Aber sollen sich die Ritter nicht für die Schwachen einsetzen und für Gerechtigkeit sorgen?«

»In der Theorie ja, und es gibt einige wenige, die das verinnerlicht haben und vorleben. Trotz aller Bärbeißigkeit ist Emicho einer von denen. Für ihn würde ich mein Leben lassen.«

Diese bedingungslose Treue überraschte Farin nicht. Irgendetwas in den Menschen berührte der Ritter, ohne dass er sich mit Nettigkeiten allzu viel Mühe gab. In solchen Momenten plagte Farin ein schlechtes Gewissen, weil er trotz seines Loyalitätsversprechens das Geheimnis des Dämons für sich behalten musste.

Aufregung erfasste die Bewohner der Burg Sturmwacht. In den nächsten zehn Tagen fand das Große Turnier, der Höhepunkt aller Ritterspiele des Weltenreiches, direkt vor ihren Toren auf der heimischen Wiese statt. Was für ein Ereignis! So weit im Norden wurden die Spiele noch nie ausgetragen. Die Menschen in der Burg fühlten sich geehrt.

Mit Emichos Plattenhelm auf dem Schoß saß Farin am frühen Morgen vor der Rüstungskammer und polierte den blanken Stahl. Verblüffend, wie schwer die Kopfbedeckung war.

Der Ritter trat in den Flur und beäugte misstrauisch die Bemühungen seines Knappen, das Metall auf Hochglanz zu polieren. »Der Helm ist das meistbeachtete Rüstungsteil. Keinen Fingerabdruck will ich darauf sehen.«

»Natürlich, Herr.«

Je näher das große Ereignis rückte, desto schlechter

wurde die Laune des Burgherrn.

»Und der Schild?«

»Ist in einem hervorragenden Zustand.« Farin zögerte nur kurz, dann fuhr er fort: »Sagt bitte – Eure Vorfreude auf das Turnier erscheint mir … überschaubar.«

»Sehr vornehm ausgedrückt, Knappe. Dieses unnötige Gehampel in der Arena finde ich zum Kotzen. Es dient nur der Eitelkeit der Ritter sowie der Belustigung der Bevölkerung. Und der Ablenkung von den eigentlichen Problemen.« Er rieb sich das Kinn. »Ein gefährlicher Umbruch steht bevor, denk nur an den Vormarsch der Nekorer, und wir spielen auf der Wiese Ringelpietz. Was meinst du, wie viele von dieser Brut während des Turniers die braven Ritter spielen?«

Farin zuckte die Achseln.

»Der Feind ist am gefährlichsten, wenn du ihn nicht erkennst. Der Alte König hat es nicht mehr im Griff, er lässt die Zügel zu sehr schleifen. Es heißt, er verstecke sich nur noch in seinem Schlafgemach. Selbst bei den letzten drei Großen Turnieren ist er entgegen aller Tradition nicht erschienen. Offensichtlich ist er schon zu lange Herrscher über das Weltenreich. Kein Wunder – noch nie zuvor hat es eine vierzigjährige Regentschaft gegeben.«

»Wer wird denn nach ihm König?«

»Eines muss ich dir lassen, Knappe. Oftmals sind deine Fragen besser als meine Antworten«, brummte er mürrisch. Gerade, als Farin beginnen wollte, über seine Worte nachzudenken, erklärte Emicho: »Trotz seines hohen Alters ist die Thronfolge des Alten Königs noch nicht geregelt. Grachus hat keinen Sohn. Das weckt ungeheure Begehrlichkeiten im zerstrittenen Hochadel, sodass sie weit davon entfernt sind, sich auf einen Nachfolger zu einigen. Mit dem Tod des Alten Königs wird das Weltenreich zerfallen. Bereits jetzt steht die bisherige Ordnung auf dem Spiel. Denk nur an den Kult der Nekorer. Selten stand ein Großes Turnier unter solch bedrohlichen Vorzeichen. Zwar gibt es den Turnierfrieden, der selbst erbitterten Feinden während der Spiele Schutz und freies Geleit garantiert, doch wer weiß, ob die Regeln in diesen Zeiten eingehalten werden. Genug davon!« Mit finsterem Blick betrachtete er den Helm. »Untersteh dich, die Visierscharniere zu ölen – ich mag es, wenn sie laut quietschen.« Mit diesen Worten verschwand der Burgherr in Richtung Handwerkerviertel.

Nachdenklich sah ihm der Totengräbersohn hinterher. Von früh bis spät kümmerte sich Emicho um die Organisation des Großen Turniers, schließlich mussten jede Menge Vorkehrungen getroffen werden, denn erwartet wurden über siebentausend Menschen aus den besten Familien des ganzen Weltenreiches, davon etwa hundert Hochadlige. Ach ja, Ritter nahmen auch teil – um die dreihundert hatten sich angekündigt, beziehungsweise waren zugelassen worden.

Seit Wochen lieferten die umliegenden Höfe Gänse, Schweine, Schafe und Ochsen. Gatter und Ställe wurden aufgebaut, um das Vieh unterzubringen. Die Burgbrauerei arbeitete Tag und Nacht und stapelte Bierfässer in den Gängen der Katakomben. Gestern hatten sieben Ochsenwagen unzählige Fässer mit rotem und weißem Wein angekarrt. Ritter Emicho selbst hatte sich mitten im Burghof bei einer Probe von der Qualität des Rebensafts überzeugt, bevor er dem Winzer den vereinbarten Preis bezahlte.

Am Nachmittag stand Farin neben Drogdan auf der

Burgmauer und staunte. Das Treiben erinnerte ihn an einen Ameisenhügel. Egal wo er auch hinblickte, überall wuselten Menschen umher. Die meisten waren damit beschäftigt, auf der großen Wiese Zelte aufzubauen.

»Jeder Ritter wird sein eigenes Turnierzelt mit seinem Wappen und seinen Farben rund um die Arena mit den beiden Kampfbahnen platzieren.« Drogdans Arm schwenkte nach rechts. »Dort werden die Zelte zum Schlafen, zum Feiern, zum Kochen stehen. Und Zelte für die Handwerker, Heilkundler, fürs Gesinde, für die Spielmänner, Gaukler und Huren.«

Der Totengräbersohn nickte. Für ein paar Tage stampften die Menschen eine beeindruckende Stadt aus dem Boden. Männer pflasterten die letzten Meter eines breiten Weges, der vom Burgtor den Hügel hinunter direkt zum Kampfareal führte.

»Auch die Straße wird pünktlich fertig«, stellte Drogdan fest. »Laufend werden Fuhrwerke beladen mit Unmengen von Speis und Trank hin und her fahren. Es ist unglaublich, was eine solche Anzahl an Menschen in Feierlaune alles in sich hineinfüllt.«

»Hm.«

»Und abtransportiert werden muss natürlich auch eine Menge. Vor allem leere Fässer.« Er ergänzte: »Und verletzte Streiter. Oder Tote.«

»Was? Wieso Tote? Ich habe es immer für ein Gerücht gehalten, dass Menschen bei den Spielen sterben«, bohrte der Totengräbersohn nach.

»Es hat bisher bei vielen bedeutenden Turnieren tragische Unfälle gegeben. Sowohl bei Raufereien im Vorfeld als auch während der Zweikämpfe«, behauptete Drogdan.

Um sich selbst abzulenken, fragte Farin: »Was machen die Männer mit den Schaufeln dort drüben?«

»Ach die! Du bist doch der Fachmann. Sie heben einen Latrinengraben aus – insgesamt wird es vier davon geben. Hoffentlich weht der Wind von uns weg, du kannst dir nicht vorstellen, was für einen Gestank ein paar tausend Menschen hervorbringen.«

»Meine Nase ist allerhand gewöhnt«, antwortete Farin.

Er machte sich ganz andere Sorgen. In den ersten drei Tagen würden die Vorkämpfe der Knappen stattfinden. Mit dem Buhurt würde das Turnier eröffnet werden. Was für ein Spaß – für alle anderen, dachte Farin und verzog das Gesicht. Noch mehr graute ihm vor den verschiedenen Zweikämpfen. Beruhigend war, dass er alle Disziplinen ausgewogen beherrschte – er war im Speerwerfen so schlecht wie im Zweikampf mit Buckler und Schwert und wie im Ringestechen. Und passend dazu, fühlte er sich auch.

Ich werde kämpfen so gut ich kann, nahm er sich vor.

Drogdan schien zu spüren, was in ihm vorging. »Deine Auftritte werden nicht so peinlich werden, wie dein Übungskampf gegen das Kleinkind neulich, vorausgesetzt, du lässt deine Waffe nicht fallen. Schließlich hattest du einen äußerst beschlagenen Lehrmeister.«

»Hm. Baust du gerade mich oder dich auf?«, fragte Farin säuerlich.

»Ehre, wem Ehre gebührt.«

Damit konnte es sich der Knappe aussuchen.

Nahezu hundert Zelte reihten sich um zwei Ecken in U-Form aneinander. In der Mitte blieb ein riesiges, rechteckiges Kampfareal mit zwei Bahnen frei. Auf der Ebene verstreut standen noch weitere Zelte in allen Größen und Farben. Unbedarfte könnten diese Ansammlung bewaffneter Menschen für eine Armee halten, doch dafür waren die Fahnen, Banner und Wimpel zu unterschiedlich und die Menschen zu frohgestimmt.

Stummel, Drogdan, Plaudius und Farin standen mit vielen anderen Soldaten, Rittern und Knappen auf der Ostmauer und betrachteten das bunte Treiben.

»Morgen geht es endlich los«, freute sich Drogdan.

»Toll«, meinte der Totengräbersohn dazu und spürte die Blicke seiner Kameraden auf sich. »Ich bin nicht der große Kämpfer, müsst ihr wissen.«

»Wissen wir«, grinste der Waffenmeister. »Ich freue mich auf den Buhurt. Es ist immer lustig, wenn die Knappen wie wild aufeinander einschlagen.«

»Was ist denn daran aufregend?«, ereiferte sich Farin. »Zwei Fraktionen prügeln sich stumpf.«

»Nein, blutig. Mit stumpfen Waffen.« Drogdan grinste. »Keine Angst, in der Regel gibt es nur blaue Flecken.«

»Oh, ich habe mir damals bei meinem ersten Buhurt Schlüsselbein und Unterarm gebrochen«, meinte Plaudius in einem Ton, als litt er immer noch.

Aus dem Augenwinkel bekam Farin gerade noch mit, wie er Drogdan verschwörerisch zublinzelte. »Ihr seid Blödmänner«, stellte er unwiderruflich für alle Ewigkeit fest.

Der Waffenmeister lachte schmetternd. »Unser Totengräber wünscht sich einen Wettkampf, bei dem er wenigstens eine kleine Chance hat. Zum Beispiel: Wer schaufelt sich am schnellsten sein eigenes Grab?«

Bis auf Farin fanden das alle lustig.

Besser solch einen Ruf als gar keinen, tröstete er sich.

Sanft legte ihm Stummel die Hand auf die Schulter und brummte tröstend: »Hrm!«

»Kommt, wir inspizieren noch einmal, ob Emichos Turnierdomizil vernünftig aufgebaut wurde«, meinte Drogdan. »Er erwartet Perfektion.«

Es dauerte nicht lange, und die vier erreichten Emichos Zelt an der Stirnseite des Kampfareals. Ein vier Meter hoher Mittelpfosten trug das geölte Segeltuch. Gespannt wurde es mit acht Seilen, die in der Erde verankert waren. Vor dem Zelt standen ein Rüst- und ein Lanzenständer sowie eine Bank. Dazwischen wehte das Banner mit dem feuerspuckenden Drachen an einem Mast. Direkt rechts neben dem Eingang versorgte ein großes Fass Ritter, Knappe und Helfer mit frischem Wasser.

Hinter dem Zelt gab es einen Pfahl zum Anbinden des Schlachtrosses, daneben eine Trittleiter, um Emicho das Besteigen des Pferdes in voller Rüstung zu erleichtern.

Das Innere des Zeltes bestand aus ein paar Stühlen, einer Liege und jeder Menge Utensilien zur Waffen- und Rüstungspflege. Auch für die Köperpflege war etwas dabei – für die grobe Körperpflege: Nadel und dicker Faden zum Zusammenflicken größerer Risswunden. Das Zelt diente als Rückzugszone zur Erholung und Vorbereitung und durfte während des Turniers nur vom Ritter und seinen engsten Vertrauten betreten werden.

»Alles in bester Ordnung«, stellte Drogdan zufrieden fest, nachdem er die Halteseile des Zeltes rundum überprüft hatte.

Spaßerfülltes Stimmengewirr schallte zu ihnen herüber. Neugierig folgten die vier dem Lärm. Ein Teil der Turniergäste vergnügte sich mit Tauziehen und Seilspringen. Andere jubelten Jongleuren, Seiltänzern und Puppenspielern zu. Die Stimmung war prächtig. Das einfache Volk wollte feiern und sich nicht von politischen Unwägbarkeiten die Laune verderben lassen. Zumindest für heute waren die Sorgen weit weg. Ein einsames Zelt am äußeren Rand der Wiese stach Farin ins Auge. In allen Farben schimmerte es in der Sonne.

»Wem gehört das Zelt?«, fragte er.

»Einer alten Frau – sie war gestern schon da. Sie verdingt sich als Wahrsagerin«, antwortete Drogdan.

»Viel Interesse an der Zukunft scheinen die Menschen nicht zu haben. Keine Kundschaft zu sehen.«

»Vielleicht ist sie gar nicht da«, mutmaßte Plaudius.

»Ich gehe mal hin und sehe mir das genauer an«, sagte der Totengräbersohn.

»Wir machen in der Zeit beim Tauziehen mit«, rief Drogdan vergnügt und krempelte die Ärmel hoch, während er zwei drallen Damen zuzwinkerte, die die Männer am Seil lautstark anfeuerten.

Beim Näherkommen entpuppte sich das Zelt als ein einziger Flickenteppich. Unzählige Löcher und Risse waren in der Vergangenheit mit Stoffen, egal welcher Farbe, ausgebessert worden. Daneben stand ein kleiner Handwagen.

Neugierig stellte sich Farin vor den Eingang. »Ist jemand daheim?«, rief er laut. »Wenn ja, seid gegrüßt! Mein Name ist Farin, ich bin der Knappe des Burgherrn. Darf ich eintreten?«

Keine Antwort. Farin sah sich um. Weit und breit niemand in der Nähe. Wieso schlug die Wahrsagerin ihr Zelt so weit abseits auf, wenn sie auf Kundschaft aus war?

Vielleicht ist die Frau krank, mutmaßte er.

Zu allem entschlossen zog Farin den blauen Vorhang zur Seite und schritt durch den Eingang. Erstaunt runzelte er die Stirn, er hatte sich auf dicken, klebrigen Mief im Inneren eingestellt, doch es roch erstaunlich frisch. Sehen konnte er noch wenig, seine Augen mussten sich erst an die Dunkelheit gewöhnen. Schemenhaft tauchte sie auf. Die Frau trug ein Kopftuch und saß gebeugt an einem kleinen Tisch, vor sich eine kopfgroße Glaskugel. Ihre Hände darüber zitterten und ihre Lippen bebten. Sie schien in fremden Welten zu wandeln.

Aufgewühlt beobachtete Farin sie eine Weile, bevor er sich zu flüstern traute: »Verzeiht, meine Dame. Ich will Euch nicht stören, nur nachsehen, ob es Euch gut geht.«

Nun drangen Laute aus ihrem Mund. Unverständliches. Es klang wie fremdländische Zauberformeln. Bisher hatte sie den Totengräbersohn keines Blickes gewürdigt.

Verschüchtert wie beeindruckt fragte Farin: »Seid Ihr eine echte Wahrsagerin?«

Abrupt stellte die Alte ihr Gemurmel ein, blickte auf und keifte los: »Natürlich nicht, naiver Bengel. Wie soll das gehen? Ich ziehe den abergläubischen Idioten nur das Geld aus der Tasche, indem ich ihnen erzähle, was sie hören wollen.«

Ach so! Zustande brachte er ein: »Ähm, ja.« Nun stand er da, unfähig, ein weiteres Wort herauszubringen.

Die Alte stand auf und schlurfte gebückt zu einem Kessel mit heißem Wasser. »Du willst doch sicherlich keinen Tee aus getrockneten Ziegenhoden, oder?«

»Ähm, nein.«

»Hm, vielleicht bin ich ja doch eine Wahrsagerin.«

Sie goss sich ein grünliches Gebräu in einen Tonbecher.

Hinter ihr in einem einfachen Regal bestaunte Farin jede Menge undefinierbare Gegenstände. Vielleicht trockneten dort die Teeingredienzen. Ein wenig erinnerte ihn das Szenario an Gerlundas Hütte. Auf dem obersten Brett standen kleine Tiegel, Ampullen und Phiolen gefüllt mit verschiedenfarbigen Flüssigkeiten.

Endlich fand er seine Worte wieder: »Ihr habt so angestrengt in Eure Kristallkugel geblickt. Was habt Ihr denn gesehen?«

»Nichts natürlich, da kannst du genauso gut in deinen Nachttopf glotzen. Das unnütze Ding habe ich von einem Glasmacher für einen Silberling gekauft. Billiger wollte es der Sohn einer Hure mir nicht überlassen. Aber die Kugel macht Eindruck auf die einfältigen Leute.« Auffordernd sah sie ihn an. »Nicht wahr?«

»Ähm, ja«, stammelte er zum zweiten Mal.

»Also, was willst du? Wahrheit, Zukunft oder Medizin? Alternativ kann ich dir auch Lügen oder etwas aus der Vergangenheit erzählen. Sag schon, meine Zeit ist knapp.«

Klar, die Menschen drängelten sich in langen Schlangen vor dem Zelt der Alten. Farin blieb ruhig: »Ihr steht mit Eurem Gewerbe weit abseits. Ich denke, es wird nicht viel Kundschaft kommen.«

»Aha! Bist du auch ein Wahrsager? Ich war zuerst hier.«

Es gluckste. *Eher ein Versager.* Ekel amüsierte sich bestens.

Die Alte passte ideal zu der Schindmähre, dachte Farin und spürte, wie sich Ärger in ihm breitmachte.

»Was ist nun, Kleiner? Wenn du schon mal hier bist … soll ich aus deiner Hand lesen?«, fragte die Alte. »Für nur zwei Kupferlinge.«

»Damit Ihr mir erzählt, was ich hören will?«, fragte Farin

wenig begeistert.

»Das mache ich nur, wenn ich in die dusselige Kugel sehe. Im Handlesen bin ich um ein Vielfaches besser.«

Die Frau hatte sein Wohlwollen wie auch sein Vertrauen vollends verspielt. Ihr würde Farin nicht einmal mehr den Wochentag glauben.

»Eure Erklärungen eben waren nicht sonderlich verkaufsfördernd«, brachte er hervor.

»Ach was, sei nicht so empfindlich. Her mit den Flossen. Mimosen mache ich es umsonst«, krächzte sie.

Niemals lasse ich die unhöfliche, zeternde, hässliche Alte an mich heran. Die kann höchstens meinen Fuß betrachten, wie der ihr einen Tritt in den Hintern gibt, dachte Farin.

Im gleichen Augenblick bemerkte er, dass sie bereits sein rechtes Handgelenk hielt und auf den Handballen starrte. Mit dem Zeigefinger fuhr sie die Haut entlang, es kitzelte ein wenig. Merkwürdig, dass er die Hand nicht reflexartig wegzog, sondern dort beließ. Ein erstauntes Grummeln über Schicksals-, Sonnen- und Liebeslinien entfleuchte ihren eingefallenen Lippen.

Sag ihr, sie soll aufhören – ich lach mich sonst tot, gurgelte Ekel. *Die verarscht dich nach Strich und Faden. Gleich verspricht sie dir, dass du mal eine wunderschöne Prinzessin ehelichen wirst, die dir ein Dutzend Kinder schenkt.*

Die Zeit blieb stehen. Die Alte verharrte wie ein festgefrorener Grabstein. Doch dann, als hätte sie sich am Ofen verbrannt, zuckten ihre Hände zurück. Mit einem Satz, den Farin ihr nicht zugetraut hätte, hüpfte die Wahrsagerin erschrocken einen Schritt von ihm weg. Zitternd tasteten ihre Hände nach dem Stuhl vor dem Tisch, sie setzte sich. Diesmal schien sie nicht zu schauspielern, ihr Schlottern war echt.

Jetzt wurde der Totengräbersohn doch neugierig. »Was habt Ihr gesehen?«

Sie verbannte die Überraschung aus ihren Gesichtszügen. »Setz dich, Farin«, sagte sie mit fester Stimme und deutete auf einen Holzschemel ihr gegenüber.

Ohne die Alte aus den Augen zu lassen, nahm er Platz. Sie wirkte plötzlich ganz anders – gleichermaßen aufgeregt, bekümmert und hoffnungsfroh.

»Endlich!«, seufzte sie. »Die Angelegenheit ist ernst. Ich habe mir dich die ganzen Jahre weitaus älter vorgestellt, kein Wunder, dass ich dich erst jetzt finde. Es besteht kein Zweifel, du bist der Knochendeuter. Hast du den Propheten schon getroffen?«

Die ist klasse. Die Tour kenne ich noch nicht, lobte Ekel.

»Ich … ich weiß nicht, wovon Ihr redet.«

»Meine Lehrmeisterin hat mich vor langer Zeit auf diesen Moment vorbereitet. Leider ist sie seit drei Jahren verschwunden. Es geht das Gerücht, sie sei kürzlich als Hexe in Nabenstein verbrannt worden.«

»Mag sein, aber was hat das mit mir zu tun?«

»All die Jahre wiederholte sie ihre Prophezeiung wieder und wieder.« Ungläubig schüttelte die Alte den Kopf.

Prophezeiungen sind Blödsinn. Sie treten höchstens selbst ihre eigene Vorhersage los.

»Was hat sie gesagt?« Sein Instinkt trat ihm regelrecht in den Hintern. In diesem Zelt geschah gerade etwas Unerwartetes, etwas Schicksalhaftes.

Die Stimme der Alten schwoll an. »Während des Großen Turniers werden sie zu dir kommen. Bringe den Knochendeuter in der rechten Zeit mit dem Propheten zusammen.

Nur die Allianz aus Dämon und Vision vermag das Weltenreich vor dem Höllenfeuer zu bewahren.«

Das klang übertrieben, nahezu kindisch, doch Farin spürte, wie bitterernst ihr diese Worte waren. Und sie berührten auch etwas in ihm.

Die Alte erklärte: »Zunächst dachte ich, du kannst es nicht sein, denn es hieß stets 'werden sie zu dir kommen'. Also habe ich mit zwei Personen gerechnet und hielt dich für jemanden, der sich zufällig hier hinein verirrt hat.«

»Was hat Eure Meinung geändert?«

»Die Berührung deiner Hand.« Ihre Stimme nahm einen beschwörenden Tonfall an. »Du bist nicht allein. Ihr seid zwei, wobei einer von Euch der Knochendeuter ist. Und der andere … der Dämon.«

Ha, wie kommt Ihr denn auf den Blödsinn, wollte Farin laut protestieren. Doch er konnte sich nicht dazu durchringen und blieb zunächst still. So wie Ekel, der auf einmal konzentriert lauschte.

»Ich bin nur ein Totengräber«, sagte Farin nachdrücklich.

»Das ist kein Widerspruch, eher eine Bestätigung meiner Worte. Du hast ein besonderes Geschick herauszufinden, wie Menschen gestorben sind, richtig?«

Immer an Herzhalt, wollte er entgegnen, doch sein schwaches Nicken sprach Bände. »Was war das für eine Lehrmeisterin?«, fragte er.

»Eine ganze besondere Frau. Eine Magikerin aus den fernen Landen auf der anderen Seite des Ozeans. Ich glaube fest an ihre Worte.«

Vor wenigen Monaten hätte Farin die Alte müde belächelt, doch die unglaublichen Erfahrungen der letzten Wochen hatten ihn verändert und seinen Geist geöffnet für

Dinge, die er nie für möglich gehalten hatte.

Immer noch wollte er es vermeiden, sich der Frau zu offenbaren. »Eine Magikerin, sagt Ihr? Zusammen mit Feen und Drachen kommen die in Geschichten für kleine Kinder vor.«

»Mag sein«, entgegnete sie, »genau wie düstere Erzählungen über Dämonen.« Sie warf ihm einen vielsagenden Blick zu. »Die Sache ist zu ernst, um Versteck zu spielen. Du trägst ihn in dir. Verstecke dich nicht, indem du ihn versteckst.«

Sie schlürfte ihren Tee lautstark aus dem Tonbecher. »Ich kann dir auf deinem Weg helfen.«

Bisher hatte es Farin geschafft, sein Geheimnis für sich zu bewahren. Ausgerechnet die merkwürdige Alte kam ihm gefährlich nah. »Für heute reicht mir Eure Wahrsagerei«, sagte er möglichst gelangweilt.

»Nun gut, Knochendeuter. Ich verstehe dein Misstrauen, doch deiner Bestimmung kannst du nicht entfliehen.«

»Klar, ich wandele nur auf dem engen Pfad, den das Schicksal für mich vorbereitet hat.« Er gähnte, um zu zeigen, was er von solchen Aussagen hielt.

»Offenkundig überfordere ich dich mit meinen Botschaften. Denk über meine Worte nach. In Kürze wirst du mich brauchen. Rufe nach mir, und ich werde helfen.«

War die Wahrsagerin nun beleidigt? Jedenfalls verschloss sie ihre Miene für jedes weitere Wort.

Irritiert stand Farin auf. »Gehabt Euch wohl«, verabschiedete er sich.

Die Alte bohrte ihren Blick stumm in seinen Rücken, als er das Zelt verließ.

Gedankenversunken lief er zum bunten Treiben der Menschen auf der Wiese zurück. Drogdan und Plaudius waren damit beschäftigt, mächtig Eindruck auf die beiden Damen zu machen, und Stummel konnte er nirgends entdecken.

Stirnrunzelnd sah er zu dem bunten Zelt zurück. Nicht einmal nach dem Namen der Alten hatte er gefragt. Egal, den hätte er sich ohnehin nicht merken können. Er verdrängte das eben Erlebte, die Gedanken an den morgigen Tag holten ihn ein. Der Buhurt der Knappen. Zum wiederholten Male beschloss er, alles, was er gelernt hatte, in die Waagschale zu legen, um die ganz große Blamage abzuwenden. Und dabei wollte er sich nicht von Ekel helfen lassen.

Buhurt

Der Morgen begann mit Fanfarenstößen. Ein Dutzend Bläser standen mit ihren schräg gen Himmel erhobenen Instrumenten und bliesen wie ein Herbststurm.

Der Herold im roten Rock trat vor und verkündete mit lauter Stimme: »Hört, Ihr edlen Herren, Ihr holden Damen! Die stolzesten Recken unseres ruhmvollen Weltenreiches haben sich hier für die nächsten zehn Tage zusammengefunden. Die tapfersten Streiter aller Ländereien werden sich auf diesem Grund messen, ihren Ruhm und ihre Ehre mehren sowie unser aller Herzen gewinnen.«

Die Begeisterung ließ die Menschen jetzt schon klatschen und johlen. Die Veranstaltung bedeutete für viele den Höhepunkt des Jahres, ein gigantisches Fest mit Spaß und Spannung.

»Höhepunkt des Turniers wird zweifelsohne der Tjost der Ritter an den letzten drei Tagen sein.« Eine kleine Verschnaufpause, dann kündigte der Herold es mit dröhnender Stimme an: »Das diesjährige Große Turnier wird mit dem traditionellen Buhurt der Knappen eröffnet.«

Wieder rauschte vielstimmiger Jubel in Wellen über die Wiese. Die Menschen steckten sich mit ihrer Begeisterung gegenseitig an.

Etwa dreißig junge Streiter hatten sich am südlichen Ende des Kampfplatzes versammelt, mitten unter ihnen ein aufgeregter Totengräbersohn. Am nördlichen Ende wartete dieselbe Anzahl Knappen auf das Startzeichen zum Massenkampf. Alle Streiter trugen gepolsterte Rüstungen und stumpfe Waffen wie Knüppel, Holzkolben und Stöcke. Die meisten hielten zudem einen Buckler in der linken Hand.

Die Regeln waren übersichtlich: Beide Fraktionen stürmten los und prügelten aufeinander ein. Wer dabei die Waffe fallen ließ, musste raus. Wer umfiel, aus welchem Grund auch immer, tot oder versehentlich, musste raus. Wenn sich die Streiter etwa bis zur Hälfte dezimiert hatten, unterbrachen die Turnierrichter den Buhurt um aufzuräumen, bevor der Spaß in die zweite Runde ging.

Wenigstens den ersten Massenkampf überstehen, hatte sich Farin vorgenommen. Ein doppelter Fanfarenstoß leitete den Buhurt ein. Grölend und waffenschwingend rannten die beiden Gruppen aufeinander zu. Immer näher kamen sich die Parteien, alles junge Burschen zwischen vierzehn und zwanzig Jahre alt. Neben Farin lief Baraldon, der Sohn seines besonderen Freundes, Herzog Turgenson. Wie konnte es anders sein – der Kerl wirkte entspannt und strahlte eine unerhörte Selbstsicherheit aus. Ob er wollte oder nicht, Farin kam nicht umhin, Baraldon ein wenig zu bewundern.

Der Knappe spürte die Blicke. »Farin, lauf vor. Ich gebe dir Rückendeckung«, rief er ihm zu.

Der Totengräbersohn wunderte sich nur kurz, doch letztlich hatte sich Baraldon ihm gegenüber stets anständig und ehrenhaft verhalten – wie ein echter Ritter. Daher beschloss er, ihm zu vertrauen, vor allem, weil er ihm vertrauen wollte. Mit zusammengebissenen Zähnen beschleunigte er seinen Lauf. Die beiden Gruppen krachten unter dem Jubel der Zuschauer ineinander. Das helle Gekreische wurde bestens von den dumpfen Schlägen untermalt, wenn Holz auf Holz traf. Nun hatte Farin den ersten Gegner in seiner Bahn erreicht. Der picklige Junge, einen Kopf kleiner als er, trug keinen Schild, dafür war er mit einem zwei Meter langen Eichenstab bewaffnet. Der

Totengräbersohn hob seinen Buckler. Aufgrund der höheren Reichweite musste er den ersten Schlag unbedingt parieren, um dann mit seinem Knüppel zurückzuschlagen. Ernsthaft verletzen wollte er den Kontrahenten nicht. Mit grimmigem Blick, den er sich von Drogdan abgeschaut hatte, beobachtete er, wie sein Gegner den Stab diagonal vor seinem Körper drehte und auf die Gelegenheit zum Stoß wartete. Etwas wummste und rummste auf Farins Kopf. Obwohl der Lederhelm seine Kopfhaut schützte, ließ der Schlag seine Schädeldecke erbeben. Schwindel riss ihm die Beine unter dem Körper weg. Im Fallen drehte er sich unabsichtlich – so sah er den kräftigen Burschen gerade noch, der ihn mit der Keule erwischt hatte. Dahinter stand Baraldon tatenlos und grinste schadenfroh.

Tolle Rückendeckung, du Verräter, dachte Farin, bevor ihm schwarz vor Augen wurde. Er merkte nicht einmal mehr, wie er auf dem Boden aufschlug.

Der Held des Buhurts erwachte auf einer Trage vor dem Krankenzelt und sah in Drogdans beeindrucktes Gesicht. »Gratuliere Farin. Du warst der Erste des Turniers. Der Erste, den sie vom Kampfplatz getragen haben, noch während das Anfangsscharmützel lief.«

Der Erste verspürte wenig Stolz. Mit dröhnendem Schädel richtete er sich auf und betastete die walnussgroße Beule. Was war geschehen?

Allmählich erinnerte er sich: »Das war unfair. Baraldon Turgenson versprach mir Rückendeckung und hat mich dann tatenlos ins Verderben rennen lassen.«

»Tss. Was soll ich dazu sagen? Naivität kann auch ich dir nicht austreiben.«

»Ich dachte, Ritter seien der Moral und der Gerechtigkeit verpflichtet.«

»Und ich dachte, eine Schnecke springt über den Lattenzaun.«

»Spotte nur Drogdan. Lass uns zuschauen, wie der Buhurt zu Ende geht.«

»Der ist seit einigen Stunden vorbei, du hast hier den ganzen Tag verpennt. Auch die erste Ausscheidung der Zweikämpfe ist bereits gelaufen. Gleich beginnt das Finale.«

Nun stöhnte Farin erneut, jedoch nicht vor Schmerzen. Peinlicher hätten die Ritterspiele wahrlich nicht anfangen können. Vor Schreck hielt er sich die Hand vor den Mund. »Oh! Und nun?«

»Die einfache Regel lautet: Wer nicht antritt, hat verloren. Somit bist du draußen.«

Auf der einen Seite bedauerte der Totengräbersohn sein Pech weniger, als er eigentlich müsste. Andererseits untermauerte die Nichtteilnahme seinen Ruf als Komplettversager in jeder Hinsicht. Dafür schämte er sich vor allem vor Drogdan, der sich viel Mühe gegeben hatte, ihm die wichtigsten Grundlagen des Kämpfens beizubringen. Farin senkte stumm den Kopf.

Jubel hallte ins Krankenzelt herüber. Viele Kehlen ließen Baraldon hochleben. Der treulose Mistkerl hatte also den Knappenzweikampf des diesjährigen Turniers gewonnen. Immer noch wütend presste er die Lippen zusammen.

Drogdan kniff in sein Ohrläppchen und betrachtete ihn ernst. »Hör mal, Farin. Emicho hat zum Erstaunen vieler nicht Baraldon, sondern dich zu seinem Knappen gemacht.«

»Ich weiß«, er senkte den Blick. »Darum ärgere ich mich natürlich besonders über mein bisheriges mieses Turnier.

Was machst du eigentlich hier, während das Finale läuft, Drogdan?«

»Ich wollte gerade nachsehen, ob du überhaupt noch einmal aufwachst. Jetzt stehen noch Ringestechen und Speerwerfen für unseren Helden an.«

»Was sagt Emicho zu meinem Abschneiden?«

»Genau – vor lauter Wut, wollte er dir was abschneiden.« Farins verdrießliche Miene ließ den Waffenmeister tröstend hinzufügen: »Morgen hast du zwei weitere Chancen, dich zu beweisen. Meine Mutter hat immer zu mir gesagt: Kopf hoch, solange er noch dran ist.«

Farin schüttelte selbigen. Ja, er war noch dran.

Der nächste Turniertag wurde mit dem Ringestechen eröffnet. Hierbei sollten die Knappen ihre Reitkunst unter Beweis stellen. Am Ende der beiden Arenabahnen stand jeweils ein Galgen, an dem ein Ring hing. Begonnen wurde mit einem handtellergroßen Exemplar, das im Laufe des Wettbewerbs immer kleiner wurde. Ziel eines jeden Durchgangs war es, im Galopp mit einer speziellen, nur siebzig Zentimeter langen Lanze, den Ring aufzuspießen. Mit gemischten Gefühlen sattelte Farin sein Pferd. Immerhin musste er sich bei dieser Disziplin nicht mit anderen Knappen prügeln.

Er tätschelte Fiesel zwischen den Ohren. »Na, alte Freundin. Heute gilt es. Lass uns wenigstens den ersten Ring erwischen. Groß genug ist er ja.«

Mit einem aufmunternden Kopfschubsen signalisierte das Pferd sein Einverständnis. Schon riefen die Fanfaren zum Beginn des Wettkampfs auf.

Der Herold dröhnte von der Haupttribüne: »Höret, Ihr

Leut. Kommt und lasst euch die erste Runde des diesjährigen Ringestechens der Knappen nicht entgehen!«

Gestartet wurde versetzt auf zwei Bahnen. Die Turnierrichter überwachten die Einhaltung der Regeln. Beispielsweise zählte das Stechen des Ringes nur, wenn sich das Pferd unter dem Galgen im Galopp befand. Genau das machte die Geschichte auch so schwierig. Der Pferderücken schwankte wie ein Schiff auf stürmischer See, dennoch galt es, die Lanze ruhig zu halten und punktgenau zu führen. Drogdan hatte Farin erzählt, dass Emicho in vollem Galopp einen Faden durch ein Nadelöhr stecken und einen Knopf annähen konnte.

Ein Knappe nach dem anderen ritt unter aufmunterndem Applaus über die Bahn und spießte den Ring auf. Bisher hatten es alle bis auf zwei etwa fünfzehnjährige Jungen geschafft. Nun kam Farin an die Reihe. Er schwang sich in den Sattel und dirigierte Fiesel zum Anfang der Bahn. Neben ihm standen etliche kurze Lanzen in einem Fass. Im Vorbeireiten schnappte er sich mit einer lässigen Bewegung eine davon. Es fing schon mal gut an. Immerhin. Ganz am Ende der rechten Bahn stand der Galgen. Von hier aus konnte er den Ring noch nicht sehen, doch so viel war sicher: Er wartete geduldig etwa einen halben Meter unterhalb des Querbalkens auf ihn. Ein Schnalzen, ein entschlossener Schenkeldruck und Fiesel galoppierte los. Der Wind pfiff Farin um die Ohren, er hielt die Lanze voraus, die Spitze schaukelte und wackelte rauf und runter.

Halt die Hand ruhiger, sonst wird es wieder peinlich, meldete sich Ekel zu Wort. *Oder überlass mir die Arbeit.*

»Äußerst hilfreicher Hinweis. Nein, ich mache das selbst.«

VERDAMMTER NARR!

Auch wenn sich Fiesel in den letzten Wochen an die Präsenz des Dämons gewöhnt hatte, mochte sie es überhaupt nicht, wenn er fluchte. Mit einer ruckartigen Bewegung brach sie nach rechts aus und ging mit der Hinterhand hoch. Artistisch hielt sich Farin im Sattel, doch sein Pferd buckelte ein zweites Mal, fieser Weise in die andere Richtung. Es riss ihm die Zügel aus der Hand, der Ruck schleuderte ihn vom Rücken des Pferdes. Zum Rauschen des Windes in den Ohren kam nun das Rauschen der Lacher, als Farin im Sand der Arena aufschlug. Immerhin hatte er es bis zehn Meter vor den Ring geschafft.

Es ist kaum auszuhalten, kommentierte Ekel seinen Erfolg. Natürlich klang er vollends unschuldig.

Mühsam kam der Totengräbersohn auf die Beine. Er schüttelte sich den Sand vom Leib, das Publikum sich vor Lachen.

Vielleicht wird dieses Jahr der Harlekin-Preis verliehen. Der ist dir gewiss.

Mit hochrotem Kopf ging Farin zu Fiesel, die einige Meter entfernt wartete und so tat, als könnte sie sich überhaupt nicht erklären, wie jemand von ihrem Rücken fallen konnte. Er führte sie am Zügel aus der Arena zu Emichos Zelt.

Der Ritter saß auf einem Baumstamm davor. »Lass mich raten, die Leute hatten ihren Spaß wegen dir?«

Bedröppelt antwortete der Knappe: »Öh … ja.«

»Hab ich mir gedacht. Deshalb bin ich gar nicht erst hingegangen.«

»Es … es war auch besser so. Ich … bin vom Pferd gefallen.«

»Aber hoffentlich erst, nachdem du den Ring gestochen

hast.«

»Nee, so weit kam ich nicht.«

Die Miene des Ritters war unergründlich. Verkniff er sich jedes weitere Wort, oder war er einfach nur sprachlos?

Von sich und der Welt enttäuscht verschwand Farin im Zelt. Der schwache Trost: Ein gewisser Dämon trug an seinem schlechten Abschneiden beim Ringestechen eine Mitschuld. »Du hast Fiesel wuschig gemacht. Auch wegen dir haben wir verloren, Ekel«, grollte er.

Du hast verloren. Ich verliere nie. Entweder ich gewinne oder ich lerne.

Draußen ertönte die helle Stimme seines Ausbilders. »Wo ist der Held?«

»Zelt!«, reimte Emicho.

Der Vorhang schob sich zur Seite und Drogdan trat ein. Wie hat er mit seinem breiten Grinsen nur durch den schmalen Eingang gepasst? »Kopf hoch, Farin, solange er noch dran ist.«

Die Fanfaren drückten Farin jetzt schon kräftig aufs Gemüt. Sie machten sich mächtig lustig über ihn und riefen nebenbei zur nächsten Disziplin auf. Speerwerfen stand auf der Agenda. Es klang viel einfacher, als es war. Das Wurfgerät musste ein vierzig Meter entferntes Ziel treffen – einen fest gepressten und verklebten Rundballen aus Stroh mit einem Durchmesser von einem Meter. In die Mitte war ein tellergroßer roter Kreis gemalt. Auf die Entfernung galt es als große Kunst, überhaupt in die Nähe der Scheibe zu gelangen.

Die Knappen stellten sich in einer langen Reihe auf. Der Herold rief die Namen auf, und schon begann der Wettstreit.

Die letzte Disziplin, dachte Farin. Ich mache drei Kreuze, wenn es vorbei ist.

Gib dir wenigstens heute mal Mühe. Es liegt nur an dir, diesmal kannst du nichts auf mich oder Fiesel schieben.

Der erste Knappe nahm sich einen Speer aus dem Ständer, stellte sich an die Abwurflinie, holte mit langem Arm aus und warf die Waffe in Richtung Scheibe. Er hatte den Winkel falsch angesetzt, denn nach einem hohen Bogen blieb er etwa acht Meter vor der Scheibe fast senkrecht im Bogen stecken.

Das war viel zu steil. Flacher! Merk dir das.

Ach so. Ekel schien sich für den letzten Wettkampf viel vorgenommen zu haben.

Der Wurf des zweiten sah elegant und geschmeidig aus. Doch der Speer senkte sich schon nach dreißig Metern Richtung Wiese.

Das war viel zu flach. Steiler! Merk dir das.

Klar doch! Die Schlaumäre ging Farin bereits gewaltig auf den Geist. Und auf Körper und Seele.

Der fünfte warf seinen Speer unmittelbar unter die Zielscheibe. Der bisher beste Wurf. Die Zuschauer applaudierten begeistert.

Die nächsten Versuche der Knappen reichten nicht an den letzten heran.

»Baraldon Turgenson aus dem Hause der Weißdrachen«, rief der Herold.

Der Genannte trat vor, nahm sich einen Speer mit einem blauen Schaft aus dem Ständer, wog ihn in der Hand, verzog das Gesicht und stellte ihn wieder zurück. Der zweite schien ihm nach gleicher Prüfung genehm. Mit Wut im Bauch musste Farin an den Buhurt denken, als ihm der miese

Verräter Rückendeckung versprochen hatte. Voller Zuversicht ging Baraldon zur Abwurflinie, machte einige Schritte zurück, nahm mit der Speerspitze schräg über dem Kopf drei Schritte Anlauf und zog den Arm in einer peitschenartigen Bewegung durch. In einem sanften Bogen flog die Waffe durch die Luft. Es schien eine Ewigkeit zu dauern, bis sie sich senkte und zitternd im unteren Bereich der Strohscheibe steckenblieb. Ein wunderbarer Wurf, die Menschen auf der Tribüne und auf der Wiese jubelten.

Mit einem Siegeslächeln drehte sich Baraldon um und warf Farin einen spöttischen Blick zu. Betont auffällig stellte er sich in seine Nähe und verschränkte die Arme vor der Brust.

Keiner der nachfolgenden Knappen brachte einen ähnlich guten Wurf zustande. Es fehlten nur noch sieben bis zur Beendigung des heutigen Durchgangs. Die besten zehn würden sich am nächsten Tag in einem Finale messen.

Der arrogante Baraldon ist schon eine Runde weiter. Zeig es ihm.

»Farin, aus dem Hause der Steindrachen«, rief der Herold.

»Jetzt wird es für einen wieder unheimlich peinlich und für alle anderen unheimlich lustig«, sagte Baraldon laut.

Viele der Knappen lachten, einige hielten sich grinsend die Hand vor den Mund.

»Vorne ist da, wo es spitz ist. Aber tu dir nicht weh, du Versager«, schickte er ihm noch hinterher.

Der Ärger brannte auf Farins Wangen. Eine bislang unbekannte Wut erfasste ihn.

Überlass einen Wurf mir – nur einen. Ich habe dich dann auch dolle lieb, bettelte Ekel. *Bitte, bitte.*

Dieser Blödmann, dachte Farin. Das galt sowohl für Baraldon als auch für den Dämon.

Mit einem gewaltigen Grummeln in der Magengegend trat er vor und näherte sich dem Ständer mit den Wurfwaffen.

Einen nur, oder geh besser wieder Wurmlöcher graben.

Der Ärger, die Anspannung, die Enttäuschung über das bisherige Abschneiden, er wusste es nicht, jedenfalls lockerte er seinen Geist, ohne richtig darüber nachzudenken. Er spürte nur noch, wie Ekel gierig zugriff. In zweierlei Hinsicht, denn mit einer schnellen Bewegung nahm er sich einen Speer aus dem Ständer. Den mit dem blauen Schaft, den Baraldon verschmäht hatte.

Schon hörte er sich laut sagen: »Baraldon, aus dem Hause der Anfänger, was ist schlecht an dieser Lanze?«

Alle Knappen starrten stumm auf die beiden Kontrahenten. Zwischen ihnen schienen Blitze hin und her zu schlagen.

»Halts Maul, wirf und versag!«, zischte der Schönling.

Farin stellte sich seitwärts vor die Abwurflinie und hob den Speer. Mit glühenden Augen sah er seinen Widersacher an, während er den Arm durchzog und losließ. Eine harmlose, unspektakuläre Bewegung. Nur blickte er nicht ein einziges Mal zur Zielscheibe, sondern ließ Baraldon während des gesamten Wurfes nicht aus den Augen. »Nur Mädchen brauchen Anlauf, Goldlöckchen.«

Kaum hatte der Speer seine Hand verlassen, da steckte er schon mitten im Ziel. Genau genommen, durchschlug er das Rote. Die Spitze schaute auf der anderen Seite der Scheibe heraus.

»Ein unglaublicher Wurf! So einen Treffer hat es noch nie gegeben. Gut gemacht, Farin aus dem Hause der Steindrachen«, jubilierte der Herold.

Kleinigkeit.

Vom lauten Beifall wachte der Totengräbersohn auf. Hatte er überhaupt geschlafen? Na klar! Ekel hatte es mal wieder übertrieben. Doch dann sah er in das bleiche Gesicht von Baraldon. Überraschung, Entgeisterung, Fassungslosigkeit. Kein Wort brachte er mehr heraus. Einen besseren Balsam für Farins Wunden gab es nicht.

Hinterher, im Zelt von Emicho, wusste er nicht mehr, wie der Wettbewerb der restlichen Knappen ausgegangen war. Natürlich hatte Farin mit dem besten Wurf des Tages das morgige Finale erreicht.

Drogdan kniff einige Male die Augen auf und zu. »He, kneif mich. Was war das denn? Wie hast du das gemacht?«

Plaudius hieb ihm krachend erst auf die linke, dann auf die rechte Schulter. »Du bist ein Genie. Das war der beste Speerwurf, den ich je gesehen habe.«

Hehe. Auch ein blinder Wurm findet mal ein Huhn.

Mit einer Menge schauspielerischem Talent verdrängte Farin sein bedröppeltes Gesicht. »Danke. Zufällig hat alles gepasst.«

»Was will uns unser Held damit sagen? Nach deinem bisherigen Abschneiden ist das eine wunderbare Überraschung. Ein Heldenstreich!«, meinte Drogdan mit der Begeisterung, die er eigentlich bei Farin vermutet hatte.

Der Ritter saß ihm gegenüber und kratzte sich am Kinn. »Ordentlicher Wurf«, grummelte er gedankenversunken. »Hm. Warum auch nicht – du bist groß und hast lange, starke Arme.«

In der Tat hatte Farin noch nie darüber nachgedacht, dass Emicho nur ein paar Haarspitzen größer war als er, wenn überhaupt. Der Ritter wirkte einfach auf andere Weise riesig.

»Morgen holst du dir den Sieg«, wünschte sich Drogdan.

»Das war ein Zufallstreffer, das bekomme ich nicht noch einmal hin.«

Ha! Du sowieso nicht.

Das tolle Gefühl, über Baraldon triumphiert zu haben, verflog. Farin presste die Lippen zusammen. Auch wenn der Schönling ein Mistkerl war, im Grunde hatte er ihn nur mit unlauteren Mitteln besiegt. Das gefiel dem Totengräbersohn ganz und gar nicht.

Kümmel

Aus der Entfernung wirkte das Gutshaus durchaus eindrucksvoll – aus der Nähe eindrucksvoller. Im Grunde hatte sie es sich so vorgestellt, schließlich musste der Herr, den sie zu sprechen gedachte, im Geld schwimmen und wie ein Fürst leben. So nannte er sich auch – Fürst Zolkan. Ob der König solche Menschen tatsächlich zu Fürsten ernannte?

Das Unterfangen, zu ihm vorgelassen zu werden, erwies sich als äußerst schwierig. Der Hof wurde von unzähligen Wachen gesichert, mehrere Mauerringe umsäumten das Gebäude, und jede sich nähernde Person wurde sorgfältig kontrolliert und befragt.

Am ersten Tag hatte es Aross nicht einmal durch die erste Pforte geschafft. Die Wache hatte sie ausgelacht und 'heim zu Mami' geschickt. Zunächst hatte ihr dieses Erlebnis den Mut geraubt, und sie ertappte sich bei dem Gedanken, ihr Vorhaben abzublasen. Nichtsdestotrotz versuchte sie es am darauffolgenden Morgen wieder. Aufgeben passte nicht zu Aross Schlammfuß. Sie konnte einen anderen Torwächter überzeugen, sie wenigstens bis zum Haupttor zu führen und den dortigen Wachen alles Weitere zu überlassen.

Nun stand sie vor zwei schwer bewaffneten Männern und gab ihre Geschichte zum Besten. »Ich habe wichtige Informationen für euren Herrn. Es geht um Leben und Tod.«

Die rechte der beiden Wachen hob die Hand vor den Mund und gähnte herzhaft. »Das sagen sie alle. Fürst Zolkan hat keine Zeit für Mätzchen. Auch nicht für Mädchen. Er hasst sie – er steht mehr auf kleine Jungen.« Seinem schmierigen Grinsen konnte Aross nicht entnehmen, ob es der Wahrheit entsprach oder nur ein grober Scherz war.

Die andere Wache mischte sich ein: »Wenn ich mir das Gör so ansehe, könnte sie auch als Junge durchgehen.« Er rieb sich mit der Hand über seine flache Brust und zwinkerte dämlich.

Von den Blödmännern würde sich Aross nicht provozieren lassen. »Genau, durchgehen ist ein gutes Stichwort. Ihr führt mich jetzt zum Fürsten.«

»Verschwinde, bevor ich mich vergesse.«

»Wenn der Fürst hinterher erfährt, dass ich ihn vor der drohenden Katastrophe warnen wollte, aber seine witzigen Wachen mich nicht zu ihm vorgelassen haben, macht er Mädchen aus euch.« Sie rieb sich über ihren flachen Unterleib und zwinkerte dämlich.

Mit offenem Mund glotzte sie der Mann an. »Was bist du für ein aufmüpfiges Stück Mist!« Er fragte seinen Nebenmann: »Sollen wir sie festnehmen und in den Käfig sperren? Oder direkt ins Hurenhaus geben?«

»Jagen wir sie fort! Das reicht«, schlug der andere gemütlich vor.

Aross beschloss, alles auf eine Karte zu setzen – wohl fühlte sie sich nicht dabei. »Zum letzten Mal – übermittelt Zolkan, das meist gesuchteste Mädchen der Stadt Nabenstein wünscht, ihn zu sprechen. Es ist dringlich!«

Beide Männer starrten sie an wie ein Schwein auf Stelzen. Gedehnt meinte der rechte. »Fragen wir ihn. Ist vielleicht besser.«

Widerwillig nickte der andere und rief zwei patrouillierende Wachen zu sich. »Haltet hier so lange die Stellung. Lasst niemanden durch, bis wir zurück sind.« Er wandte sich an Aross: »So, du Früchtchen! Jetzt werden wir sehen, was deine große Klappe wert ist.«

»Was sagst du? Ein Mädchen will mich sprechen? Das ist mal was ganz Neues.« Die Stimme klang sympathisch, gestand sich Aross ungern ein. Sie hatte etwas Tierisches erwartet – grunzend oder bellend. Einen Blick auf Fürst Zolkan konnte sie noch nicht werfen, denn sie musste, von Männern umringt, vor einer schweren Doppeltür mit einem offenstehenden Flügel warten.

»Dann werde ich mir das Mädchen mal ansehen«, ertönte es aus dem Saal.

Aross hasste das Wort 'Mädchen'. Es klang so hilflos, schutzlos und ratlos. Hinfort mit dem Mädchen, sie war eine Rattenkönigin!

Die beiden Wachen führten sie mit eisernem Griff ins Zimmer des Fürsten. Er lag auf einem Holzpodest inmitten von Kissen und Fellen. Es sah gemütlich aus – gern würde Aross ihre Höhle auch so ausstaffieren.

»Fürst Zolkan. Wenn Ihr nicht belästigt werden wollt, breche ich ihr umgehend das Genick.«

»Na, na. Einem solch seltenen Besucher sollten wir zumindest die Gelegenheit einräumen, sein Begehr vorzutragen. Danach komme ich vielleicht auf deinen Vorschlag zurück.«

So viel zu sympathisch. Sie hatte sich mitten in die Höhle des Löwen begeben und durfte sich nicht wundern, wenn gefaucht, gebrüllt und gebissen wurde. Der König der Tiere rekelte sich auf seinem riesigen Ruhebänkchen und begutachtete seine Krallen. Eine spärlich bekleidete Frau hockte neben ihm, zwischen den Knien zwei Schälchen Wasser, zwei Tiegel Creme und mehrere kleine Scheren.

»Danke für die Maniküre, meine Liebe. Du kannst nun gehen.«

Geräuschlos packte die Frau ihre Sachen, stand auf und verließ den Saal. Der Herr des Gutshauses war jünger, als Aross erwartet hatte. In weißes, edles Tuch gehüllt, mit welligem, auf die Schulter fallendem Haar, braun gebrannt, mit leuchtend blauen Augen sah er aus wie ein Edelmann, den jeder einfach gernhaben musste. Vor allem Frauen.

Der Fürst verrieb einen Rest Creme in seinen Händen und lächelte sie voller Güte und Großmut an. Nun stand Aross tatsächlich vor ihm. Ihr wurde heiß, Angst machte sich breit. Was hatte sie sich nur dabei gedacht? Die Bedenken kamen zu spät, es gab kein Zurück. Sie konzentrierte sich nun darauf, sich ihre Furcht nicht anmerken zu lassen. Sie dachte an ihre Vision, und das beruhigte sie etwas. »Eure Zeit ist kostbar, daher komme ich direkt zur Sache«, eröffnete Aross das Gespräch mit dünner Stimme.

Diese Worte hatte sie sich vorher zurechtgelegt. Das kluge Funkeln in den Augen des Fürsten verriet ihr, dass ihr Gegenüber vorher zurechtgelegte Worte sofort erkannte.

Zolkan nickte aufmunternd: »Zeit ist Geld – heißt es. Ich interpretiere es so: Wer genügend Geld besitzt, hat auch genügend Zeit. Hast und Eile sind Gift, schlecht für Nerven und Wohlbefinden.« Erwartungsvoll fragte er: »Wer bist du, mein Kind?«

Musste sie sich von so einem Galgenschwengel mit 'mein Kind' anschleimen lassen? Offenbar.

»Mein Name ist Aross Schlammfuß.« Gern hätte sie jetzt eine tiefere Stimme gehabt.

Die sanften Augen des Mannes wurden unmerklich größer. »Dein Name sagt mir was. Respekt, du hast mit der

Behauptung, das meist gesuchteste Mädchen der Stadt zu sein, nicht übertrieben. Wenn ich die enormen Anstrengungen unseres feinen Erzbischofs in Betracht ziehe, ist es erstaunlich, dass er dich nicht längst erwischt hat. Die halbe Stadt lacht bereits darüber. Ein einfaches, obdachloses Waisenkind. Wie hast du das geschafft?«

»Ich bin ihm aus dem Weg gegangen.«

»Ja, ihm, seinen Schergen und der gesamten Stadtwache zuzüglich der Menschen, die scharf auf die Belohnung von fünfzig Silberlingen für deine Ergreifung sind.«

»Fünfzig? Ich dachte zwanzig.« Aross konnte es kaum fassen. Für so viel Geld könnte sie fast in Versuchung geraten, sich selbst auszuliefern.

»Mit jedem Tag, an dem du nicht gefunden wirst, steigt die Belohnung.«

Seine Augen wanderten über seine wunderschönen Finger mit den wunderschönen Fingernägeln. Was er sah, fand er wunderschön.

»Aber was sind schon fünfzig Silberlinge? Der Erzbischof erfüllt mir jeden Wunsch, wenn ich dich zu ihm bringe«, sagte er zärtlich und lächelte seine Hände an.

»Erfüllte Wünsche nützen Euch nichts, wenn Ihr tot seid.«

Die perfekt getrimmten Brauen wanderten elegant nach oben. »Aross, bist du einfach nur mutig oder unvorstellbar naiv?«

»Unvorstellbar mutig.« Das hatte sie sich nicht zurechtgelegt.

Das Lächeln des Fürsten wurde noch zärtlicher. Es hatte etwas von einem schwer verliebten Haifisch. »Du weißt, wer ich bin?«, fragte er vertraulich.

»Fürst Zolkan. Anführer der Dreher.«

»Autsch! Dreher klingt so vulgär.« Die schmerzvoll verzogene Miene des Fürsten zerstörte für einen winzigen Moment sein schönes Gesicht. »Ich bevorzuge als Titel 'Fürst der weißen Ritter'.«

Was für ein Hohn – der Narziss konnte sie nicht täuschen, doch sie hatte das Spiel eröffnet und musste mitspielen. »Gut, Herr Fürst, ich … ich bin hier, um Euch ein Geschäft vorzuschlagen.«

Wieder schmückte ein selbstgefälliges Lächeln das Gesicht des Mannes. Er war heillos verliebt, er lag sich zwischen seinen Kissen selbst zu Füßen und betete jeden Zentimeter Zolkan an. »Darf ich meinem Gast etwas zu trinken anbieten? Wasser, Tee, Wein, Met?«

Im Grunde hatte sich Aross Zolkan ähnlich primitiv und ordinär vorgestellt, wie sie es vom Kettenhund kannte. Ein Irrtum, denn die beiden hatten zumindest vordergründig nicht viel gemeinsam.

»Einen Tee hätte ich gern.«

»Minze, Lindenblüte, Brennnessel, Huflattich, Kümmel, Pfeffer, Anis – was darf es sein?«

Machte er sich lustig über sie? Seit sie denken konnte, war sie froh über jeden Schluck sauberen Wassers, und der protzte hier mit seinem Reichtum, dass ihr schlecht wurde.

Sie hatte das Spiel eröffnet und musste mitspielen. »Kümmel«, entschied Aross in einem Ton, als würde sie sich jeden Morgen und jeden Abend kannenweise mit Tee verwöhnen. Kümmel! Das Wort hatte sie noch nie gehört – es klang lustig.

»Für mich Anis.« Eine laszive Handbewegung des Fürsten und eine Dienerin, die Aross in ihrer Aufregung bisher nicht bemerkt hatte, löste sich aus der Wand und verschwand.

»Erzähle mir, wie ist das Wetter heute? Ich komme so selten an die frische Luft.« Er drehte eine Locke um seinen Zeigefinger.

Wollte er jetzt wahrhaftig über das Wetter reden?

Sie hatte das Spiel eröffnet und musste mitspielen. »Angenehm warm für die Jahreszeit. Das Licht der Morgensonne wirkt belebend – es ist ein ganz besonderes Licht, frisch und würzig.«

Die Mundwinkel des Fürsten zuckten, seine Augen leuchteten blau. »Ah, das klingt verlockend. Vielleicht sollte ich mehr Zeit vor der Tür verbringen.«

Fürst Zolkan legte die Hände in den Nacken und wartete. Beide Unterarme zierten Tätowierungen – rechts eine Rose und links ein Fünfeck mit einer Flamme und einem Kreis drumherum. Hübsch.

Die Dienerin kam mit einem silbernen Tablett zurück. Anmutig stellte die Frau zwei verzierte Kannen und zwei Tassen aus feinstem Porzellan auf einen Beistelltisch. Mit jugendlichem Elan erhob er sich von seinem Kissenthron und begab sich hinter eine dunkle Tischplatte in der Nähe der vier Flügelfenster. Er zog einen der unzähligen Stühle hervor und bot ihn Aross an. »Meine Dame.«

Sitzen. Eine gute Idee, dieses Stehen mitten in dem großen Saal, während sich der Fürst auf seinen Fellen und Kissen rekelte, widerte sie an. Sie kam sich vor wie ein Möbelstück und wusste nicht, wohin mit den Armen.

Dankbar ging sie zum Tisch. Er schob ihr den Stuhl unter den Hintern, wartete, bis sie gemütlich saß und nahm dann gegenüber Platz. Mit einer Geste bedeutete er der Dienerin, dass er die weitere Bewirtung selbst übernahm, woraufhin sie mit leisen Schritten verschwand. Geübt füllte er beide Tassen mit dem jeweiligen Tee, dabei kam er ihr nahe. Er verströmte Aromen, die Aross nie zuvor gerochen hatte.

»Zucker?«

Liebend gern hätte sie Zucker probiert, doch sie wollte nicht zu kindlich wirken. »Danke, nicht nötig, der verfälscht nur den Geschmack.«

Wieder dieses Haifischlächeln. Ob der Fürst immer so vorging? Versuchte er, seine Gäste mit Höflichkeit und vorgeschobener Sanftmut zu verunsichern?

Bei mir klappt das nicht, dachte Aross. Ich war von Anfang an verunsichert.

Viele Gedanken mit einem Fragezeichen am Ende rauschten durch den Kopf des Mädchens. Langsam führte sie die Tasse zum Mund. Ihre Nase kräuselte sich. Der Tee roch eklig. Sie nahm einen Schluck. Er schmeckte wesentlich ekliger. Dagegen erschien ihr das Wasser des Altstadtbrunnens wie Honigwein. Hätte sie den Mund bloß nicht so voll genommen. Tapfer würgte sie die Flüssigkeit hinunter. Fürst Zolkan beobachtete sie und schmunzelte. In jedem Moment schien er zu wissen, was in ihr vorging.

»Mein liebes Kind, was führt dich zu mir?«

Endlich! »Fürst Zolkan. Ich bin hier, um Euch zu warnen. Wie nennt Ihr die Schnitter? Schwarze Räuber?«

»Nein! Schnitter!« Kein Lächeln.

»Der Kettenhund wird zu Euch kommen und Euch ein Angebot unterbreiten.«

Sanft ruhten seine Augen auf ihr. »Schade, eigentlich gefällst du mir. Doch mit unvorstellbar mutigen Mädchen kann ich wenig anfangen.« Er führte seine Fingerkuppen zusammen. »Noch nie hat sich ein Schnitter in die Nähe meines Anwesens gewagt.« Seine Miene wurde abweisend und desinteressiert. »Wirst du mich weiter langweilen?«

»Er wird vorschlagen, die Meinungsverschiedenheiten der Vergangenheit beiseite zu legen und gemeinsam Geschäfte zu machen.«

Genüsslich spitzte der Fürst seine Lippen über dem zarten Porzellanrand der Tasse, dabei taxierte er seinen Besuch durch die langen Wimpern.

Aross fuhr fort. »Gemeinsam werden die Geschäfte noch besser laufen, wird er behaupten.«

Ihr Gegenüber setzte die Tasse ab. »Ja, in der Theorie eine weise Überlegung. Es gäbe keine ... Reibungsverluste mehr. Beispielsweise, stimmt es mich immer traurig, wenn wir unsere besten Pferde im Stall gegenseitig umbringen. Oder uns bei den Bestechungen ständig überbieten, das treibt die Preise nur unnötig in die Höhe.«

Füllten sich Zolkans große Augen mit Tränen oder glänzten Profitgier und Sarkasmus um die Wette? Und was für Pferde meinte Zolkan? Ach so, er sprach von den Huren. Reibungsverluste! Was für ein feines Wort für das Abschlachten von Frauen. Endlich legte der Wolf seinen Schafspelz ab. Wahrscheinlich träumte der Fürst davon, durch die wegfallenden Reibungsverluste, Goldtee in sein Sortiment aufnehmen zu können.

Der Ton des Fürsten wurde schärfer: »Es stellt sich nur eine Frage, die alles entscheidende Frage. Wer wird die neue, gemeinsame Unternehmung anführen? Es kann nur einen geben.«

»Der Kettenhund wird Euch die Führung anbieten.«

Entspannt fuhr sich der Fürst mit der linken Hand

durchs Haar. »Es gibt einen wichtigen Punkt, der deine Geschichte ad absurdum führt, Aross. Oder besser gesagt, eine Person. Zachander, der Anführer der Schnitter. Niemals würde er solch ein Geschäft vorschlagen, niemals würde er auf die Herrschaft verzichten, niemals würde er auf so eine abstruse Idee kommen und sie ausgerechnet seinem Todfeind anbieten.«

»Ihr glaubt mir nicht?«

»Nein, ich glaube dir kein Wort, Aross Schlammfuß. Und wenn ich eins hasse, dann sind es Unwahrheiten. Ich bin ein Geschäftsmann. Von der dunklen Sorte zweifelsohne, doch bin ich stets direkt und ehrlich, und das verlange ich auch von meinen Geschäftspartnern. Menschen, die zu mir kommen und mich anlügen, lasse ich töten. Egal, ob Mann oder Frau.« Nach einem Schluck Anistee ergänzte er gleichgültig: »Oder Mädchen.« Er lehnte sich zurück und fragte lächelnd: »Möchtest du mal meinen Tee probieren, bevor du stirbst?«

Zweifel schlichen sich hinterrücks an. Hatte sie sich geirrt und zu viel gewagt? Wie konnte sie nur so bekloppt sein? Anstatt hierherzukommen, hätte sie gleich zum Erzbischof gehen können.

»Nein, danke.« Sie presste ihren Rücken gegen die Lehne, um das Zittern zu verbergen.

»Sind wir dann fertig mit der Unterredung?«

Aross wusste nicht, was sie tun oder sagen sollte. Sie hatte das Spiel eröffnet, mitgespielt, ihr Leben gesetzt und verloren.

»Ich weise an, dass es schnell geht. Bedauerlich, eigentlich gefällt mir deine … unverbrauchte Art.« Fürst Zolkan erhob sich. »Wachen!«

Die Tür öffnete sich und zwei Männer standen bereit, um Aross in Empfang zu nehmen.

»Bringt sie zum Klotz!«

Obwohl die beiden keine Miene verzogen, sah Aross ihnen an, dass der Befehl einem klaren Todesurteil gleichkam.

»Mitkommen!«, befahl der vordere barsch.

»Fürst! Wollt Ihr … wollt Ihr … nicht die fünfzig Silberlinge kassieren?«, fragte Aross. Ein kläglicher Versuch, um Zeit zu gewinnen.

Mit ruhiger Hand füllte Zolkan zunächst seine Tasse mit Anistee auf und schmetterte beim nächsten Atemzug die Porzellankanne ansatzlos gegen die Wand. Tausend kleine Scherben spritzten umher wie Wassertropfen.

»Dieses Teeservice hat mich achthundert Silberlinge gekostet. Ja, und?« Der Haifisch fletschte die Zähne. »Fort mit ihr!«

Aross blieb Spucke und Sprache weg. Zu spät zur Flucht, zu spät zur Reue. Es wäre das erste Mal, dass ihre Vision völlig danebenlag. Und das letzte Mal.

Fürst Zolkan hatte sich bereits abgewandt und ließ sich auf seinen Fellen und Kissen nieder.

Die Wache packte ihren Arm und zerrte sie mit sich.

Ein Bote erschien in der Pforte. »Fürst Zolkan. Der Kettenhund will Euch sprechen. Er will Euch einen Vorschlag unterbreiten.«

Ein sanftes Stirnrunzeln, nur kurz, bevor der Anführer der weißen Ritter mit leiser Stimme befahl. »Lasst das Mädchen hier. Ihr wisst doch, sie ist mein Ehrengast. Jeder Wunsch wird ihr erfüllt.«

Die Wache brauchte einen Moment, um den Inhalt der

Worte zu begreifen und ließ dann erschrocken Aross' Arm los. »Wie Ihr befehlt, Herr.«

Mit einem verschmitzten Lächeln fragte Fürst Zolkan: »Soll ich dir noch einen Kümmeltee bringen lassen, Aross Schlammfuß?«

Erstaunlich schnell gewann das Mädchen die Fassung wieder. »Ich danke Euch, doch das ist nicht nötig, Fürst Zolkan. Werdet Ihr den Kettenhund empfangen?«

»Aber selbstverständlich. Nur wird er sich gedulden müssen, bis mir mein Ehrengast, Aross Schlammfuß, alles erzählt hat, was sie weiß.«

»Wie lange bin ich denn Euer Ehrengast?«, fragte Aross mit ehrlichem Interesse.

»So lange, wie du mir Nutzen bringst und mich nicht belügst.«

»Dann mach ich mich mal besser mit der Wahrheit nützlich.«

»Und ich sorge dafür, dass die Stadtwache dich auch künftig nicht erwischt. Der Hauptmann ist mir noch etwas schuldig.« Der Fürst lachte freundlich. Ein echtes Lachen. Ja, so war er. Direkt und ehrlich. Ein charmanter, skrupelloser, mörderischer Bastard.

»Wo waren wir stehengeblieben?«, flötete er.

Ja, wo wohl? Beim Klotz – du wolltest mich töten lassen, dachte Aross, bevor sie sagte: »Der Kettenhund wird Euch eine Versammlung vorschlagen, auf der Ihr als neuer Anführer ausgerufen werdet. Er will die Nummer zwei sein.«

»Was sagt Zachander dazu?«

»Den erdolcht er vorher hinterrücks.«

Der Fürst brauchte nur einen Augenblick: »Wer sagt mir, dass all diese Auftritte nicht ein geschicktes Possenspiel sind, um mich reinzulegen? Vielleicht steckst du mit ihm unter einer Decke.«

Misstrauen gehörte zu Zolkans Alltag wie Anistee.

»Geht auf seinen Vorschlag ein. Wartet ab, ob er seinen Anführer wirklich umbringt, dann trefft Ihr Euch mit ihm.«

Zolkan sah sie nur zärtlich an.

»Bedauerlicherweise ist dieses Treffen als Hinterhalt geplant, es wird Mord und Totschlag geben, denn er will alle Dreher, äh … weißen Ritter mit einem Schlag loswerden – ein für alle Mal.«

»Genau davon träumt Zachander seit Jahren. Wie will ausgerechnet der wesentlich dümmere Kettenhund das schaffen?«

»Er wird Euch und Euren Männern ein Treffen nachts in der Markthalle vorschlagen. Und dann lässt er Felsbrocken von der Burgmauer herabregnen. Ihr könnt Euch sicher vorstellen, wie sie das Segeltuchdach durchschlagen.«

»Eine brillante Idee! Wer kommt auf so etwas?« Zolkan war begeistert. »Ach, ja! Und was rät mir mein neuer Ehrengast?«

Darauf war Aross vorbereitet: »Ihr solltet Euch mit ihm an einem Ort treffen, der sich nicht als Hinterhalt eignet. Ein Ort, dessen Eingang gut überschaubar ist und an dem alle Platz finden. Weiße Ritter und Schnitter. Dort lasst Ihr Euch als Anführer ausrufen.«

»Ja, solche Geschichten liebe ich«, Fürst Zolkan rieb sich begeistert die manikürten Hände. »Ich frage mich, woher du all das Wissen hast?«

»Ich habe den Kettenhund belauscht, als er seine Pläne schmiedete. Klein und unscheinbar wie ich bin, verstecke ich mich gern in Kisten, Fässern und Kanälen – wie eine Ratte.

Ihr wärt erstaunt, was Ratten in derlei Verstecken so alles mitbekommen.«

»Ich *bin* erstaunt.« Er nahm einen Schluck Tee. »Aross, warum kommst du mit deiner Warnung ausgerechnet zu mir?«

Das Mädchen überlegte nicht lange, den ausgefuchsten Argwohn des Mannes konnte sie nur mit der Wahrheit bekämpfen. »Der Kettenhund hat meine Freundin Mattilda ermordet. Ihr erinnert Euch sicher an das junge Mädchen, aufgeschlitzt, an den Füßen hängend im Hafen.«

»Eine Methode der Frauenwirte zur Motivation der Huren. Drastisch, jedoch wirkungsvoll.« Seine Miene blieb unergründlich.

Boah, Frauenwirte! Noch besser als Reibungsverluste. Nur kurz schnappte Aross nach Luft. So hießen Mädchenhandel und Zuhälterei in den feinen Kreisen also.

Streite dich nicht mit dem Löwen über das Fressen von Fleisch, ermahnte sie sich.

Sie schluckte ihre Wut herunter und fragte: »Und – ich habe im Hafen eine Kiste mit Eurem Namen gesehen. Von der Barbarossa. Ihr handelt mit Ländern jenseits des großen Ozeans?«

Verblüffung war es nicht, vielleicht ein sanftes Erstaunen, als Zolkan antwortete: »Exotische Waren gehören zu meinem Sortiment. Was meinst du, woher die Teekanne stammt?« Er zeigte auf die Scherbensplitter. »Stammte«, korrigierte er sich.

»Darüber würde ich gerne mehr erfahren. Über das Schiff und seinen Kapitän Rotbart.«

»Was für ein Talent, tiefschürfende Themen aufzuwerfen.« Der Fürst schien zu überlegen, ob er überhaupt weiterreden sollte. »Der Pirat ist eine Legende, viele Menschen behaupten, er existiere gar nicht.«

»Das wäre schade, denn wer besorgt Euch dann eine neue Teekanne?«

»Nur einmal im Jahr tauschen wir Waren aus. Rotbart ist recht eigen, was seine Geschäftspartner angeht«, Zolkan schürzte die Lippen.

»Ich möchte ihn kennenlernen.«

»Kaum wahrscheinlich, dass er dich treffen möchte, er ist sehr scheu. Aber ich bin dir etwas schuldig, daher mein Rat: Versuche es in der Kaschemme 'Zur rechten Zeit' zwei Tagesritte nordwestlich von hier am Rand der wilden Küste. Und zwar mitten in der Woche.« Unternehmenslustig klatschte Fürst Zolkan in die Hände. »Jetzt werde ich mir anhören, was der Kettenhund zu sagen hat. Du bist eine ungewöhnliche junge Frau, Aross Schlammfuß. Das Angebot steht – du kannst in meine Dienste treten und auf dem Gutshof wohnen.«

»Nein, ich bin wertvoller für Euch, wenn ich mich frei wie eine Ratte durch den Dreck der Stadt wühle.«

»Gut gesprochen. Beehrst du mich bald wieder?«

»Sobald ich Neuigkeiten habe«, antwortete Aross.

Charmant geleitete sie der Fürst zur Tür. In diesem Moment wurde der Kettenhund von vier Wachen vorbeigeführt. Seine Waffen hatte er allesamt abgeben müssen.

Überrascht glotzte er Aross an. »Du hier?«

Sie merkte, wie die Last der Angst sie erdrückte. Sie hatte sich zu viel zugemutet, auch ohne Kümmeltee wäre ihr schlecht geworden. Alles, was sie im Moment wollte, war, bloß weg von diesem … Gutshof. Was für ein Name. Höllenhof passte eher.

Der Fürst hielt Wort. Aross durfte das Grundstück mit dem Status eines Ehrengastes unbehelligt verlassen. Ihr Aufstieg hatte sich bereits herumgesprochen, die Wachen nickten ihr achtungsvoll zu, als sie sich den Toren näherte. Kaum hatte Aross das zweite Tor hinter sich gelassen, da rannte sie los. Den gesamten Rückweg zu ihrer Höhle zitterte sie. Sie zwängte sich in ihr Versteck und kroch unter die Pferdedecke. Was für ein Erlebnis – erst einmal die Gedanken sortieren. Auf der einen Seite retteten sie ihre Eingebungen, auf der anderen trieben diese sie in den Tod. Beinahe zumindest. Waren sie Segen oder Fluch? Bei dem ganzen Mist, den sie in nebeligen, flackernden Bildern vor Augen geführt bekam, tippte sie mehr auf Fluch. Sie wollte nicht zur Sklavin ihrer Visionen werden. Andererseits legte ihr dieses Wunder einen Teil der Zukunft in ihre eigenen Hände und ermutigte Aross zu Auftritten wie bei Fürst Zolkan. Es blieb ein großes Risiko – so hatte ihr die Eingebung beispielsweise den Kümmeltee vorenthalten – allein beim Gedanken daran bekam sie Bauchkrämpfe. Das Mädchen lächelte in die Dunkelheit, nur um dann wieder ernst zu werden. Trotz aller Unwägbarkeiten hatte sie niemals damit gerechnet, dass es derart eng werden würde. Nicht auszudenken, wenn der Kettenhund nur etwas später aufgetaucht wäre. Hitze durchströmte Aross' Körper. Der Gedanke war grotesk, doch sie konnte ihn nicht verdrängen. Ohne es zu wollen, ohne es zu merken, hatte der Bastard von Kettenhund sie gerettet! Ihr fielen die Worte des Malers ein. Was für verquerte Weisheiten wollte sie der heutige Tag lehren?

Um Haus und Hof

Auf einem Schemel vor dem Zelt saß Ritter Emicho und inspizierte seine Waffen, seinen Schild und die sieben Lanzen. Der komplette Wettkampftag stand im Zeichen der Tjosts. Ohne eine Miene zu verziehen, stand er auf und begab sich zu seinem Schlachtross Donner, das hinter dem Zelt an einen Pfahl gebunden war. Das mächtige Pferd wieherte erregt, es schien seinem Einsatz beim Turnier bereits entgegenzufiebern.

»Striegel ihn!«, befahl Emicho.

Sofort stand Farin mit der Bürste und gemischten Gefühlen neben dem Pferd und begann, das Fell abzureiben und die losen Haare zu entfernen. Danach ergriff er die Wurzelbürste. Der Gaul ließ sich von ihm nur berühren, wenn der Ritter danebenstand – und das höchst unwillig. Sobald er die Arme ausstreckte, machte sich der Hengst groß, bleckte die Zähne mit fest aufeinander gepressten Kiefern und rümpfte die Nüstern. Das sah alles andere als nett aus. Im Grunde gehorchte Donner ausschließlich Emicho, allen anderen gegenüber verhielt er sich unberechenbar.

Wie ein störrischer Esel, dachte Farin.

Wütend blitzte ihn der Hengst an. Konnte der Gaul etwa Gedanken lesen?

»Ich habe dich lieb, Donner.«

»Red keinen Blödsinn! Kümmere dich jetzt um Schweif und Mähne!«

Die Brauen des Ritters flatterten auf Halbmast. Etwas brodelte gefährlich in ihm – so gut kannte Farin seinen Herrn inzwischen.

Nur keine Angst anmerken lassen, dachte er voller Angst.

Mit dem groben Holzkamm ging es weiter. Er hielt den Schweif am Ansatz fest und bürstete zunächst das Heu sowie kleine Ästchen aus den langen Haaren heraus. Schnaubend drehte sich Donner zu ihm herum – seine Augen erklärten Farin unmissverständlich, dass er nichts weiter war, als ein für den Moment geduldeter Bürstenschwinger. Kaum wert, sich ernsthaft über ihn aufzuregen und in der Rangliste unendlich tief angesiedelt.

Offensichtlich sah der Ritter das ähnlich, denn im Vergleich zu Menschen ging er mit dem Pferd so unendlich liebevoll und wertschätzend um, dass ihn Farin kaum wiedererkannte.

Als der Totengräbersohn mit der Mähne fertig war, folgte der nächste Befehl: »Hufe auskratzen! Aber vernünftig!«

»Ja, Herr.«

Bockmist! Lieber würde Farin einem Drachen die Zähne putzen.

Wenigstens half Emicho beim Halten der Hinterhand, während der Knappe den ersten Huf bearbeitete.

»Wie kommt es, dass Ihr erst jetzt in das Turnier eingreift?«, fragte Farin.

Zunächst sah es so aus, als ob Emicho überlegte, ob er sich überhaupt mit seinem Knappen unterhalten sollte. Knurrend entschied er sich dafür: »Der Gastgeber wird von vornherein unter die besten acht gesetzt.« Emicho hob die Schultern. »Als ob ich das nötig hätte.«

»Ihr mögt die Wettkämpfe nicht sonderlich, richtig?«

»Ich verabscheue dieses Gehabe, dieses Streiten um Ruhm und Ehre. Was bringt das?«

»Ruhm und Ehre«, schlug der Totengräbersohn vor, bereute seine Worte jedoch direkt, da er Emicho nicht noch zusätzlich reizen wollte.

»Rum und Ehre«, spuckte dieser, »und was ist das genau?«

Darauf wusste Farin keine Antwort.

»Ich bin ohnehin der Beste von allen, warum muss ich das noch beweisen?«, brummte Emicho.

Bescheidenheit gehörte nicht zu den ganz großen Stärken des Ritters.

Letzterer ergriff Donners anderen Hinterhuf. »Das Turnier ist nichts anderes als ein kleiner, organisierter Krieg, der das Volk von den eigentlichen Problemen ablenkt.«

»Wenn Ihr verliert, müsst Ihr dann wirklich Donner und Euren Schild dem Gewinner übergeben?«

»So sind die Regeln. Früher wurde sogar das Schwert weitergereicht.«

»Aber Donner würde einem anderen Ritter nichts nützen. Der lässt nur Euch auf seinen Rücken.« Mit dem Kratzer fuhr Farin am inneren Hufeisenrand entlang und löste so den groben Dreck.

»Stimmt, daher würde er an einem Spieß über dem Feuer landen. Also, Donner, streng dich an.«

Der Hengst spitzte die Ohren.

Halt bloß die Hufe still, dachte Farin. Ein Tritt von Donner traf wie ein Blitz. Das Pferd war ein einziges Gewitter.

»Nun schlaf nicht ein!«, fuhr Emicho Farin an.

Die Laune des Ritters wurde immer schlechter. Hatte er vielleicht doch eine wenig Angst vor dem Wettkampf? Nein, das konnte sich Farin nicht vorstellen. Da bohrte noch etwas anderes in seinem Herrn. Und zwar Ungemach.

So angespannt wie konzentriert kratzte der Totengräbersohn nun den linken Vorderhuf aus.

»Was macht deine Schulter?«, fragte Emicho so nebenbei.

»Alles in Ordnung, was meint Ihr?« Farin hielt inne und blickte auf. Sofort wusste er, woher der Wind wehte und bereute die Frage. Er könnte sich ohrfeigen.

»Ich meine den Grund, warum mein Knappe das Speerwurffinale mir nichts, dir nichts abgesagt hat. Den einzigen Wettkampf, bei dem er sich halbwegs geschickt angestellt hat.«

So war es gewesen. Nach reiflicher Überlegung war Farin gegen Ekels ausdrücklichen Willen zum Turnierrichter gegangen und hatte eine quälende Schulterverletzung vorgeschoben und die Teilnahme am Werfen der letzten zehn abgesagt. Somit war der elfte des Vortages in den Finalkampf gerutscht. Der Dämon hatte in seinem Kopf getobt wie nie zuvor. Das letzte, was Farin von ihm in Erinnerung hatte, war ein gefauchtes 'Wurm, geh angeln!'. Seitdem hatte der Dämon kein Wort mehr mit ihm gesprochen.

»Ist über Nacht viel besser geworden.« Er merkte, wie matt das klang.

»Mir gefällt das nicht, Knappe. Ich denke, du hast dich gedrückt. Eben habe ich dir erklärt, dass ich diesen Mist im Grunde ablehne, doch ich stelle mich der Verantwortung. Es gibt für mich nichts Schlimmeres als Feigheit im falschen Moment.« Der bissige Ton unterstrich seine Abscheu.

Der Totengräbersohn vergaß das Hufekratzen. »Aber … aber ich bin nicht feige.«

»Sieh mich an!«, fauchte Emicho. »Du hast mir Treue versprochen. Dazu gehört Ehrlichkeit. Sag es mir: Hättest du am Finale des Speerwerfens teilnehmen können? Ja oder nein?«

Tapfer hielt Farin dem bohrenden Blick des Ritters stand. »Ja, Herr. Die Schulterverletzung war eine Ausflucht. Ich wollte nicht.«

Auf der einen Seite loderte weiterhin Zorn in Emichos Augen, andererseits wurden seine Wangenknochen etwas weicher. »Wenigstens ehrlich. Wenn ich dich nicht für einen erbärmlichen Feigling halten soll, wirst du mir deine Beweggründe für den Verzicht jetzt haarklein erläutern.«

Farin schluckte.

In dem Moment tauchten Stummel und Drogdan auf.

»Jetzt geht es gleich los – gegen diesen Heckenritter«, meinte der Waffenmeister. »Alles in Ordnung?« Etwas irritiert schaute er abwechselnd in das Gesicht des Ritters und in das seines Knappen. »Ich hoffe, es ist alles zu Eurer Zufriedenheit, Herr.«

»Später!«, fauchte Emicho.

Und Farin war ihm unendlich dankbar, dass er ihn im Dabeisein der Kameraden zunächst vom Haken gelassen hatte.

Emichos erster Gegner hieß Karanos, ein unbekannter Ritter in einer bunt zusammengeflickten Rüstung. Weit entfernt, am äußeren Rand der Wiese, stand Karanos' Zelt, ein kleines, unscheinbares Viereck. Vier Wettkämpfe hatte er bereits für sich entschieden, daher drängelten sich die gewonnenen Pferde dahinter. Das sollte Warnung genug sein, den Unbekannten nicht zu unterschätzen.

Die Aufregung war mehr bei Stummel und Drogdan zu spüren als beim Burgherrn. Auch wenn der Waffenmeister ab und an über seinen gestrengen Herrn schimpfte, so wusste Farin inzwischen von seiner unbedingten Treue und Verbundenheit ihm gegenüber.

»Diesem Glücksritter werde ich es zeigen«, knurrte Emicho schlecht gelaunt, während ihm Farin in die Stiefel half. »Der ist nur so weit gekommen, weil er Linkshänder ist und die Lanze auf der ungewohnten Seite führt.«

»Hrm«, bestätigte Stummel fest an seinen Herrn glaubend.

Zum Schluss stülpte ihm Farin die Handschuhe über. Nun bewegte sich Emicho in voller Montur knarzend zu seinem Pferd. Sonderlich geschmeidig wirkte er nicht, vor allem verhinderten die steifen Beinlinge das herkömmliche Aufsteigen. Nur über die Trittleiter und mit Farins Hilfe kam er in den Sattel.

»Lanze!« Der Ritter klappte das Visier herunter. Es quietschte erbärmlich.

Mit beiden Händen zog Farin eine Lanze aus dem Ständer. »Es verbleiben noch sechs«, sagte er. Andere Ritter hatten mehrere Dutzend vor ihren Zelten stehen.

»Mehr als sieben habe ich noch nie gebraucht.«

Ach so.

Es wurde auch Zeit, denn der Herold rief die beiden Kontrahenten bereits aus. Jubel brandete auf, als Emicho mit Donner in die Arena trabte. Auf seinem Pferd sitzend, stand Karanos bereits in der Mitte der Kampfbahn direkt vor der Ehrentribüne. Der Burgherr schloss zu ihm auf, beide Ritter standen nun nebeneinander und hoben vor dem versammelten Hochadel ehrerbietig ihre Lanzen. Der Herold inspizierte kurz die Waffen, vor allem achtete er auf das Turnierkrönlein, das auf die Lanzenspitzen gesteckt wurde und die sonst tödliche Waffe stumpf machte.

Nun war er so weit: »Auf, ihr Ritter, zum edlen Gefecht. Der Gastgeber des diesjährigen Großen Turniers, Ritter Emicho aus dem Hause der Steindrachen, gegen Ritter Karanos, der großen Überraschung der bisherigen Wettkämpfe.«

Beide Streiter hoben den Schild zum Gruß an das Publikum in die Höhe.

»Möge der Bessere gewinnen!«, schmetterte der Herold heraus.

Emicho wendete sein Pferd und ritt ans Ende seiner Kampfbahn. Trommelwirbel erklang. Bisher hatte es immer nur Fanfaren gegeben, nun steigerten zahlreiche Schlaginstrumente die Spannung. Ein gewaltiger Paukenschlag sorgte für Stille. Zuschauer, Streiter und Farin atmeten durch, dann galoppierten die beiden Ritter aufeinander zu. Farin spürte die Erde unter den Füßen beben. Er biss sich vor Aufregung auf die Unterlippe.

Beide Pferde steigerten die Geschwindigkeit, ihre Reiter hielten die Lanzen senkrecht in den Himmel. Nach Farins bisherigen Beobachtungen war das ungewöhnlich. Die meisten Streiter brachten ihre Lanze bereits beim Anreiten waagrecht in Position, um sie auf den Schild des Gegners auszurichten.

Nur noch ein Steinwurf trennte die beiden voneinander. Langsam senkte Ritter Karanos die Lanze. Was machte denn Emicho? Er hielt seine Waffe immer noch wie eine Fahnenstange gen Himmel. Noch zwanzig Meter. Karanos hielt die Lanze in optimaler Position. Jetzt erst senkte Emicho die seinige. Noch zehn Meter.

Bockmist, mein Ritter ist verdammt spät dran.

Karanos würde den gegnerischen Schild mit voller Wucht treffen. Schon krachte es. Holz splitterte, Späne flogen durch die Luft, auch ein Turnierkrönlein wirbelte über die Köpfe. Die Ritter waren aneinander vorbeigaloppiert, und beide saßen noch auf ihren Pferden, als ob nichts geschehen wäre. Angestrengt sah Farin genauer hin. Karanos hielt keine Lanze mehr in der Hand, Emicho nur noch den weniger als einen Meter langen Rest seiner Stoßwaffe. Es würde wohl einen zweiten Durchgang mit neuen Lanzen geben. Kaum hatte sich der Totengräbersohn an den Gedanken gewöhnt, ließ ihn das Gemurmel der Menschen aufblicken. Mit beiden Händen hielt sich Karanos vorne an seinem Sattel fest, er schwankte, dann neigte er sich langsam, ganz langsam nach rechts und fiel vom Pferd.

»Auf Emicho!«, brandeten Jubelschreie auf.

Helfer und Heiler kümmerten sich um den Verlierer.

Stolz erfüllte Farin. Sein Ritter hatte den ersten Kampf des heutigen Tages gewonnen.

Der zweite Tjost verlief ähnlich. Emichos Spezialität war es, die Lanze erst äußerst spät zu senken und zur Seite zu schwenken, sodass sich der Gegner kaum ausrechnen konnte, wann und wo sie ihn treffen würde. Sein Kontrahent, ein betagter Ritter aus dem Westen des Weltenreiches, hatte schon über zwanzig Große Turniere bestritten. Nie hatte er eins gewinnen können, doch oftmals hatte er es unter die letzten acht, heute sogar unter die letzten vier geschafft. Für Emicho stellte er keine große Hürde dar. Auch diesmal benötigte er nur einen Durchgang.

Die beiden bisherigen Gegner des Burgherrn taten Farin im Nachhinein beinahe leid – Emicho war ihnen in allen

Belangen überlegen. Wenigstens waren beide mit ein paar gebrochenen Rippen und mittelschweren Prellungen davongekommen.

Der Abend des vorletzten Turniertages war angebrochen und der Essenssaal der Burg bis auf den letzten Platz gefüllt. Wie die Bäuche der Adligen, was sie jedoch nicht davon abhielt, den Gürtel zu lockern, wohlig die Beine unter dem Tisch auszustrecken und sich bedienen zu lassen. Ausnahmsweise hatte auch Emicho Platz genommen. Weiter hinten an die Wand gelehnt, beobachtete Farin das Szenario. Einige Edelleute überschütteten Emicho mit Lob, was für ein hervorragendes Turnier er ausrichten und wie sehr sie seine wunderbare Gastfreundschaft genießen würden. Freudig stießen sie mit schaumspritzenden Bierhumpen auf den Burgherrn an.

Mit düsterer Miene zeigte Gorian von Siegesmund, dass er ganz anderer Meinung war. »Morgen werde ich Euch zeigen, wie wir im Süden tjosten. Ihr könnt Euch glücklich schätzen, wenn Ihr nicht bereits bei der ersten Bahn vom Pferd fallt«, spottete er quer über den Tisch.

Blitzartig war kein Laut mehr zu vernehmen, als hätten alle Gäste nur darauf gewartet, endlich den Mund halten zu dürfen.

In aller Ruhe stellte Emicho seinen Weinkrug auf den Tisch. »Der Bessere möge gewinnen.«

»So wird es sein! Ich freue mich auf Euren Schild und Euer Ross.«

»Aber Fürst Gorian – den guten Donner bekommt Ihr doch nur, wenn Ihr gewinnt.« Voller Verwunderung hob

Emicho die Brauen. »Und dafür müsste ich verlieren.« Sein Tonfall ließ deutlich erkennen, dass es eher Silberlinge regnen würde.

Nach außen hin blieb Gorian gelassen. »Im Gegensatz zu Euch habe ich meine Feuertaufe bereits hinter mir. Heute habe ich gegen Ritter Barabor aus dem Hause der Wanderfalken gewonnen, immerhin der Sieger des letztjährigen Großen Turniers. Es ist kein Zufall, dass ich seither der Erste Ritter unseres Königs bin.« Er warf sich in die Brust. »Eure Gegner hingegen bestanden aus einem Unbekannten und einem alten Mann. Die hätte jeder hier am Tisch besiegt.«

Das war Farin neu, er schnappte nach Luft. Gorian von Siegesmund war der Erste Ritter?

»Morgen werde ich den Ersten Ritter des Alten Königs von seinem hohen Ross stoßen. Plumps!«, sagte der Burgherr entspannt, doch Farin sah ihm an, dass er sich ärgerte.

»Emicho, seid Ihr wahrhaftig so gut?«

»Besser!«

»Seid Ihr da so sicher?«

»Sicherer!«

Einige Männer lachten in die Stille hinein.

Wütend, doch mit einem berechnenden Glitzern in den Augen, sagte Gorian: »Dann habt Ihr ja nichts zu verlieren, und wir könnten den Einsatz erhöhen.«

»Wenn Ihr meint, es sei nicht genug, Pferd und Schild an mich zu übergeben, nur zu.« Gleichgültig hob Emicho die Schultern.

»Wir tjosten um Pferd, Schild und … unsere Burgen. Burg Sturmwacht gegen Burg Siegesmund. Dieses triste

Gemäuer gegen die schönste Burg im Süden des Weltenreiches mit all seinen Ländereien und Bediensteten.«

Alle Blicke fokussierten sich auf den Burgherrn wie das Licht in einem Brennglas.

Wie würde sein Ritter reagieren? Erst aufgrund einer lästigen Atemnot realisierte Farin, dass er seit geraumer Zeit die Luft anhielt. Emicho täte gut daran, nicht auf Gorians Provokationen einzugehen.

War es der Wein, war es die Stimmung, war es die schlechte Laune, jedenfalls knurrte Emicho: »Einverstanden, Erster Ritter hin, Erster Ritter her. Gorian, Ihr werdet mich niemals aus dem Sattel stoßen und habt gerade Eure Burg verspielt.«

Das feiste Grinsen des Fürsten gefiel dem Totengräbersohn überhaupt nicht. Mit dieser Großspurerei führte er doch etwas im Schilde. Die Welt der Konsequenzen drehte sich vor Farins Augen – eine erschreckende Welt.

Wenn Emicho verliert, verliere ich mit. Als erste Amtshandlung wirft mich der neue Burgherr namens Gorian aus der Burg. Falls er mir nicht noch Schlimmeres antut.

Gerade wollte er nach innen horchen, was Ekel von diesem Irrsinn hielt, doch der stellte sich nach wie vor tot. So ein Dämon konnte ganz schön lange schmollen.

Bis in die späten Abendstunden wurde über nichts anderes gesprochen, als über das große Duell, den Tjost von Emicho gegen den Ersten Ritter des Königs. Den Lanzengang, bei dem es ganze Burgen zu gewinnen und zu verlieren gab. Nach einer Weile konnte Farin dem Gegröle und Geschlürfe nichts mehr abgewinnen. Er zog sich in seinen Turmzimmerchen zurück.

Das Meer

Morgen würde der letzte Tag des Großen Turniers anbrechen – dann galt es: Ritter Emicho trat gegen Gorian von Siegesmund an. Vollends verrückt, wie sich der Einsatz des Zweikampfes hochgeschaukelt hatte: Nun ging es nicht nur um Ross und Schild, sondern zusätzlich noch um die jeweiligen Burgen mitsamt ihren Ländereien und allen Bediensteten. Selbst wenn sich Emicho deutlich überlegen fühlte, wie hatte er sich nur darauf einlassen können? Die andere Sorge, die Farin wachhielt, betraf seine vorgeschobene Schulterverletzung. Hierzu war er Emicho noch eine Erklärung schuldig. 'Ich wollte Ekel nicht nochmal werfen lassen', entspräche zwar der Wahrheit, würde vermutlich jedoch die ein oder andere unangenehme Frage nach sich ziehen.

Diese Gedanken in Verbindung mit den Geräuschen der Zeltstadt, die in sein Turmzimmer schwappten, zupften beständig an Farin, ließen ihn nicht zur Ruhe kommen. Es war weit nach Mitternacht – doch das Schreien, Jauchzen, Brüllen und Streiten wurde nicht weniger, dafür lauter. Schliefen die Menschen während eines Turniers überhaupt nicht? Entnervt stand Farin auf und zog Tunika und Schuhe an. Ein Spaziergang würde ihn vielleicht ermatten. Mit langen Schritten marschierte der Totengräbersohn an den Wachen vorbei über die Zugbrücke den Hügel hinunter. Wohin er wollte, wusste er selbst nicht so genau, doch das schien ihm sinnvoller zu sein, als sich auf seinem Bett von einem Ohr auf das andere zu wälzen. Die Nacht war mild und trocken, der Wind roch angenehm frisch, solange er nicht aus der Zeltstadt kam. Auf halber Höhe blieb er stehen und setzte sich auf einen Baumstamm längs am Rand der neugepflasterten Straße. Von hier oben verwandelte das Lichtermeer aus Fackeln und Lagerfeuern die Wiese in ein illustres Schauspiel. Manche Lichtpunkte bewegten sich, die meisten leuchteten fest an einem Ort wie Sterne am Himmel.

Eine Vielzahl von Geräuschen schallte herauf: Brüllen, Kreischen, Muhen, Grunzen, Jammern, Feixen, Gackern, Lachen, Wiehern – alles dicht beieinander und nicht eindeutig Mensch oder Tier zuzuordnen. Große Mengen an Wein und Bier ließen den Unterschied zuverlässig verschwimmen.

»Könnt Ihr auch nicht schlafen?« Ein Schatten stand plötzlich neben ihm.

Farin zuckte zusammen – bei dem Lärm hatte er den Mann nicht kommen hören. »Seid gegrüßt. So ist es – ich bin das Getöse und Treiben bis zum frühen Morgen nicht gewohnt«, antwortete der Knappe.

»Darf ich mich zu Euch auf den Stamm setzen?«, fragte der Fremde.

»Gerne. Danke für Eure Gesellschaft.«

Farin rückte ein Stück zur Seite. Ächzend ließ sich der Mann nieder und stützte die Ellenbogen auf seine Oberschenkel. Neugierig musterte Farin ihn. Viel konnte er im faden Mondlicht nicht erkennen. Weißes, schütteres Haar fiel dem Fremden über den Schädel, die Wangenknochen bohrten sich aus seinem Gesicht, als wollten sie die Haut durchstoßen, ein zauseliger Spitzbart zierte das Kinn. Der Körper des Fremden wurde von einem weiten Mantel ohne Wappen oder sonstigen Verzierungen verhüllt, die Füße steckten in Pantoffeln aus grauem Filz. Er wohnte offenbar auch in der Burg.

Der neue Sitznachbar blieb ruhig.

Kein ungeduldiges, hektisches Schweigen, sondern ein angenehmes – daher wartete Farin noch eine Weile, bis er sagte: »Ich heiße Farin und bin der Knappe von Ritter Emicho.«

Der Greis neben ihm antwortete nicht. War er eingeschlafen? Nein, die kleinen Augen glänzten im Widerschein der Fackeln, als sie über die Zeltstadt blickten.

Geduldig wartete Farin, ob der alte Mann etwas von sich erzählte.

»Ich heiße Baldan und bin einer der Zuschauer des Großen Turniers«, stellte sich der Fremde vor.

»Ich habe Euch bisher nicht gesehen.«

»Das liegt daran, dass ich erst vor gut zwei Stunden angekommen bin. Wir haben uns um einen Tag verspätet.« Der Mann klapste sich auf sein Knie. »Und es ist verflixt – trotz der Strapazen der langen Reise kann ich nicht schlafen.«

Der Instinkt zwickte den Totengräbersohn. Mit dem Alten stimmte etwas nicht.

»Woher kommt Ihr?« Bevor der Fremde antworten konnte, räusperte sich Farin. »Und verzeiht, sagt frei heraus, wenn meine Neugier größer ist, als Eure Bereitschaft, sie zu befriedigen.«

»Nein, nein – fragt nur. Nabenstein ist meine Heimatstadt. Fast zwei Wochen habe ich bis hierher gebraucht. Ein wahrlich weiter Weg. Vielleicht meine letzte große Reise.«

In seinen Worten klang keinerlei Wehmut mit, eher Zufriedenheit.

»Nabenstein, dort war ich noch nie«, sagte Farin. »Ich habe schon viel von unserer Hauptstadt gehört. Sie liegt am

Meer, nicht wahr?«

Der alte Mann nickte. »Die größte Hafenstadt im Weltenreich.«

»Ich träume davon, einmal das Meer zu sehen und die Wellen an meinen Beinen zu spüren.«

Gedankenvoll sah ihn der Fremde an. Dann sagte er ernst: »Das Meer ist banal, mein Freund. Kalt und unberechenbar wie ein Feind. Seit sechsundsiebzig Jahren rauscht es unentwegt in meinen Ohren. Sogar von hier kann ich es noch hören.«

Farin ließ sich von seinen Worten nicht beirren. Ganz im Gegenteil, sein Ehrgeiz, sich zu erklären, wurde geweckt. Freundlich entgegnete er: »Für Euch mag das so sein. Ihr seht nur Wasser! Doch ich hörte von einem Wunder. Wie kann so viel Wasser salzig wie Tränen sein? Wie kann es so groß sein, dass es sich am Horizont mit dem Himmel vereint? Wie kann es uralt und gleichzeitig neu sein?«

Der Greis betrachtete ihn schweigend. Dann legte er die Unterarme auf die Oberschenkel und meinte: »Junger Farin, es hat ein wenig gedauert, bis ich es bemerkt habe. Tatsächlich, Ihr widersprecht mir.« Er kicherte kurz. »Eure Betrachtungen erstaunen mich. Ihr solltet zum Meer reisen, denn es wird nicht zu Euch kommen.«

»Das werde ich tun, doch zunächst erfülle ich meine Pflichten als Knappe.«

»Ihr dient Emicho, sagtet Ihr.« Der Alte schien darüber nachzudenken, ob er die nächste Frage überhaupt stellen sollte. »Was ist er für ein Mann?«

»Ein fabelhafter Ritter. Und ein guter Herr. Ich schätze seine Aufrichtigkeit und Direktheit.«

»Mit diesen Tugenden ist es nur wenigen Menschen

vergönnt, im Leben weit zu kommen«, sagte der Fremde mit großer Überzeugung.

Farin stutzte. »Emicho gehört zu diesen Wenigen, er ist etwas Besonderes.«

»Was lässt Euch das glauben?«, fragte der Alte ruhig. Nichtsdestotrotz spürte Farin seine Neugier.

»Emichos stärkste Mauer ist die Liebe seiner Ritter und seiner Bediensteten. Obwohl er oft ruppig und barsch ist, gehen sie für ihn durchs Feuer. Sie wissen, dass er stets für sie da ist und von ihnen nichts verlangt, was er nicht selbst tun würde.«

»Das ist selten, jedoch nicht ungewöhnlich«, meinte der Alte trocken.

»Ich gehöre der Zunft der Totengräber an. Habt Ihr schon einmal von einem Ritter gehört, der einen Totengräber zu seinem Knappen ernannt hat?«

»Ich bin zu alt, um mich zu wundern. Emicho handelt durchaus extravagant. Nur könnten manche es als Provokation gegen die etablierten Gesellschaftsstrukturen empfinden.«

»Abermals kommt es auf den Blickwinkel an. Gesprochen aus der Sicht des Hochadels, habt Ihr recht.«

»Ihr widersprecht mir, indem Ihr mir zu einem kleinen Teil recht gebt und den großen Teil unkommentiert lasst.«

Mit einem leisen Lachen antwortete Farin: »Bin ich so leicht durchschaubar? Es fehlt mir an diplomatischem Geschick.«

»Das macht nichts – eher ehrt es Euch. Diplomaten reiten schwarze Schimmel.« Er hustete in seine Hand. »Auch Euer Herr hat zur Diplomatie eine ganz einfache Einstellung. Er pfeift einfach darauf.«

Das Verhältnis des alten Mannes zu Emicho schien auf eine seltsame Art und Weise vorbelastet zu sein. Irgendetwas stimmte da nicht.

»Diesmal gebe ich Euch unumwunden recht. Ich gehe gerade im Geiste alle Pferde meines Ritters durch. Ein schwarzer Schimmel ist nicht dabei. Wie gut kennt Ihr Emicho?«

»Sagen wir es so – ich bin ihm einige Male begegnet«, er blickte unbeteiligt in die Ferne.

Weicht mir der Alte aus?

Farin beschloss, zu einem unverfänglicheren Thema zu wechseln. »Morgen beim Tjost wird Ritter Emicho gegen Gorian von Siegesmund, den Ersten Ritter, antreten. Ich bin jetzt schon aufgeregt. Sie kämpfen um ihre Burgen.«

»Beide sind hervorragende Streiter. Und beide sind auf ihre Art und Weise besessen – was wohl der Grund für diese Übertreibung sein dürfte.« Offensichtlich wollte nun der Greis das Thema wechseln. »Wie ist das Turnier für Euch gelaufen?«

»Bescheiden. Und wenn Bescheidenheit eine Zier ist, bin ich schön wie ein bunter Blumenstrauß. Im Buhurt hat es mich nach wenigen Sekunden erwischt, sodass ich der Erste war, den sie ohnmächtig forttragen mussten. Dadurch habe ich die Zweikämpfe mit Schwert und Buckler verschlafen. Dafür bin ich beim Ringestechen noch vor dem ersten Galgen hellwach vom Pferd gefallen, nur beim Speerwerfen habe ich den Endkampf der besten zehn erreicht. Wie ich das geschafft habe, weiß ich nicht. Aufgrund einer Schulterverletzung musste ich allerdings das Finale absagen.«

Der Fremde lachte trocken. »Nur wer ehrlich mit sich selbst ist, kann es auch anderen gegenüber sein. Ich mag

Eure Offenheit.«

»Wer seid Ihr? Ihr wirkt wie ein Adliger.«

»Wollt Ihr es wirklich wissen?« Ein Ächzen ging der Erklärung voran. »Ich bin nur ein verlogener Bastard, dem das ganze Leben lang kein Trick zu fies und keine Täuschung zu anrüchig war, um seine Ziele zu erreichen. Und nun bin ich dem Überdruss überdrüssig.«

Ein glucksendes Kichern im hintersten Schmollwinkel seines Verstandes erscholl. Wollte die Schimäre etwas zum Gespräch beitragen? Offenbar nicht, denn es blieb ruhig.

Farins Nase blickte auf die Zeltstadt, doch seine Pupillen wanderten zu seinem Sitznachbarn. Ein merkwürdiger alter Mann. Mit einem Mal kam Farin Priester Amen in den Sinn, aus seiner Sicht einer der durchtriebensten Menschen, denen er je begegnet war. »Seid Ihr ein Priester?«

Der Alte wandte ihm den Kopf zu. Lachfalten traten hervor, er grinste tatsächlich übers ganze Gesicht, irgendetwas zupfte an den Mundwinkeln, dann lachte er laut los. »Ihr seid unglaublich. Erst widersprecht Ihr mir, dann seid Ihr ehrlicher als ein Neugeborenes, und nun nennt Ihr mich auch noch einen Priester. Das kann ich nicht auf mir sitzen lassen, zumindest, wenn ich die Gottesdiener, die ich kenne, als Maßstab nehme.«

»Wie meint Ihr das?«, fragte Farin.

»Wenn Ihr es nicht verratet, sage ich es Euch.«

»Wenn Totengräber wollen, dann schweigen sie wie ein Grab.«

»Mein spezieller Freund, der Erzbischof von Nabenstein, könnte durchaus noch übler sein als ich.« Er kicherte. »Eine alte Hexe hat mich einst vor ihm gewarnt – ich habe sie ausgelacht. Doch inzwischen weiß ich, wie recht sie gehabt hat.«

Die Aura des Fremden faszinierte Farin. Er spürte seine ungeheure Lebenserfahrung, die unterschwellige Sehnsucht nach Veränderung und Verbesserung sowie die Bereitschaft, unangenehme Dinge zu tun und sich den Konsequenzen zu stellen. Und nicht zu vergessen, etwas, das es nur sehr selten gab: Reue.

»Bis vor Kurzem habe ich nicht an Hexen und Dämonen geglaubt.« Es rutschte ihm einfach raus.

»Ah, ja?«, nahm der Greis den Faden sofort auf. »Was hat Euch eines Besseren belehrt?«

»Es gibt Phänomene zwischen Himmel und Erde, die sich nicht so einfach erklären lassen.«

»Um zu dieser Erkenntnis zu gelangen, musste ich über siebzig Jahre alt werden. Wie alt seid Ihr?«

»Ich werde bald neunzehn.«

»Dann habt Ihr mir bereits einiges voraus«, meinte der Alte, und es klang ehrlich.

»Niemals würde ich mir anmaßen, dies zu glauben. Ich bin bestrebt, Augen und Ohren offen zu halten, zu lernen und zu wachsen.«

»Och, Ihr seid groß genug, doch vor allem im Ringestechen scheint es noch Verbesserungspotential zu geben«, meinte der Fremde trocken.

Nun musste Farin lachen. »Oh, ja. Es ist schön zu wissen, welche Gipfel es noch zu erklimmen gilt.«

»Ihr vermögt Euch auszudrücken. Weitaus besser, als ich es von einem Totengräber erwarten würde. Ihr erobert die Herzen der Damen sicherlich im Sturm.«

Farin machte ein Gesicht. »Mag sein, leider stürmt es hier nie.«

Der Fremde lachte leise, richtete sich auf und legte die Hände in den Nacken. »Noch mehr, als schön zu reden, zählt: Ihr redet mir nicht nach dem Mund.« Er schnaufte. »Gebt Ihr mir ein Versprechen, junger Farin?«

»Da ich es gewohnt bin, meine Versprechen zu halten, möchte ich erst wissen, worum es sich handelt.«

»Sehr weise. Was ich möchte, klingt einfach. Lasst Euch nicht von Gold und Macht blenden, bewahrt Eure Ungezwungenheit und Unverblümtheit.«

Einen Moment überlegte Farin, dann nickte er. »Ja, das werde ich beherzigen. Eine große Rolle haben weltliche Güter in meinem Leben bisher ohnehin nicht gespielt. Ich besitze nämlich nichts.«

»Oh, Ihr seid reich, Knappe.« Der Alte rieb sich die faltigen Hände. »Nun hoffe ich, dass einige wenige Stunden Schlaf mich von den Strapazen des Tages erlösen. Habt Dank, unsere Unterhaltung habe ich sehr genossen.«

»Das erging mir genauso. Schlaft gut. Danke für Eure Gesellschaft.«

Stöhnend erhob sich der alte Mann und schlurfte den Hügel hinauf in Richtung Burgtor.

Ein seltsamer Kerl, dachte Farin und sah ihm nach. Irgendwie mochte er ihn. Eine Weile blieb er noch alleine auf dem Baumstamm sitzen.

Ausgerechnet jetzt dachte er an Annietta. Erst das Meer, nun die Tochter des Schmieds – eine Nacht der Sehnsüchte. Ihm fiel ein, was der Alte über das Meer gesagt hatte. Was er wohl über die Liebe dachte? Die Liebe ist banal, hörte ihn Farin sagen. Nein, das würde er nicht sagen. Vielleicht konnte jemand vom Wasser genug bekommen, doch das konnte nicht für die Liebe gelten.

In seinem Rücken schallten laute Stimmen herüber, auch der Lärm auf der Wiese klang kaum ab. Nun denn, übermorgen würde wieder Ruhe einkehren. Nun horchte er in sich hinein. Dort herrschte Stille. Ekel hatte sich wieder verkrochen.

Ein neues Zeitalter

Die Nachricht erschütterte die Unterwelt von Nabenstein wie das Erdbeben vor vier Jahren. Zachander, der Anführer der Schnitter, war hinterrücks ermordet worden. Ein Langdolch steckte bis zum Heft in seinem Rücken. Es gab durchaus Stimmen, die behaupteten, dass der Mörder in den eigenen Reihen zu suchen wäre. Natürlich beäugten sich Schnitter und Dreher seit jeher misstrauisch, doch bis auf gelegentliche kleinere Scharmützel hatten sie sich bislang gegenseitig in Frieden gelassen. Nun organisierten sich die Beschützer neu. Für den heutigen Abend war eine Versammlung aller einflussreichen Personen beider Fraktionen angesetzt. Eine grundlegende Veränderung in der Machtstruktur sollte besprochen und eingeführt werden. Einige sahen in Fürst Zolkan das Oberhaupt der neuen Organisation, andere hielten das für Blödsinn und brachten Namen wie den vom Kettenhund ins Spiel. Der Versammlungsort wurde bis zum Schluss geheim gehalten, dennoch glaubte Aross mit ziemlicher Sicherheit zu wissen, wo das große Unterwelttreffen der Beschützer stattfinden würde.

Die weißverputzen Türme des Stolzes von Nabenstein leuchteten in der untergehenden Sonne. Die Kathedrale war für ein solches Treffen aus vielerlei Gründen der ideale Versammlungsort. Jeder Ankömmling musste den großen Platz überqueren, wenn er nicht über die rückseitige Friedhofsmauer klettern wollte. Bei verriegeltem Nebeneingang führte nur der Weg durch das Haupttor ins Innere der Kirche. Übersichtlich und bestens kontrollierbar. Zu guter Letzt bot das Mittelschiff genügend Platz, um selbst das ausufernde Ungeziefer von Nabenstein unterzubringen.

Schon aus der Ferne sah Aross die lange Menschenschlange vor dem Haupteingang der Kathedrale. Sie schlenderte mit gebührendem Abstand daran vorbei und tat so, als befände sie sich auf dem Weg in die Oberstadt. Alle Männer mussten ihre Waffen ablegen. Auf zwei eindrucksvollen Haufen stapelten sich bereits unzählige Schwerter, Messer und Dolche.

Stirnrunzelnd legte Aross den Kopf in den Nacken. Wieso trübte kein Wölkchen den Himmel?

Weniger als hundert Meter vom Eingang der Kathedrale entfernt, ließ sich Aross auf dem steinernen Rand eines ausgetrockneten Brunnens nieder. Hier saßen öfter Menschen, ruhten sich aus und schwatzten miteinander, daher fiel sie nicht besonders auf.

Gedankenverloren zog das Mädchen ihre Hosenbeine rauf und runter. Ihr ganzes Leben lang hatte sie nur Kleider getragen – an den Leinenstoff auf der Haut musste sie sich erst noch gewöhnen, obgleich sie nicht erwartet hatte, dass Beinlinge und Hemd so angenehm zu tragen waren. Ein wenig vermisste sie ihr braunes Kleid mit der fabelhaften Innentasche, nur konnte sie damit unmöglich weiter herumlaufen, zumindest, solange die Stadtwache hinter ihr her war. Die Münzen und den Zahn der Zeit verwahrte sie nun in ihrer Gürteltasche. Der gute Ki hatte ihr die neuen Sachen besorgt. Damit musste jetzt gut sein, sie wollte nicht noch tiefer in seiner Schuld stehen.

Auf den ersten Blick wirkte sie wie ein kleiner Lausbub, zumal auch ihre Haare so kurz wie die eines Jungen geschnitten waren. Zusätzlich hatte Ki ihr geholfen, sie schwarz zu färben.

Ein erneuter Blick in den Himmel. Kein Wölkchen. Einige Male hatte sie es selbst erlebt: An der See konnte sich das Wetter innerhalb kürzester Zeit dramatisch ändern. Ein solches Drama brauchte es heute, denn in ihrer Vision hatte es kräftig gewittert. Sie hoffte, alle Beschützer würden vom Blitz erschlagen, und für Blitze brauchte es schwarze Wolken. Immer mehr Männer strömten zum Eingang der Kathedrale. Ein prüfender Blick rundum zeigte ihr, dass keine unmittelbare Gefahr drohte. Die Soldaten der Stadtwache erledigten heute offenbar andere wichtige Aufgaben. Sie wussten ganz genau, wann sie wo besser einen großen Bogen machen sollten.

Aus der Ferne beobachtete Aross das Treiben vor der Kathedrale, eine Weile würde es noch bis zum Beginn der Veranstaltung dauern.

Die Sonne verschwand. Verständlich – die hatte keine Lust auf die Versammlung der Mörder, Menschenquäler, Diebe und Schweine.

Ach nee, weiße Ritter und Frauenwirte nannten sie sich.

Der Wind frischte auf, doch Wolken waren immer noch keine zu sehen.

Was mache ich eigentlich hier?

Die Zweifel an ihren Visionen, an ihrer Zukunft bissen sie am ganzen Körper. Oder kratzte sie nur der neue Stoff auf der Haut? Zeit zum Nachdenken blieb nicht, denn ein hagerer Mann, der zusammen mit einer jungen Frau über den großen Platz in Richtung Kathedrale marschierte, eroberte ihre Aufmerksamkeit. Die Bewegungen der beiden sahen merkwürdig aus. Es dauerte etwas, bis Aross verstand, woran es lag. Der Kerl zog die Frau hinter sich her wie einen Hund an der Kette. Aber da war noch etwas anderes, das

Aross irritierte. Sie kniff die Augen zusammen. Körperhaltung und Gang der Frau kamen ihr merkwürdig vertraut vor.

Die beiden waren nun auf gleicher Höhe mit ihr. Neugierig sah Aross zu ihnen hinüber. Entsetzen und Freude erfasste sie. Das Entsetzen machte sich breit, die Freude blieb ihr im Hals stecken. Jennie! Bei der jungen Frau handelte es sich um ihre alte Freundin aus dem Waisenhaus. Mattilda und Jennie waren damals beide von der Oberin an ein Hurenhaus verkauft worden, seitdem hatte sie Jennie nicht mehr gesehen. Doch sie lebte, es fragte sich nur, wie?

Angestrengt schaute Aross genauer hin. Empörung ließ sie erzittern. Ein silberner Ring glänzte an Jennies Hals – von wo aus eine Leine zur Hand des Mannes führte. Die beiden steuerten schnurstracks auf den Eingang der Kathedrale zu.

'Jennie!' wollte Aross rufen, nur was dann? Sie konnte im Moment nichts ausrichten, nichts tun. Sie fühlte sich ähnlich ohnmächtig, wie damals auf Pier Vier, als der Kettenhund auf Mattilda einschlug.

Ein am Ende der Schlange wartender Mann lachte: »Hehe, da kommt der irre Irre mit seinem Schätzlein.«

Der irre Irre fasste die Leine kürzer, Jennie stolperte auf ihn zu. »Gib Küsschen!«, befahl er.

Sogar vom Brunnen aus sah Aross, dass Jennie weinte, als sie dem Mann ihre Lippen auf die Wangen drückte. Die anderen Beschützer machten dem Irren respektvoll Platz. Er schien ein höheres Tier zu sein. Jawohl, ein Tier! Zusammen mit Jennie verschwand er in der Kathedrale.

Versteinert wie der Brunnenrand saß Aross nur da. Was nun? Das Drama entwickelte sich dramatisch, nur in eine

Richtung, die Aross nicht gutheißen konnte.

Ich habe dafür gesorgt, dass sich der Abschaum heute genau hier versammelt. Und nun? Was mache ich jetzt?

Vielleicht hatte sie sich geirrt oder die Vision falsch interpretiert. Ihre Augen suchten den Himmel ab. Es dämmerte heute besonders schnell, was an den Wolken lag, die in buchstäblicher Windeseile aufzogen.

Bevor sie sich entschlossen hatte, war sie schon aufgestanden. Die Situation hatte sich geändert: Nun befand sich Jennie in der Kathedrale. Mit diesem Wissen konnte sie hier unmöglich untätig sitzen bleiben und auf das Gewitter warten.

Die Königin der Ratten huschte über den großen Platz. Zur Pforte der Kathedrale hielt sie genügend Abstand, schließlich sollten die auf Einlass wartenden Männer nicht auf sie aufmerksam werden. Den Umweg über die Friedhofsmauer kannte sie bereits. Wie damals, als sie Didiweis' Zahn vom Scheiterhaufen stibitzt hatte, schlich Aross gebückt zwischen den Gräbern und Gruften hindurch. Ihr Ziel war der westliche Eingang zum Nebenschiff. Gerade wollte sie auf die Tür zustürmen, als sie im letzten Moment zwei Männer erblickte, die wohl sicherstellten sollten, dass es keine unangenehmen Überraschungen von der Rückseite der Kathedrale gab. Mit einem Hechtsprung bohrte Aross ihre Nase in die Erde eines frischen Grabes. Dort wartete sie eine Ewigkeit.

Eine weit entferne Stimme rief: »Kommt nach vorne – es sind alle drin.«

Die beiden Wachen verschwanden. Mit funkelnden Augen flitzte Aross zur Tür des Nebenschiffs. Der massive Riegel war vorgeschoben und durch ein Vorhängeschloss gesichert. Ein Künstler hatte Aross verraten, wo er den Schlüssel versteckte. Danke, Ki. Unweit der Pforte befand sich ein kleines Grab mit einem schiefen Steinkreuz. Ihre Finger durchkämmten die Erde rund um den Grabstein. Aufgeregt zog sie den Schlüssel hervor und öffnete das Schloss so leise wie möglich. Der blöde Riegel machte einen Höllenlärm, doch als das Mädchen mit klopfendem Herzen die Tür aufschob, hörte sie das Gejohle der Männer. Beruhigend – bei dem Krach, den sie selbst machten, hatten sie bestimmt nichts gehört.

Mit kalten Fingern drückte sie die Tür von innen zu und stand dann einsam im Nebenschiff. Im Mittelschiff ließ die Unterwelt von Nabenstein die Unterwelt von Nabenstein hochleben. Oben unter dem Dach verband ein luftiger Gang mit kunstvoll geschnitzter Balustrade die beiden Glockentürme. Dort wollte sich Aross zunächst einen Überblick verschaffen, etwas anders blieb ihr kaum übrig.

Spiralförmig führte die schmale Steintreppe nach oben in den westlichen Glockenturm. Auf halber Höhe schlich Aross auf den Brückengang, der zum anderen Turm führte. Gebückt blieb sie mittig stehen und lugte vorsichtig über die Balustrade. Hinter dem Altar standen die miesesten Halunken: der Kettenhund, der schmucke Fürst Zolkan und der irre Irre. Zwischen erster Bankreihe und Altar entdeckte sie Jennie. Wie ein Hund lag sie vor dem Irren auf dem Boden.

Eine angenehme Stimme verkündete: »Ab dem heutigen Tag stellen wir unsere Feindseligkeiten ein und bündeln unsere Kräfte. Das macht uns einflussreicher denn je.« Der Hall verlieh Fürst Zolkans Stimme noch mehr Überzeugungskraft und Stärke. Er rieb sich die Hände – dabei wollte er doch keine Reibungsverluste mehr.

Die Mehrheit der Männer bekundete ihre Zustimmung mit Begeisterungsschreien.

»Mit unserer Liaison erhöhen wir den Druck auf den Hochadel und den König. Zwangsläufig wird somit auch die Stadtwache sensibilisiert, unseren konsolidierten Aktivitäten mehr Toleranz entgegenzubringen.«

So genau verstand Aross nicht, was Zolkan erzählte – aber es ging in Richtung 'gemeinsam sind wir stark'. Unglaublich, wie der reden konnte.

»Wir alle gewinnen, denn es macht unsere Geschäfte lukrativer. Ich denke, hier gibt es keine zwei Meinungen.«

»Genau!«, brüllte einer. »Die Frage lautet bloß, wer führt uns an?«

Erschrocken blickte Aross nach oben, dicht über ihrem Kopf prasselte es. Nur Regen, beruhigte sie sich einen Augenblick später. Gebückt schlich sie in den Westturm zurück. Eine weitere Treppe führte zur Turmspitze. Während sie sich noch fragte, was sie da oben wollte, stieg sie schon die Stufen hoch. Balken so dick wie Bugmauern bildeten ein Tragegestell. Das Holz zweier Pfeiler wirkte frisch, sie waren von den Handwerkern zur zusätzlichen Abstützung erst kürzlich angebracht worden. In der Mitte des Konstrukts hing die Glocke.

Ist die riesig, dachte Aross. Allein der Klöppel ist dicker und länger als ich.

Das mächtige Holzjoch, unter dem sie schwang, war drei Meter lang. Das Glockenseil führte durch ein tellergroßes Loch im Boden direkt hinunter in den Eingangsbereich.
Dort gab es zwei gegenüberliegende Nischen, in denen die Glöckner ihre Arbeit verrichteten.

Was mache ich hier? Rumsitzen hilft Jennie nicht.

Es blitzte. Für einen kurzen Moment wirkte das einst so massive Holz porös wie ein Meerschwamm. Donner folgte. Das Gewitter zog über die Kathedrale hinweg.

Im schalen Licht, das von den Kerzenlüstern des Hauptschiffs herüberschwappte, entdeckte Aross einen Hammer, den die Handwerker auf dem Boden vergessen hatten. In ihrem Kopf rückten verschiedene Teile zusammen, wobei einige einfach nicht passen wollten. Ihre Gedanken knirschten und ruckelten.

Boah! War es etwa ihre Aufgabe, das Puzzle passend zu machen? Musste ausgerechnet sie der Zukunft auf die Sprünge helfen? Wurde sie rücksichtslos ausgenutzt? Hm, von wem eigentlich? Vom Schicksal? Vom Zufall? Von Gott? Vom Teufel? Zum einen hatte sie mit ihrem Besuch bei Zolkan dafür gesorgt, dass sich der Abschaum genau hier versammelte. Zum anderen nahmen die Dinge heute Abend ihren Lauf. Und Aross Schlammfuß, Königin der Ratten, lief mit. Vielleicht reichte das nicht. War sie auserkoren, vorneweg zu laufen? Noch ein Blitz, der Donner ließ auf sich warten, das Gewitter entfernte sich. Wenn kein Blitz in die Kathedrale einschlug, was dann? Oder wer dann?

Na, gut! Entschlossen hob sie den Hammer auf, ein Fäustel, schwer wie ein Amboss, sie brauchte beide Hände, um ihn zu schwingen. Zweimal. Entferntes Donnern und das nahe Gröhlen der Männer übertönten alle anderen Geräusche. Wessen Plan verfolgte sie hier? Gab es überhaupt einen Plan? Verwirrt ließ Aross den klobigen Hammer sinken, als sie es hörte. Genau wie in ihrer Vision: »Orkan, Orkan!« Nein, Blödsinn, sie hatte es falsch verstanden. Sie riefen »Zolkan, Zolkan.« Offensichtlich war der Anführer der Dreher am Ziel seiner Träume – sie hatten ihn zum Oberabschaum erklärt. Weiße Ritter – pah!

Sie schlich zurück zum Brückengang. Oh, nein. Viel Zeit blieb nicht mehr. Was hatte sie in ihrem Tagtraum noch gesehen? Oder besser gehört? Die Glocke. Ein Blick auf die lethargisch am Boden liegende Jennie trieb Aross an. Ohne länger darüber nachzudenken, lief sie zurück in den Turm, sprang an das Glockenseil und rutschte daran hinunter. Das Loch in der Zwischendecke war für ihren schmalen Körper gerade groß genug. Ein zärtliches Bimm ertönte, mehr gab ihr Gewicht nicht her. Der Ton reichte jedoch vollends aus, er hallte durch die Kathedrale über alle Köpfe hinweg von einem Bleifenster zum anderen.

Glückwunsch, Aross. Anstatt so leise wie möglich zu sein, einfach mal losbimmeln. Ein besseres Hoppla-hier-komme-ich gab es kaum. Den letzten Meter ließ sie sich fallen und landete in der Glöcknernische. Die Zeit drängte.

»Wer ist das?«, rief jemand, und er klang nicht freundlich.

»Los, hinter ihm her«, befahl ein anderer. Sie glaubte, Zolkans Stimme zu erkennen.

Sie mussten sie nicht verfolgen, denn Aross jagte nicht etwa durch die Pforte hinaus auf den großen Platz, sondern wie ein Irrwisch geradewegs in die Kathedrale mitten unter die Männer. Fast alle saßen noch brav links und rechts auf den Bänken, somit war der Mittelgang frei.

Geistesgegenwärtig sprangen die Beschützer hinter ihr auf und versperrten den Rückweg. Jetzt war es definitiv zu spät, um zu fliehen.

Zolkan stand auf der Kirchenkanzel, die in etwa zwei Metern Höhe an der Wand klebte, und hatte den besten Überblick. »Packt ihn und bringt ihn nach vorn«, rief er.

Eine Hand griff nach ihrem Oberarm, eine andere nach der Schulter. Grob zerrten sie zwei Männer in Richtung Kanzel.

Zolkan beugte sich vor, blinzelte einmal und korrigierte sich. »Bringt *sie* nach vorn. Willkommen, Aross Schlammfuß!«

Die versammelten Herrschaften murmelten alle durcheinander. Niemand konnte sich die Vorgänge erklären. Was sollte der Auftritt? Und dieser Name – Aross Schlammfuß? Einerseits ein unscheinbares Mädchen, andererseits wurde sie mit Aushang und hohem Kopfgeld gesucht. Wie ist sie überhaupt reingekommen? Und wieso läutete sie die Glocke? Die Stimmung wurde gereizter. Im Grunde traute in dieser trauten Gemeinschaft keiner dem anderen, und unerklärliche Vorgänge verunsicherten umso mehr.

Fürst Zolkan spürte die wachsende Feindseligkeit, eine willkommene, erste Gelegenheit, um seine Anführerqualitäten unter Beweis zu stellen. »Ruhe!« Mit lauter Stimme wandte er sich an Aross: »Was für ein Auftritt. Ich bin beeindruckt. Doch dies hier ist eine geladene Gesellschaft, und du stehst nicht auf der Gästeliste.«

Sie wollte etwas erwidern, doch es gelang ihr nur ein Piepsen. Es klang mehr nach Maus als nach Ratte.

Die beiden Männer führten sie rechts neben den Altar, von wo aus sie den Kopf in den Nacken legen musste, um Zolkan zu sehen. Immer noch hielten sie sie eisern fest. Eine Hand tastete ihren Hosenbund ab.

»Unbewaffnet!«

»Lasst sie los«, befahl Zolkan. »Ein einsames Mädchen wird schwerlich den versammelten Beschützern Nabensteins entkommen.«

»Sie muss sterben!«, rief einer in der ersten Bankreihe. »Sie kennt nun alle Gesichter.«

»Für deine hässliche Fratze interessiert sich doch keiner.« Der irre Irre stellte sich direkt vor sie. »Dennoch hast du recht. Allein für die Frechheit, hier ungefragt einzudringen, sollten wir sie ausbluten lassen. Schließlich haben wir einen Ruf zu verlieren.«

»Nein, wir drehen ihr die Luft ab, es ist lustiger, wenn ihre Augäpfel herausquellen.«

Schnitter und Dreher – die beiden mörderischen Philosophien hatten wohl noch nicht in vollster Harmonie zueinandergefunden.

»So oder so wird sie sterben.« Zolkan faltete die Hände. Sanft fuhr er fort: »Vorher will ich wissen …«, er beugte sich über die Brüstung der Kanzel, »… was ist dein Begehr? Wie können wir dir helfen?«

Es wurde still, und alle Augen richteten sich auf das unscheinbare, unbewaffnete, unbedarfte Mädchen. Aross holte tief Luft und fand ihre Stimme wieder: »Die Glocke erklingen lassen wollte ich. Ein neues Zeitalter in Nabenstein einläuten.«

Kollektives Gelächter. Es klang bei allen Männern in der Kirche gleich – rau und schmutzig.

»Die Idee mit den Glocken ist hervorragend!«, rief ein Kerl aus den hinteren Reihen. »Wir besiegeln unsere neue Organisation mit Gottes Segen. Alle Bürger unserer geliebten Stadt sollen es hören. Ein neues Zeitalter!«

»Jaaa! Nabenstein hört und fürchtet uns noch mehr!«

Immer aufgeregter wurden die Stimmen. »Halleluja! Wir haben den Herrn auf unserer Seite. Läutet die Glocken. Für Zolkan, unseren neuen Anführer. Für uns!«

»Für uns!« Aus allen Bankreihen erscholl es.

»Für Zolkan!«

Passend dazu blitzte und donnerte es gewaltig, als ob der Himmel sein Wohlgefallen kundtat. Oder eher sein Missfallen?

Schon hingen mehrere Männer im Eingangsbereich links und rechts an den Glockenseilen und hüpften wie die Irren daran rauf und runter. Einer davon war der Kettenhund. Die Glocken bimmelten und bammelten ohrenbetäubend wirr durcheinander.

Aross drehte den Kopf und sah zu Jennie. Die lag nach wie vor unweit des irren Irren auf dem Steinboden. Unbeteiligt und leblos starrten ihre Augen ins Leere.

Unermüdlich brüllten die beiden Glocken der Kathedrale von Nabenstein ihren Schmerz in die Welt. BIMMMMM! BAMMMMM! BIMMMMM! BAMMMMM! So empfand es Aross. Für die Beschützer war die Kunde ihrer Stärke ein Zeichen ihres Sieges, ihrer Macht.

Zolkan hob die Hände und sagte etwas, doch es war nicht zu verstehen.

BIMMMMM! BAMMMMM! BIIIRRKLONG! BAMMMMM! BAMMMMM! BAMMMMM!

Eine Glocke fiel aus. Aross zitterte – es war soweit!

Zolkan brüllte: »HOLT DIE IDIOTEN VON DEN SEILEN! RUHE!«

Kein Bimm mehr, das Bamm wurde immer leiser.

Das Mädchen in Jungenkleidung sprang mit einem beherzten Sprung auf den Altar. Alle Männer starrten sie an.

»Wasss?«, zischte der schöne Zolkan wie eine Viper. Er konnte es nicht ausstehen, wenn ihm die Schau gestohlen wurde.

Aross breitete die Arme aus. »Ja! Ein neues Zeitalter bricht an!« Woher die Festigkeit in ihrer Stimme kam, wusste Aross nicht. Vielleicht der Zorn? Ein Blick auf Jennie reichte, und die Wut gab ihr Entschlossenheit und Kraft. Mit erstaunlichem Pathos verkündete Aross: »Nur läuten die Glocken nicht zu euren Ehren, sondern zu eurem Tod. Ich, Aross Schlammfuß, Königin der Ratten, habe dafür gesorgt, dass ihr alle sterbt!«

Das Gelächter wurde noch rauer, noch schmutziger.

»Wir sollten sie auf dem Altar opfern!«

»Vorher flachlegen!«

»Zerreißt das Gör!«

Ein himmlisches Rumpeln übertönte die Rufe, alle Köpfe schreckten nach oben. Laut und unerwartet brach es herein. Es war kein Donner, mit einem Gewitter hatte das nichts zu tun.

»RAUS! RAUS!«, brüllte Zolkan und sprang die zwei Meter aus der Kanzel hinunter. Die Landung sah ungemütlich aus, er überschlug sich. Bei solchen Aktionen konnte durchaus der ein oder andere manikürte Fingernagel abbrechen, fuhr es Aross durch den Kopf.

Diesen Moment nutzte Aross, um vom Altar zu springen und zu ihrer Freundin zu rennen. »Jennie, Jennie! Was ist los mit dir!«

Zwei leblose Augen sahen an ihr vorbei. Sie wirkte wie tot, wobei der Brustkorb sich hob und senkte.

Der irre Irre drehte seinen Kopf und fauchte Aross an: »Fass sie nicht an! Ich erwürge dich!« Er versuchte Aross die Leine um den Hals zu wickeln..

Das Poltern übertraf alles, was sie in ihrem bisherigen Leben je gehört hatte. Etwas Gewaltiges kippte auf das Dach des Mittelschiffs. Explodierendes Holz, Glas, Keramik und Stein, alles gleichzeitig, in verschiedenen Klangfarben. Knacken, Knarzen, Knurren – alles dabei.

Der irre Irre ließ die Leine überrascht fallen. »DER TURM!«

Gut erkannt, der westliche Glockenturm kippte mit voller Wucht auf das Dach der Kathedrale.

Fürst Zolkan tauchte neben ihr auf. Mit erstaunlicher Ruhe legte er den Kopf in den Nacken und betrachtete interessiert die einstürzende Decke. Mit ungläubiger Miene senkte er den Kopf und starrte auf Aross.

Die beachtete ihn nicht weiter, wie eine Verrückte zog sie mit einem Arm an Jennies Halsband, mit dem anderen hielt sie ihre Hand. »JENNIE! KOMM!«

»Mein Liebling!« Die Stimme des irren Irren kippte. Er warf sich auf Jennie und begrub sie unter sich. »Hab keine Angst. Ich beschütze dich.«

Keine Zeit mehr, es war zu spät. Zu spät für Zolkan, der seinem Schicksal ergeben entgegensah, während sich die anderen Männer voller Panik in Richtung Ausgang prügelten. Zu spät für den irren Irren. Zu spät für alle, denn das Dach stürzte ein und verschüttete den Ausgang. Zu spät für Jennie. Lebend kam hier keiner mehr raus.

Keiner?

Die hervorragende Akustik verstärkte das Bersten der Dachbalken des Mittelschiffs. Ein Berg fiel aus großer Höhe auf die Kathedrale – so klang es zumindest.

Tränen liefen Aross übers Gesicht, sie konnte ihrer Freundin nicht mehr helfen. Wie ein Kraken lag der irre Irre auf ihr und umklammerte ihren Körper. Alle Zeit war abgelaufen. Mit einem letzten Streicheln ließ Aross Jennies

Hand los und stürzte hinter den Altar. Schweres Gestein krachte ihr vor die Füße. Sie warf sich auf die Erde und rutschte den letzten Meter auf dem Hosenboden in die kleine Aushöhlung des Granitblocks. Damit sie ganz hineinpasste, senkte sie den Kopf und zog die Knie an die Brust. Hilflos wie ein Ungeborenes.

Es regnete schwere Balken, Dachschindeln, Holzvertäfelungen, Putz und Steine. Große Brocken der einstürzenden Wände zersplitterten, und Teile davon spritzen in ihr Versteck. Die gellenden Todesschreie der Männer, das Bersten von Knochen, das dumpfe Aufschlagen des Gesteins auf menschlichen Körpern im Vergleich zum hellen Krachen auf den Steinboden erzählten ihren Ohren eindringlich vom Niedergang des neuen Zeitalters.

Ein fürchterliches Geräusch direkt über ihrem Kopf ließ sie zusammenschrecken. Ein Teil des Daches krachte direkt auf den Altar, doch Gottes Tisch hielt stand. Neben ihr prasselten Schutt und Steine herunter. Der aufwirbelnde Staub raubte ihr die Sinne. Das Mädchen presste sich den Ärmel ihres Hemdes vor den Mund und atmete durch den Leinenstoff.

Ein Inferno! Kein Blitzeinschlag, wie Aross nach ihrer Vision zunächst vermutet hatte, trat die Kette der schrecklichen Ereignisse los, sondern sie selbst. Losgetreten? Nein, losgeschlagen! Sie dachte an den schweren Hammer, mit dem sie die beiden Stützpfeiler der Glockenaufhängung beseitigt hatte. Den Rest hatten die Idioten mit ihrer wilden Bimmelei selbst übernommen.

Mit einem letzten Scheppern hörte es auf. Das Mädchen war unter dem Altar eingesperrt. Mit den Füßen stemmte Aross einen Teil des Schutts zur Seite. Ein großer Steinbrocken versperrte ihr den Weg, keinen Millimeter ließ sich der Klotz bewegen. Daneben entstand durch ihr Strampeln eine Lücke, klein, doch Ratten passten beinahe überall hindurch. Sie quetschte sich gerade so vorbei. Dort, wo sie eben noch versucht hatte, Jennie zu helfen, lag nun meterdicker Schutt. Obwohl sie es nicht wollte, stellte sie sich ihren zerschmetterten Körper darunter vor. Immerhin hatte es auch den irren Irren und Fürst Zolkan erwischt.

Obwohl sie immer noch durch den Stoff atmete, keuchte sie und ihre Lungen brannten. Wind, der Aross ungewohnt kalt um die Nase wehte, verschaffte ihr ein wenig Linderung. Erst jetzt spürte sie ihr tränenüberströmtes Gesicht. Sie sah nach oben. Kein Dach mehr. Kein Regen mehr. Nur Nebel und Wolken. Dazu himmlische Ruhe.

Vom einst so mächtigen Mittelschiff blieb nur eine Ruine übrig. Sehen konnte sie kaum etwas, sie stand mitten in einer Schuttwolke und bekam kaum noch Luft. Röchelnd krabbelte sie über den einstigen Stolz der Stadt Nabenstein. Unter ihren Knien und Händen sah und spürte sie die Überreste. Überreste der Statuen, Überreste der Bleifenster, Überreste des Dachstuhls, Überreste der Wände, Überreste des Putzes, Überreste der Menschen.

Zwei Augen direkt unter ihrer Nase starrten sie vorwurfsvoll an. Ein Stück bunter Putz mit einem Kopf, der zu dem edlen Mann auf dem edlen Ross gehörte, den Ki an die Kirchenwand gemalt hatte.

Tut mir leid, Ki. Deine Werke stehen unter keinem guten Stern, solange du mit mir zu tun hast.

Ein hoher Schatten im Portalbereich erschreckte das Mädchen, erst dann verstand sie. Wider Erwarten stand der östliche Glockenturm noch, als sei nichts geschehen. Und in der Glöcknernische lag die Leiche des Kettenhundes. Stimmen näherten sich aus allen Richtungen. Das Läuten, der Einsturz, die Todesschreie – ganz Nabenstein war auf den Beinen und traute sich allmählich näher an den Unglücksort heran. Sie musste hier weg, sie brauchte Luft, frische Luft. Eine Bewegung – der Arm des Kettenhundes zuckte. Lebte ausgerechnet dieser Bastard noch? Warum wunderte sie sich?

Wie ein Toter, der aus seinem Grab aufstand, schälte sich der Kettenhund aus dem Schutt. Nur an zwei Stellen konnten die Menschen die Katastrophe überlebt haben: unter dem Altar und in der Glöcknernische des Ostturms. Dort lag auch noch ein anderer Mann, der sich jedoch nicht bewegte.

Aufgeregte Stimmen näherten sich. Aufgrund der Staubwolke war die Sicht nach wie vor erschwert.

Im Eingang wankte der Kettenhund gebückt hin und her. Aross lief an ihm vorbei.

»Steg!«, rief sie ihm zu. »Auf dem Steg.«

Am Ende ihres kleinen Lieblingsstegs wartete Aross auf ihn. Hier hatte alles angefangen, hier wollte sie es zu Ende bringen.

Eine Gestalt tauchte auf – der Kettenhund. Seine Finger tropften Blut. Wieder donnerte es. Immer, wenn es blitzte, sah sie ihn näherkommen. Sein Gesicht sah furchtbar aus: die Wangen kalkweiß, Stirn und Nase rot verschmiert. Er humpelte, die Knieschiene und seine Kettenstrümpfe klebten vor Blut und Schmutz.

Nun gab es keinen Fluchtweg mehr für Aross. Völlig irrsinnig, freiwillig in eine Sackgasse zu flüchten.

Der Mann heulte vor Wut: »DU HAST MICH VERRATEN! DU HAST ZOLKAN VON MEINEM HINTERHALT ERZÄHLT! WOHER WUSSTEST DU DAVON? ICH ZERREISSE DICH!« Er streckte die Arme vor und griff nach ihrem Hals.

Flink wich Aross aus und zog sich bis ans äußerste Ende des Stegs zurück. Geifernd vor Zorn kam der Fiesling auf sie zu. Das kleine Mädchen tat etwas, das ihm niemand zugetraut hätte. Es griff an. Nicht mit einer Waffe, das konnte sie nicht, sondern mit ihren Mitteln. Sie machte zwei Schritte auf ihn zu und trat ihm so fest wie sie konnte gegen das verletzte Knie. Das Jaulen machte seinem Namen alle Ehre. Der Kettenhund taumelte.

Jetzt oder nie, dachte Aross. Schließlich hatte sie tagtäglich in den Menschenmassen der Stadt geübt. Mit einem kraftvollen Hüftschwung schubste sie den Kettenhund ins Wasser. Ein Platschen, ein Gurgeln, ein Hecheln – und nun Stille. Ungläubig starrte Aross ins Meer. Sie schrak zurück. Wild rudernde Arme tauchten auf, ein gewürgtes 'Hilfe', die Bewegungen wurden langsamer.

»Für Mattilda, Jennie und all die anderen Frauen«, rief ihm Aross zu.

Antworten konnte der Kettenhund nicht, er war viel zu beschäftigt, sich mit hektischen Bewegungen über Wasser zu halten. Unkontrolliert um sich schlagend, versuchte er, den Steg zu erreichen. Trotz aller Anstrengungen kam er keinen Zentimeter vorwärts. Sein Kopf geriet unter Wasser, die Arme folgten langsam. Weg war er. Sein Markenzeichen wurde ihm zum Verhängnis – die schwere Kettenrüstung zog ihn auf den Grund, als trüge er einen Anker um den Hals. Ein paar Luftblasen waren das Einzige, was an ihn erinnerte. Und auch sie versiegten.

Aross biss sich auf die Unterlippe. So, du Schweinehund. Verwese auf dem Meeresgrund.

Der Tjost

Die freudige Erwartung der Menschen war mit den Händen zu greifen, Farins Aufgeregtheit auch. Die Ehrentribüne aus Edelholz füllte sich mit Edelmännern und ihren Edeldamen mit ihren Edelsteinen. Die Seiden- und Brokatkleider leuchteten in der Sonne wie Papageien.

Was erlebe ich hier nur, fragte er sich selbst fassungslos. Vor wenigen Monaten habe ich noch auf dem Totengräberhof Leichen gewaschen. Nun stehe ich mitten im Trubel des bedeutendsten Turniers des Weltenreiches, umgeben von den berühmtesten Rittern und einflussreichsten Adligen.

Merkwürdigerweise empfand Farin seine Einfachheit nicht mehr als Makel, in Haufen hatte er abseits der Gesellschaft gelebt. Zudem hatten die Erfahrungen der letzten Monate seiner früheren Obrigkeitshörigkeit Abbruch getan, denn auch Fürsten und Herzöge schwebten nicht über allem Irdischen, sondern waren Menschen mit Fehlern, Schwächen und Ängsten. Wenn er darüber nachdachte, war ihm das schon durch den guten Priester Amen bewusstgeworden. Das Glück der hohen Geburt machte aus niemandem einen besseren Menschen, und, was noch wichtiger war, es ging nicht zwangsläufig mit einem glücklichen Leben einher. Hierzu fiel ihm sofort der Knappe Keimund ein – was für ein schreckliches Ende für einen jungen Mann. Was hatte ihn so fehlgeleitet? Der gestrenge Vater, der enorme Erwartungsdruck, die starren Regeln der Etikette?

Wieder einmal rissen die Fanfaren Farin aus seinen Gedanken. Zwölf Bläser standen in einer Reihe vor der Tribüne und stießen nach Leibeskräften in ihre Hörner –

dreimal hintereinander die gleichen Töne.

Immer mehr Menschen drängten sich um das Kampfareal. Auf der Ehrentribüne waren inzwischen alle Logen mit erwartungsfrohen Adligen besetzt. Halt, vier Plätze in der Ehrenloge warteten noch auf ihre Besucher. Der letzte Turniertag begann mit etlichen künstlerischen Vorführungen. Akrobaten, Fahnenschwinger, Jongleure mit brennenden Fackeln und Spaßmacher würden bis zum Höhepunkt des Tages für beste Unterhaltung sorgen. Lange würde es nicht mehr dauern, bis Ritter Emicho um all seine Besitztümer kämpfen musste.

Bockmist – er hatte die Zeit vergessen. Genau diesen Höhepunkt, diesen Kampf galt es nun, optimal vorzubereiten. Geschwind lief Farin zu Emichos Zelt, wo sich bereits Stummel, Plaudius und Drogdan um den Ritter versammelt hatten.

»Schön, dass mein Knappe sich bequemt, auch mal vorbeizuschauen«, ranzte ihn Emicho an. »Ihm ist wohl entfallen, dass auch seine Zukunft auf dem Spiel steht.«

Mit zusammengepressten Lippen verkniff sich der Totengräbersohn jeden Kommentar. Schließlich war nicht er für die unnötige Ausweitung des Einsatzes verantwortlich.

»Ich will meinen Schild ein letztes Mal überprüfen. Hol ihn!«

Wie der Kasper aus der Box sprang Farin aus dem Zelt. Emichos Schild stand neben dem Wasserfass. Die Aufregung und das schnelle Laufen hatten ihn durstig gemacht. Er nahm die Schöpfkelle vom Rand, füllte sie mit Wasser und führte sie zum Mund.

HALT! NICHT TRINKEN!

Mitten in der Armbewegung erstarrte er.

TRINK NICHT!

»Willst du mich aufgrund des verpassten Speerwurffinales verdursten lassen? Oder warum tauchst du ausgerechnet jetzt aus Schmollland auf?«

Wurm! Ich schmolle nie!, schmollte Ekel.

»Warum soll ich nicht trinken?«

Riechst du es nicht?

»Mit wem palaverst du, Knappe? Wo bleibt mein Schild?« Der Ritter im Zelt klang nach purster Ungeduld.

Mit Glubschaugen betrachte der Totengräbersohn das Wasser in der Kelle.

Nicht glotzen, riechen.

Angestrengt kräuselte er die Nase und atmete dreimal, viermal ein.

»Ich rieche nichts«, flüsterte Farin.

Wofür haben Menschen ihre Sinne? Es besteht kein Zweifel, das Wasser ist vergiftet. Mit einem Extrakt aus den Knollen des Blauen Eisenhuts. Unverdünnt absolut tödlich.

»Bitte? Was? Bist du sicher?«

Wie kannst du an 'kein Zweifel' zweifeln?

»Aber, wie kann das sein?«

Indem jemand Gift ins Wasserfass schüttet. Ein Vorgang mit überschaubarer Komplexität, den sogar ein Knappe im ersten Lehrjahr begreifen müsste.

»VERFLUCHTER, NICHTSNUTZIGER KNAPPE, WO BLEIBT MEIN SCHIILD?«, erklang es lieblich aus dem Zeltinneren.

Hastig ließ Farin die Schöpfkelle fallen und klemmte sich den Schild unter den Arm. Als er ins Zelt kam sah ihn Emicho an, als wollte er ihn verspeisen. Schnell drückte er dem Ritter den Schild in die Hand.

Ausnahmsweise grinste Drogdan mal nicht, er sah blass um die Nase aus. Im nächsten Moment kniete er an der Zeltwand und übergab sich spuckend und röchelnd. »Weiß nicht, was … los ist. Mir … ist … schlecht.«

»Hast du aus dem Wasserfass getrunken?«, fragte Farin.

»Ja … klar.«

»Was soll das heißen? Warum fragst du?« Die ungeheure Intensität, mit der ihn Emicho ansah, ließ Farin wanken.

Bevor er zu einer Erklärung ansetzen konnte, wurde Emichos Blick trüber und trüber. Der Ritter schluckte, nein, er spuckte, sein Gesicht verlor an Farbe.

»Ich habe heute Vormittag … auch davon getrunken.« Krachend ließ er sich auf dem Stuhl nieder.

Schreckerfüllt suchten Farins Augen die von Plaudius. Der sah ebenfalls aus wie Ziegenkäse, doch er sagte: »Ich wollte mir gerade einen Schluck Wasser genehmigen, habe aber noch nichts genommen.«

»Verflucht!«, flüsterte Emicho, »Dieser miese Gorian von Siegesmund steckt dahinter. Er hat das Wasser vergiftet. Was für eine Intrige. Ich Idiot bin auf diese Posse reingefallen.« Sein Stöhnen tat Farin in den Ohren und der Seele weh.

»An schnödem Gift zu sterben … was für ein Hohn. So war das … nicht gedacht. Ich ...« Der Ritter krachte vom Stuhl und lag nun flach auf dem Boden, seine Stirn glänzte schweißnass.

»Ich hole einen Heiler!« Plaudius sprang auf.

»Nein. Ich verliere alles, wenn … ich nicht ...« Die Stimme des Ritters bestand nur noch aus einem kraftlosen Flüstern. Sein Körper zuckte.

Das Eisenhutgift dürfte keineswegs tödlich sein, da die Konzentration in dem großen Wasserfass nicht sonderlich hoch ist. Morgen sind sie wieder auf den Beinen. Es ist wohl zu auffällig, Emicho zu töten. Er soll nur vorübergehend kampfunfähig gemacht werden, damit es hinterher so aussieht, als habe er sich gedrückt.

Farin nickte und erklärte Plaudius: »Drogdan und Emicho werden nicht sterben. Allerdings sind sie für den Rest des Tages außer Gefecht. Und das ist ziemlich wörtlich gemeint.«

»Er muss aber kämpfen«, wisperte Plaudius. »Es geht nicht anders.« Er stürzte zu Emicho und schob ihm ein Kissen unter den Kopf. »Herr, Ihr müsst es irgendwie hinbekommen. So, wie sonst auch. Herr!«

Unglücklicherweise war der Ritter bereits weggetreten. Ähnlich wie Drogdan lag er weiß wie Ziegenmilch und flach atmend auf dem Boden. Verzweifelt schüttelte ihn der Dicke an den Schultern.

»Ich spreche bei den Herolden vor. Besteht die Möglichkeit, dass sie den Tjost auf morgen verschieben?«, fragte der Totengräbersohn.

»Niemals!« Plaudius raufte sich die Haare. »Keine Chance, Farin. Es gibt keinen Aufschub. Wer nicht antritt, hat verloren.«

»Aber, aber wir müssen das mit dem Wasserfass erzählen. Die Sache ist doch offensichtlich.«

»Hast du handfeste Beweise? Eindeutige Zeugenaussagen – bevorzugt von Adligen? Denn dein Wort zählt weniger als ein Furz von Fürst Gorian.«

»Bis auf das vergiftete Wasser gibt es keinen Beweis.« Farin senkte den Kopf. »Alles ist verloren.«

Mit einem Tuch wischte Plaudius das Erbrochene von Drogdans Lippen und rollte ihn auf die Seite. »Dasselbe müssen wir mit Emicho machen, nicht dass er an seiner eigenen Kotze erstickt.«

Gemeinsam drehten sie den Ritter in Seitenlage. Emicho bemerkte nichts davon, er war vollends weggetreten.

»Es muss eine Möglichkeit geben. Das kann es doch nicht gewesen sein. Das ist ungerecht. Das ist Betrug.« Mit geballten Fäusten sah der Totengräbersohn auf die am Boden liegenden Männer.

Mit Grabesstimme antwortete Plaudius: »Pech! Emicho hat hoch gespielt und hoch verloren. Ein perfider, aber perfekter Plan. Alle Achtung, Gorian von Siegesmund, du mieser Betrüger.« Plaudius war den Tränen nahe.

Ratloses Schweigen breitete sich im Zelt aus, nur die unregelmäßigen Atemstöße von Emicho und Drogdan waren zu hören.

»Auch wenn du glaubst, das Gift sei nicht tödlich, sollten wir sicherheitshalber einen Heiler holen. Und damit ist gleichzeitig Emichos Kapitulation besiegelt«, flüsterte Plaudius in die Stille hinein.

Ihr selbstmitleidigen Schwachköpfe. Es gibt einen Ausweg aus der Misere.

Farin schrie innerlich: »WELCHEN DENN?«

Ganz einfach: Du ziehst dir Emichos Rüstung an, steigst auf das Schlachtross, und wir stopfen diesem Gorian den Siegesmund.

Für die Verarbeitung dieses Gedankens brauchte Farin eine Weile. Gerade, als er 'so einen komplett blödsinnigen Vorschlag habe ich mein ganzes Leben noch nicht gehört' schimpfen wollte, erinnerte er sich an Blossaks legendäre Na-gut-Ideen. Der Waldgeist schwebte vor seinen Augen, die Windmühlenflügel drehten sich über seinem Kopf, und die badenden Dorfmädchen kicherten in seinen Ohren. Und schon hörte sich Farin in bester Tradition die beiden verhängnisvollen Worte sagen: »Na gut!«

»Nichts ist gut. Was soll gut sein?«, heulte Plaudius.

»Ich werde für Emicho tjosten.«

Plaudius bereitete sich seelenruhig für den ganz großen Lacher vor: Mit beiden Händen hielt er seinen dicken Bauch und riss den Mund weit auf. Offenbar war die Lage aber doch zu ernst – die Erheiterung blieb ihm im Halse stecken. »Duhuu?«

Es ging nichts über ein wertschätzendes 'Duhuu' in höchster Not. Der Kamerad traute ihm nicht einmal zu ...

»Dir traue ich nicht einmal zu, ohne Emicho in Donners Nähe zu gelangen. Geschweige denn, das Ungetüm zu reiten. Geschweige denn, die Lanze richtig herum zu halten.« Er konnte sich kaum beruhigen. »Geschweige denn, damit irgendetwas zu treffen.«

»Bockmist, Plaudius. Hör auf zu geschweigedennen. Ich werde es tun.«

»Selbst wenn ein Wunder geschieht, und Donner dich aufsteigen lässt, fällst du spätestens beim Lanzesenken vor der Ehrentribüne vom Pferd.«

»Du kannst großartig erzählen, was alles nicht geht«, sagte Farin säuerlich. »Mir scheint, du bist erpicht darauf, diese Aufgabe selbst zu übernehmen. Du bist doch der bessere und weitaus erfahrenere Kämpfer. Ja, du solltest es tun.«

»Öhm, ich bin viel zu klein. Und zu dick. Die Rüstung passt mir nicht, das sieht jeder aus hundert Metern Entfernung. Und außerdem …«, seine Stimme wurde immer kleinlauter, »… bin ich viel zu schlecht.«

»Und genau aus diesem Grund mache ich es. Die Rüstung passt, und du wirst mir hineinhelfen.« Farin hatte keine Ahnung, woher seine Entschlossenheit kam. Vielleicht, weil er nichts mehr zu verlieren hatte. Es war alles schon weg.

Und weil du mich hast.

Hilflos riss Plaudius beide Arme nach oben. »Wie willst du denn gegen den Ersten Ritter gewinnen? Ich … ich weiß nicht mehr ein noch aus.« Mit einem ganz schrägen Blick betrachtete er Emichos Rüstung. »Spaßeshalber probierst du die mal an.«

»Klar, nur aus Spaß.«

Ich liebe Spaß.

Es dauerte länger als gedacht, bis Farin die für den Ritter maßgeschneiderte Turnierrüstung angelegt hatte. Tatsächlich passte sie ihm einigermaßen, nur Emichos Arme waren wohl ein wenig länger, denn Farins Finger lugten mit etwas Mühe aus dem Ärmel heraus.

»Sitzt tatsächlich besser, als ich dachte. Nur macht eine Rüstung noch keinen Ritter«, philosophierte Plaudius.

»Jetzt noch den Helm. Hilf mir.« Farin wollte keine Zeit verlieren.

Langsam senkte sich das Plattenungetüm über seinen Kopf. Es wurde dunkel. Mit der linken Hand öffnete er das Visier. Es quietschte vertraut.

Eine helle, brüchige Stimme ertönte vom Boden: »Was … was soll das? Ihr Wirrköpfe.« Drogdan hatte die Augen geöffnet. Schweiß lief ihm über die Stirn, er blinzelte: »Was … ist hier los? Wieso trägt Farin … die Rüstung? Wo ist Emicho?«

In dem Moment sah er den Ritter neben sich auf dem Boden schlummern. Den Waffenmeister verließ die Kraft, sein Kopf sackte wieder auf den Boden. Er stammelte: »Was … was geht hier vor?«

»Farin will für Emicho tjosten.« Es hörte sich ganz

selbstverständlich an, nur Plaudius' Gesichtsausdruck schrie das Gegenteil.

Drogdan alterte gerade um zehn Jahre. »Farin? Das … ist Irrsinn. Er hat … keine Chance. Das ist … Selbstmord.« Mit diesen aufmunternden Worten fiel er wieder in Ohnmacht.

Erwartungsgemäß verließ nun auch Plaudius den letzten Rest Mut. »Farin, er hat recht. Solch ein Lanzenkampf ist kein Kinderspiel. Das funktioniert nie und wird dich nur umbringen.« Verzweifelt kaute er auf seinen Zähnen.

»Beruhige dich. Schließlich muss *ich* raus auf die Kampfbahn und tjosten. Du wirst mich nicht davon abbringen!«

Plaudius nickte langsam. »Du willst es wahrhaftig versuchen?«

Nicht versuchen! Tun! Ekel war kaum zu bremsen.

»Verrückt!« Plaudius holte tief Luft. »Selbst wenn ich nicht den Spielverderber mache, wird es ein gewisser Vierbeiner tun. Donner lässt dich niemals auf seinen Rücken steigen.«

»Lass uns vors Zelt gehen und testen, was das Schlachtross zu unserem Schlachtplan sagt. Vorher müssen wir nicht weiter überlegen.«

»Hm.«

»Und wenn Donner 'ja' sagt, dann soll es geschehen. Einverstanden?«

»Na gut. Probieren wir es.«

Die Rüstung wog mehr als das Schlachtross samt Sattel. Farin glaubte, das Gehen neu erlernen zu müssen. Er schaffte es kaum, die Beine zu beugen – allein der Weg vors Zelt kostete ihn eine Menge Kraft.

Du sträubst dich zu sehr gegen das Metall. Betrachtete es als zweite schützende Haut. Und überlass mir den Rest.

Zitternd schritt der Totengräbersohn auf das mächtige Streitross zu. »Donner, ich bin es, Farin«, sagte er.

Plaudius rollte mit den Pupillen. »Meinst du, das hat er nicht schon längst bemerkt?«

Der Hengst tat es Plaudius nach und tänzelte höchst beunruhigt an seiner Leine.

»Ho!«, versuchte Farin ihn zu beruhigen. »Wir müssen heute zusammenarbeiten. Zum Wohle deines Herrn Emicho.«

Das Pferd stieg hoch, die Vorderhufe trommelten durch die Luft und Farin fiel vor Schreck krachend auf den Hintern. Es schepperte und klingelte am ganzen Körper. »Autsch! Ich habe mir den Arsch gebrochen.« Erschrocken sah sich Plaudius um, doch niemand schien etwas bemerkt zu haben. Die meisten Menschen hatten sich inzwischen rund um die Kampfbahnen versammelt und fieberten dem großen Finale entgegen.

»Das fängt ja gut an. Adieu, du schöne Burg.«

»Hör auf zu jammern, hilf mir lieber auf.«

Mit vereinten Kräften schaffte es der Totengräbersohn wieder auf die Beine. In der Ferne ertönten die Fanfaren. Es blieb keine Zeit mehr. Der Herold rief den letzten, alles entscheidenden Tjost aus.

»Wir geben auf – es ist sinnlos.« Plaudius war untröstlich.

Edler Ritter, lass endlich los, bevor du die Rüstung noch mehr zerbeulst.

»Hör mal, Ekel. Wenn ich daran denke, wie Tiere auf dich reagieren, wird mir bang. Denk an Fiesel und Grollheimer«, konterte Farin.

Ach was. Die habe ich doch nur ein wenig geärgert, um dich zu ärgern. Überlass mir den Gaul. Nimm seinen Kopf in die Hand und gib mir das Kommando.

Leichter gesagt als getan. Langsam näherte sich Farin dem Pferd. Die Nüstern sahen grimmig aus.

Selbst dieser Gaul ist kein Fleischfresser. Und Feuerspucken kann er auch nicht. Glaub mir! Versuche, mir zu folgen.

Ein wenig unwillig ließ Farin seinen Geist schweben, letztlich gab es keine andere Möglichkeit. Behutsam nahm er den schmalen Pferdekopf in die Hände – wenn an Donner überhaupt etwas schmal war. Was war das? Er spürte, wie Ekel ein Stück seines Wesens hinter sich herzog. Meinte er etwa das mit folgen?

Unwillig schüttelte sich Donner und schnappte nach Farins Hand. Von wegen kein Fleischfresser!

»Das ist ein Ungeheuer! Der lässt dich niemals auf seinen Rücken. Niemals!«, jammerte Plaudius optimistisch.

Erneut näherten sich Farins Hände dem Kopf des Streitrosses. Die Fingerkuppen spürten die warme, weiche Haut des Pferdes. Was geschah jetzt schon wieder? Plötzlich bestand seine Welt aus Gerüchen, Geräuschen und Bewegungen. Im Gras raschelte etwas, der Wind trug den Atem von unzähligen Menschen herüber, die Banner flatterten unangenehm hektisch an den Masten. Nun schüttelte Farin den Kopf. Die Umgebung sah plötzlich anders aus, farbloser, nebliger und dennoch kontrastreicher und voller Bewegung. Was standen da plötzlich für merkwürdige Figuren vor ihm? Er sah sie nur verschwommen – ein Dicker mit einem verzweifelten Gesicht und ein Großer in Emichos Rüstung. Letzterer roch wie der Volltrottel, der ihn immer striegelte und dabei fürchterlich nach Angst stank.

Donner, du musst uns jetzt helfen. Du musst deinem Herrn helfen – Ritter Emicho braucht dich.

Nur Farin konnte Ekels Stimme hören. Pferd, Dämon und er bildeten ein geistiges Dreigestirn.

Auf einmal beruhigte er sich – und horchte auf das, was die Stimme ihm mitteilen wollte. Der Totengräbersohn bekam einen Schreck. Wer beruhigte sich? Wer horchte? Donner, Ekel oder er selbst? Was ging hier vor?

Bevor er es sich versah, war der Spuk vorüber. Farin erkannte es in den Augen des Pferdes. Irgendwie hatte es Ekel geschafft – das kluge Tier hatte verstanden.

Steig schon auf, er wird gehorchen.

Tatsächlich stand das mächtige Ross nun ruhig wie ein Schaf und harrte der Dinge. Über die Trittleiter, begleitet durch kräftiges Schieben seines Kameraden, schaffte es Farin in den Sattel. Die Beine musste er ungewohnt spreizen, der Rücken des Pferdes war fast doppelt so breit wie der von Fiesel. Selbst durch die Rüstung hindurch spürte er die starken Muskeln des Tieres.

Du sitzt auf dem Pferd, wie auf einem Misthaufen. Gib dir mal ein wenig Mühe! Schieb das Becken vor. Du musst im Pferd sitzen.

Unbeholfen rutschte Farin mit dem Hintern hin und her.

Ekel stöhnte.

Zuspruch kam von Plaudius. Ungläubig schüttelte er den Kopf. »Du sitzt tatsächlich im Sattel. Das … das ist mehr, als ich erwartet habe.«

»Der Rest ist eine Kleinigkeit.« Farin verzog das Gesicht. »Ich muss los!«

Vergiss den Tjostschild nicht, du Held!

Bockmist! »Na gut. Den nehme ich sicherheitshalber mit.« Er zeigte darauf. »Plaudius, reichst du ihn mir bitte?«

»Oha! Na klar!« Der Dicke half, den Schild an der Vorrichtung am Sattel zu befestigen.

Jubel brandete auf, als der falsche Emicho auf Donner in die Arena trabte. Gedanklich lehnte sich Farin zurück, körperlich lehnte sich der Dämon vor und klopfte Donner aufmunternd auf den Hals.

Wie gut Ekel auf einmal mit Tieren konnte ...

Auch Gorian von Siegesmund bewegte sein Pferd in die Mitte der Kampfbahn direkt vor die Ehrentribüne. Beide Ritter standen nun nebeneinander und hoben vor dem versammelten Hochadel ehrerbietig ihre Lanzen und senkten zum Gruße kurz die Köpfe.

Die Fanfaren ertönten erneut, bombastischer als je zuvor.

Alle Aufmerksamkeit galt nun der Gruppe von Bannerträgern und der Sänfte, die von vier Männern vor den Aufgang zur Ehrentribüne getragen wurde. Einer der Männer zog den Vorhang zur Seite und ein prunkvoll gekleideter Herr entstieg dem Tragegestell.

Mit blinzelnden Augen starrte Farin auf den faltigen Mann, der mit einer herrschaftlichen Bewegung den purpurroten Mantel hinter den Rücken schob. Der Brustharnisch glänzte golden in der Sonne, doch das war gar nichts im Vergleich zur glitzernden Krone auf seinem Kopf.

Die Stimme des Herolds machte Purzelbäume: »Höret, Ihr Bürger! Werte Herren, holde Damen, tapfere Streiter: Heißt den Beherrscher des Weltenreiches für das Finale des Großen Turniers willkommen. Heißt Eure Majestät, König Baldan Grachus willkommen!«

Der Jubel machte fast taub. Der Alte König gab sich nach Jahren der Abstinenz bei einem Großen Turnier wieder einmal die Ehre. Die Überraschung war gelungen. Vor allem für den Knappen auf dem Schlachtross. Seine Hand klatschte gedanklich an die Stirn. Da hatte Farin also in der

Nacht in aller Seelenruhe mit dem Alten König geplaudert, so vertraut, als wären sie zusammen aufgewachsen und hätten schon jede Menge Na-gut-Streiche miteinander ausgeheckt.

Hätte ich dir gleich sagen können.

»Und wieso hast du nicht?«

Du weißt doch immer alles besser.

Für die hämischen Bemerkungen könnte Farin Ekel ohrfeigen, nur war der Zeitpunkt dafür nicht geeignet. Damit so etwas nicht noch einmal passierte, musste er sich künftig die Namen von Menschen einfach besser einprägen. Hastig überlegte Farin, was er auf dem Baumstamm sitzend alles von sich gegeben hatte, doch schnell fiel ihm auf, dass er sich für nichts schämen musste.

Mit offenem Mund starrte er den alten Mann auf der Ehrentribüne an. Gold und Macht raubten Farin den Atem. Sein nächtliches Versprechen fiel ihm ein: Er wollte sich nicht von Macht und Geld blenden lassen, und er wollte seine Ungezwungenheit und Unverblümtheit bewahren.

Leichter versprochen als eingehalten. Glücklicherweise sah der Alte unter dem Helm nicht sein geblendetes Gesicht.

Die bevorstehende Aufgabe holte ihn wieder ein. Er ließ seinen Geist schweben und spürte, wie Ekel die Initiative vollends übernahm.

Kraftstrotzend hob Farin den handschuhbewehrten Arm zum Gruße, löste lässig den Schild vom Sattel und nahm ihn fest in die linke Hand. Er nickte dem König zu. Links daneben saß ein etwa fünfzig Jahre alter Priester in einer Brokatrobe mit einer goldweißen Mitra. Bedächtig führte der Geistliche die Kuppen aller zehn Finger seiner weißen Seidenhandschuhe zusammen. Auf der rechten Seite sowie vor und hinter dem König drängten sich Fürsten und andere Adlige mit ihren Gemahlinnen. Herzog Turgenson gehörte ebenfalls zu dieser feinen Gesellschaft. Zudem wurde der König von weiteren Edelmännern und Edelfrauen umlagert, die alle furchtbar vornehm und furchtbar wichtig dreinschauten.

Merke dir: Fußvolk steht auf der Wiese. Arschvolk sitzt auf der Tribüne.

Ein Turnierrichter trat vor die beiden Streiter und inspizierte die Lanzenspitzen, überprüfte den Sitz des Krönleins und vermaß die Lanzen.

»Wie es sein soll. Der Tjost kann beginnen!«, erklärte er.

Schön, dass der Herold auch soweit war: »Auf ihr Ritter, zum edlen Gefecht. Der Gastgeber des diesjährigen Großen Turniers, Ritter Emicho aus dem Hause der Steindrachen gegen Ritter Gorian aus dem Hause Siegesmund, der Erste Ritter des Weltenreiches.«

Fanfaren, Trommelwirbel, Gesang und Jubel aus tausenden Kehlen. Von all diesen Geräuschen vernahm Farin nur tiefes Gebrummel, als hätte er Wasser in den Ohren. Mit schmalen Augen beobachtete er seinen Gegner, der durchaus verblüfft wirkte. Offensichtlich hatte er nicht erwartet, dass Emicho überhaupt auftauchte, denn immer wieder schielte er ungläubig herüber.

»Ich stoße dich in den Dreck, Unwürdiger«, flüsterte er so leise, dass Gorian ihn zwar hören, aber seine Stimme nicht erkennen konnte. *»Und dein vergiftetes Eisenhutwasser pisse ich dann passenderweise in deinen Helm, Erster Verlierer.«*

Farin stöhnte. Vulgarität gehörte zu einer der Paradedisziplinen des Dämons.

Die Worte zeigten Wirkung – selbst durch den schmalen

Schlitz des Visiers sah Farin, wie sein Gegner erblasste.

»Na, ist die Rüstung schon voll, du Mistkäfer?«

Gorian glotzte wie eine Eule, unfähig irgendetwas zu entgegnen. Erst langsam schien ihm wieder einzufallen, dass er ein starker Erster Ritter war und einen wichtigen Wettkampf zu bestreiten hatte.

Der Herold gab das Startsignal. »Möge der Bessere gewinnen!«

Die Hufe etwas höher anhebend als notwendig, trabte Donner erhaben zurück zum Anfang der Kampfbahn.

Laut beschwor Farin die Schimäre in Gedanken: »Bitte unterschätze Gorian nicht. Er hat es immerhin bis ins Finale geschafft und den Ersten Ritter besiegt.«

Hast du auch die Hose voll?

»Ja, habe ich. Hilft es dir, wenn ich bete, dass alles gut geht?«

Wenn du anfängst zu beten, lasse ich dich sofort vom Pferd fallen. Einfach Plumps!

»Schon gut. Ich bin furchtbar aufgeregt. Ich stecke mitten in einem allesentscheidenden Tjost.«

Glaubst du, ich nicht?

Hm, Ekel klang auf einmal weniger großmäulig und selbstbewusst als sonst.

»Bist auch du aufgeregt?«, fragte Farin.

Na klar, bin ich das.

»Was? Ist das etwa dein erstes Mal?«

Nein, ich war schon mal aufgeregt.

Scherzmähre! Es blieb weder Zeit, die Augen zu verdrehen, noch für irgendeine andere Reaktion, denn beide Ritter hatten ihre Startpositionen erreicht. Die Fanfarenbläser und Trommler gaben ihr Bestes. Der Tusch endete mit einem gewaltigen Paukenschlag. Ruhe kehrte ein – eine gespenstige Stille, wenn viele Tausend Zuschauer verstummten.

Ein fester Schenkeldruck, antraben und das Donnerwetter ging los. Schon verfiel das Schlachtross in den Galopp. Die Muskeln des Pferdes arbeiteten kraftvoll, ungehemmt und gleichmäßig. Die Lanze in Farins rechter Hand ragte steil in den Himmel, den Schild in der linken stemmte er schützend vor den Oberkörper. Donner donnerte die Kampfbahn entlang, ein unglaubliches Erlebnis, beinahe schön, wenn ihm nicht ein Selbiges entgegenstürmen würde, um ihn mit hoher Geschwindigkeit aus dem Sattel zu stoßen.

Ekel stöhnte: *Menschen! Der ehrenwerte Herr Erster Ritter hat kein Krönlein mehr auf der Lanze.*

»Was? Das kannst du von hier sehen?«

Klar. Und wenn wir nicht aufpassen, kannst du es gleich auch spüren. Es entstehen ungeheure Kräfte, wenn zwei metallbedeckte Volltrottel mit einem langen Spieß in der Hand ohne wirkliche Not in vollem Galopp aufeinander zu reiten, um einander vom Pferd zu stoßen. Mit spitzer Lanze spießt er uns auf wie ein Spanferkel.

»Das klingt, als würdest du das Tjosten ablehnen.«

Quatsch! Ich liebe es!, freute sich Ekel.

Es verblieben nur noch wenige Sekunden. Wie gebannt starrte Farin auf die Lanzenspitze seines Gegners, die sich langsam senkte und auf seinen Kopf zielte. Tatsächlich, dort blitzte der blanke, spitze Stahl.

So eine Sauerei, Gorian von Siegesmund wollte ihn töten. Wozu hatte der Turnierrichter eigentlich die Lanze untersucht? Eine Mischung aus Angst und Zuversicht schwappte in Farin hin und her. Nun verließ er sich voll und ganz auf Ekel. So wie einst Vigo!

Unter den mächtigen Hufen spritzte die Erde. Das Streitross legte die Ohren an, das Tier schien genau zu spüren, dass es nun auf den alles entscheidenden Augenblick zuging. Donner wurde noch schneller.

Noch immer hielt Farin die Lanze fast senkrecht in den Himmel.

»Sollten wir sie nicht allmählich in Position bringen?«

Ruhe, ich muss mich konzentrieren.

Ach so.

Vertrau Ekel. Vertrau ihm einfach, dachte Farin. Es blieb ihm auch nichts anderes übrig.

Oh nein, die Waffe ragte noch immer nach oben, als würden sie mit der Sonne tjosten, dabei waren Ross und Reiter nun fast auf gleicher Höhe mit dem gegnerischen Gespann. Schon krachte es!

Wie eine Schranke fiel die Lanze in letzter Sekunde in die waagrechte Position. Akkurat und präzise – Ekel wusste, was er tat.

Ein fürchterlicher Stoß durchfuhr Farins Körper. Alle Sehnen und Muskeln spannten sich an, stemmten sich gegen den Widerstand und erhöhten die Wucht des Aufpralls. Farins Beine umklammerten Donners Rumpf mit unmenschlicher Kraft. Der Hengst schnaubte empört, galoppierte jedoch weiter.

Das Holz in seiner Hand zersplitterte, die Lanze seines Gegners traf seinen Schild mit voller Wucht und zerteilte ihn. Mit dem Oberkörper zuckte Farin nach rechts, und die Eisenspitze glitt an seiner Schulter vorbei ins Leere.

Doch auch er traf. Und wie! Farins Lanze erwischte die obere Hälfte von Gorians Schild. Das Krönlein verhinderte, dass das gehärtete Eichenholz durchstoßen wurde und wirkte wie ein Rammbock. Das Holz zerplatzte einfach, nahezu ungebremst prallte die Lanze auf den Harnisch. Wäre sie ausgehöhlt gewesen, hätte der Schild gehalten, doch beim Großen Turnier bestanden die Waffen aus massiver Eiche. Ritter Gorian von Siegesmund wurde aus dem Sattel katapultiert. In zwei kompletten Umdrehungen flog er fünf Meter durch die Luft, bevor er auf die Erde schepperte.

Zunächst war es ruhig in der Arena, dann schrien und brüllten die Menschen wie die Irren.

»WAS FÜR EIN TJOST!«

»EMICHO IST DER GRÖSSTE!«

»DER NEUE ERSTE RITTER!«

»ES LEBEN DIE STEINDRACHEN!«

Einige Helfer und ein Heiler rannten zum reglos auf dem Boden liegenden Gorian. Farin drehte Donner auf der Hinterhand und trabte dazu.

Gerade zogen sie dem Ritter vorsichtig den Helm vom Kopf. Die Augen waren verdreht, die Zunge hing heraus. Der Heiler zog ihm den Handschuh aus und fühlte den Puls. Er schüttelte den Kopf. Einen Sturz mit solcher Wucht überlebte niemand. Auf dem Unterarm des Toten bemerkte Farin die Flamme im gestürzten Pentagramm.

Ohne jeden Siegesjubel trabte der falsche Emicho unter dem Beifall der Zuschauer zu seinem Zelt zurück. Donner und Ekel hatten ihm beigestanden, nein, sie hatten tatsächlich das Unmögliche geschafft.

So sah es auch Plaudius. Völlig aus dem Häuschen brachte er hervor: »Unglaublich. Unfassbar. Unheimlich.« Sein runder Leib hopste vor Begeisterung. »Los, schnell rein, bevor einer merkt, wer tatsächlich in der Rüstung steckt. Irgendwie müssen wir Emicho für die Siegerehrung wach bekommen.«

Gelenkig wie eine Vogelscheuche stieg Farin vom Pferd und stelzte ins Zelt.

Mit schnellen Bewegungen half Plaudius beim Ablegen der Rüstungsteile. Im nächsten Moment stürzte er zu Emicho, der immer noch vollkommen reglos auf dem Boden lag.

»Herr, aufwachen! Ihr müsst aufstehen!«

Bis auf ein Stöhnen geschah nichts.

Der Totengräbersohn stand in seiner Unterwäsche daneben und gewann erst langsam Fassung und Kontrolle zurück.

Der Ritter pennt, während wir arbeiten.

Mit beiden Armen schüttelte Plaudius seinen Herrn an den Schultern. Der Ritter bequemte sich nicht einmal zu einem Stöhnen.

»Kann ich nicht an seiner Stelle zur Siegerehrung?«, fragte Farin.

»Nein, die Zeremonie fängt damit an, dass du vor der Ehrentribüne den Helm abnimmst, ihn unter den Arm klemmst und dich verbeugst. Das gäbe eine tolle Überraschung.«

Woher der Gedanke kam, wusste Farin nicht, Hauptsache er war da. Schnell zog er sich seine Knappenkleidung an. »Ich habe eine Idee. Du passt hier auf und lässt keinen ins Zelt, Plaudius. Ich bin gleich zurück.«

Schnell laufen konnte er schon immer, er hetzte zum Rand der Wiese zu dem besonders farbigen Zelt. »Ihr hattet recht. Ich … ich brauche Eure Hilfe. Jetzt sofort, bitte.«

Die Alte beugte sich über den bewusstlosen Emicho, öffnete seine Kiefer, inspizierte die Zunge und roch daran. Dasselbe unternahm die Wahrsagerin bei Drogdan.

»Vergiftet!«, stellte sie fest.

»Vermutlich Blauer Eisenhut«, ergänzte Farin.

»Nicht schlecht, junger Mann! Vermutlich! Erbrochen haben sie sich?« Sie kräuselte die Nase, ein säuerlicher Geruch hing noch im Zelt.

Farin nickte.

»Das ist gut!« Die Wahrsagerin öffnete ihren Lederbeutel und holte eine kleine Ampulle mit einer hellblauen Flüssigkeit heraus. Die Hälfte davon flößte sie Emicho ein, den Rest verabreichte sie Drogdan.

Dann stellte sie sich zwischen die beiden, verschränkte die Arme und wartete. Nichts geschah.

»Und nun?«, Plaudius wurde zusehends nervöser. »Es verbleibt nicht mehr viel Zeit. Jetzt haben wir die Alte eingeweiht. Da hätten wir auch einen richtigen Heiler holen können.«

»Sag dem Dicken, er soll den Mund halten. Ich weiß, was ich tue.«

Farin warf Plaudius einen Gib-ihr-eine-Chance-Blick zu. »Einer der Turnierheiler ließe uns sofort auffliegen«, sagte Farin. »Ich vertraue ihr.«

»Ihr beiden seid süß. Doch von Eurem Gewäsch wird euer Herrchen nicht gesunden.« Sie überlegte. »Einen Eimer Wasser brauche ich!«, ihr Ton ließ weder Widerspruch noch Fragen zu.

Mit langen Schritten lief Farin aus dem Zelt, ergriff den Trinkeimer von Donner und holte Wasser aus dem Fass des Nachbarn.

»Hier!« Er reichte der Wahrsagerin den Eimer. Sie sah hinein und nickte: »Sieht gut aus.« Mit einem eleganten Schwung kippte sie Emicho den kompletten Inhalt über den Kopf. »Gleich noch so einen für den anderen Helden.«

Wie ein begossener Ritter richtete sich Emicho auf. »Wer … wer war das, den bringe ich um!« Er schüttelte sich. »Was ist geschehen?« Sein Gesicht verformte sich, es wurde rot. »Der Kampf! Ich muss zum Kampf. Alles hängt davon ab.« Mit aller Macht versuchte er sich hochzurappeln.

»Der Kampf ist vorbei, Herr«, erklärte Plaudius. »Aber ...«

»Dann ist alles verloren.« Der Ritter sackte in sich zusammen, Schleim lief ihm aus dem Mund, die Augen waren geschlossen.

»Ihr versteht nicht. Wir haben nicht verloren.«

Ein Auge öffnete sich, rollte in Richtung Plaudius. »Was redest du? Was ist geschehen?«

»Ihr seid vergiftet worden. Das Wasser im Fass, hier am Zelt. Und … dann blieb keine Zeit, Ihr wart kampfunfähig.«

Auch das andere Auge nahm etwas widerwillig seinen Betrieb auf. Mit dem Unterarm wischte sich der Ritter über den Mund. Dann fasste er sich an die Stirn. »Alles kribbelt, und mein Kopf kommt nicht mit. Was ist mit dem Tjost gegen Gorian? Und wer ist die da?« Er zeigte auf die Wahrsagerin.

Bevor jemand antworten konnte, erbebte die zweite Gestalt zum Leben. Drogdan flehte. »Nein, Farin … nein, tu es nicht. Das … ist Wahnsinn. Du wirst dabei sterben.« Er stierte in die Runde.

»Was? Wollte der Maulwurf etwa gegen Gorian von Siegesmund reiten? Kommt überhaupt nicht in Frage.« Ritter Emicho war wieder ganz der Burgherr und Farin der

Knappenmaulwurf.

Stolz, als hätte er das Turnier gewonnen, erklärte Plaudius: »Jetzt hört doch mal zu! Der Kampf ist schon vorüber. Farin hat den Ersten Ritter vom Pferd gestoßen!«

Im Zelt war es totenstill, von draußen wurden die Rufe des Publikums lauter. »Emicho, Emicho.«

Mit einem erbärmlichen Schnaufen stellte sich der Burgherr auf die Beine und hielt sich dabei am Mittelpfosten fest. Das Zelt wankte, der Ritter schwankte oder umgekehrt. »Was redet ihr für einen Unsinn!«, stöhnte er.

Entrüstet meldete sich Farin zu Wort: »Es gab keine andere Möglichkeit. Ich habe Eure Rüstung angelegt und bin den Tjost geritten.«

Diesen Gesichtsausdruck hätte Farin gern für die Ewigkeit eingefangen. Emichos Züge kämpften darum, seinen Verstand und seine Erfahrung mit dem soeben Gehörten übereinzubringen. Ohne Erfolg, wie er es auch drehte, es passte nicht zusammen. »Ich glaube euch kein Wort. Pah! Wie bist du denn geritten? Auf Liesel?«

»Auf Donner natürlich, sonst hätten es die Menschen doch sofort gemerkt und mich ausgelacht.«

Der Burgherr und Drogdan schnitten nun Grimassen um die Wette.

»Emicho, Emicho, Emicho!«, schwollen die Rufe draußen an.

Plaudius reichte dem Ritter seinen Harnisch und das Schwert. »Hier – zieht das an. Und begebt Euch zur Siegerehrung.«

Ausnahmsweise tat der Burgherr wie ihm geheißen, aber nur, weil ihm nichts Besseres einfiel. Immer noch ungläubig krächzend frage er: »Gorian hat wirklich verloren? Was ist mit ihm?«

»Maulwurftot«, erklärte Plaudius. »Vermutlich schon, bevor er auf dem Boden aufkam.«

»Das glaube ich nicht!«, doch der Burgherr klang von sich selbst nicht überzeugt. »Und wer ist die Frau, verdammt noch eins?«

»Mein Name ist Frenya. Euer Knappe hat mich geholt, um Euch wach zu bekommen.«

Die Stimme eines Herolds erklang vor dem Zelt. »Ritter Emicho. Wir wollen den Sieger des diesjährigen Großen Turniers küren. Der König und die Menschen erwarten Euch.«

»Ich bin schon unterwegs«, rief Emicho laut durch die Zeltwand. Dann flüsterte er: »Ihr seid unglaublich. Und … Farin, wir reden später. Ich sehe mir jetzt erst einmal die Bescherung an.«

Alle halfen dem Ritter, die Rüstung anzulegen, zum Schluss zog er sich den Helm über den Kopf. »Ich fühle mich beschissen, aber anstatt keiner Burg habe ich nun zwei. Und einen unfassbaren Knappen«, erklärte er noch, bevor er den Vorhang zur Seite schob und nach draußen trat.

Was nun?

»Du steckst voller Überraschungen, Farin«, sagte Ritter Emicho. Es schien nett gemeint zu sein, doch schwang in seiner Stimme noch etwas anderes mit. »Du hast uns alle … gerettet. Vor allem mich – dein Verlust wäre überschaubar gewesen, ich hingegen hätte alles verloren.«

Dank und Lob fielen dem Ritter gleichermaßen schwer, das erfuhr der Totengräbersohn jeden Tag am eigenen Leib. Eigentlich müsste sich Emicho bei Ekel bedanken. Der Dämon hatte das Gift bemerkt, Donner besänftigt und den Tjost gewonnen. Und auch Frenya hatte dafür gesorgt, dass Emicho rechtzeitig aufgewacht war. Zudem hatte sie die Geschichte für sich behalten.

Wie schon einige Male zuvor saßen Ritter und Knappe in der Schreibstube. Mittlerweile hatte es Farin so weit gebracht, dass er sich setzen durfte, sobald er eingetreten war und nicht steif wie ein Kleiderständer mitten im Raum stehen musste. Der Abend eines langen Tages war angebrochen, die Aufregung über die unglaublichen Erlebnisse verdrängte die Müdigkeit bislang. Natürlich nur ein Spielen auf Zeit, denn die Erschöpfung nagte bereits an Farin.

Die tiefen Schatten unter den Augen des Ritters zeugten sowohl von der Vergiftung als auch vom Rummel in und vor der Burg.

Emicho rieb sich die Augen und suchte dann den Blick seines Knappen. »Viele in der Burg spotten über dein schlechtes Abschneiden beim Buhurt und den anderen Disziplinen. Sie halten dich für einen Versager. Doch keiner von denen hat den Schneid, sich auf Donners Rücken zu setzen, geschweige denn, gegen Gorian von Siegesmund zu tjosten.« Gedankenversunken kratzte er sich am Kinn. Mehr zu sich selbst sagte er: »Und dann gewinnt das Kerlchen auch noch.«

»Was sollte ich sonst tun – ich hatte keine Wahl. Ich habe viel, viel Glück gehabt.«

»Glück?« Emicho schnaubte leise. »Von allen Seiten wurde ich für meinen großartigen Kampf gelobt. Es heißt, ich sei noch nie so gut gewesen. Und die Lanze habe ich erst gesenkt, als ich schon fast an Gorian vorbeigeritten war.«

»Äh, ja – aber nur, weil ich es fast vergessen hätte.«

Der prüfende Blick seines Herrn verunsicherte Farin.

»Fast vergessen?«

»Ich habe die ganze Zeit nur daran gedacht, dass ich unmöglich mehrmals gegen Gorian reiten kann. Es musste einfach mit Glück und Zufall direkt beim ersten Versuch klappen.«

»Das hat es dann ja auch«, knurrte der Ritter.

Soll ich nun alles beichten? Vielleicht können Dämon und Ritter nach Ekels bravouröser Rettungstat Frieden schließen, dachte Farin.

»Mit dir als Knappe werde ich als Nächstes diesen Dämon finden und töten.« Emicho war sich seiner Sache auf einmal sicher.

Umgehend lösten sich die guten Vorsätze in Luft auf. Er schwieg.

»Bei all der Freude über deine Heldentat habe ich dennoch das Gefühl, dass du mir etwas verschweigst. Denk an dein Loyalitätsversprechen. Was gibt es noch zu berichten?« Die Pupillen lauerten hinter den Augenbrauen.

Farin setzte einen Blick zwischen Lamm und Reh auf.

»Ich verstehe nicht, Herr.«

»Ich glaube, du tust manchmal noch dämlicher als du bist, Knappe. Kein normaler Mensch setzt sich freiwillig auf mein Schlachtross, reitet gegen den Ersten Ritter und zerschmettert ihn. Jetzt will ich ...«

Die Tür flog auf und ein Bote, den Farin noch nie zuvor gesehen hatte, stand auf der Schwelle. »Herr, der König wünscht Euch zu sehen.«

»Wenn Ihr noch einmal ungefragt hereinplatzt, hänge ich Euch eine Woche an den Füßen im Burghof auf.«

Zutiefst erschrocken stammelte er: »Verzeiht! Gnade, Herr. Aber … aber unser König hat ...«

»Meldet Grachus, ich komme gleich.« Der Bote verschwand noch schneller, als er gekommen war. »Wir reden später weiter, Knappe. Du hast es gehört, Unsere Majestät ruft.«

Oha, dachte Farin. Bei Emicho klang 'Unsere Majestät' alles andere als ehrfürchtig. »Ich sehe nach Donner, Herr«, sagte er. Das gemeinsame Tjosterlebnis hatte der Beziehung zwischen Knappe und Pferd äußerst gutgetan. So zahm und freundlich war Donner noch nie gewesen, als Farin ihn abgerieben und in den Stall gebracht hatte. Der Hengst schien sich zu freuen, wenn sich der Knappe um ihn kümmerte. Farin freute sich auch. Vielleicht bestand darin das ganze Geheimnis.

Der Burgherr nickte und erhob sich. Zusammen verließen sie die Schreibstube, Emicho begab sich in den Westflügel des Pallas, der Totengräbersohn in seinen Turm.

»Du hast Emicho und uns alle gerettet! Danke, Ekel!«, sagte Farin, als er endlich allein in seinem Turmzimmer war.

»Nur schade, dass Gorian tot ist.«

Warum schade? Willst du dich beschweren? Zuerst hat er hinterhältig das Wasser vergiftet, und danach wollte er dich, oder besser Emicho, töten, indem er das Krönlein von der Lanze entfernt hat.

»Sein Knappe behauptet, es sei beim Anreiten abgefallen. Schade, dass uns Gorian nun keine Auskunft mehr geben kann. Zum Beispiel, wie er zum Drudenfußmal kam, was es damit auf sich hat, und wo sich der Unaussprechliche aufhält.«

Einen Teil der Fragen kann ich dir beantworten. Die einfache Berührung des Dämons an einer Stelle reicht aus.

»Sie müssen sich also persönlich treffen? Dann könnten Gorians Sohn Keimund und die Bibliothekswache Klemens gewusst haben, wer der Unaussprechliche ist.«

Richtig.

»Ein weiterer Grund, einen Malträger zur Abwechslung mal lebendig in die Finger zu bekommen. Und Gorian hätte bestimmt noch mehr über die Pläne und Drahtzieher der Nekorer erzählen können.«

Ich glaube kaum, dass er das getan hätte. Selbst unter Folter sind die Jünger des Unaussprechlichen alles andere als geständig.

»Ekel – versteh mich nicht falsch – du bist heute zweifelsohne der Held, und Emichos Lob galt dir, aber gelegentlich neigst du zur Übertreibung.«

Wieso folgt bei dir nach dem Wort 'aber' immer nur Blödsinn?

»Komm schon! Gorian von Siegesmund starb verdächtig spektakulär. Die Heiler haben den Ersten Ritter von oben bis unten abgetastet. Etwa ein Drittel seiner Knochen sind gebrochen, und Menschen besitzen eine Menge davon. Die Wirbelsäule hat es gleich zweimal erwischt.«

Ganze Arbeit! Die Schimäre klang von sich überzeugt. *Gib mir mal die Kontrolle, dann reibe ich zufrieden unsere Hände.*

»Gibt es keine Stimme in dir, die dich bremst, wenn du einmal in Fahrt bist?«

Die Schimäre musste durchatmen und presste die Lippen zusammen. Oder war es Farin?

Mit sonorer Stimme erklärte Ekel: *Wie in den meisten vernunftbegabten Wesen herrschen zwei Stimmen in mir. So auch heute beim Tjost.*

Bildete er sich das nur ein, oder klang Ekel ein wenig kleinlaut?

»Ja, das meine ich.«

Die eine Stimme hat geflüstert: 'Töte ihn! Töte ihn!' Die Schimäre legte eine vernunftbegabte Pause ein.

»Mann, Ekel, dann höre doch ab und zu auf deine andere Stimme.«

Hab ich doch!, behauptete der Dämon voller Inbrunst. *Die hat gesagt: Hast du gehört? Du sollst ihn töten!*

Ach so!

Farin wusste, wann er verloren hatte. »Ich gebe auf. Du bist unverbesserlich.«

Ich bin eklig und gemein. Und das sind meine guten Charakterzüge.

»Dann hilf mir bei einer anderen Sache, die mich beschäftigt.«

Nö, auf gar keinen Fall. Für weitere Kritik bin ich heute nicht mehr empfänglich. Das ist mein letztes Wort.

»Es dreht sich mehr um Lob.«

Ich höre!

»Was ist bei Donner geschehen? Du weißt schon, als du ihn … überredet hast, mich auf seinem Rücken zu dulden.«

Warte einen Moment – bei deinen letzten Worten suche ich

verzweifelt nach dem Lob. Ich melde mich, wenn ich es entdeckt habe.

Stille. Zeit verging.

Das Seufzen des Knappen fiel ob seiner Müdigkeit besonders tief und lang aus. »Es war genial, wie du das bei Donner hinbekommen hast. Brillant, dass er mich auf seinen Rücken gelassen hat. Wie hast du grandioser Wunderdämon das nur hinbekommen?«

Geht doch. Ekel schien für den Moment zufrieden. *Wir sind in seinen Geist eingedrungen. Du hast für einen Augenblick die Welt aus seiner Wahrnehmung gesehen.*

»Bitte? Das … das ist unglaublich. Du kannst in andere Körper eindringen?«

Mich überrascht, dass gerade dich das überrascht.

»Bei mir hing das mit dem Amulett zusammen, oder etwa nicht?«

Ich war schon in deinen Sinnen, bevor du das Amulett ins Feuer geworfen hast. Dämonen sind Geistwanderer. Über körperliche Berührung vermag ich, eine Zeit lang in den Geist anderer Lebewesen zu schlüpfen. Bei Donner war es wichtig, dass du gefolgt bist.

Sein Gedanke wurde Gewissheit. »Du meinst, wir waren in Donners Kopf und haben die Welt wahrgenommen wie er?«

Richtig. Du musst jetzt nicht vor Begeisterung wiehern.

»Unglaublich! Seitdem sehe ich Donner mit anderen Augen.« Der Totengräbersohn überlegte: »Geht der Unaussprechliche ähnlich vor?«

Im Grunde ja – nur ist er ein noch mächtigerer Geistwanderer. Sobald sein Wirt das Mal trägt, kann er sogar Menschen gegen seinen Willen manipulieren. Ich hingegen bin nur ein stiller Gast.

»Bockmist – das macht ihn überaus gefährlich. Da fällt mir noch etwas ein. Sagtest du nicht vor dem Kampf, dass du Fiesel geärgert hast, um mich zu ärgern. Raus damit! Wie oft bin ich wegen dir von ihrem Rücken geflogen?«

Hatten wir uns nicht ausschließlich auf Lob geeinigt?

»Wie oft? Du Ekel!«

Für deinen Abflug beim Ringestechen konnte ich nichts.

Der Totengräber schnappte nach Luft. »Und all die anderen Male? Zum Beispiel der Abflug in den Schnee?«

Wo bleibt das … Lohob?

Nun war Farin in Rage: »Ha! Wo wir gerade beim Loben sind. Ganz toll, wie du dich verkrochen hast, als ich in der Nacht mit dem Alten König persönlich über Emicho diskutiert habe.«

Oh, ja – ich erinnere mich gern. Es war süß, wie du mit dem mächtigsten Mann des Weltenreiches ohne jeden Schimmer parliert hast. So mag ich dich.

»Du wusstest es und hast mich nicht gewarnt.«

Ne, dann hättest du doch nur noch gesabbert und gestottert vor lauter Ehrfurcht.

Farin überlegte: »Wieso hat mich König Grachus über seine Person im Unklaren gelassen?«

Er hat dir doch seinen Namen genannt. Baldan. Was soll er sonst noch tun? Dir zum Beweis Krone, Zepter und Stammbaum vorzeigen?

»Ja, er sagte Baldan. Das habe ich nicht kapiert. Zu selten wird sein Vorname genannt. Wo war die Königswache überhaupt?« Noch nachträglich stöhnte Farin. »Wenn du dich schon frech und dick in meinem Kopf breitmachst, könntest du mir beim nächsten Mal einen kleinen Hinweis geben.«

Wieso? Wenn du Grachus das nächste Mal triffst, wirst du dich wohl an ihn erinnern. Es gluckste.

Dieser Schimärenhumor war zum Verrücktwerden.

Nein, ich bin schon längst verrückt, dachte der Totengräbersohn.

»Bockmistiger Ekel!«, schalt ihn Farin. Dann schalt er sich selbst, weil er ein leichtes Lächeln in den Mundwinkeln spürte.

Einige Atemzüge später schlief er ein.

Der nächste Morgen begann wie jeder andere auf der Burg auch. Farin säuberte seine Zähne über einer Schüssel Wasser und zog sich an. Stolz trug er seine Knappentunika mit Emichos Banner, dem feuerspuckenden Drachen, auf der Brust. Er verließ das Turmzimmer und lief im Burghof direkt Herzog Turgenson, seinem Sohn Baraldon und zwei anderen Knappen in die Arme.

»Oh, der Schildputzer unseres Burgherrn«, provozierte ihn Turgenson ohne ein Wort des Grußes.

Verflogen war die gute Laune. Ging das schon am frühen Morgen los? Ohne zu antworten, schlug Farin einen Bogen um den Herzog, doch leider kam er nicht weit, denn sein Sohn stellte sich ihm in den Weg.

»He, Knappe. Erweise dem Herzog gefälligst Respekt!«

»Von einem Hinterhältling wie dir lasse ich mir nichts sagen!«, antwortete Farin, immer noch enttäuscht über die ausgebliebene Rückendeckung Baraldons beim Buhurt.

Auf solch eine Reaktion schien der Herzog gewartet zu haben. »Totengräber, wie redest du mit meinem Sohn? Es reicht, mir ist es völlig gleich, ob du Emichos Gunst genießt, wir werden an dir ein Exempel statuieren, damit du ein für alle Mal lernst, wo dein Platz in unserer Gesellschaft ist.«

Was meint der Herzog?, überlegte Farin. Will er mich zu einem Duell herausfordern?

»Den verlorenen Respekt werden wir dir wieder einprügeln, genau wie die Etikette. Hierbei vermag dich dein Herr nicht zu schützen!« Mit geballten Fäusten trat Turgenson auf ihn zu.

»Aber der König! Guten Morgen, meine Herrschaften.« Eine befehlsgewohnte Stimme erklang.

Baraldon und die beiden Knappen krachten auf die Knie und starrten auf den Boden. »Majestät«, hauchten sie kaum hörbar.

Farin blickte entgeistert in das Gesicht des Neuankömmlings, gab sich einen Ruck, nahm all seinen Mut zusammen und grüßte freundlich: »Euch einen schönen Morgen, Baldan, Zuschauer des Turniers.«

Einen Moment stand König Grachus reglos und stumm da. Baraldon und die beiden anderen Knappen nutzten die Gelegenheit ob dieser ungeheuren Respektlosigkeit und rissen die Augen mit größtmöglicher Empörung auf.

Nur der Herzog grinste schadenfroh: »Eure Majestät, werter Onkel, verzeiht die Unverschämtheit dieses ungehobelten … äh, … ihn Knappe zu nennen, wäre zu viel der Ehre. Gern werde ich ihm Manieren beibringen und ihn angemessen bestrafen, angemessen hart bestrafen«, schlug er fürsorglich vor.

Der alte Mann lächelte: »Lieber Neffe, kennt Ihr den jungen Mann?«

»Leider, er ist ein nichtsnutziger Knappe. Seit er auf der Burg weilt, verunglimpft er den Ritterstand mit seinen Taten. Beschämend!«

»Ach ja?« Der König schien neugierig. »Wie meint Ihr das?«

»Er ist ein Ausbund an Nichtsnutzigkeit. Beim Buhurt ist

er als Erster ausgeschieden und zu den Zweikämpfen erst gar nicht erschienen. In allen Disziplinen hat er hoffnungslos versagt.«

»So? Ich hörte, im Speerwerfen hat er das Finale erreicht?«

Turgenson wurde zappelig. »Oh ja, Zufall. Dort ist er aber nicht angetreten – aus Feigheit vermutlich.«

»Vermutlich. Vermuten konntet Ihr schon immer gut, besonders zum Schaden anderer.« Bevor der Herzog etwas erwidern konnte, fragte der Alte König: »Sagt Neffe, seit wann ist denn ein einfacher Knappe überhaupt so viel Aufhebens wert?«

»Öhm, solange er ... Euch nicht den gebührenden Respekt zukommen lässt«, stammelte er untertänigst.

»Das hat er bereits. Er hat mich so begrüßt, wie ich mich ihm vorgestellt habe und gleichzeitig sein Versprechen eingelöst. Ich für meine Person bin von dem jungen Mann beeindruckt.«

Die Miene von Baraldon entschädigte Farin für die vielen Schmähungen, die er ertragen musste, seit er auf der Burg weilte. Das Gesicht von Turgenson krönte seine Genugtuung. Die Stirn in verständnislose Falten gelegt, die Nase gekräuselt, die Mundwinkel überfordert nach unten gezogen und die Augen verkniffen, stammelte er: »Aber ... aber Ihr müsst ihn verwechseln. Er ist ein Nichts. Glaubt mir. Ein ... ein Totengräber.«

»Unterstellt Ihr Eurem König Senilität, Neffe? Das könnte ihn schnell die Verwandtschaft mit Euch vergessen lassen.«

»Verzeiht, ich habe mich unleidlich ausgedrückt«, Turgenson war untröstlich. Seine Augen glänzten regelrecht –

mehr vor unterdrücktem Zorn als vor Tränen.

»Das hätten wir jetzt geklärt. Ich bin auf dem Weg, um mit dem Burgherrn zu speisen. Wollt Ihr mich bitte begleiten?«, fragte der König.

Der Herzog drückte den Rücken durch, dass es knackte. »Selbstverständlich, es ist mir eine Ehre, Eure Majestät.«

»Seht es mir nach, ich meinte nicht Euch, sondern Farin, den Knappen.«

Niemals hätte der Totengräbersohn gedacht, dass der Herzog seine dämliche Fratze noch steigern konnte. Er konnte.

Farin hätte beinahe seinen Einsatz verpasst, so sehr wunderte er sich über die gesprochenen Worte. »Sehr gern. Ich habe großen Hunger. Der gestrige Tag war so aufregend gewesen, dass ich kaum etwas essen konnte.«

»Folgt mir, Knappe Farin.« Der Alte König drehte sich um und schlug den Weg zum kleinen Speisesaal ein. Mit einem ungewohnten Gefühl des Triumphes folgte Farin König Grachus. Er bemühte sich dabei um einen unaufgeregten Gesichtsausdruck, als ginge er jeden Morgen mit dem mächtigsten Mann des Weltenreiches spazieren. Schwindel erfasste ihn, als er gewahr wurde, was gerade geschah. Den Totengräbersohn, im kleinen Dorf Haufen geächtet, geschnitten und gedemütigt, hatte soeben der mächtigste Mann des Weltenreiches eingeladen, mit ihm zu speisen. Zur Abwechslung hatte Ekel mit diesem Erfolg rein gar nichts zu tun.

König Grachus stieß die Tür zum Essenssaal auf. Ritter Emicho, der alleine an der Tafel saß, erhob sich. »Eure Majestät!« Er deutete eine Verbeugung an. Eine kleine Verbeugung. Nun entdeckte er Farin und sagte: »Jetzt nicht,

Knappe. Siehst du nicht, dass ich mit dem König speise?«

»Ritter Emicho, wenn Ihr nichts dagegen habt, schlage ich vor, dass Euer Knappe den Tisch mit uns teilt.«

Die Augenbrauen des Ritters zuckten nur einen kleinen Augenblick. »Wie Ihr meint. Er genießt mein volles Vertrauen.«

»Wisst Ihr was, Emicho? Das Meinige auch. Wobei ich es mir kaum erklären kann, zumal ich ihn noch nicht lange kenne.« Der Alte König nahm am Kopf der Tafel Platz.

Seine Brauen hatte der Burgherr nun im Griff, doch die Augen blitzten vor Verwunderung und Verärgerung. »Natürlich! Setz dich, Knappe.« Blitzte da auch ein wenig Stolz mit?

Bei Tisch mit dem Alten König und dem Burgherrn. Farin traute seinen Sinnen kaum. Mit kribbelnden Fingern zog er den Stuhl unter dem Tisch hervor und nahm Emicho gegenüber Platz. Die Tafel war bereits reichhaltig gedeckt, rechts und links an den Wänden standen Dienstmägde, um Getränke und weitere Speisen zu servieren.

Verstohlen guckte Farin vom König zum Burgherrn, vom Burgherrn zum König. Eine für ihn nicht fassbare Spannung legte sich über das frische Brot und die duftenden Waffeln, über die Butter, den Käse, den Schinken und den Honig.

Trotzig und trutzig wie seine Burg sagte Emicho kein weiteres Wort und wartete wie der Sommer auf den Herbst. Dabei träufelte er in aller Ruhe goldgelben Honig auf eine goldgelbe Waffel.

Was passierte hier? Farins Nackenmuskulatur wurde härter als der Stahl seines Schwertes. Er nahm sich vor, sich auf keinen Fall ungefragt in die Unterhaltung einzumischen.

Der König rollte eine Scheibe Schinken zusammen und biss hinein.

Es dauerte eine Ewigkeit, bis Seine Majestät, Baldan Grachus, endlich das Gespräch eröffnete: »Mir ist gestern ein Erster Ritter abhandengekommen.«

»Nun ja, ich gestehe, daran war ich nicht unbeteiligt«, antwortete Emicho und warf seinem Knappen einen sparsamen Blick zu.

»Weiß Euer Schildträger, dass Ihr der Zweite Ritter seid?«

»Wenn nicht, dann wüsste er es jetzt, Euer Exzellenz«, antwortete der Ritter in einem Tonfall, der Grachus nicht gefallen konnte.

Nur nicht einmischen, dachte Farin erneut, halt einfach die Klappe. Schon platzte er heraus: »Eure Majestät, ich wusste es bereits. Der Rabe hat es gesagt, als ich ihn belauscht habe.«

Die Kaubewegungen des Königs hielten inne. »Ihr kennt den Raben? Ihr habt ihn belauscht?«

»Öhm, ja. Er kam mit zwei Männern auf den Totengräberhof geritten, um … um mich zu töten.«

Grachus lehnte sich zurück. »Emicho, Ihr wart schon immer etwas Besonderes. Und Ihr habt Euch einen besonderen Knappen zugelegt.« Der König suchte den Blick des Ritters. Kurz zuckte er mit den Pupillen in Richtung der Dienstmägde.

»Lasst uns allein«, reagierte Emicho umgehend.

Die beiden Dienerinnen knicksten und verließen den Saal. Klackend schloss sich die schwere Tür hinter ihnen.

»Beredet hat Euer Knappe zum Thema übergeleitet. Der Kult der Nekorer bereitet mir große Sorgen. Der Rabe gehört zweifelsohne zu dieser unsäglichen Bewegung, die mein Reich bedroht und das Volk aufwiegelt. Gegen Gott. Und gegen mich.« Am Tonfall war zweifelsfrei zu erkennen, das Letzteres deutlich schwerer wog.

Erst jetzt schaffte es Farin, sich eine Scheibe Graubrot aus einem kleinen Korb zu nehmen.

»Eine unschöne Entwicklung.« Mehr sagte der Ritter nicht, sondern wartete erneut stoisch ab. Farin ließ sich einen weiteren Bissen seines Honigbrotes schmecken und guckte unbeteiligt wie eine Küchenmagd.

»Ihr seid ein Arschloch, Emicho. Arrogant und respektlos, das macht Euch als Vasall anstrengend, um nicht zu sagen, untragbar.«

Mit äußerster Konzentration knabberte Farin ein Stückchen trockenes Brot ab, eine Spatzenportion, Aufschnitt oder Honig hatte er ganz vergessen.

Langsam schlucken, Farin. In die Speiseröhre, nicht verwechseln mit der Luftröhre, konzentrierte er sich.

Wenn Grachus in Fahrt kam, machte er sein Alter vergessen. »Zudem seid Ihr ein Einzelgänger. Auch wenn Ihr glaubt, das wären alle anderen.«

»Ihr sagt es, König Grachus. Ich mache mich als Euer Untertan nicht sonderlich gut, zumal ich selten das tue, was ich tun soll.« Er hob den Kopf. »Das könnte auch damit zu tun haben, dass Ihr den Tod meines Vaters mit zu verantworten habt.«

»Natürlich. Ich habe alles zu verantworten, so wie Gott oder der Teufel oder das Wetter. Am Tod Eures Vaters waren eine Menge Menschen beteiligt. Die politische Situation damals erforderte ungewöhnliche Maßnahmen. Ich habe Eure Frau Mutter Orelia trotz aller Vorbehalte meiner Berater am Hof behalten und Euch eine unbeschwerte

Kindheit ermöglicht. Aber die Diskussion hatten wir schon vor einigen Jahren.«

»Zum Dank habe ich Euch Treue geschworen und mich stets daran gehalten. Von Liebe war nie die Rede«, sagte Emicho kalt.

»Genau das macht Euch vertrauenswürdig. Bei Euch weiß ich, woran ich bin. Die letzten Zweifel hat mir Euer Knappe genommen. Er schwört auf Eure Rechtschaffenheit.«

»Fabelhaft!« Heute konnte den Ritter nichts mehr verwundern.

»Ja, das ist fabelhaft. Vor allem in Zeiten des Misstrauens und Verrats.«

Der König goss sich selbst aus einer Karaffe Wasser ins Glas und trank einen großen Schluck. »Ich kann Euch auch nicht sonderlich leiden, Emicho. Doch Ihr genießt mein Vertrauen. Und Letzteres überwiegt Ersteres.«

»Ihr wollt, dass ich nun den Ersten Ritter für Euch spiele. Auch dieses Thema hatten wir bereits vor Jahren erörtert.«

»Ihr meint Euer kategorisches Nein, der Erste Ritter für das Weltenreich zu sein, obgleich es keine größere Ehre gibt. Andere Herrscher hätten Euch für diese Sturheit hinrichten lassen.« König Grachus spitzte die Lippen. »Ich indes, habe Euch belohnt.«

»Ja, um mich loszuwerden, habt Ihr mir diese graue Burg im Niemandsland geschenkt. Die ich allerdings sehr liebe«, erklärte Emicho.

»Seht Ihr. Dann seid Ihr mir noch etwas schuldig.«

»Ich bin Euer Ritter. Ich bin Euch alles schuldig. Darauf habe ich einen Eid geschworen. Als Erster Ritter tauge ich jedoch nicht.«

»Den Eid haben alle geschworen, die mich umgeben. Und? Der Eid ist dafür da, um sich daran zu halten oder ihn zu brechen. So profan das klingt, das ist alles.« Der König machte eine wegwerfende Handbewegung. »Ein junger Mann sagte unlängst zu mir: 'Emichos stärkste Mauer ist die Liebe seiner Ritter und seiner Bediensteten'. Das zählt mehr als jeder Eid. Wie Ihr das mit Eurer sturen Stinkstiefeligkeit hinbekommt, ist mir ein Rätsel. Aber …«, nun lächelte Grachus, »… es geht mir heute nicht um den Ersten Ritter.«

»Nicht?« Zum ersten Mal an diesem Morgen zeigte Emicho den Anflug einer Emotion.

»Heuchler und Schlitzohren umgeben mich von morgens bis abends. Und in der Nacht. Die meisten kümmern sich nur um ihr eigenes Wohlergehen und scheren sich einen Dreck um das Weltenreich. Euch und Euren Fähigkeiten vertraue ich. Nicht das altehrwürdige Große Turnier, das Ihr übrigens in beeindruckender Weise gewonnen habt, hat mich hierhergeführt, der eigentliche Grund seid Ihr.«

»Ich habe bereits Honig an meinem Mund.« Emicho leckte sich über die Lippen.

Grachus reagierte nicht auf diese Provokation. »Ich brauche Euch für eine spezielle Mission, eine gefährliche Aufgabe, die Euch alles abverlangen wird.«

»Majestät, ich bin Euer Diener.« Es klang nicht unterwürfig, eher trotzig.

Völlig perplex verfolgte Farin die Unterhaltung. Auch Ekel schien gespannt zu horchen. Auf ihre Weise parlierten hier zwei Meister der Rhetorik, wobei Emicho als Untertan den ungleichen Kampf kaum gewinnen konnte.

»Ihr habt die Burg Siegesmund im Tjost gewonnen«, fuhr der König fort. »Das kommt mir vor wie ein göttliches

Zeichen.«

»Die Burg im Süden interessiert mich nicht, darauf kann ich gut verzichten. Schließlich ist die Eskalation nicht auf meinem Mist gewachsen. Gorian verfolgte einen finsteren Plan, um mich ein für alle Mal loszuwerden.«

»Was offensichtlich nicht geklappt hat, was wiederum für Euch spricht.«

Ruhig fragte der Ritter: »Majestät. Sagt mir, was Ihr von mir erwartet.«

»Begebt Euch in den Süden, nehmt Eure neue Burg in Besitz und findet die Drahtzieher des Nekorerkults.«

Plötzlich fiel es Farin wieder ein. »Herr, auch Gorian von Siegesmund trug das Mal auf seinem Unterarm. Den Drudenfuß mit der Flamme.«

»Das sagst du erst jetzt?«, polterte Emicho los, beruhigte sich jedoch im nächsten Moment wieder. »Wir können von Folgendem ausgehen: Der Süden ist verseucht und Gorians Familie in die Sache verwickelt. Sie wird mich kaum mit offenen Armen empfangen.«

Der König holte tief Luft. »Mein bisheriger Erster Ritter war so kühn, den Einsatz beim Tjost zu erhöhen. Und zu verlieren. Somit müssen sie sich ihrem Schicksal fügen. Es ist wie in alten Zeiten, als die Kämpfe der Ersten Ritter noch an der Tagesordnung waren. Kampf verloren, Burg weg. Letztlich hat Gorian die Burg schon vor seiner Ernennung zum Ersten Ritter von mir bekommen, jetzt ist seine Zeit vorüber.«

Dem ehemaligen Ersten Ritter schien der König wenig nachzutrauern. »Wenn Ihr Euch dort eingerichtet habt, findet den Prinzipal. Er ist der Anführer der Nekorer. Die wildesten Gerüchte ranken sich um ihn.«

Emicho kratzte sich am Kinn. »Über den habe ich auch schon einiges gehört.«

»Seine Identität ist unbekannt. Gerüchten zufolge ist ein Dämon im Spiel. Bisher habe ich die Existenz von Dämonen stets abgestritten, doch wir beide wissen es besser.« Der Blick des Königs brannte. »Orelia sagte mir, Ihr hättet noch ein Hühnchen mit dem Dämon zu rupfen.«

»Majestät, ich hörte ebenfalls von Hinweisen, die den Dämon mit dem Anführer der Nekorer in Verbindung bringen.«

Der König wirkte keineswegs erstaunt. »Es gibt Leute, die behaupten, der Prinzipal sei von ihm besessen und würde dadurch unsterblich. Was wisst Ihr darüber?«

Emicho antwortete: »Der Dämon verpasst Menschen sein Mal und kontrolliert sie danach für seine üblen Zwecke. Gorian, sein Sohn Keimund und eine meiner Wachen sind ihm bereits zum Opfer gefallen.«

»Ein Grund mehr, den Prinzipal zu finden, denn er führt uns zum Dämon«, erklärte Grachus. »Ich will wissen, wer er ist. Und ich will ihn vor mir sehen – am liebsten tot. Viel Zeit bleibt mir nicht mehr, ich möchte ein halbwegs geordnetes Reich hinterlassen.«

»Ihr solltet zu den Waffen rufen und den Süden mit einer Armee säubern lassen.«

»Ich werde keinen Bürgerkrieg ausrufen.« Grachus überlegte. »Doch ich verstehe, was Ihr meint. Wenn Ihr mir Fakten liefert und einen Plan darlegt, bekommt Ihr so viele Ritter und Soldaten, wie Ihr benötigt.«

»Was macht Euch so sicher, dass ich der Richtige für diese Aufgabe bin?«

Der Alte König zeigte auf Farin. »Euer Schildträger hat

mich in meiner Einschätzung in jeder Hinsicht bestärkt.«

Emichos Brauen brauten sich zusammen, sein Blick glich einer Regenwolke. »Was hat mein Knappe meinem König denn so alles berichtet?«

»Wir haben uns über Gott und die Welt unterhalten – unter Männern, die halbe Nacht.« Der Alte König lächelte sanft.

Emichos fragende Gewittermiene forderte eine Antwort. Farin räusperte sich: »Öhm, ja Majestät, … es war ein angenehmer Gedankenaustausch, wobei mir nicht klar war, dass ich mit … Euer Exzellenz … mit dem König sprach.«

»Du hast vor dem Beherrscher des Weltenreiches gestanden und wusstest es nicht?« Emicho konnte es nicht fassen.

»Eigentlich mehr gesessen«, murmelte Farin.

»Schimpft nicht mit Eurem Schildträger. Ich habe seine Nähe gesucht und mich ihm nicht vorgestellt. Es war mitten in der Nacht, also dunkel. Seid versichert, er hat in den höchsten Tönen von Euch gesprochen.«

Konnte das wirklich sein? Hatte dieser verschlagene Monarch seine Nähe bewusst ohne die Königswache gesucht? Der Zeitpunkt war weise gewählt und der Platz neben ihm auf dem Baumstamm auch.

»Euer Knappe hielt mich für einen Priester.« König Grachus lehnte sich vor. »Dazu fällt mir ein: Unser geliebter Erzbischof Hazart ist ebenfalls in dunkle Machenschaften verstrickt. Er hat sich einige Male mit Gorian von Siegesmund getroffen und verkehrt mit dem Raben.«

»Ihr wisst, dass ich Euch schon vor vielen Jahren vor diesem Mann gewarnt habe.«

»Wie könnte ich das vergessen?« Die Spuren des Alters im Gesicht des Königs vertieften sich noch mehr. »Hört gut zu, Emicho. Ich verlange nicht, dass Ihr vor mir kniet und kriecht, glaubt aber bloß nicht, ich würde vor Euch einen Bückling machen. Ihr seid der Richtige, um Eurem König in einer bedrohlichen Situation zu helfen. Nicht mehr und nicht weniger. Ich brauche vertrauensvolle Verbündete gegen diese Teufelskultisten. Wenn Ihr abwarten würdet, bis Euch der faulige Atem der Nekorer erreicht, ist es für uns alle zu spät. Daher fordere ich Eure Hilfe ein. Ein letztes Mal für die Ohren eines störrischen Ritters: Ihr reist in den Süden und findet den Prinzipal. Danach erwarte ich Euch in meinem Schloss in Nabenstein. So lauten meine Befehle, und das ist mein letztes Wort.«

Noch immer hatte Farin trotz seines Hungers keinen Bissen gegessen, viel zu sehr verschlug ihm die Unterhaltung den Appetit.

Das stumme Nicken Emichos reichte dem Alten König.

»Ich danke Euch. Dann kann Euer Knappe endlich anfangen, das köstliche Brot zu verspeisen.«

»Öhm, ja.« Hastig betrachtete Farin die angeknabberte, trockene Scheibe in seiner Hand und vergaß dabei nicht, rot zu werden.

»Bevor ich meine Vasallen in diese bedrohlichen, unsicheren Gefilde im Süden führe, mache ich mir mit einer kleinen Gruppe Vertrauter zunächst ein Bild von der dortigen Lage. Das Leben meiner Untergebenen ist mir beinahe so wichtig wie das meines Königs.«

»Auf diese Priorisierung möchte ich nicht wetten.« Baldan Grachus sah seinem Ritter prüfend in die Augen. Ihre Blicke verhedderten sich.

Emicho löste den Knoten: »Fünf Tage benötige ich für die Vorbereitungen. Mein Knappe wird mich begleiten.«

Der Alte König nickte: »Das weiß ich. An der Flussstation liegen zwei Flöße. Mit dem einen werde ich schon morgen zurückreisen, das andere könnt Ihr nehmen.« König Baldan Grachus überlegte kurz: »Um Eurem Einzug in die Burg Siegesmund Nachdruck zu verleihen, sende ich Euch einhundert Soldaten. Sie werden am letzten Tag im Mai dort eintreffen.«

»Das kommt zeitlich hin.« Der Ritter nickte: »Wie Ihr wünscht, Majestät.«

Farin wunderte sich. Was für ein Floß? Und wie damit reisen? Die Sache wurde immer abenteuerlicher, und er steckte mittendrin. Und das Beste war, er freute sich darüber.

Ungeheuer

Nachdem Farin dem Stallburschen beim Striegeln und Versorgen der Pferde geholfen hatte, verbrachte er die Mittagszeit in seinem Turmzimmer.

Das Gespräch mit dem König beschäftigte ihn sehr. Was wohl die Schimäre darüber dachte?

»Du hast dich heute Morgen bei Tisch die ganze Zeit über wohltuend herausgehalten«, stellte Farin fest.

Ist das ein Lob oder ein Tadel für die Situationen, in denen ich dich aus der Scheiße gezogen habe?

»Komm schon, Ekel. Gib zu, dass ich mich im Gespräch mit König Grachus auch ohne deine Hilfe ganz gut geschlagen habe. Du willst immer, dass ich dich lobe, aber auch ich vertrage mal ein wenig Wertschätzung.«

Ja, ja. Zufällig hast du bei ihm an den richtigen Stellen gebohrt, Glückswurm.

Mehr Anerkennung würde er von Ekel in diesem Leben nicht bekommen, also fragte Farin: »Was sagst du zu der Geschichte?«

Wir werden in den Süden reiten. Daran ist nichts Schlechtes.

»Ich meine den speziellen Auftrag, den Emicho bekommen hat.«

Der Ritter ist genauso verschlagen wie der König. Im Grunde gefällt ihm seine Aufgabe, zumal er den Kult der Nekorer hasst und den Dämon töten will.

»Dich töten will. Wenn dem nicht so wäre, hätte ich ihm längst alles über uns beide gebeichtet. Was ist mit dem Erzbischof? Wie heißt er noch?«

Hazart. Bisher habe ich ihn nur während des Tjosts auf der Ehrentribüne gesehen. Wir sollten ihm mal auf den Zahn fühlen.

Unsere Majestät Grachus vertraut ihm jedenfalls nicht.

»So viele Leute umgeben den König tagtäglich, dennoch kommt er mir sehr einsam vor.«

Weine nicht. Grachus kennt den Preis der Macht.

»Sag mal, Ekel ...«

Wenn du so anfängst, willst du was von mir.

»Wenn du mich ausreden lässt, musst du nichts vermuten, sondern erfährst es.«

Ich weiß nur nicht, ob ich es erfahren will.

Es lag auf der Hand: Von allen Dämonen hatte der Anstrengendste in seinem Kopf Platz gefunden. Oder gab es neben dem Unaussprechlichen noch den Unausstehlichen?

»Du kannst dich doch in den Geist anderer Lebewesen begeben – wie bei Donner.«

Wenn das eine Frage sein soll, dann hebe am Ende des Satzes die Stimme.

Durch so etwas ließ sich Farin nicht irritieren, somit fuhr er fort: »Wie wäre es, wenn wir Emicho bei seinem schwierigen Auftrag helfen und als Erstes Erzbischof Hasna ausspionieren?«

Der … heißt … Ha… zart!

»Du versetzt dich in seinen Geist und erfährst, was den Burschen so umtreibt.«

Ha, so einfach läuft das nicht. Denk daran, wie du Donners Kopf in die Hände genommen hast. Wir benötigten direkten Körperkontakt, erst dann konnte ich in den Geist des Gauls eindringen. Zweitens musstest du loslassen, damit dein Geist mir hinterherschweben konnte.

»Was wäre geschehen, wenn ich es nicht getan hätte?«

Ohne mich hätte dein Geist die Bindung zu deinem Köper verloren. Du wärst verrückt geworden, nur noch eine brabbelnde, sabbelnde Hülle. Ekel überlegte kurz. *Bei Lichte betrachtet, kaum ein*

Unterschied zu jetzt.

»Wie kann Humor nur so witzlos sein? Mir ist es ernst, lass es uns wagen.«

Ein weiteres Risiko liegt in der Natur der Sache. Der Geist eines Menschen ist um ein Vielfaches komplexer als der eines Pferdes. Donner konnten wir dominieren, dem Geist von Hazart müssen wir uns unterordnen. Sonst müsste ich bei dir nicht immer betteln, dass du loslässt und mir ein wenig Spaß gönnst. Zum Beispiel Speere werfen.

Die Schimäre war aber auch nachtragend. »Dennoch sollten wir es tun. Wenn ich dich richtig verstehe, müssen wir nahe genug an den Erzbischof herankommen und ihn berühren.«

Ganz recht! Ich mag es, wenn du mir folgen kannst. Du könntest dich ihm als Lustknaben anbieten.

»Das ist soo witzig, Ekel.«

Ich will dir nur bildhaft aufzeigen, dass dein Vorschlag zwar interessant, jedoch schwer umsetzbar ist. Selbst wenn wir ihn wie Emichos Pferd berühren, wird er nicht stillhalten und uns in seinem Kopf herumführen. Der kleinste Fehler, und der Erzbischof würde es spüren. Es ist nicht vorhersehbar, wie er reagiert. Falls er dabei verrückt wird, sind wir in seinem wirren Geist gefangen, bis er stirbt. Bis dahin ist dein Körper verfault.

»Wieso das denn?«

Ekel stöhnte. *Verstehst du nicht? Es ist lebensgefährlich. Nicht für mich, aber für dich. Wenn du mir folgst, verlässt dein Geist den Körper und lässt ihn hilflos zurück. Die verlassene Hülle kann sich nicht mehr bewegen, nichts essen, nichts trinken. Daher muss sie vorher an einen sicheren Platz gebracht werden.*

»Das verstehe ich nicht.«

Wenn wir den Erzbischof berühren und an Ort und Stelle in seinen Geist eindringen, fällt ihm dein Körper als leere Hülle vor die Füße.

Das wäre ziemlich merkwürdig.

»Aber der Unaussprechliche manipuliert doch die Menschen aus der Ferne. Wenn ich an Keimund und die Bibliothekswache denke ...«

Dieser Dämon ist ein reiner Geistwanderer. Zum einen kann er sich in Personen begeben, die er vorher gebrandmarkt hat, zum anderen ist er in der Lage, sie so zu beeinflussen, dass sie tun, was er will. Hazart hat kein Mal des Unaussprechlichen. Selbst wenn er eins hätte, könnte ich es nicht benutzen.

Kaum zu glauben, dass Ekel etwas nicht konnte.

»Komm schon. Irgendwie muss es gehen.«

Es gibt eine Möglichkeit, aber die lässt meine Hörner zu Berge stehen.

»Hast du etwa Angst?«

Nenn meine gut kalkulierten Bedenken nicht Angst, Wurm!, donnerte es.

Von dem blitzlosen Gewitter ließ sich Farin nicht beeindrucken. »Anders gefragt, seit wann scheust du das Risiko? Also was müssten wir theoretisch tun?«

Rein theoretisch: Ich verpasse ihm beim Körperkontakt ein provisorisches Mal. Es sieht aus wie ein blauer Fleck und hält ein paar Stunden. Danach bringen wir uns in deinem Turmzimmer in Sicherheit und dringen als Nächstes in Hazarts Kopf ein. Unser Geist verschmilzt für ein paar Stunden mit dem Seinigen – länger wäre zu riskant. Damit er nichts bemerkt, dürfen wir weder sprechen noch uns anderweitig verständigen. Wir sind lediglich Zuschauer, unfähig einzugreifen, unfähig etwas zu bewirken. Richtig brandmarken und manipulieren kann nur der Unaussprechliche.

»So viel zur Theorie.« Farin gab nicht auf. »Weißt du was? Genauso machen wir es. Wenn wir in seinem Geist sind, können wir ihn ausspionieren und etwas über seine nächsten

Schritte erfahren. Es muss ja nicht lange sein.«

Du weißt nicht, worauf du dich einlässt. Du empfindest die Welt durch seine Sinne, lebst in seinen Gedanken. Auch das kann dich in den Wahnsinn treiben.

»Das hast noch nicht einmal du geschafft. Je mehr du erzählst, desto besser klingt es. Mir wird schon nichts geschehen. Also tu nicht so, als ob du dir Sorgen um mich machtest. Wir sollten lieber darüber nachdenken, wie wir an ihn rankommen. Überleg mal, Ekel, wenn wir Emicho auch bei diesem Problem helfen, dann kann er dir nicht mehr böse sein.«

Wenn du ihm anschließend meine Präsenz beichtest?

»Genau!«

Der Dämon grummelte eine Weile. *Na gut. Sag aber nicht, ich hätte dich nicht gewarnt. Wenn du die Sache nicht überlebst, will ich kein Gemecker hören.*

Eine Na-gut-Idee. Was auch sonst. Ob das ein gutes oder ein schlechtes Zeichen war, wusste Farin nicht.

Der Hofstaat des Königs bestand aus etwa vierzig Vasallen, die ihn ständig umgaben und versuchten, ihm jeden Wunsch von den Lippen abzulesen, um dann in vorauseilendem Gehorsam einen Funken seiner Gunst zu erheischen. Wenn sie könnten, würden sie auch den Zeitpunkt seines Stuhlgangs vorhersehen und ihn im richtigen Moment zum Abort tragen.

Die Abreise des Königs war für den nächsten Tag vorgesehen, daher blieb nicht mehr viel Zeit für die Umsetzung des Vorhabens. Am heutigen Abend hatte Emicho zu einem Bankett geladen, an dem Baldan Grachus und fünfzehn Mitglieder des Hochadels teilnahmen, darunter auch

Erzbischof Hazart.

An eine Wand gelehnt, wartete Farin im Pallas auf das Ende der Veranstaltung. Ein langer Flur führte in den Teil der Burg mit den beiden Küchen, ein anderer in Richtung Bibliothek und der letzte zum Festsaal. Dort speisten die hohen Herrschaften seit vier Stunden. Die Bediensteten huschten ständig zwischen Küche und Tafel hin und her. Die Mengen, die bisher serviert wurden, langten für zwei Armeen.

Die fressen, als ob es ihre letzte Mahlzeit sei, maulte Ekel.

Laute Stimmen drangen durch die geschlossene Flügeltür.

Du hast verstanden, wie wir es machen?

»Ja, wir kriegen das hin.«

Wieder liefen zwei Küchenmägde mit Tabletts vorbei. Sie kannten Farin als Emichos Knappen und beachteten ihn schon gar nicht mehr. Er reckte den Hals – kleine Schüsseln voll farbenfrohen Puddings leiteten die Nachspeise ein und ließen auf eine baldige Beendigung des Banketts hoffen.

Die Hälfte ihrer Zeit schlafen die Menschen, die andere Hälfte warten sie.

»Hör auf herumzumeckern. Du sagst doch immer, Zeit spielt für dich keine Rolle. Wie passt das zu deiner Ungeduld?«

Ungeduld ist eine Tugend. Sie ist Nährboden für Spontaneität, Kürze und vertreibt sinnlose Hoffnung.

»Du könntest auch die sieben Todsünden schönreden.«

Hä? Wieso? Die sind doch schön! Befrag doch mal die Bankettfresser zum Thema Völlerei.

Passend dazu öffnete sich die Tür des Speisesaals, und die ersten Gäste flanierten mit runden Bäuchen den Gang entlang. Somit blieb Farin eine weitere Diskussion über dämonische und menschliche Tugenden erspart.

Dort kam er, der Erzbischof von Nabenstein. Mit seiner roten Brokatrobe mit den goldenen Ornamenten und seiner Mitra glänzte er ihnen entgegen. Farin positionierte sich hinter der Mauer und zählte bis zehn. Dann schoss er um die Ecke des Ganges und prallte mit dem Erzbischof zusammen. Der Mann taumelte, konnte sich jedoch abfangen und einen Sturz vermeiden.

»Oh, das tut mir leid. Bitte verzeiht mein Ungestüm.«

Es pulsierte in Farins Kopf: Körperkontakt herstellen! Nur wie? Die Robe, der hohe Priesterkragen, die weißen Seidenhandschuhe – hatte der Kerl überhaupt Haut? Die erste Gelegenheit war vertan.

»Pass doch auf, du Tölpel!« Er drosch mit beiden Händen auf Farin ein.

»Hazart, beruhigt Euch«, versuchte ihn eine Dame zu beruhigen. »Es war ein Versehen.«

»Ich bin untröstlich, Herr. Ich bitte untertänigst um Entschuldigung.« Mit zerknirschtem Gesicht kniete sich Farin vor den Erzbischof und ergriff seine Hand. Mit geschürzten Lippen beugte er sich vor, schob den Ärmel der Priesterrobe etwas hoch und küsste Hazart als Verzeihung auf einen kleinen Streifen warmer Haut oberhalb des Handschuhs.

Der Erzbischof riss seine Hand weg und schimpfte: »Hinfort mit dir!« Grob stieß er den Tollpatsch zur Seite. Hierdurch verlor Farin das Gleichgewicht und krallte sich vor Schreck in den Unterarm des Erzbischofs, um sich abzufangen. Der Geistliche riss den Arm weg und trat nach ihm. Der Totengräbersohn ließ sich auf den Hintern fallen.

»Es tut mir leid, doch Ihr habt mich geschubst«, stöhnte

er.

Der Erzbischof rieb sich den schmerzenden Unterarm. »Wenn es nach mir ginge, würde ich dich jetzt aufhängen lassen, Narr.«

»Bitte verzeiht.«

Der Erzbischof zog stumm von dannen, ohne sich noch einmal umzudrehen.

Verschämt stand Farin auf und breitete die Arme aus, als könnte er seine eigene Ungeschicktheit selbst nicht fassen. Der König, Emicho und die meisten geladenen Gäste verabschiedeten sich noch im Speisesaal und hatten von dem Vorfall nichts mitbekommen.

Das war gut. Bring uns an einen sicheren Platz.

Schneller als ein Pfeil hastete Farin zurück ins Turmzimmer. Gleich würde es losgehen. Vorher war er sich seiner Sache so sicher gewesen, jetzt erfasste ihn plötzlich Angst.

Mit pochendem Herzen schloss er die Tür von innen ab, zog die Stiefel aus und legte sich auf seine Schlafstätte. Wie oft hatte ihn Ekel vor diesem Schritt gewarnt? Die Schimäre machte sich offensichtlich Sorgen um ihn, das wurde Farin jetzt erst richtig bewusst.

So, ich werde nun in seinen Geist eindringen und dich dann rufen. Du musst unbedingt nachkommen.

»Ja! Wie abgemacht, warte ich auf dein Signal.«

Keine Antwort mehr.

Mit gemischten Gefühlen horchte der Totengräbersohn tief in sich hinein, dann spürte er es. Oder besser, er spürte es nicht, denn da gab es nichts zu spüren. Seit Langem mal wieder blieb sein Geist vollkommen unbehelligt, vollkommen auf sich allein gestellt. Ekel war verschwunden. So hatte er sich gefühlt, bevor die unglaublichen Abenteuer begonnen hatten, bevor Gerlunda auf seiner Werkbank gelandet war. Ein Klotz fiel von ihm ab, in diesem Augenblick hatte das Weltenreich Farin, den Totengräbersohn, wieder.

Aus weiter Ferne hörte er es, wie durch zehn Mauern. *Jetzt! Lass los und komm!*

Die Stimme war nicht mehr in Farins Kopf. Ein Gefühl der Freiheit durchströmte ihn, hatte er sich etwa auf diese Weise der Schimäre entledigt? Warum sollte sein Geist dem Dämon jetzt noch folgen? Er wollte nicht. Was geschah, wenn er es nicht tat? 'Denk nicht mal daran', hatte Ekel gepredigt – aber genau das tat er nun. Auf dem Rücken liegend faltete er die Hände auf der Brust. Nein, das sah so aus, als wäre er gestorben, dabei wollte er aufspringen, jubeln und ...

Du musst folgen!

Stattdessen verharrte er. Ekel war ein Ekel, da biss die Maus den Faden nicht ab. Aber eben nicht immer. In die riskante Sache mit dem Erzbischof hatte die Schimäre nur eingewilligt, weil Farin es unbedingt wollte. Dem Wurm zuliebe. Und viele Male hatte ihm der Dämon das Leben gerettet. Gewissensbisse piesackten ihn wie Bettwanzen. Er knetete seine Unterlippe. Der Dämon hatte seinen Körper verlassen, er hatte ihm vertraut.

Bockmist! Du hast eine Abmachung getroffen. Das ist wie ein Versprechen.

Und der Totengräbersohn hielt sich an seine Versprechen. Mit einem Grollen über sich selbst entspannte er sich. Nein, so klappte Entspannen nicht. Er zog sich die Wolldecke hoch bis zum Kinn, legte die Arme locker neben sich und ließ seinen Geist schweben. Inzwischen besaß er Übung darin, loszulassen und auf eine meditative Reise zu gehen.

Aus großer Entfernung hörte er erneut die Stimme: *Wurm, wann kommst du endlich?*

Das Bett drehte sich, ihm wurde schwindelig. Immer schneller kreiste es, nun auch die Decke über ihm, nein das ganze Zimmer, nur in die entgegengesetzte Richtung. Durch die Kraft der Bewegung wurden seine Augäpfel herausgedrückt. Sie flogen durch die Tür. Gänge, Flure, Wände, zischten an ihnen vorbei, grelles Licht barst in den Pupillen.

Auf was habe ich mich da nur eingelassen, lautete sein letzter Gedanke.

Sein Becken knallte gegen den Hintern der Frau. Hart, rhythmisch, mechanisch. Er schnaufte wütend, beinahe so, als würde er zum Akt gezwungen. Das wohlige Jauchzen der vor ihm knienden Hure war geheuchelt, jeder Lustschrei eine Lüge. Er kaufte diese Lügen für Geld.

Nein, diese Muhme ist keinen Kupferling wert, dachte er grimmig.

Hazarts Gedanken wanderten zum heutigen Bankett. Das höfische Otterngezücht kotzte ihn an. Allen voran König Grachus. Alle wichtigen Fäden waren ihm doch längst aus den Händen geglitten wie schleimiger Fisch. Unaufhaltsam befand sich der Kult der Nekorer auf dem Vormarsch.

Für den Nachfolger des Alten Königs war der Thron gerichtet und alles seit Monaten vorbereitet. Traditionell krönte der Erzbischof den König. Natürlich würde er sich streng daranhalten. Nur, dass er sich das zackige Ding gern selbst aufsetzen würde. Ein Novum! König Hazart, Beherrscher des Weltenreiches. Wann starb der alte Trottel Grachus endlich?

Seine Gedanken raubten ihm das Vergnügen. Außerdem widerten ihn die fülligen Hüften und die graue Haut der Hure an. Im nächsten Moment ließ er von ihr ab und zog sich die Hose hoch. »Verschwinde jetzt!«

Mit einem Schmollmund drehte sich die Frau zu ihm um. »Aber … aber Euer Hochwürden, was habe ich falsch gemacht?«

»Alles! Hau ab und zwar schnell!«

Nun kam sie ihm noch hässlicher vor als vorher. Sein Diener hatte ihm für den Abend nach dem Bankett eine der Wiesendirnen besorgt. Leider waren die meisten inzwischen abgereist, somit gab es in Emichos Drecksloch nur noch wenig Auswahl.

»Wie Ihr wünscht, Herr. Was … was ist mit dem Lohn?«

»Es hörte sich so an, als hättest du deinen Spaß gehabt. Ich hatte keinen. Was für einen Lohn? Willst du etwa mich bezahlen?«

»Versprochen war ein Silberling.« Die Hure kämpfte mit ihrer Empörung und ihrem Kleid.

»Das bist du nicht wert. Schweig!«

»Euer Diener hat geschworen, dass ...«

»Dann hol dir den Silberling bei ihm ab, Dirne. Raus jetzt hier, bevor ich dich auf den Scheiterhaufen stelle.«

Sie zischte: »Das passt – als Hexe verbrennen, weil ich mit dem Teufel verkehrt habe.«

Mit dem Handrücken schlug er ihr ins Gesicht. Ihre Nase blutete. Die Frau zuckte weder mit den Wimpern noch mit den geschwärzten Brauen, sie war Schläge gewohnt. Vielleicht hätte er sie härter rannehmen sollen.

Mit einem Tritt beförderte er sie durch die Tür und befahl einem der Wachsoldaten im Gang: »Rausbringen!

Wenn sie Ärger macht, wirf sie von der Mauer.«

Der Mann nickte, packte die Dirne am Oberarm und zerrte sie neben sich her. Die wütenden Blicke der Hure amüsierten ihn, immerhin blieb sie stumm. Braves Mädchen. Die Mischung aus Angst und Wut in ihrem Gesicht machte ihm beinahe wieder Lust.

Viel Zeit blieb nicht mehr. Der Erzbischof rieb den blauen Fleck an seinem Unterarm, den ihm der trottelige Knappe beim Zusammenstoß verpasst hatte. Einige Dinge wollte er vor der morgigen Abreise noch in Erfahrung bringen und andere in die Wege leiten. Um alles Wichtige kümmerte er sich selbst. Das bedeutete zwar viel Arbeit für ihn, hatte aber den Vorteil, dass er sich auf niemanden verlassen musste. Und nichts abgeben musste. Anderen Menschen gönnte er nicht die Milch im Bart. Nehmen ist so viel angenehmer als Geben. Anderen etwas zu überlassen, kam nicht mit seiner Natur überein. Folglich überließ er auch nichts dem Zufall – zumindest nicht die Angelegenheiten, die er als wichtig erachtete. 'Gott liebt den fröhlichen Geber', predigte er sonntäglich voller Inbrunst von seiner Kanzel. Das galt nicht für Hazart, den Erzbischof von Nabenstein, denn Fröhlichkeit gehörte nicht zu seinen Charaktereigenschaften. Nicht einmal beim Nehmen. So einiges hatte sein strenggläubiger Vater seit frühester Jugend aus ihm herausgeprügelt – zuerst nur bei kleinsten Vergehen, später schon beim kleinsten Verdacht. Frömmigkeit statt Fröhlichkeit.

Es war an der Zeit, er nahm den Überwurf vom Haken und machte sich auf den Weg. Ganz allein verließ er das Schloss und hastete den Hügel hinunter. Auf der ehemaligen Turnierwiese standen nur noch eine Handvoll Zelte, die meisten Teilnehmer waren bereits abgereist. Über den frisch gerodeten Grund ging es zum Waldrand, zwischen zwei mächtigen Buchen blieb er stehen.

»Wo seid Ihr?«, fragte er ungeduldig umherblickend.

Es raschelte in einem Busch, dahinter tauchte der Schatten eines Mannes auf. Nein, nicht sein Schatten – der Schwarze stand vor ihm.

Mit seiner unnachahmlich knisternden Stimme begrüßte er den Erzbischof: »Grüß Gott, Euer Hochwürden. Schön, dass Ihr Zeit für einen armen Sünder wie mich erübrigen könnt.«

Dieser höhnische Kerl war ein noch größeres Arschloch als er selbst. Das machte ihn neidisch. »Spart Euch das und kommt zur Sache. Was wollt Ihr mir Dringendes mitteilen?«

»Es gibt Neuigkeiten von unserem Liebling. Nun ist die Sache klar, der Dämon haust im Totengräber aus Haufen.«

»Tatsächlich? Ich habe ihn als Emichos Knappen kennengelernt. Gleichermaßen tollpatschig wie trottelig. Eben hat er mich beinahe umgerannt, und beim Turnier, so wurde mir erzählt, hat er in allen Disziplinen kläglich versagt. Er macht ganz und gar nicht den Eindruck eines gefährlichen Dämonenwirtes.«

Der Schwarze kicherte hechelnd. »Dann erklärt mir mal, wie er den Angriff in der Bibliothek überlebt hat. Der Prinzipal hat Verbindung zu Klemens aufgenommen und den Knappen hinterrücks mit der Pike angegriffen. Kein normaler Mensch, nicht einmal der fähigste Ritter, überlebt eine solche Attacke.«

»Was ist geschehen?«

»Euer tollpatschiger Dussel hat Klemens im wahrsten Sinne des Wortes auseinandergenommen und als Erstes seinen Arm durch die Bibliothek geworfen. Danach hat der Prinzipal die Verbindung verloren. Daher können wir davon ausgehen, dass Klemens tot ist, jedenfalls ist er seitdem verschwunden. Die Sache ist klar, der Knappe wird vom Dämon beherrscht.«

»Verstanden. Ich erkenne, wenn Argumente gut sind. Ich frage mich nur, warum der Dämon den Knappen gerettet hat. Er hätte doch seelenruhig zuschauen können, wie ihn Klemens aufspießt.«

»Dafür gibt es einen einfachen Grund. Klemens trug das Mal – einen gebrandmarkten Körper scheut der Dämon wie das Weihwasser, denn das würde ihn seines Willens berauben. Der Prinzipal hätte volle Kontrolle über ihn.« Wieder kicherte der Rabe, als hätte er einen Scherz gemacht.

Den lasse ich hinrichten, sobald ich kann, dachte der Erzbischof.

»Der Erste Ritter, Gorian von Siegesmund! Wie konnte es dazu kommen, dass er gegen Emicho verliert? Zumal ich, wie besprochen, das Wasser habe vergiften lassen. Daran lag es nicht.«

»Es gibt tatsächlich Stimmen, die Euch für sein Versagen eine Mitschuld zuschieben. Doch ich habe das Wasserfass überprüfen lassen und gebe Euch recht – Ihr hattet Eure Aufgabe erfüllt. Wieder bleibt ein Rätsel: Trotz Vergiftung ist Emicho angetreten und hat unglücklicherweise nicht nur gegen den Ersten Ritter gewonnen, sondern ihn als kleine Beigabe auch noch … beseitigt. Sicher könnt Ihr Euch vorstellen, wie der Prinzipal seitdem tobt. Jeden Tag verwandelt sich einer seiner Berater in einen Aschehaufen.« Der Schwarze schmunzelte heiser, diesem Irrenhäusler schien jede Art von Zerstörung zu gefallen.

Am liebsten würde er den klugscheißenden Kinderschreck mit seinen schwarzen Klamotten und der Hakennase vierteilen lassen, doch der Rabe gehörte zu den engsten Vertrauten des Prinzipals. Und den sollte er sich nicht zum Feind machen.

Bleib ruhig, ermahnte er sich. Als Verbündete sind die Nekorer unersetzlich. Nutze die Situation, um weitere Informationen zu bekommen.

»Wie soll es weitergehen? Schnappen wir uns den Totengräber und schlitzen ihn auf?«, fragte Hazart.

»Das werden wir tun. Doch der Prinzipal braucht einen gebrandmarkten Wirt. Wenn wir den Totengräber töten, muss Emicho bereits das Mal tragen. Flieht der Dämon dann in den Körper des Ritters, haben wir sowohl Emicho als auch den Dämon endlich unter Kontrolle. Für alle Zeiten wird er dann den Nekorern dienen.«

»Verstanden. Sobald Emicho das Mal trägt, erledigen wir den Totengräberknappen.«

Das Nicken des Raben sah aus, als würde er nach Körnern picken.

Schade eigentlich, denn der rechtschaffene Ritter wäre der Nächste, den der Erzbischof köpfen lassen würde. Wegen Hochverrats oder so. Das kam nicht so drauf an, einen Grund gab es immer. Hauptsache tot.

»Mit zwei dieser teuflischen Wesen in den Reihen gehört das Weltenreich uns«, fühlte sich der Erzbischof genötigt zu sagen. Er schaffte es nicht, so viel Begeisterung in seine Stimme zu legen, wie er gern wollte.

Der Rabe spitzte das, was bei anderen Menschen Lippen genannt wurde. »Wann holt Ihr Euch Euer Mal ab, Hochwürden?«, er schob seinen Unterarm aus dem

Kuttenärmel hervor und präsentierte den Drudenfuß mit der Flamme.

»Bei der nächsten Gelegenheit. Es wird mir eine Ehre sein.« Nur wenigen Menschen, wie dem Raben, war es bisher vergönnt gewesen, den Anführer der Nekorer zu treffen. Neidisch war Hazart keineswegs, in Wahrheit versuchte er alles, um eine persönliche Begegnung mit dem Prinzipal zu vermeiden. Schließlich wollte er nicht zu einer willenlosen Marionette werden, wann immer es dem Oberhaupt der Nekorer beliebte. Im Laufe seines Lebens hatte es Hazart stets verstanden, auf seine Rechte zu pochen und davon zu profitieren. Pflichten hingegen waren etwas für Stiefmütter.

Prüfend sah ihn der Rabe an.

Glotz nicht so blöd, dachte Hazart. Irgendwann werde ich dich wegen dieser Unverschämtheiten an deiner Hakennase aufhängen.

Wobei seine Informationen durchaus ihren Wert hatten. Seit so vielen Jahren jagten sie nun schon hinter dem Dämon her, der Vigo zum Ersten Ritter gemacht hatte. Unglaubliche Kräfte verlieh er angeblich, er besaß Fähigkeiten, weit entfernt von jeglicher Vorstellungskraft. Einige Schriften behaupteten sogar: Unsterblichkeit. Gierig leckte sich Hazart über die Lippen.

Der Rabe krächzte: »Der Prinzipal hat noch einen weiteren Auftrag für Euch. Ihr sollt ihn schnellstmöglich ausführen, dafür wird er Euch beim Weg auf den Thron weiterhin unterstützen.«

»Wenn das so weitergeht, wird es noch Jahre dauern, bis es so weit ist. Grachus kränkelt seit Jahren, doch im Grunde ist er zäh wie altes Ziegenleder. Nun gut, was soll ich tun?«

»Bei unserem letzten Treffen in Nabenstein habt Ihr mir

von dem Waisenhausmädchen erzählt, Aross ist ihr Name.«

Der Erzbischof nickte kurz. Worauf wollte der Schwarze hinaus?

»Seit Monaten jagt Ihr vergeblich hinter ihr her. Ihr und die Stadtwache. Und ein Teil der Bevölkerung, um die hohe Belohnung zu kassieren, die auf ihren Kopf ausgesetzt ist. Dennoch wart Ihr bislang nicht erfolgreich.«

»Warum erzählt Ihr mir, was ich schon weiß?«

»Dem Prinzipal missfällt ein solches Versagen.« Wieder schürzte der Rabe seine nicht vorhandenen Lippen.

»Seit wann hat er denn Interesse an kleinen Mädchen?«

Seine Stimme wurde gallig: »Seit das kleine Mädchen in Nabenstein über hundert Beschützer auf einen Streich getötet hat, inklusive Fürst Zolkan und den Nachfolger von Zachander, den Kettenhund. Und seit sie dafür gesorgt hat, dass von Eurer geliebten Kathedrale nur noch ein Haufen Schutt übrig ist. Seitdem hat er Interesse an ihr.«

Überraschung und Zorn wallte in Hazart hoch wie kochendes Wasser. »Was? Das … das kann nicht sein. Die Kathedrale ist zerstört? Seid Ihr sicher?«

Die Menschen kümmerten ihn einen Dreck, der Unterweltabschaum würde ihm nicht fehlen, doch die Kathedrale bedeutete ihm viel, sie war sein zweites Heim, sein repräsentatives Domizil.

»Ganz sicher. Diese Information hat mich heute Morgen erreicht – aus zuverlässiger Quelle.«

»Mir wurde gesagt, das Mädchen sei erst vierzehn Jahre alt. Wie will sie das geschafft haben, zum Teufel?«

»Ein amüsanter Fluch, gerade von Euch. Ein erstaunliches, junges Ding, nicht wahr? Einzelheiten weiß ich auch nicht. Sorgt dafür, dass sie nicht noch älter wird. Wenn Ihr

Euer Mal beim Prinzipal abholt, könnt Ihr ihm das Mädchen bringen oder ihr Dahinscheiden verkünden.«

Wut packte den Erzbischof und schüttelte ihn. Wenn er das Gör in die Finger bekam, würde er sie ein Jahr lang foltern.

»Gut, meldet Euch, wenn Ihr Neuigkeiten habt oder etwas Ungewöhnliches geschieht.«

Der Erzbischof zwang sich zur Ruhe. »Natürlich.« Hazart würde Tag und Nacht an nichts anderes denken, als für diesen Hundsfott Informationen zu beschaffen.

Der Rabe zuckte mit den Schultern. »Damit haben wir alles Wichtige besprochen. Ich reise morgen in den Süden zurück. Wir sehen uns in Nabenstein, Erzbischof.« Er drehte sich um und verschwand im Dickicht.

Mit gemischten Gefühlen blieb Hazart stehen wie die Bäume um ihn herum. Er rekapitulierte das Gespräch mit der schwarzen Marionette. Der Dämon trieb also sein Unwesen im Kopf des unvermögenden Knappen. Unfassbar. Und dann diese zerstörerische Aross, das klang völlig verrückt. Doch bisher hatten die Informationen vom Raben stets der Wahrheit entsprochen. Ein Wort aus der Unterhaltung pochte in seiner Stirn. Er schloss die Augen. Nein, zu gefährlich, zu unkalkulierbar. Er öffnete die Augen. Mit langsamen Schritten begab er sich auf den Rückweg. Das Wort wollte nicht aus seinem Sinn. Vier verheißungsvolle Silben. Nein, es barg ein hohes Risiko, den Wünschen des Prinzipals zuwiderzuhandeln. Inzwischen war es Mitternacht, Hazart marschierte den Hügel hinauf, er fühlte sich kein bisschen müde. Ein Wort. Vier Silben. Der grandiose Prinzipal konnte ihn mal. Von allein kam nichts. Schon in jungen Jahren hatte Hazart beschlossen, sich zu nehmen, was er wollte. Konsequent und rücksichtslos. Sein erster großer Sieg drehte sich um das Erbe seines Vaters. Dafür hatte er ordentlich nachhelfen müssen, denn er war nur der Zweitgeborene. Die Lösung war einfach: Bedauerlicherweise stürzte der Erstgeborene zu Tode. Ach ja, er hatte seinen Bruder in den Abgrund geschubst. Bruder? Was soll's. Ein Toter mehr auf seinem Weg zur Macht, was soll's. Und waren nicht alle Menschen Brüder? Und schließlich mussten alle mal sterben.

»Un-sterb-lich-keit!«, murmelte er. »Was soll mir dann noch geschehen?«

Die Wachen standen stramm, als sie ihn erkannten. Hazart hatte sich entschieden, er wusste, was und wohin er wollte. Sein Weg führte ihn über den Burghof unter den Wehrgang. Dort blieb er eine Weile im Schatten stehen, während er auf den kleinen Turm starrte. Dort drin! Ruhe war in die Burg eingekehrt. Bis auf ein paar Wachen schliefen die Bewohner dieses grauen Steins.

Südturm, viertes Zimmer, hatte ihm sein Diener berichtet. Eine der Stärken des Erzbischofs, er vergaß nichts. Auf leisen Sohlen verließ er den Schatten des Wehrgangs und betrat den Turm. Für sein fortgeschrittenes Alter waren seine Schritte kraftvoll und federnd – doch spielte das überhaupt eine Rolle für einen Unsterblichen? Abgewetzte Treppenstufen führten kreisförmig nach oben, eine, zwei, drei Türen. Die nächste musste es sein. Entschlossen drehte Hazart den gusseisernen Knauf. Abgeschlossen. Gottes Wege waren unergründlich und oftmals benötigten sie einen Wegbereiter. Neben seinem Dolch und dem Feuerstein trug er stets einen Dietrich bei sich. Primitive Schlösser wie dieses, stellten für ihn keine Herausforderung dar. Er drehte den kleinen, gebogenen Eisenhaken im Schlüsselloch herum, ein leises Klacken, eine halbe Umdrehung des Knaufs und die Tür ließ sich öffnen. Im Zimmer war es stockdunkel, sein Bewohner verzichtete wohl auf jegliche Nachtkerze. Der Erzbischof hielt die Luft an. Er hörte flache Atemzüge. Die letzten Atemzüge des Knappen – er würde es tun, er musste es tun – für den Weg zur Unsterblichkeit. Ihn erdolchen und sich des Dämons bemächtigen. In dem Augenblick fielen einige Mondstrahlen ins Zimmer und Hazart konnte ihn sehen. Ja, da lag Emichos Knappe friedlich im Bett und schlief. Mit der rechten Hand zog er den Dolch aus dem Gürtel. Nur noch zwei Schritte, ein schneller Stoß ins Herz.

Mitten in die Stille hinein brüllte es. Ein störendes, verstörendes Dröhnen. Es klang wie … 'EGEL'. Vor Schreck ließ der Erzbischof beinahe den Dolch fallen, er drehte seinen Kopf in alle Richtungen. Was geschah gerade? Hier lag doch nur der Knappe. Fieberhaft jagten seine Gedanken hin und her. War er aufgewacht? Es sah nicht danach aus, denn er bewegte sich immer noch nicht. Oder brüllte der Dämon, um ihn zu warnen? Immer noch hallte es im Zimmer nach – oder war es mehr in seinem Kopf? Seine Faust umklammerte den Schaft des Dolches. Er zögerte, was ganz und gar nicht seinen sonstigen Gepflogenheiten entsprach. Doch eins war sicher: Sobald der Totengräber die Augen öffnete und ihn erkannte, gab es keinen Weg zurück. Dann musste er ihm die Klinge ins Herz stoßen, und der Dämon würde sich offenbaren. Brauchte er wirklich diesen kleinen Anstoß auf dem Weg zur Unsterblichkeit? Nein.

Mordlust glitzerte in seinen Augen wie der Dolch im Mondlicht.

Die Belohnung

Nabenstein glich einem Tollhaus. Immer noch schwebte eine Staubwolke über dem großen Platz und verdunkelte die Sonne. Nur langsam stieg der Qualm gen Himmel. Die Reste der berühmten Kathedrale kamen Gott ein letztes Mal so nah wie nie. Immer noch wurden Männer mit zerschmetterten Schädeln und Gliedmaßen aus dem Schutt geborgen.

Mit gemischten Gefühlen beobachtete Aross das Treiben aus großer Entfernung. Mit der neuen Filzkappe tief im Gesicht und ihrer Jungenkleidung lief sie zurück in die Gassen der Unterstadt. An jeder Ecke gab es nur ein Thema: die gefallenen Beschützer und der Zusammenbruch der Kathedrale.

Drei Frauen in der Nähe keiften mit ihren Neuigkeiten um die Wette. »Stellt euch vor: Nur ein einziger von den Kerlen hat überlebt.«

»Der soll verrückt geworden sein und ständig was von einer Königin der Ratten stammeln«, erklärte eine andere.

»Ja, ein ehemaliges Waisenhausmädchen hat die Kathedrale zum Einsturz gebracht. Dann ist sie völlig unversehrt aus den Trümmern auferstanden wie ein Engel«, ergänzte die Dritte.

»Sie ist eine große Magikerin. Sie heißt Aross.« Die Frau hörte sich an, als sei sie bestens mit ihr befreundet.

»Die Männer haben solch ein Ende verdient, die waren doch alle Verbrecher.«

»Die Kleine ist eine Heldin.«

»Und sie ist schlauer als die Männer. Die Stadtwache sucht seit Wochen erfolglos nach ihr.«

»Vielleicht ist sie ein Geist.«

»Zumindest kann sie sich unsichtbar machen.«

»Hundert Silberlinge sind nun auf ihren Kopf ausgesetzt.«

Boah – sie wurde immer wertvoller!

Der unsichtbaren, schlauen Magikerin wurde es zu viel. Sie machte, dass sie weiterkam. Eigentlich wollte sie die Stadt meiden, doch sie suchte Ki. Seinen Auftrag in der Kathedrale hatte sie abrupt beendet, was ihr leidtat. Im Grunde war Ki ihr einziger Freund in der großen Stadt. Zugegeben, er war nicht besonders mutig, eher besonnen und zurückhaltend, sicherlich nicht stark, doch gütig und einfühlsam. Allem versuchte er etwas Positives abzugewinnen. Seine Gutmütigkeit war seine größte Stärke und gleichzeitig größte Schwäche. Vielleicht kann er mir ein wenig von seinem Frohsinn abgeben, hoffte Aross.

Wo steckte der Maler nur?

Um den großen Platz machte Aross einen großen Bogen. Was hatte sie nur für ein Glück gehabt, bis auf ein paar Kratzer war sie unversehrt aus dieser Hölle – nein, das sollte sie anders ausdrücken – aus dem einstürzenden Gotteshaus, herausgekommen.

Im Süden der Stadt erreichte sie das Schreinerviertel. Hier hatte sich die holzverarbeitende Bruderschaft im großen Stil angesiedelt. Der Geruch von Sägemehl stieg ihr in die Nase – sie mochte ihn gern. Tischler, Drechsler, Böttcher, Zimmerleute und Schiffsbauer verrichteten ihr Handwerk, sägten, feilten, schraubten, leimten, hämmerten und hobelten.

Und schleppten. Vier Männer waren dabei, im Hof der Zimmerleute Baumstämme von einem Pferdekarren abzuladen.

Etwas abseits fegte ein Mädchen in ihrem Alter einen

Haufen Sägespäne zusammen.

Die Holzarbeiter kannten kein anderes Thema als den Einsturz der Kathedrale. »Damit brechen wieder bessere Zeiten an«, freute sich ein breitschultriger Mann mit Vollbart. »Der Bau einer neuen Kirche wird viele von uns die nächsten Jahre beschäftigen.« Er drehte den Kopf und sah Aross unschlüssig am Hofeingang stehen. »He, Junge! Habe ich dich nicht zusammen mit dem Maler in der Kathedrale gesehen?«

Zunächst bekam Aross einen Schreck und wollte davonrennen, dann beschloss sie stehenzubleiben. Vielleicht konnte er ihr sagen, wo sich Ki aufhielt. »Das kann gut sein. Genau diesen Maler suche ich. Wisst Ihr vielleicht, wo ich ihn finden kann?«

»Nicht direkt. Doch es gibt in der Weststadt ein altes Künstlerviertel, wo viele seiner Zunft ihre Fertigkeiten anbieten. Frag dort mal nach.« Der Vollbart kam näher. »Wenn ich ihn treffe, kann ich ihm etwas ausrichten. Sag mir, wer ihn sucht.«

»Teilt ihm mit, eine Freundin sucht ihn am Steg, dann weiß er Bescheid.« Boah, was war das denn? Sie kratzte sich an der Schläfe.

Aross Schlammfuß, Königin der Dummheit, hast du eben wirklich 'Freundin' gesagt?

Glücklicherweise schien den Männern nichts aufzufallen. Der Vollbart ging seiner Arbeit nach und befestigte eine Kette am Ende eines besonders dicken Birkenstammes, den sie nur mit einer Hebevorrichtung vom Wagen hieven konnten. »Hast du auch einen Namen?«

Hat er etwa Verdacht geschöpft?, schöpfte Aross Verdacht. Spätestens jetzt wurde es Zeit, das Weite zu suchen.

Nun ging alles ganz schnell. Der Vollbart ließ den Baumstamm los und stürzte mit großen Schritten auf Aross zu. Blitzschnell drehte sie sich um und wollte weglaufen. Schwere Kettenglieder rasselten ihr zwischen die Beine und ließen sie stolpern. Schon war der Vollbart über ihr.

»He, Dom. Was machst du mit dem Jungen? Was soll das?«, fragte einer der anderen Männer erstaunt.

»Ich denke, dieser Junge ist kein Junge.«

»Natürlich bin ich das!«, rief Aross und hasste in diesem Moment ihre helle Stimme. »Ich bin der Lehrling von Ki, dem Maler.«

»Tut mir leid, ich glaube dir kein Wort. Ich habe einen ganz anderen Verdacht. Einen hundert Silberlinge schweren Verdacht.«

Ihre Eingeweide brannten, als würde jemand kochendes Wasser in sie hineinschütten. Voller Wut strampelte sie mit Armen und Beinen, vergeblich, der Kerl hielt sie mit seinen starken Händen fest.

»Ich weiß nicht, was Ihr wollt. Mein Name ist Bertram.«

Grob riss der Vollbart ihr Hemd auf. Die Männer starrten auf ihren nackten Oberkörper. Sie hatte noch recht flache Brüste, doch sichtbar mehr als jeder Junge.

»Ein Junge also, ja, ja. Reicht das als Beweis, dass du lügst oder soll ich dir die Hose auch noch ausziehen?« Ihr wütendes Schweigen bestärkte ihn. »Du heißt Aross und machst mich reich«, stellte der Mann zufrieden fest und packte ihren Oberarm noch fester.

Mit einer Hand klappte das Mädchen den Hemdfetzen hoch, um ihre Blöße zu bedecken.

Die Männer tauschten Blicke aus. »Das gibt es doch gar nicht! Dom, gibst du uns was von der Belohnung ab?«

»Mach ich. Jeder von euch bekommt zehn Silberlinge. Aber noch ist es nicht so weit. Helft mir, sie einzusperren, und dann holt einer von euch die Stadtwache.«

Freudig stürzten sich nun auch die anderen drei auf das Mädchen und schleppten sie gemeinsam in einen nahegelegenen Schuppen. Die fensterlosen Wände sahen stabil und einbruchsicher aus, offensichtlich wurden früher hier Werkzeuge aufbewahrt. Jetzt lag nur noch ein großer Bretterstapel in der Mitte.

»Sollen wir sie nicht fesseln?«

»Das ist nicht notwendig. Schau sie dir doch an, eigentlich ist sie harmlos.« Er tastete ihren Hosenbund und die Hosenbeine ab. »Eine Waffe trägt sie auch nicht bei sich.«

»Hundert Silberlinge! Was ist denn an der so besonders?«

»Was weiß ich?«, grunzte der Vollbart. »Die fette Belohnung ist besonders.«

Die Aussicht auf das Geld verbesserte die Laune der Männer schlagartig.

Sie ließen das Mädchen im Schuppen allein, schlugen die Tür zu und sperrten sie ein. Deutlich konnte Aross das Zuschnappen eines Schlosses hören. Sie saß im Dunkeln.

»Wir drei bleiben hier, und du holst die Stadtwache. Dass wir sie haben, bleibt aber unter uns – ich werde nicht noch mehr von der Belohnung abgeben.«

»Ich renne sofort los«, antwortete einer, und schon war nichts mehr von ihm zu hören.

Musste es so enden? Erst verplapperte sie sich und dann ließ sie sich auch noch einfangen wie ein Seestern im Wattenmeer. Verzweifelt schloss sie die Augen, doch das änderte nichts.

Gekämpft wird bis zum Schluss, Aross. Sie haben dich

nicht gefesselt. Unternimm etwas.

Sie krabbelte zweimal hintereinander alle vier Wände entlang. Mit beiden Händen tastete sie den Boden ab. Nichts zu finden. Harter, kalter Lehmboden, den sie mit bloßen Händen nicht aufgraben konnte. An den Wänden fühlte sie nur einige halbeingeschlagene Nägel, die wohl als Haken dienten. Der Holzstapel in der Mitte offenbarte auch nichts Nützliches. Sie krabbelte darauf, stellte sich auf die Zehenspitzen und streckte die Arme. An die Decke kam sie nicht, was wollte sie damit auch erreichen? War hier nichts, das ihr helfen konnte? Sie setzte sich auf den Lehmboden und lehnte sich an die Holzwand. Die Ratte saß in der Falle, der Erzbischof war dem Sieg so nah. Was er wohl mit ihr anstellen würde? Würde sie auch auf dem Scheiterhaufen sterben? Mit Tränen in den Augen schluckte Aross. Sie würde nicht schreien. Genau wie bei Didiweis würde kein Wort über ihre Lippen gehen. Nicht einmal die Gürteltasche mit dem Zahn der Zeit hatte sie dabei. Die hatte sie in der kleinen Höhle am Strand gelassen. Vermutlich war das der erste Fehler am heutigen Morgen gewesen.

Wie konntest du nur so dumm sein, Aross? Der Zahn hat dich bisher beschützt. Und nun das hier.

Sie haderte mit sich selbst. Vielleicht ergab sich eine kleine Chance zur Flucht, wenn die Tür wieder aufgeschlossen wurde. Sie würde kratzen, beißen, treten – alles tun, um zu entkommen. Kampflos aufgeben kam nicht in Frage. Ihr kam eine Idee. Sie musste die Männer dazu bringen, den Schuppen zu öffnen, bevor die Stadtwache anrückte.

Sie stand auf und rief durch die Tür: »He, ich muss mal!«

Die Antwort kam prompt: »Ja und? Mach in den Schuppen. Oder in die Hose. Uns egal«, antwortete einer der

Männer durch das Holz.

»Macht die Tür auf!«

»Erst wenn die Stadtwache hier ist, Goldschatz. Nimm es nicht persönlich, aber du bist zu wertvoll, um dich entwischen zu lassen.«

Es hatte keinen Zweck. Die geldgeilen Blödmänner würden die hundert Silberlinge gegen ihre Freiheit eintauschen. Ein lohnender Handel – aus Sicht der Zimmerleute.

Verzweifelt setzte sie sich wieder hin. 'Und sie ist schlauer als die Männer', hatten die Frauen gemeint. Von wegen! Eine Ratte konnte den Kopf nicht sinken lassen, dazu war er zu dicht über dem Boden. Die Rattenkönigin schon.

Laute Stimmen drangen durch die Tür.

Lieber Tag, da hast du dich ja mit der Stadtwache mächtig beeilt.

Was genau gesprochen wurde, konnte Aross nicht verstehen. Sie hörte, wie ein Schwert aus der Scheide gezogen wurde. Die gingen auf Nummer sicher, bevor sie die Tür öffneten.

In kurzen Abständen drangen drei dumpfe Geräusche zu ihr: puck, puck, puck. Eine kleine Pause. Rumms! Etwas fiel auf den Boden. Angespannt horchte Aross durch die Schuppenwände. Stille!

Nun klackerte es an der Tür. Jemand drehte den Schlüssel im Schloss. Jetzt galt es, ihre letzte Chance! Vielleicht ihr letzter Kampf, sie legte keinen großen Wert darauf, lebendig erwischt zu werden. Aross machte ein paar Schritte zurück – sie wollte Anlauf nehmen und mit höchster Geschwindigkeit hinausstürmen. Notfalls mit einem Hechtsprung durch die kleinste Lücke.

Lichtstrahlen fielen in ihr Gefängnis, ein heller Spalt blendete sie.

Los, öffne die Tür noch ein wenig mehr! Aross machte sich bereit.

»Wenn eine Freundin durch die Tür stürzen will, wird das nicht mehr nötig sein. Eine Freundin ist frei.«

»Kiii«, flüsterte Aross und blieb fassungslos stehen.

Die Tür schlug auf, dort stand eine kleine Silhouette. Vor Freude hüpfte das Mädchen dreimal auf der Stelle und stürzte aus dem Schuppen in Kis Arme.

Der kleine Mann lachte leise, der Moment währte nur kurz, denn er sagte: »Eine Freundin und ein Künstler sollten tunlichst von hier verschwinden. Die Stadtwache kann jeden Moment auftauchen.«

Aross löste sich von ihm, schnell gewöhnten sich ihre Augen an die Helligkeit. Vor dem Schuppen lagen die drei Zimmerleute auf dem Boden, etwas weiter weg glänzte ein Kurzschwert in der Sonne. Alle schienen nur bewusstlos zu sein, nirgends war Blut zu sehen. Erstaunt sah sie den kleinen, unbewaffneten Mann in seinem Malermantel an. Erst jetzt bemerkte Aross das Mädchen mit dem Besen von vorhin. Zögerlich kam sie näher.

Ki folgte ihrem Blick und erklärte: »Das ist Marlisa. Sie hat einen Künstler geholt, sonst hätte er einer Freundin nicht helfen können.«

»Vielen Dank. Du hast mich gerettet. Woher kennst du Ki?«, fragte Aross.

»Er ist ein treuer Kunde und hat mir ein Bild geschenkt. Mit einem Hafen drauf«, erklärte Marlisa.

»Ein Maler benötigt Rahmen für seine Bilder. Und hier findet er die besten«, erklärte der treue Kunde.

»Ich wollte nicht, dass sie dich ausliefern«, rief Marlisa aufgeregt. »Unsere Holzbauer sind keine schlechten Menschen, aber die Aussicht auf das viele Geld hat sie verführt, dich einsperren zu lassen.«

»Danke, dass du uns geholfen hast, Marlisa.«

»Fort von hier mit Schnelligkeit!« Sanft schob Ki Aross aus dem Hof heraus. Mit eiligen Schritten liefen sie ein großes Stück stadtauswärts.

Als sie die Küste entlangmarschierten, fragte Aross: »Sag mir bitte, was ist mit den drei Männern vor der Hütte geschehen?«

»Was meint eine Freundin?« Kis Stimme klang unschuldig wie ein frisch geschlüpftes Küken.

»Die haben sich nicht freiwillig schlafen gelegt. Einer von denen hatte sogar ein Schwert.«

»Ach, das hat ein Künstler gar nicht bemerkt.«

Na klar – für wie blöd hielt er sie? »Ki, ich glaube nicht, dass Marlisa die drei umgehauen hat. Also, was ist geschehen?«

Überfordert zuckte er die Achseln. »Vergessen. Hauptsache, eine Freundin ist frei.«

Da gab sie ihm unumwunden recht. Eben noch in den Fängen des Erzbischofs und mit einem Bein auf dem Scheiterhaufen – nun lief sie mit Ki den Strand entlang. Dennoch war klar, dass Ki ihr etwas verheimlichte. Wie sollte sie sich sonst die Vorgänge am Schuppen erklären? Sie drehte sich um. So weit sie gucken konnte, war der Strand leer und keine Verfolger zu entdecken.

»Ich zeige dir meine Geheimhöhle.«

Das Meer hatte sich weit zurückgezogen, der Strand war breiter als der große Platz. Aross liebte das Gefühl, über den welligen, feuchten Sand zu laufen. Auch Ki schien es zu mögen, er hatte sich seine Sandalen ausgezogen und spazierte strahlend neben ihr her.

»Ich muss dir etwas beichten«, setzte Aross an.

»Ein Künstler ist kein Priester«, erklärte Ki.

»Aber ein Freund. Und ich trage eine Mitschuld, dass du deinen Auftrag in der Kathedrale verloren hast.«

»Oha! Davon hat ein Künstler gehört. Es hat viele Tote gegeben.« Er klang vorwurfsvoll.

»Ach, das hat eine Freundin gar nicht bemerkt«, meinte Aross patzig.

»Die Holzbauer vor dem Schuppen schlafen nur. Die Männer in der Kathedrale sind alle gestorben«, sagte Ki.

»Bis auf einen. Ich habe sie aber nicht umgebracht. Sie haben sich selbst in den Tod geläutet.«

»Keine Sorge, ein Künstler richtet nicht über eine Freundin, deren Herz am rechten Fleck schlägt. So oder so stellt sich die Frage, wohin? In Nabenstein hat eine Freundin nun eine zu große Berüchtigtheit. Nur eine Frage von Stunden, bis sie wieder gefangen genommen wird.«

»Ich weiß, ich muss fliehen«, Aross erinnerte sich an die Worte von Fürst Zolkan. »Kennst du das Wirtshaus an der wilden Küste zwei Tagesritte nordwestlich von hier?«

»Ein Künstler kennt diese Gegend. Dort leben nur wenige Menschen. Und es gibt ein Gasthaus von hohem Alter auf den Felsen.«

»Dort muss ich hin.«

»Um was zu tun?«, fragte Ki.

»Ich habe eine Spur zum Geheimnis meiner Herkunft gefunden.«

»Ein Geheimnis kann eine Waffe, ein Freund oder ein

Feind sein.«

»Manchmal verstehe ich dich nicht, Ki. Ich will nur wissen, woher ich stamme. Es hat etwas mit der Barbarossa zu tun.«

Sie erreichten den Küstenabschnitt mit der Höhle und Aross deutete auf den Eingang. »Wir kommen gerade richtig, das Meer hat einen Tiefstand erreicht. Wir können also mal reinschauen.«

Stolz führte sie Ki in das kreisförmige Gewölbe.

»Hier kann ich weiter nach oben klettern, während du zu dick dafür bist.«

Empört schaute Ki an sich herunter. »Ein Künstler hat keine Dickheit.«

»Ob dick oder dünn, jedenfalls passt du hier nicht durch.«

Allzu traurig schien Ki das nicht zu stimmen. »Das ist ein Versteck voller Nützlichkeit. Doch es bleibt ein Versteck, und es ist keine Bleibe für eine Freundin. Sie hat etwas Besseres verdient.«

»Ich hole Nadel und Faden aus meiner Gürteltasche oben.« Sie zeigte auf ihr aufgerissenes Hemd.

Ki betrachtete seine Füße, die bereits vom Meerwasser umspült wurden. »Die Flut drängelt, viel Zeit bleibt nicht mehr.«

»Ich weiß, dass ich mir früher oder später etwas anderes suchen muss. Vielleicht finde ich ein Zuhause, wenn ich Nabenstein verlasse und das Rasthaus suche.«

»Ein Freund kommt mit. In der Kathedrale gibt es keine Wände mehr für Bilder.«

Die Zukunft

Da lag jemand in seinem Bett. Keine Überraschung – natürlich er selbst. Die Hülle von Farin, dem Totengräbersohn. Immer noch auf dem Rücken, die Augen geschlossen, die Arme links und rechts neben dem Körper.

Wenige Meter davon entfernt sah er auf sich hinunter. Eigentlich blickte der Erzbischof auf ihn hinunter. Mit einem Dolch in der Hand und der festen Absicht, ihn zu ermorden.

Was geschieht hier? Ich kann doch nicht untätig zusehen, wie ich mich selbst töte.

Panik erfasste ihn. Auf was hatte er sich da nur eingelassen? Diese Idee ist auch noch auf seinem Mist gewachsen, die Schimäre hatte ihn mehrfach gewarnt.

Was mach ich nur, was mach ich nur?

Natürlich erinnerte er sich an Ekels Hinweis, er dürfte auf keinen Fall sprechen oder sich anderweitig bemerkbar machen. Doch was konnte jetzt noch Schlimmeres kommen, als der sichere Tod? Farin wollte seine Angst herausbrüllen, sich wütend auf den Erzbischof stürzen und auf das Schwein einprügeln, wollte NEIN schreien. Ganz zart flüsterte er: »Ekel?«

Ein Ruck durchfuhr den Körper des Erzbischofs. Deutlich spürte Farin, wie sich der Herzschlag beschleunigte. Auf der Suche nach der Quelle der Stimme drehte sich sein Kopf wild umher.

Passend dazu kreiste nun das ganze Zimmer. Immer schneller wie ein tollwütiges Karussell. Es ging nicht anders, Farin musste kurz die Augen schließen.

Mühsam blinzelte der Totengräbersohn durch die Wimpern. Wo? Was? Wie? Er lag auf dem Rücken, tiefe Dunkelheit drückte ihn in die Strohmatratze. Langsam drehte er den Kopf. Die Zimmertür war angelehnt, ein Schatten lauerte mitten im Turmzimmer. Es dauerte nicht lange, bis er verstand. Der Mann dort war im Begriff, ihn zu ermorden. Kein Albtraum – viel schlimmer. Eben noch hatte er sich im Kopf des Eindringlings befunden. Unfähig, sich zu rühren, als hätte er Bleigewichte an Armen und Beinen, starrte er die Silhouette an. Sein Kopf schmerzte, und die Augenhöhlen brannten. Ach ja, mit Ekel zusammen hatte er sich in den Geist des Erzbischofs geschlichen. Langsam dämmerte Farin, was danach geschehen war, und in was für einer Lage er sich befand. Optimisten würden sie als aussichtslos bezeichnen. Fieberhaft versuchte Farin die Kontrolle über seinen Körper wiederzuerlangen, sein Rücken klebte am Bett, nur ein Zucken der Beine brachte er zustande. Alles fühlte sich taub an, sein Blut kribbelte in den Adern. Er brauchte Zeit, die er nicht hatte. Wo war Ekel abgeblieben? Er spürte ihn nicht.

Zu spät!

Der Schatten stürzte auf ihn zu, ein Arm schnellte in die Höhe, die Klinge glitzerte auf dem Weg in seine Brust. Hellwach drehte sich Farin zur Seite. Ein Wimpernschlag später drang der Dolch tief in die Strohmatratze ein. Ein kräftiger Stoß mit Farins rechtem Unterarm – der Angreifer flog durchs Zimmer und krachte gegen die Holztür.

»Was wollt Ihr? Wer seid Ihr?«, fragte Farin. Nein, eigentlich sprach Ekel. Seine Stimme klang überrascht und angsterfüllt.

Panisch rappelte sich der Mann hoch und stürzte aus dem Zimmer. Er humpelte, der heftige Flug gegen die Tür hatte

Spuren hinterlassen. Kaum war er verschwunden, sprang Farin mit einem Satz zur Tür und knallte sie zu. Mit dem Rücken lehnte er sich zitternd dagegen. Langsam ordneten sich Seele, Geist und Körper. Dann die Gedanken.

»Gerade noch rechtzeitig, Ekel. Du musst jetzt keine Angst mehr haben.«

Was? Ich habe nie Angst. Ich musste eben nur so tun, als würde ich unseren speziellen Freund Hazart im Dunkeln nicht erkennen, damit er sich weiterhin sicher fühlt. Ansonsten hätte ich ihn getötet und dein Gemecker ertragen müssen.

»Verstehe! Aber warum knallst du ihn dann gegen die Tür wie eine Strohpuppe?«

Einen Wimpernschlag später hätte sein Dolch dich durchbohrt.

»Ja, du hast recht, entschuldige.« Farin atmete tief durch. »Bockmist! Was für ein Albtraum. Sag mir, dass das alles nicht wahr ist.«

Gern. Alles ist wahr. Den Kerl nehme ich mir zu meinem neuen Vorbild. Fehlenden Skrupel ersetzt er durch Hass und Ehrgeiz. Von solchen Gottesdienern brauchen wir mehr.

»Langsam. Ich bin noch nicht so weit.« Farin wackelte mit dem Kopf, als könnte er das Grauen wegschütteln. »Ich … ich habe aus seinen Augen zugesehen, wie er in mein Zimmer geschlichen ist und mich ermorden wollte. Ich ...«

Obwohl wir besprochen hatten, dass du dich muckswürmchenstill verhältst, musstest du nach Ekel rufen wie nach Mami. Das war unvernünftig.

»WIE BITTE?« Farin konnte es kaum glauben. »Im nächsten Moment hat er mir den Dolch ins Herz gestoßen.«

Hat er? Lass mal sehen.

»Wenn ich mich nicht weggedreht hätte.«

Na sieh mal einer an, du hast dich also weggedreht?

»Einverstanden – du hast mich weggedreht.«

Na also. Danke.

»Nun mal langsam. So abgehärtet wie du bin ich nicht. Den Mordanschlag muss ich erst verkraften. Und das Erlebte. Und das Gehörte. Der Mann ist ein einziger Schrecken. Fürchterlich!«

Beruhige dich, dein Plan ist doch aufgegangen. Halbwegs zumindest. Wir sind jetzt schlauer.

»Was soll das heißen: halbwegs?«

Nun ja, er hat was bemerkt. Doch er glaubt, dass du ihn im Dunklen nicht erkannt hast.

»Hazart will mit allen Mitteln auf den Thron. Das dürfen wir nicht zulassen.« Nur langsam gelang es Farin, sich zu beruhigen. »Und der Rabe ist genauso durchtrieben. Hinter allem steckt der Unaussprechliche, der Prinzipal, der zieht die Fäden, und seine Marionetten tanzen.«

Und er jagt mich, ergänzte Ekel stolz.

Farins Lippen wurden schmal. »Verrate mir, ob du mich damals, als mich Klemens angegriffen hatte, nur gerettet hast, weil du nicht in seinem gebrandmarkten Körper gefangen werden wolltest.«

Oha, du hast gut aufgepasst. Hör zu, Wurm. Natürlich nicht. Glaubst du, ich hatte in der Bibliothek Zeit, über so etwas nachzudenken?

Mit feuchten Augen entgegnete Farin. »Dann ist gut, Ekel. Der Kopf dieses Mannes eben, bestand nur aus Schlechtigkeit. Was für eine Bosheit. Ein schreckliches Erlebnis.«

Wir sind einen Schritt weiter. Dank deiner Idee.

Es klang fast so, als wollte Ekel ihn trösten. Nein, er musste sich irren, schließlich war die Schimäre einfühlsam wie ein Morgenstern.

Plötzlich schämte sich Farin ob seiner Schwäche. Er sammelte Kraft und Konzentration. »Sag was zu den menschlichen Abgründen des Erzbischofs.«

Also, überrascht hat er mich eigentlich nicht. Ein machtbewusster, älterer Herr, der weiß, was er will.

»Ach Ekel, hör auf. Das ist ein gefährlicher Irrer.« Der Totengräbersohn rieb sich die Stirn. »Wir sollten mit Emicho reden.«

Und was willst du ihm erzählen? Dass du in Hazarts Kopf gehuscht bist und gelauscht hast?

»Hm. Was schlägst du vor?«

Als hätte Ekel nur auf diese Frage gewartet, schoss er los: *Wir behalten die Sache weiterhin für uns. Der Unaussprechliche will zuerst Emicho brandmarken, bevor er sich auf dich stürzt, um mich zu fangen. Damit er ihm das Mal verpassen kann, benötigt er persönlichen Körperkontakt. Daraus folgt, Emicho führt uns zum Anführer der Nekorer. Wir müssen nur gut auf ihn aufpassen.*

»Und wenn es so weit ist, dann, dann ... ja, was dann?«

Dann knüpfen wir uns den Prinzipal vor und zerreißen ihn. Das wird spaßig.

Irgendetwas am Ton der Schimäre irritierte Farin, er kam jedoch nicht drauf, was es war. »Das klingt alles so einfach.«

So ist es. Das Leben kann so einfach sein.

Drogdan, Stummel und Farin standen auf der Burgmauer und ließen ihre Blicke über die Wiese gleiten. Obwohl Stummel durch ein Zinnenfenster blickte, musste er sich auf Zehenspitzen stellen.

»Kaum zu glauben, dass hier noch vor wenigen Stunden Tausende von Menschen gejubelt haben.«

Zu sehen waren nur noch die Latrinengräben, Reste der Ehrentribüne und ein einsames Zelt, das in allen Farben in der Sonne schimmerte. Drei Tage war es her, dass Farin den Tjost gegen Gorian gewonnen hatte. Nur seine drei Freunde, Emicho und Frenya, die Heilkundlerin, wussten davon. Und sie hatte Farin bei all den Ereignissen der letzten Stunden ganz vergessen.

»Ich wollte ohnehin Fiesel ein wenig bewegen, dann reite ich bei der Alten vorbei.« Er deutete auf das Zelt. »Sie hat uns sehr geholfen.«

»Wenn du Fiesel ärgerst, bekommst du es mit mir zu tun, Ekel«, rief Farin.

Mit wem auch sonst, konterte der Dämon.

In vollem Galopp ritt er die Wiese entlang, genau auf seiner ehemaligen Kampfbahn beim Tjost gegen Gorian. Die vielen Pferdehufe hatten die Erde frisch gepflügt.

»Genau hier sind wir aufeinandergetroffen«, erklärte Farin seinem Pferd. »Eigentlich war es Ekel, der gekämpft hat. Vor dem musst du dich in Zukunft nicht mehr fürchten, der ist nicht so schlimm, wie er tut.«

Fiesel wieherte freudig erregt, sie schien die Bewegung zu genießen. Oder stimmte sie zu?

Das konnte der Dämon nicht auf sich sitzen lassen. *Versau den Gaul nicht.*

Lächelnd lenkte Farin sein Pferd in Richtung des bunten Zeltes.

»Fiesel, du wartest hier.« Er stieg ab, zog den blauen Vorhang zur Seite und trat ein.

Wie vor ein paar Tagen saß die Alte an ihrem Tisch, die Hände übereinandergeschlagen und die Augen geradeaus gerichtet.

»Verzeiht, dass ich jetzt erst komme. Ich … glaube Euch nun und wollte für mein Misstrauen um Verzeihung bitten.«

»Schon gut, Kleiner. Es ist eine Stärke, einen Fehler zuzugeben. Du hast mich im richtigen Moment geholt, das ist entscheidend.«

»Und Ihr habt für Euch behalten, dass nicht Ritter Emicho den Tjost bestritten hat …«

»… sondern sein Knappe mit Hilfe eines Dämons.« Sie verzog den Mund.

»Mich treibt noch etwas anderes um, Frenya. Welche Worte benutzte Eure Lehrmeisterin?«

»Du weißt es«, antwortete sie knapp.

»Bringe den Knochendeuter in der rechten Zeit mit dem Propheten zusammen. Nur die Allianz aus Dämon und Vision vermag das Weltenreich vor dem Höllenfeuer zu bewahren.« Tatsächlich erinnerte sich Farin an jedes Wort – erstaunlich, zumal er ihr Gerede anfangs als Unsinn abgetan hatte.

Die Alte nickte.

»Wisst Ihr, wer mit dem Propheten gemeint sein kann?«

»Ich habe leider keine Ahnung. Seit hunderten von Jahren hat es im Weltenreich keinen mehr gegeben.«

Seit achthundert Jahren, mischte sich Ekel ein. *An Prophezeiungen glaube ich ohnehin nicht. In den vielen hundert Jahren, die ich in deiner Welt wandele, habe ich noch nie jemanden getroffen, der wahrhaftig in die Zukunft blicken konnte. Alle, die es behaupteten, waren Scharlatane und Lügner.*

Das brachte ihn nicht weiter. »Woher wissen wir, wann die rechte Zeit gekommen ist?«, fragte er.

»Auch hierbei kann ich nicht helfen.«

»Wie habt Ihr gewusst, dass ich Euch um Hilfe bitten

würde?«

»Meine Lehrmeisterin hatte es erwähnt.« Sie überlegte. »Ich denke, sie wollte, dass ich dir bei deiner Mission helfe.«

»Ich werde meinen Herrn in den Süden begleiten. Dort warten schwierige Aufgaben auf uns. Wenn Ihr möchtet, lege ich ein gutes Wort für Euch ein, dass er Euch eine Anstellung als Heilkundlerin offeriert. Dann könntet Ihr zunächst hierbleiben. Schließlich ist er Euch noch etwas schuldig.«

»Letzteres sollte nicht der Grund für meine Rolle in der Gemeinschaft sein. Wenn Ritter Emicho von mir überzeugt ist, werde ich helfen. Dienen werde ich nicht.«

»Wo ist der Unterschied?«

»In der Selbstbestimmung!«

»Hm. Gut. Ich rede mit ihm. Und habt dank für Eure Hilfe und Verschwiegenheit.«

Zum Abschied nickte sie ihm halbwegs freundlich zu.

Selbstbestimmung, dachte Farin, während er zurückritt. Ein hehres Wort. Er diente Emicho, Emicho diente dem Alten König. Und der Alte König diente Gott. Oder sich selbst. So lief das.

Die Reise

»Darf ich Euch sprechen, Ritter Emicho?«

»Tust du bereits.«

»Ja, äh … ich habe einen Vorschlag.« Farin hatte seinen Herrn vor dem Stall auf dem Weg zu Donner abgefangen. »Ihr erinnert Euch an Frenya? Könnt Ihr sie gebrauchen?«

»Habe ich Verwendung für eine lausige Wahrsagerin?«

»Vor allem ist sie eine gute Heilkundlerin«, entgegnete Farin.

»Oh ja, ich erinnere mich. Ihre Methoden sind äußerst erfrischend. Wie sie mir den Wassereimer über den Kopf geschüttet hat, fordert Respekt – einfach so, aus dem Handgelenk«, knurrte der Burgherr.

»Vorher hat sie Drogdan und Euch einen ihrer Kräutertränke verabreicht. Und der spricht für sie, Ihr wurdet rechtzeitig zur Siegerehrung wach. Doch das Wichtigste: Sie hat die Geschichte für sich behalten. Aus meiner Sicht ist sie vertrauenswürdig.«

Den letzten Satz hätte er sich sparen sollen – der Ritter hasste es, wenn Offensichtliches ausgesprochen wurde. »Deine Sicht besteht darin, mir den Schild hinterherzutragen, Knappe.« Trotz dieser barschen Worte rieb sich Emicho sein stoppeliges Kinn. »Sie hat zweifelsohne geholfen. Ich denke darüber nach. Jetzt kümmere dich um deine Aufgaben.«

»Ja, Herr.« Jedes weitere Wort wären zwei zu viel. Er hatte gesät und musste nun abwarten.

Endlich war der Moment des Aufbruchs gekommen. Die meisten Vasallen hatten sich zur Verabschiedung im Burghof versammelt. Nur fünf von ihnen hatte Ritter Emicho für die

Reise ausgewählt. Farin wunderte sich über die Zusammenstellung. Drogdan und Plaudius waren dabei, auf die beiden hätte er vorher gewettet. Doch auf Ritter Hektorian, den Knappenausbilder der Burg Sturmwacht, und seinen Lieblingsschüler Baraldon Turgenson wäre er nie gekommen. Nach dem Turniersieg der Zweikämpfe hat Hektorian Letzteren zu seinem Knappen ernannt.

Ausgerechnet der! Farin presste die Lippen aufeinander.

Stummel hingegen musste hierbleiben. Das lag einfach daran, dass ihn Emicho stellvertretend zum obersten Verwalter der Burg Sturmwacht ernannt hatte. Zum einen war Farin traurig, weil es damit hieß, Abschied von dem kleinen Mann zu nehmen, zum anderen freute er sich für ihn. Es gab keinen geeigneteren, um die Burg und die dazugehörigen Ländereien in Emichos Abwesenheit zu bewirtschaften.

Nach einer festen Umarmung löste sich Farin von Stummel. Der sah ihn mit seinen großen Augen an und brummte zuversichtlich und aufmunternd: »Mrhhm!«

Das zählte für den Totengräbersohn mehr als tausend Worte. Auch Drogdan und Plaudius verabschiedeten sich herzlich von ihrem Anführer. Emicho hingegen nickte ihm sachlich zu, der Mund ein Strich über seinem breiten Kinn. Von Gefühlsduselei hielt er überhaupt nichts.

Erst jetzt sah Farin die Wahrsagerin Frenya zwischen den Menschen stehen. Sie zwinkerte ihm zu. Tatsächlich war Emicho dem Ratschlag seines Knappen gefolgt und hatte die Alte in seine Burg aufgenommen.

Hoch zu Ross verließen die sechs Reiter die Burg Sturmwacht. Die erste Anlaufstation stellte der Kabano dar, der längste Fluss im Weltenreich. Ein gemütlicher Strom, der in seinem Verlauf immer breiter wurde. Nach nicht einmal zwei Tagen erreichten sie ein kleines Dorf an der königlichen Floßstation. Etwa hundert Menschen wohnten hier. Es schien ihnen gut zu gehen. Die Häuser waren stabil und groß gebaut, die Straßen gepflastert und mit Laternen gesäumt und der Kirchturm etwa doppelt so hoch wie der in Haufen.

Der dicke Fährmann rückte seine Mütze zurecht: »Soll ich Euch über setzen? Nur fünf Kupferlinge pro Person und ein Silberling pro Pferd.«

Ungläubig sah Farin ihn an. Der unverschämte Kerl verlangte ein Vermögen.

Mit gleichgültiger Miene saß Ritter Emicho ab und baute sich vor dem Kerl auf. »Gehört der Fluss Euch?«

»Natürlich nicht, Herr. Aber die Flöße.«

»Diese Floßstation hat der König bauen lassen, und ich bin sein Diener und sein Wille. Anstatt nur über zu setzen, werden sechs Männer samt Pferde auf dem Floß flussabwärts reisen. Für die Hälfte des von Euch genannten Preises.«

Das Gegenangebot war genauso frech, daher erwartete Farin erbitterten Widerstand.

Doch der Fährmann spuckte nur aus und meinte: »Emicho, Ihr seid immer noch der verbitterte, alte Geizknochen von damals.«

»Und Ihr der unverbesserliche, unverschämte Beutelschneider!« Wütend stierten sich die beiden mit geballten Fäusten an. Wie auf Kommando grinsten sie plötzlich gleichzeitig, fielen sich in die Arme und klopften sich auf Rücken und Schultern, dass es qualmte.

»Stenzel, du Süßwassermatrose.«

»Emicho, du tadeliger Ritter.«

Ach so!

An der Floßstation herrschte reger Betrieb. Auf zwei mittels Halteseilen fest installierten Flößen setzten ganze Fuhrwerke über. Fasziniert beobachtete Farin das Treiben.

Ein Stück flussabwärts lag ein großes Floß mit einem kleinen Fahnenmast, an dem das königliche Banner wehte. Nun wurde Farin auch klar, warum Emicho genau sechs Personen mit auf die Reise genommen hatte. In drei mittig angebrachten Holzverschlägen gab es nur Platz für sechs Pferde.

Als Erstes führten Drogdan, Plaudius und Farin ihre Reittiere auf das Floß. Es folgte Ritter Hektorian mit seinem Knappen Baraldon. Zu guter Letzt betrat Emicho zusammen mit Donner das Gefährt. Emichos alter Freund, der Süßwassermatrose Stenzel, ließ es sich nicht nehmen, höchstpersönlich als Kapitän mitzukommen.

Einer der anderen Fährmänner löste die Taue, und schon legte das Gefährt ab. Der Totengräbersohn beruhigte Fiesel, die über den schwankenden Boden unter ihren Hufen gar nicht glücklich wirkte. Schwitzend und zitternd sah sie sich ständig um, für die erste Stunde blieb Farin dicht bei ihr.

Aufgrund der Fahrt auf dem Fluss würden sie die Burg Siegesmund etwa zwei Tage früher erreichen. Mit glänzenden Augen beobachtete Farin, wie der Kapitän mit einem kleinen Ruder am Heck ab und an die Fahrtrichtung korrigierte, ansonsten ging im Grunde alles von allein. Sanft schaukelten sie zwischen den grünen Ufern den Fluss hinunter. Ein sanfter Fahrtwind wehte Farin um die Nase, er konnte sich an der Schönheit der Natur kaum sattsehen. Nach einigen Stunden wurde der Kabano immer breiter, er wirkte fast wie ein See, und der Unterschied zwischen flussabwärts und flussaufwärts war kaum noch auszumachen. Kapitän Stenzel nahm einen etwa fünf Meter langen Staken und stieß damit das Floß vom Grund des Flusses ab.

»Der Kabano ist ein Angeber. Breit und mächtig, aber nicht sonderlich tief«, erklärte er. »So wie Emicho.«

»Sei froh, dass wir dich noch brauchen, sonst würde ich dich an deiner Stange ertränken, Stochermeister«, antwortete der Ritter ohne eine Miene zu verziehen.

Nicht ganz zwei Stunden musste Stenzel mit dem Staken nachhelfen, dann kamen die Ufer wieder näher, und das Floß nahm von allein Fahrt auf.

Auch Drogdan gefiel diese unbeschwerte Art des Reisens. »Flussabwärts ist eine feine Sache. Leider funktioniert es nur in die Richtung. Wenn wir angekommen sind, werden Pferde das Floß mühsam das Ufer entlang zurück zur Floßstation ziehen müssen.«

»Ich liebe es!«, sagte Farin und dachte an seinen Bach in der Nähe des Totengräberhofes. Ob der auf der Suche nach dem Meer in den Kabano floss? Drogdan hatte ihm erklärt, dass der Strom ins Meer mündete. 'Und wie er mündet!', hatte er gelacht und wollte danach mit keinen weiteren Informationen herausrücken. Das Meer!

Die Geschwindigkeit des Floßes war nicht hoch, doch sie bewegten sich stetig und vor allem auch nachts weiter. Wenn sich Kapitän Stenzel einige Stunden Schlaf gönnte, übernahm Emicho das Ruder.

Früh am Morgen, als der dicke Flusskapitän gerade den Ritter ablöste, wachte Farin auf. Am liebsten würde er gar nicht schlafen, so sehr genoss er das leise Rauschen des Stroms, das Gluckern des Floßes und das Gleiten auf dem

Wasser. Er rieb sich den Schlaf aus den Augen und setzte sich neben den Kapitän.

Stenzel sah ihn an. »Du magst den Fluss, oder?«

»Schon den Bach in der Nähe unseres Hofes habe ich geliebt. Und dieser Strom ist so viel mehr.«

»Ja, trotz Bett schläft er niemals. Immer in Bewegung, immerfort, immer da.«

Auch der dicke Fährmann mochte den Fluss.

Tagsüber legten sie zwei Pausen ein, wofür Kapitän Stenzel das Ufer ansteuerte. Mit kurzen, klaren Befehlen führte Emicho die siebenköpfige Gruppe an. Jedes Mal ließ er zwei Wachen aufstellen, um unangenehme Überraschungen durch eine Bande Flusspiraten oder den Kult der Nekorer zu verhindern. An Land kochten sie, brieten sich etwas über dem Feuer und nutzen die Gelegenheit, um für ein anderes Bedürfnis in den Büschen zu verschwinden. Zudem wurden die Pferde bewegt, die sich eher weniger als mehr an die Fahrt auf dem Floß gewöhnt hatten. Allein den Hengst Donner schien der Fluss nicht aus der Ruhe zu bringen, was gar nicht zu seinem sonst so feurigen Charakter passen wollte.

Stets wachsam verfolgte der Ritter alle Vorkommnisse, wobei bisher alles planmäßig verlief. Einmal kamen sie an einem verlassenen Dorf vorbei. Die leeren Geisterhäuser sahen traurig aus, doch der Anblick trübte seine Laune nur kurz. Auf die Art und Weise durch das Weltenreich zu schweben, überwältigte ihn. Er wünschte, die Floßfahrt würde nie enden.

Drogdan saß neben Farin auf einem Fass. »Morgen ist die feine Fahrt vorbei. Dann heißt es wieder Pferderücken.«

»Wie lange dauert der Ritt bis zur Burg Siegesmund?«

»Ich kann es nur schätzen, da ich die Gegend nicht genau kenne. Um die zwei Tage. Wir reiten immer der Küste entlang nach Süden.«

»Und wie weit ist die Hauptstadt Nabenstein von der Burg entfernt?«

»Ein schnelles Pferd schafft die Strecke in einem halben Tag. Schließlich will der König seinen Ersten Ritter in der Nähe wissen.«

»Gorian von Siegesmund ist tot. Wer wird nun Erster Ritter? Unser Herr verweigert sich«, flüsterte Farin.

Mit einem Schulterzucken antwortete Drogdan: »Kann ich nicht sagen. Der Alte König ist ein alter Fuchs. Der weiß genau, warum er Emicho in die Burg Siegesmund schickt. Im Norden nützen ihm die Fähigkeiten unseres Herrn nicht viel, er braucht ihn als Brandlöscher im Süden.«

Farin nickte stumm. Er hatte dem Ritter versprechen müssen, keine Einzelheiten des Gesprächs mit dem König weiterzugeben.

»Ich sehe mal nach Fiesel«, sagte er und ging zu den drei Holzverschlägen in der Mitte des Floßes. Die Stute schnaubte leise, es klang freundlich und entspannt, so langsam gewöhnte sie sich an die Fahrt auf dem Fluss. Nur einen Meter entfernt stand Baraldon bei seinem Pferd und striegelte es sanft. Demonstrativ drehte er Farin den Rücken zu.

Was für ein Blödmann, dachte Farin. Erst fällt er mir in den Rücken, und dann ignoriert er mich. Und so etwas will ein ehrenhafter Ritter werden. Ohne ein Wort kehrte er zum Bug zurück. Nicht leicht, sich auf einem vollbeladenen Floß aus dem Weg zu gehen.

Am nächsten Tag gegen Mittag hörte Farin ein entferntes Rauschen. Fragend sah er Drogdan an, der auf irgendwelchen Blumenkernen herumkaute und deren Schalen ins Wasser spuckte.

»Hier ist die Wasserfahrt zu Ende, da vorne ist die letzte Floßstation vor der Küste«, erklärte der Waffenmeister. »Wir müssen nun unbedingt anlegen.«

Just in diesem Moment legte der Kapitän das Ruder um und lenkte das Floß in Richtung Südufer.

»HALT, Stenzel. Zurück!« Emichos Befehl kam hart und unmissverständlich. Erstaunt richtete der Kapitän das Ruder wieder mittig aus. Nun sah auch Farin die Fremden. Männer auf Pferden reihten sich entlang des Flusses auf. Die meisten von ihnen trugen schwarze Kleidung mit dem Flammensymbol auf der Brust. Alle hatten ihre Schwerter gezogen und blickten feindselig auf die Neuankömmlinge. Bei zwanzig hörte Farin auf zu zählen. Rüstungen und Waffen sahen hochwertig aus, wie eine Wand bauten sie sich am Südufer auf.

»Kampfbereit machen«, knurrte Emicho. »Stenzel, kriegen wir das Floß angehalten?«

Der Kapitän schüttelte den Kopf. »Schwierig, hier ist die Strömung zu stark. Ich versuche zum anderen Ufer zu gelangen.« Er riss das kleine Ruder herum und sagte zu Drogdan. »Haltet es in dieser Position. Ich stake zusätzlich.« Behände griff er nach der langen Stange und stocherte damit kräftig im Fluss.

Mit einem Nicken wandte sich der Ritter ab und rief den Männern an der Anlegestelle mit lauter Stimme zu: »Ich bin Emicho aus dem Hause der Steindrachen. Wir sind im Auftrag des Alten Königs unterwegs. Wieso empfangt ihr uns mit gezückten Waffen?«

Ein Krieger in einer roten Rüstung brüllte zurück. »Der Alte König ist zu alt. Er interessiert uns nicht. Ihr könnt ihm abschwören oder sterben. Eure Entscheidung.«

»Wem dient ihr?«

»Der Erneuerung. Dem reinigenden Feuer. Wir sind Anhänger des Kults der Nekorer.«

Ach so! Kein langes Drumherumgerede, nur Offensichtliches, so mochte es Emicho. Ein übles Gefühl machte sich in Farin breit. Dort standen sie leibhaftig, die Nekorer. Für ihn hatte es sich bisher stets um eine theoretische Gefahr gehandelt, weit weg und nicht existent. Gräueltaten aus Geschichten und Gerüchten. Solche gab es zuhauf im Weltenreich. Nun tauchten sie auf einmal auf, unspektakulär, doch mit hartem Stahl in den Händen.

»Wir hätten viel früher an Land gehen sollen«, jammerte Plaudius.

Furchtlos beobachtete Ritter Hektorian das Treiben am Ufer. Seine Hand streichelte das Heft seines Schwertes. »Wir werden unsere Leben teuer verkaufen.«

Passend dazu rief der Anführer der Nekorer. »Werft Eure Waffen weg, dann lassen wir Euch anlegen.«

Wie meinte er das? Ein immer lauter werdendes Rauschen störte die weitere Unterhaltung mit den Nekorern am Ufer. Die Reiter hielten sich stets auf der Höhe des Floßes.

Was geschah hier? Mit sorgenvoller Miene guckte Farin zwischen Kapitän Stenzel, Ritter Emicho und den feindlichen Streitern am Ufer hin und her. Dann warf er einen Blick nach vorn und traute seinen Augen nicht. In etwa achtzig Metern hörte der Fluss auf. Dort war einfach Schluss. Bis auf den blauen Himmel.

Drogdan deutete das Entsetzen in seinem Gesicht. »Die Mündung!«, brüllte er gegen das Tosen an. »Der Fluss stürzt dort dreißig Meter tief ins Meer.«

Ein gigantischer Wasserfall! Für den Betrachter ein einzigartiges Erlebnis, es sei denn, er stand auf einem Floß und hielt darauf zu.

Die Pferde spürten die Gefahr und wieherten nervös. Der Kabano war es gewöhnt, er floss weiterhin langsam und entspannt auf den Abgrund zu.

»Wir müssen sofort anlegen, sonst erreichen wir das Ufer nicht mehr rechtzeitig«, brüllte Emicho.

Kapitän Stenzel ließ den Staken fallen und stieß Drogdan vom Ruder weg. Der Mann war nicht wiederzuerkennen, seine Gesichtszüge voller Ingrimm und Wut, Speichel tropfte ihm aus dem Mund und seine Augen gierten nach Bösem.

Sieh dir seinen Unterarm an.

Mehr sagte Ekel nicht, doch es reichte, um Farins Entsetzen zu vervielfachen. Durch das Staken hatte sich die Schnürung der Ärmelbündchen geöffnet. Auf der feuchten Haut glänzte das Pentagramm mit der Flamme in der Mitte.

Hysterisch lachend richtete Stenzel das Ruder geradewegs auf die Flussmitte aus. Rauschen lauter, Abgrund näher. Ungeahnte Hilflosigkeit überraschte Farin.

Als Erster bewegte sich Emicho. Zu allem entschlossen lief er auf den Kapitän zu und schlug ihn mit einer Faust nieder.

Schlaf nicht! Lass los! Schnell!

Wenig Zeit für Diskussionen. Sofort versuchte es Farin – was blieb ihm anderes übrig. Keine leichte Übung, sich zu entspannen, seinen Geist schweben zu lassen, während er mit sechs Menschen und sechs Pferden auf ein paar Baumstämmen in Richtung eines dreißig Meter tiefen Abgrunds zutrieb.

Der Kapitän öffnete die Augen und lachte erneut. Aus seinen Pupillen schrie der Wahnsinn, Blut lief ihm aus Mund und Nase. Inzwischen hielt Emicho das Ruder und lenkte auf das Nordufer zu. Das Floß reagierte viel zu träge, der Abgrund klaffte keine fünfzehn Meter entfernt. Auch der Laie musste erkennen, dass es absolut unmöglich war, das Ufer vor dem freien Fall zu erreichen. Fiesel versuchte hochzusteigen, doch der Haltestrick am Halfter verhinderte, dass sie ins Wasser springen konnte. Das Floß schwankte wie eine Wippe.

»Verfluchter Höllenkrieg!«, hörte sich Farin rufen.

Mit zwei langen Schritten war er bei den Pferden, es verblieben nur noch wenige Sekunden, folglich keine Zeit, die Knoten aller Pferde zu lösen. Verstohlen blickte er sich nach den Kameraden um, die sahen in Richtung rettendes Ufer oder Abgrund. Sechs Mal nahm Farin die dicken Halfterstricke in die Hände und zerriss sie mit einem Ruck wie Bindfäden. Die Pferde waren frei. Als Nächstes ergriff der Totengräbersohn den Staken und lief nach vorn. Mit beiden Armen packte er das Ende der Stange und rammte sie schräg in Fahrtrichtung ins Wasser. Zum Glück war der Kabano hier nicht allzu tief, sodass der Staken Grund fand. Mit aller Kraft stemmte er sich gegen die Fahrtrichtung, gegen den Strom, gegen das Floß. Der Staken krümmte sich knirschend. Das Floß kam nicht einmal fünf Meter vor dem Abgrund zum Stehen.

Emicho brüllte neben ihm: »Donner – dorthin!« Er zeigte auf das Nordufer, an dem keine bewaffneten Feinde auf sie warteten, schob den Hengst in diese Richtung und gab ihm einen Klaps auf die Kruppe. Mit einem Satz sprang Donner am Ende des Floßes ins Wasser.

»Hinterher! Haltet euch an ihnen fest, aber passt auf die Hufe auf«, rief er.

Farin verstand. Pferde waren gute Schwimmer, wie beim schnellen Trab ruderte sie im Wasser kraftvoll mit den Beinen. Emicho ging davon aus, dass die anderen Pferde instinktiv dem Hengst folgen würden.

Tatsächlich befanden sich nun alle Tiere im Wasser und schwammen Donner zum Nordufer hinterher. Die Gefährten sprangen ins Wasser, nur Stenzel und Emicho befanden sich noch mit ihm auf dem Floß. Schweiß rann Farins Rücken herunter. Immer noch stemmte er den Staken vor sich ins Wasser, die Spannung im Holz drohte, seine Muskeln platzen zu lassen. Die Stange bog sich mehr und mehr.

»LASS LOS!«, brüllte Emicho lauter als der Wasserfall. »WIR SCHWIMMEN, JETZT!«

Kapitän Stenzel rollte sich auf den Baumstämmen hin und her, er war der Welt entrückt. Ein heller, trockener Knall ertönte, als der Staken in der Mitte durchbrach. Die ungeheure Wucht riss das Stück aus Farins Händen und katapultierte es viele Meter in die Höhe. Durch den plötzlich fehlenden Widerstand stolperte er auf den Abgrund zu und drohte, noch vor dem Floß hinunterzufallen. Emichos starker Arm fasste ihn, zog ihn zur Seite weg und ließ ihn wieder los, sodass er ins Wasser fiel. Nach Luft schnappend griff Farin nach einem Felsen, der flach aus dem Wasser ragte und zog sich dort auf dem Bauch liegend hoch. Keuchend und triefend kniete er auf dem rutschigen Stein.

Das Rauschen in seinen Ohren machte ihn benommen, er hob den Kopf. Und dann sah er es. Das Meer! Zum ersten Mal in seinem Leben. Es war noch viel schöner, als er es sich erträumt hatte. Nur streckte er in diesem lang herbeigesehnten Moment nicht gemütlich seine nackten Zehen in die Brandung, sondern balancierte in Lebensgefahr auf der Kuppe eines Wasserfalls, wenige Meter vor dem Niedergang. Senkrecht ging es hinunter in ein tosendes, wirbelndes, schäumendes Becken. Durch den Überhang des Abgrunds glaubte er, in der Luft zu schweben, ein unglaublicher Moment.

Das Floß mit dem gibbelnden Kapitän trieb gemütlich an ihm vorbei, geriet über der Kuppe in Schräglage, um dann senkrecht in die brodelnde Gischt hinabzustürzen.

Ich schaffe es!, signalisierte Farin in Richtung Emicho, der zum Ufer schwamm. In Wirklichkeit schaffte es Ekel. Ein Sprung ins Wasser, und in wenigen kräftigen Zügen erreichte er mit seiner merkwürdigen Schwimmtechnik noch vor Emicho das Nordufer. Dort warteten bereits die anderen. Die Freude über die Rettung ihres Herrn und seines Schildträgers überwog für einen kurzen Moment den Schrecken und die Angst, die ihnen noch in den Gliedern steckten.

Plaudius und Baraldon beruhigten die Pferde, Fiesel schien es so weit ganz gut zu gehen.

Triefend erhob sich Farin, die Pranke des Ritters patschte ihm auf die Schulter. »Das war knapp. Gut gemacht. Wenn du das Floß nicht angehalten hättest, lägen wir jetzt dort unten.« Sein Zeigefinger zielte in Richtung Abgrund. »Du bist stärker, als ich dachte.«

Drogdan kam dazu und meinte: »Unglaublich! Du hast

uns Zeit verschafft. Was hatten da nur für Kräfte gewirkt, dass sogar der Staken brach!«

»Ach, der war bestimmt schon angeknackst«, winkte Farin ab.

Einige Meter weiter am Abgrund der Klippe stand Ritter Hektorian. »Die Nekorer auf der anderen Flussseite sind verschwunden.« Er zeigte nach unten. »Doch am Fuße des Wasserfalls haben sich etwa zehn von ihnen versammelt. Sie ziehen gerade das Floß heraus. Sie haben uns demnach dort unten erwartet. Mehr oder weniger tot. Unseren Kapitän haben sie gerade herausgefischt.«

»Das heißt, sie wussten, wann und auf welchem Weg wir kommen«, knurrte Emicho. »Und mein alter Freund Stenzel hat sich an dem Komplott beteiligt, obwohl er wusste, dass er den Wasserfall hinunterfahren wird. Wie konnte er das tun?« Seine nassen Brauen hingen ihm über die Augen, er sah noch wütender aus als sonst. »Doch der Verrat muss vorher geschehen sein. Es gibt einen Spion auf meiner Burg Sturmwacht.«

Das Drudenfußmal, dachte Farin. Wieder einmal hatte der Unaussprechliche einen Menschen für seine Machenschaften in den Tod getrieben. Bis kurz vor dem Wasserfall hatte sich der Kapitän noch ganz normal verhalten.

»Herr, unser Floßführer trug das Mal – an der gleichen Stelle wie Keimund, Gorian und Klemens«, sagte Farin leise.

Mit verbitterter Miene erklärte Emicho seinen Vasallen: »Die Zeiten für Heimlichkeiten sind vorbei. Von Süden aus verbreitet ein Dämon Angst und Schrecken. Er ist in der Lage, Kontrolle über die Menschen zu erlangen, denen er sein Mal aufgedrückt hat. Jeder von euch zeigt mir jetzt seinen linken Unterarm.«

»Aber Herr!«, Hektorian runzelte die Stirn. »Was für ein Mal?«

»Den Unterarm, sofort!«, befahl Emicho.

Als Erstes streckte Farin seinen Arm vor, die anderen schnürten noch ihren Armschutz auf.

»Wollt Ihr damit sagen, dass Ihr mir nicht vertraut?«, ereiferte sich Hektorian – sein Gesicht gewann an Farbe. Wie der Herr, so's Gescherr. Auch sein Knappe Baraldon blickte äußerst finster drein.

»Wenn dem so wäre, wärt Ihr heute nicht mein Begleiter«, erklärte Emicho. »Nehmt es zur Kenntnis – die dämonischen Mächte sind stärker als Eure Treue und Euer Ehrgefühl.«

Widerwillig entblößten Hektorian und Baraldon ihre Unterarme. Auch die anderen waren so weit. Mit einem Seufzer der Erleichterung sah Farin, dass keiner seiner Kameraden vom Drudenfuß gezeichnet war.

Auch Emichos Gesichtszüge wurden weicher. »Tut mir leid, aber das musste sein. Ihr habt erlebt, was plötzlich in Kapitän Stenzel gefahren ist. Und er war nicht das erste Opfer dieses verfluchten Dämons.«

»Sind wir hier, um ihn zu jagen?«, fragte Drogdan.

»Zunächst machen wir ihn ausfindig … und dann …«, er rieb sich die Hände, »… sehen wir weiter.«

Die Männer nickten beklommen. Allmählich wurde ihnen die Tragweite dieser Mission bewusst.

»Als Erstes werden wir uns in der Burg Siegesmund einrichten. Leider war auch Gorian gebrandmarkt, wir wissen also nicht, was uns dort erwartet. In drei Tagen bekommen wir Unterstützung durch die Soldaten des Königs. Was ist mit unseren Pferden, Plaudius?«, fragte der Ritter.

Stirnrunzelnd hielt dieser zwei Halfterstricke hoch. »Die Pferde sind wohlauf. Sie konnten sich scheinbar alle losreißen, um Donner zu folgen.« Ungläubig untersuchte er die Seile.

»Zum Glück!«, nickte Farin schwach.

»Ich sehe nach meinem Pferd.« Er nutzte die Gelegenheit, um sich abzusondern. Bis auf die Mähne war Fiesel schon wieder trocken. Dagegen klebte sein Hemd immer noch nass auf der Haut. Er zog es über den Kopf und wrang es mit beiden Händen aus. Dabei schloss er die Augen und flüsterte gedanklich. »Danke Ekel! Du hast uns alle gerettet.«

Mit dir wird es nicht langweilig. Den Fährmann zu brandmarken, war ein schlauer Schachzug unseres Feindes. Die Floßstation ist ein strategischer Punkt in der Nord-Süd-Verbindung des Weltenreiches. So weiß der Unaussprechliche stets Bescheid, welche wichtigen Leute diese Reiseroute nehmen. Der Fluss hätte uns ihm direkt in die Hände gespült.

»Aber wahrscheinlich doch tot oder? Ich dachte, er würde zunächst Emicho das Mal verpassen und mich danach töten.«

Och, Emicho ist ein harter Hund. Und seinen Knappen samt Dämon zu töten, ist auch nicht einfach. So ein bisschen Wasserfall hätte uns schon nicht umgebracht.

»Verlassen können wir uns darauf jedenfalls nicht. Wir müssen Emicho die Sache mit dem Unaussprechlichen erklären.«

Deine Entscheidung.

»Bei der nächsten Gelegenheit werde ich es tun.«

»Knappe, träumst du? Wir müssen hier weg«, befahl Emicho. »Wir ziehen uns nach Norden zurück und überlegen, wie wir über den Fluss kommen.«

Farin nickte, ging zunächst jedoch zur Kante des Kliffs und sah hinunter. Ein Dutzend Nekorer glotzten nach oben und hoben die Fäuste, als sie ihn erblickten.

So sahen die Feinde also aus. Nun gut.

Das Wirtshaus

Länger als drei Tage wanderten sie bereits nach Norden. Die Landschaft bestand aus wuchernden Dickichten, kleinen Wäldchen und Felsformationen, alles wild durcheinandergemischt. Nur selten begegneten ihnen andere Menschen, was Aross nicht bedauerte, denn sie genoss jeden Augenblick der Reise nicht zuletzt aufgrund von Kis Gesellschaft. Er war der erste Erwachsene, dem sie sich zugehörig fühlte. Vielleicht lag es daran, dass er bisweilen in ihre Rolle schlüpfte. Er benahm sich kindsköpfig wie ein Knabe und nahm sie dennoch ernst. Dreimal hatte Aross wegen seiner Albernheiten sogar lachen müssen – die Königin der Ratten drohte zur Königin der Gänse zu werden.

»Es kann nicht mehr weit sein, dann erreichen ein Künstler und eine Freundin das Wirtshaus«, meinte Ki. »Es liegt auf den Felsen unweit der Küste.«

Tatsächlich tauchte am frühen Nachmittag ein einsames Haus mit einem weit heruntergezogenen Giebeldach auf. Sehr einladend sah es nicht aus. Seit Jahrzehnten hatten die Wände keine frische Farbe und das Dach keine neuen Schindeln gesehen. In der Nähe liefen eine Handvoll Hühner um einige schief zusammengenagelte Bretter herum, die ihnen als Stall dienten. Über der Eingangstür hing ein an zwei Ketten befestigtes Schild, das Aross verwundert anstarrte.

»Auf ein Neues«, las Ki vor.

Mit gemischten Gefühlen ging Aross voraus und drückte die gusseiserne Klinke herunter. Die Angeln waren gut geschmiert, leicht und geräuschlos öffnete sich die Tür nach innen. Nur langsam gewöhnten sich ihre Augen an das schummrige Licht. Braunes Glas dunkelte das kleine Fenster an der Eingangsseite ab. Die schweren Eichentische strotzten vor Kerben, Rillen und Ritzen – Zeugnisse tausender Gäste aus einigen Jahrhunderten.

»Hm. Wahrlich, auf ein Neues«, murmelte das Mädchen.

Neu war hier überhaupt nichts, außer zwei Gästen mit Namen Aross und Ki. Wenn es mal eine beste Zeit für die Spelunke gegeben hatte, dann war sie lange vorbei. Es roch feucht und muffig, obwohl es seit zwei Tagen nicht geregnet hatte.

»Hallo?« Mit gerecktem Hals guckte Aross umher, konnte jedoch niemanden entdecken. Sie drehte sich zu Ki um. »Hier ist es grässlich. Die sperren den Winter ein, anstatt mal die Tür oder das Fenster aufzumachen und durchzulüften«, meckerte das Mädchen.

»Ein Künstler achtet den Maßstab der Strenge einer Freundin.« Ki wählte einen Tisch in der Nähe der Tür und machte es sich auf seinem Stuhl bequem.

Steif setzte sich Aross ihm gegenüber. »Ja und? Was heißt das?«

»Wenn eine Freundin in ein anderes Gasthaus einkehren möchte, wird ein Künstler ihr gern folgen.«

»Du weißt genau, dass es hier im Umkreis von zwei Tagesreisen keine andere Schenke gibt.«

Lächelnd breitete der kleine Mann seine Arme aus. »Dann ist dies also das beste Wirtshaus in großer Weite und Breite. Und das schönste!«

So schnell war er glücklich, der Glückliche. Das Kerlchen trieb sie mit seinem Optimismus und seiner stets optimalen Laune in den Wahnsinn.

Mit einer Furche über der Nase sah sie ihn an. »Ki,

kannst du nicht einfach mal laut 'Scheiße' brüllen?«

Konzentriert überlegte der kleine Mann eine Weile, dann nickte er zuversichtlich. »Wenn ein Künstler dies wahrlich will, bekommt er es hin.« Ein grüblerisches Grübeln schlich sich in seine Miene. »Doch, was ändert sich dadurch? In diesen vier Wänden wird immer noch Winter sein.«

»Vergiss es!«, fauchte Aross. Es war ein liebevolles Fauchen, wie das eines verspielten Kätzchens. Noch nie hatte sie einen Menschen so gern gemocht.

Die Zeit verging. Einfach so. Mit beiden Ellenbogen auf dem Tisch stützte Aross ihren Kopf und ihre Ungeduld. »Wieso kümmert sich keiner um uns?«

Vollends entspannt antwortete Ki: »Gras wächst nicht schneller, wenn wir an ihm ziehen.«

Was für Gras? Entweder sie musste sich an Kis Weisheiten gewöhnen oder aufhören, Fragen zu stellen.

Der Vorhang wurde aufgezogen und die Wirtin schlurfte aus einer der hinteren Kammern herbei. Sie war noch älter und faltiger als die Tische. »Wollt ihr hier übernachten?«, grunzte sie in staunenswerter Lautstärke. Vermutlich hörte sie schlecht und brüllte daher so.

Hinter vorgehaltener Hand hauchte Aross: »Ki, lass uns lieber unter freiem Himmel schlafen. Hier holen wir uns nur Wanzen.«

»Unsere Gästezimmer sind sauber, Bengel. Alle beide.«

Boah! Die kann ja gegen den Wind hören. Immerhin hält sie mich für einen Jungen, dachte Aross. »Wir wollen das Zimmer sehen, bevor wir uns entscheiden«, verlangte das Mädchen.

»Ich bereite eins vor!«, die Alte verschwand durch eine schiefe Tür in den hinteren Teil des Hauses, kam mit einer

Decke wieder heraus und stapfte eine schmale Treppe hoch.

Das Kinn immer noch in beide Hände gestützt, trommelte Aross mit den Fingern leicht gegen ihre Schläfen. Sie dachte an ihren dummen Fehler bei den Holzbauern. »Hör mal, Ki. Wenn du mich immer 'eine Freundin' nennst, merken die Leute, dass ich ein Mädchen bin.«

»Soll ein Künstler lieber 'eine Dame' sagen?«

Mit schrägen Augen und hängenden Mundwinkeln sah Aross den kleinen Mann an. »Du machst Spaß! Haha!«

»Ein Maler ist ein Künstler von großer Witzigkeit.«

Diese Selbstbeweihräucherung trotzte Aross ein beeindrucktes Stöhnen ab. Ihre eigenen Worte holten sie ein. »Wenn es im Umkreis von zwei Tagesreisen keine andere Schenke gibt, dann müssen wir hier am Ziel sein. Vielleicht hat der Besitzer gewechselt.«

»Was möchte denn eine Freundin … äh, ein Freund von Kapitän Rotbart wissen?«

»Ich glaube, dass ich vom Kontinent jenseits des großen Ozeans stamme und mit seinem Schiff Barbarossa ins Weltenreich gebracht worden bin. Aus welchen Gründen auch immer.«

»Ein Maler redet nicht gern über die Vergangenheit. Die Zukunft ist von mehr Wichtigkeit.«

»Mag sein, dennoch interessiere ich mich für meine Herkunft. Und Herkunft hat nun mal etwas mit Vergangenheit zu tun.«

Schön, dass Ki auch mal verständig nicken konnte.

Drei Männer betraten lärmend den Schankraum. Ihr Erstaunen, zwei Gäste anzutreffen, währte nur kurz. Ein vollbärtiger Kraftprotz mit strähnigem, fettigem Haar, das ihm über die Augen fiel, kam zu ihnen an den Tisch.

Breitbeinig baute er sich vor Ki auf und schaute aufreizend auf ihn hinunter. »He, welch Überraschung. Selten treffen wir hier andere Gäste an. Was bist du denn für eine halbe Portion?«, fragte er.

»Werte Herren, ein Künstler heißt Ki.«

»Wie?«

»Nein, Ki!«

Der Protz überlegte und kratzte sich dabei im Schritt. Die beiden anderen hatten sich links und rechts zu ihm gesellt. Auch sie sahen düster und ungehobelt aus, mit Fäusten zum Tische zerschmettern.

»Aha! Und was für ein … Künstler bist du?«

Das 'Künstler' klang bei ihm wie 'Trottel'.

»Ein Lebenskünstler«, antwortete Ki.

»Aha. Und wo kommt ihr her?« Seine Augen funkelten misstrauisch.

»Ein Künstler und ein Freund kommen aus Nabenstein.«

»Aha! Und warum redest du so komisch?«, der Mann schnaufte ungeduldig.

»Weil ein Künstler es nicht besser gelernt hat.«

»Aha!«

Der Aha suchte so offensichtlich Streit, dass Aross bereits ihre kleinen Fäuste ballte. Doch, was sollten die schon ausrichten? Sie betrachtete die Hände des Mannes, groß und haarig wie ein Pferdehintern.

»Will ein Holzfäller sonst noch etwas von einem Künstler wissen?«, fragte Ki vollends unbeeindruckt.

»Woher weißt du, dass ich Holzfäller bin?«, fragte der Protz verdutzt und vergaß glatt das 'Aha'. Dafür wurde sein Ton immer bedrohlicher.

»An der Hose ein wenig Sägemehl, die Schultern breit, die

Arme voller Muskeln, die Hände voller Schwielen. Ein Gast ist ein Künstler der Langstilaxt.« Ki lächelte.

»Weißt du was, komischer Kauz? Ich mag dich.« Freundschaftlich schlug er Ki auf die Schulter, sodass er noch kleiner wurde.

Die beiden Männer neben ihm lächelten.

Erstaunt kniff Aross die Augen zu und öffnete sie wieder. Wie durch einen Zauber sahen die drei Holzfäller auf einmal gutmütig und gutherzig aus.

Sie setzten sich an den Nebentisch.

»Mara, wo bleibst du?«, rief der Aha. »Schwing deine hässlichen Knochen und bring Wein.«

Die Wirtin kam zurück in die Wirtsstube und lachte. »Schön, dass ihr da seid, Blumm.«

Die drei Männer standen polternd auf und drückten die Alte herzlich an die Brust. Alle freuten sich. Nun fiel auch die letzte Anspannung von Aross ab, offenbar bestand keine Gefahr, sie hatte die Situation falsch eingeschätzt. Der kleine Ki saß ihr mit nach oben gebogenen Mundwinkeln gegenüber.

»Woher hast du das gewusst?«, fragte sie ihn leise.

»Was denn?«, fragte er unschuldig.

»Ich dachte, er wollte sich prügeln oder uns überfallen.«

»Wie kommt eine Freundin denn darauf? Ein Künstler dachte, ein Holzfäller will sich von der anstrengenden Arbeit ausruhen, etwas trinken und feiern.«

Boah! Unverbesserlicher Ki. Sie schielte zum Aha namens Blumm und seinen Freunden hinüber. Die lachten, machten Späße und prosteten sich mit ihren Weinhumpen zu. Mit gefurchter Stirn betrachtete sie dann ihren Freund. Und schämte sich ein wenig. Wer war hier eigentlich naiv?

Den ganzen Abend tranken Ki und Aross Wasser, die drei Männer Wein. Die Holzfäller konnten offenkundig ganze Fässer davon vertragen, es war ihnen kaum etwas anzumerken. Die freundschaftliche Stimmung verwandelte die kleine Schenke in einen friedvollen Ort. Gerade stimmten die drei ein Lied über einen begnadeten Holzfäller an, der Bäume fällen konnte, indem er sich lediglich an den Stamm lehnte.

»Der Klügere gibt nach, der Klügere gibt nach!«, schmetterten sie den Refrain. Als sie ihren Gesang beendet hatten, rief Aross zum Nachbartisch hinüber: »Sagt bitte, gibt es hier in der Nähe noch einen anderen Gasthof?«

»Nein, das 'Auf ein Neues' ist das einzige an der wilden Küste. Und Mara die beste Wirtin von allen. Aber nur, wenn sie neuen Wein bringt!«

Der ein oder andere Baum könnte allein von Blumms lauter Lache umfallen, dachte Aross.

»Danke für die Auskunft.«

Nun saß sie hier und rätselte. Wo war das Gasthaus 'Zur rechten Zeit'? Hatte Fürst Zolkan sie belogen? Danach hatte es sich ganz und gar nicht angehört.

»Wie oft seid ihr hier?«, fragte sie den Holzfäller, der neben ihr auf seinem Stuhl kippelte.

»Was für eine Frage. Immer!« Begeistert klatschte er mit der Hand auf die Tischplatte. »Bis auf morgen, denn dann hat diese Kaschemme geschlossen. Da braucht unsere Mara ihren Schönheitsschlaf.«

Das fanden alle drei lustig. Mara auch.

Die Wirtin erklärte: »Wenn ihr hier übernachtet, müsst ihr morgen bis zur zehnten Stunde aufgebrochen sein, dann schließe ich. Wollt ihr immer noch einen Blick auf euer

Zimmer werfen?«

Die freundliche Atmosphäre stimmte Aross zuversichtlich. »Lass uns hier übernachten, Ki.«

Das genügte dem Künstler. »Einverstanden! Ein Zimmer für eine Nacht bitte.« Auch ihm schien es in dem Wirtshaus zu gefallen.

Mara nickte zufrieden.

Lange währte der Abend nicht mehr. Eine schmale Treppe führte von der Schankstube zu den beiden Gästezimmern unter dem Dach. Aross und Ki bezogen das Linke. Unten läuteten die Holzfäller die vierte oder fünfte allerletzte Runde ein.

»Danach ist aber wirklich Schluss«, hörte sie Blumm rufen.

»Wirklich Schluss!«, echoten die beiden anderen.

Der Refrain eines Liedes mit vielen Strophen.

In dem schmalen Raum standen zwei einfache Betten mit Strohmatten nebeneinander. Ein alter Teppich bedeckte den Boden. Aross ging zum Fenster an der Stirnseite – es ließ sich nicht öffnen.

Mit beiden Händen zog sich das Mädchen die dünne Wolldecke bis unters Kinn. So richtig verstand sie es auch nicht. Mit Ki zusammen fühlte sich der Tag bunter und gehaltvoller an. Er gab ihr ein Gefühl von Sicherheit, obgleich er so klein und schwächlich aussah. War es sein unerschütterlicher Glaube an das Gute? Sie hoffte für ihn, dass er niemals so schreckliche Dinge erleben musste wie sie. Es tat gut, in einem richtigen Bett mit einem Dach über dem Kopf zu liegen. Die Augen fielen ihr zu.

Das Frühstück bestand aus Graubrot mit Spiegelei. Mit

beiden Händen stopfte sich Aross bereits die zweite Portion in den Mund.

»Der Winter ist vorbei«, bemerkte Ki.

»Hmm … wasch?«, schmatzte das Mädchen.

»Eine Freundin futtert wie ein Bär vor dem Winterschlaf.«

Ohne die Spur eines schlechten Gewissens schluckte sie den Bissen hinunter. »Ich bin gewohnt zu essen, wenn Essen da ist. So oft kam das in der Vergangenheit nicht vor.« Sie überlegte laut: »Ich weiß, wir sind bislang keinen Schritt weitergekommen. Trotzdem bin ich froh, dass du mich begleitest, Ki.«

»Eine Freundin weiß doch schon viel mehr als vor unserer Reise«, widersprach er.

Das Gefühl hatte sie gar nicht. »Zum Beispiel?«

»Dass sich in der Nähe ein Holzfällerlager mit Menschen voller Nettigkeit befindet. Und dass die Wirtin Mara heißt, dass es Zimmer mit Sauberkeit und Frühstück mit Ei gibt. Ein Künstler kann noch viele Dinge aufzählen.«

»Und dass ich nun weiß, dass ich nichts weiß. Wie soll es nur weitergehen?«

»Der Frühling wartet auf uns. Mehr Grüntöne als das Meer Tropfen hat. Ein Maler liebt den Frühling.«

»Du bist unverbesserlich, Ki.«

Mit einem Lächeln bezahlte der Unverbesserliche die Rechnung, danach verabschiedeten sie sich von Mara. Sonniges Wetter erwartete sie draußen. Ohne richtiges Ziel liefen sie die wilde Küste entlang weiter nach Norden. Hier gab es keinen breiten Sandstrand, nur turmhohe Felswände, und tief unten im Wasser lauerten schroffe Klippen und Schären. Der Wind trug ein Rauschen herüber.

Angestrengt lauschte Aross. »Ki, hörst du das? Wellen sind das nicht, es klingt viel zu regelmäßig.«

»Der Wasserfall. Weiter im Norden findet der Kabano das Meer.«

So hieß der größte Fluss im Weltenreich, wusste Aross. Gesehen hatte sie ihn noch nie. »Au, ja. Das würde ich mir gerne ansehen.«

Das stetige Rauschen nahm zu. Der Weg über die Felsen der Steilküste war beschwerlich, doch am späten Mittag hatten die beiden die Mündung des Kabano erreicht. Das unglaubliche Schauspiel verschlug Aross den Atem. Gigantische Wassermassen drängten sich unaufhörlich über den Abgrund, um dann dreißig Meter in die Tiefe zu stürzen. So viel tosendes, tobendes Wasser. Gischt kühlte ihre glühenden Wangen. Sie lehnte sich noch weiter vor. Unten lagen einige Baumstämme und Balken am sandigen Ufer.

»Die Natur ist ein Künstler voller Großartigkeit!«, rief Ki.

Dazu konnte Aross nur nicken. Bisher hatte sie nie einen Blick für die Natur übriggehabt, zu sehr war sie mit Überleben beschäftigt gewesen. Ihr Blick schweifte in die Ferne auf das Meer. Auf einmal fühlte sie sich noch kleiner, als sie ohnehin schon war. Befanden sich weit hinter dem Horizont noch mehr Welten? Und stammte sie tatsächlich von dort?

Fragen über Fragen – ein richtiger Stapel. Die elementarste von allen lautete: Was nun? Sie holte den Zahn von Didiweis aus der Gürteltasche und drückte ihn fest. Nichts. Geduldig wartete das Mädchen ab. Immer noch nichts. Seufzend steckte sie den Zahn wieder ein.

Egal. Allein für die Schönheit dieses Platzes hatte sich die Reise gelohnt, auch wenn sie aus einem ganz anderen Grund hierher aufgebrochen waren. Sie dachte an den schönen Zolkan, der inzwischen schön tot war. Genau wie der hässliche Kettenhund samt den vielen anderen Beschützern. Und die Oberin und Gram. Sofort spürte sie das Gift dieser Gedanken in ihrem Körper. Doch noch etwas anderes suchte sie bei dieser Erinnerung heim.

Prompt klatschte ihre Hand an die Stirn. »Da fällt mir etwas ein. Was für einen Tag haben wir heute?«

»Mittwoch«, antwortete Ki.

»Genau. Fürst Zolkan sagte: Versuche es in der Kaschemme 'Zur rechten Zeit' zwei Tagesritte nordwestlich von hier am Rand der wilden Küste.«

»Das ist nichts von Neuigkeit.«

»Und dann ergänzte er 'und zwar mitten in der Woche'.«

Verständnislos sah Ki sie an. »Mittwoch ist geschlossen.«

»Seit wann schließt ein Gasthaus einfach für einen Tag? Bitte Ki, lass uns nochmal dorthin zurückkehren.«

»Wenn eine Freundin es wünscht.«

Es war Abend, als sie das Gasthaus in der Ferne erblickten. Je näher sie der Kaschemme kamen, desto fragwürdiger kam Aross ihr Begehr vor. Alles sah genau wie gestern aus, nur heute kam Enttäuschung hinzu. Sie wusste selbst nicht, was sie anderes erwartet hatte. Auch die braunen Hühner waren dieselben. Die beiden hielten auf den Eingang zu.

Abrupt blieb Aross stehen.

»Kiii!«, quietschte sie. Wieso hatte er aber auch solch einen Namen. Ohne ein weiteres Wort herauszuquieken, zeigte sie auf das Schild über der Tür.

Der Maler betrachtete es und legte nachdenklich den Finger auf sein Kinn.

Mit einem Stöhnen fand Aross ihre Worte wieder: »Das sieht auf einmal ganz anders aus. Was steht da?«

Zunächst blinzelte der kleine Mann, dann furchte sich seine Stirn. »Zur rechten Zeit«, las er vor und sah sie mit runden Augen an – was bei Ki einem gewaltigen Kunststück gleichkam.

»Aha!«, sagte sie wie Blumm. »Lass uns hineingehen.«

Unverzagt drückte Aross die gusseiserne Klinke herunter. Die Tür knarzte erbärmlich, und sie musste mit der Schulter nachhelfen, um sie aufzustoßen. Ihre Augen suchten die von Ki. Der Maler zuckte mit den Achseln. Das Innere des Gasthauses sah genau wie gestern aus. Wie auch sonst? Aross trat ein und setzte sich auf denselben Platz wie am Vorabend.

»MARA?«, rief sie mit heller Stimme. Niemand antwortete, niemand kam.

»Ein Wirtshaus voller Rätseligkeit«, fiel Ki zu der ganzen Geschichte ein.

»Und voller Gruseligkeit«, ergänzte das Mädchen. »Hier stimmt etwas nicht. Nur was?« Entschlossen stand sie auf. »Ich schaue mir mal die hinteren Zimmer an.«

»Eine Freundin darf einen Künstler hier nicht allein lassen.« Auch Ki erhob sich.

Beide gingen um den klobigen Tresen herum und warfen einen Blick auf die beiden Weinfässer und das Bierfass. Hinter der Theke verbarg ein Vorhang eine schmale Öffnung. Mit einem Ratsch zog ihn Aross zur Seite und spähte in den hinteren Bereich der Schenke.

Das große Zimmer entpuppte sich als einfache Küche mit Anrichte, Töpfen, Kochbesteck und einem Holzofen. Ein einsames, schmales Fenster ließ schmales Licht herein.

In weiter Ferne sah Aross das Meer rötlich glitzern. Sonnenuntergang. Am Horizont tauchten vier Türme auf. Ein riesiges Schiff, ein Viermaster. Das musste er sein. Kapitän Rotbart mit seiner Barbarossa.

Aufgeregt rief sie: »Ki, sieh mal auf dem Meer.«

Der kleine Mann kam angelaufen und starrte aus dem Fenster. Leider war kein Schiff mehr zu sehen.

Hatte sie es sich nur eingebildet?

Eine Weile starrten sie zusammen auf die See, doch es gab nichts Ungewöhnliches zu entdecken.

»Suchen wir hier drinnen weiter nach Hinweisen«, schlug Aross vor.

Staub hatte die Kochutensilien überzogen. Silbrige Spinnweben verbanden die Griffe der beiden Pfannen, die an Haken an der Wand hingen.

Mit aufgerissenen Augen betrachtete Aross den Zustand der Küche. »Heute Morgen haben wir noch Spiegelei auf Graubrot gegessen. Jetzt sieht es so aus, als sei Mara das letzte Mal vor vielen Monaten hier gewesen.« Das Mädchen bemerkte, dass es flüsterte.

Der kleine Mann zuckte die Schultern. »Es gibt viele Dinge, die ein Künstler nicht versteht. Darüber sollte er sich nicht sorgen. Und eine Freundin auch nicht.«

An der Wand standen ein großer Waschbottich und ein Schubladenschrank mit jeder Menge Besteck. Darauf stapelten sich alte Kochtöpfe ineinander. Auch sie hatte seit langer Zeit niemand mehr benutzt.

»Ich verstehe es nicht«, flüsterte Aross. Eigentlich verspürte sie den Drang wegzurennen, doch tapfer schlug sie vor: »Lass uns die Gästezimmer ansehen.«

Beide verließen die Küche, stiegen die kleine Treppe

hinauf unters Dach und standen vor den beiden kleinen Räumen. Aus welchem Grund auch immer betrat Aross zunächst das rechte Zimmer. Leer, kein Bett, kein Nachttisch, kein Garnichts. Mit gerunzelter Stirn öffnete Ki das linke, in dem sie am heutigen Morgen aufgewacht waren. Ebenso leer wie ein Kuckucksnest, bis auf Staub und Spinnweben. Auch der Teppich fehlte – dafür war mitten im Raum ein Fünfeck aus hellem Holz zu sehen. Die dunklen Dielen knarzten furchtbar, als Aross zum Fenster ging. Wenigstens der Ausblick war derselbe.

»Boah«, machte Aross überzeugt, etwas anderes fiel ihr nicht ein.

»Sollten ein Künstler und eine Freundin nicht besser gehen?«, schlug Ki vor.

Typisch. Weisheit hatte der kleine Mann mit großen Löffeln gefressen, danach hatte kein Mut mehr hineingepasst.

»Du hast doch nicht etwa Angst?«

»Nein! Ein Künstler ist nur ein Mann der großen Vorsichtigkeit und Umsichtigkeit.«

»Gut. Lass uns vorsichtig und umsichtig hier warten.« Trotz aller Unbehaglichkeit wollte das Mädchen das Geheimnis des Gasthofs ergründen. »Irgendein tieferer Sinn steckt hinter dem Ganzen. Hier geschieht heute noch etwas.«

Tapfer nickte Ki, dann stiegen sie die Treppe hinab.

Mit dem Nagel des Zeigefingers fuhr Aross die Kerben im Tisch entlang. Jetzt saßen sie schon den halben Abend allein im Wirtshaus. Tieferer Sinn, hatte sie gesagt. Der war wirklich sehr tief … vergraben. Dieser Pirat Rotbart ärgerte sie. Der machte sich mächtig rar und mächtig wichtig mit seiner rätselhaften Schenke.

»Ich muss was trinken.« Aross schüttelte den Kopf. »Wir verdursten in einem Wirtshaus, doch wir sind auf der richtigen Spur. Wann kommt endlich jemand und bedient uns?«

»Ungeduld ist ein schlechter Gärtner«, gab Ki zum Besten.

»Ich bin nicht ungeduldig!«, fauchte Aross ungeduldig.

Was wusste Ki schon!

Sie betrachtete die Kerben in der Tischplatte. »Tut mir leid, Ki. Ich hatte erwartet, jemanden anzutreffen, der uns weiterhilft.«

Grummelnd öffnete sie ihre Gürteltasche und umklammerte den Zahn von Didiweis. Vielleicht half der in irgendeiner Weise weiter.

Pferdehufe, ein Wiehern, Stimmen, Stiefelgetrampel. Wieder eine Vision?

»Da kommen Menschen«, sagte Ki.

Also kein Tagtraum. Waren es etwa die Holzfäller? Unwahrscheinlich, sie hatten keine Pferde und kamen mittwochs nie hierher.

Aross huschte zur Bank unter dem Fenster, kniete sich darauf und spähte durch die Scheibe. Sechs Pferde, sechs Männer – alle schwer bewaffnet. Zwei von ihnen waren Ritter mit ihren Knappen. Dafür hatte Aross einen Blick – oft genug hatte sie die edlen Herrschaften mit ihren dümmlich dreinblickenden Schildträgern in der Umgebung des königlichen Schlosses bewundern dürfen.

Einer von den Stiefelanziehern schwang sich aus dem Sattel und kam zur Tür. Seine Augen prüften die Umgebung. Er war groß und schlank, hatte krauses, dunkles Haar und trug eine Tunika mit einem feuerspuckenden Drachen auf der Vorderseite. Mit zusammengepressten Lippen betrachtete er das Schild über der Eingangstür.

»Zur rechten Zeit«, las er laut vor. »Kehren wir hier ein und fragen den Wirt, ob er etwas über die Nekorer weiß, Emicho?«

Federnden Schrittes trat der Krauskopf auf den Eingang zu und drückte die gusseiserne Klinke herunter. Aross' Kopf drehte sich von selbst zur Tür, die sich jedoch nicht öffnete.

»Abgeschlossen. Damit erübrigt sich meine Frage«, erklang es von draußen.

»Macht nichts, Knappe!«, polterte der riesige Klotz mit dem breiten Kopf und dem braunen, langen Haar, gegen den selbst Blumm schmal wirkte. »Lange wollte ich mich hier ohnehin nicht aufhalten. Wir müssen weiter. Es ist schon spät.«

Mit großen Augen sah Aross den kleinen Künstler an. Die Tür besaß nicht einmal ein Schloss. Wieso konnte der Knappe sie nicht öffnen?

Erneut schaute sie aus dem Fenster und erschrak furchtbar. Wenige Millimeter von ihr entfernt, nur durch das dunkle Glas getrennt, presste sich ein Gesicht an die Scheibe, als wollte es sie küssen. Um ein Haar fiel Aross von der Bank.

Der Schildträger lugte hinein. »Ich glaube, da ist jemand«, sagte er, legte die Hand über die Stirn und drückte seinen Kopf noch einmal gegen das Glas. Seine Nasenspitze bildete einen kleinen Kreis, sodass er aussah, als wäre er ordentlich gegen eine geschlossene Tür gelaufen. Mit dem Zeigefinger klopfte er ans Fenster und rief: »Hallo! Wir sind nette Reisende«, er lächelte dazu. »Wir haben nur eine Frage.«

Trotz oder gerade wegen des schummrigen Lichts

leuchteten seine Zähne ebenso wie die Augen. Ungläubig starrte Aross in sein Gesicht. Die Sonne war inzwischen untergegangen, dennoch strahlte es durch das Fenster. Sie spürte es: Der Kerl wusste genau, dass sie mit klopfendem Herzen auf der Bank lag. Die Gewissheit funkelte in seinen Augen. Eine ungeheure Macht glühte in seinen Pupillen. Plötzlich spürte sie Druck hinter der Stirn.

Ohne es erklären zu können, wusste Aross, dass der junge Mann gefährlich war. Es stellte sich nur die Frage, für wen?

»Er weiß, dass wir hier sind, Ki«, hauchte Aross. »Er … hört uns.« Zum einen bekam sie Angst vor dem seltsamen Knappen, zum anderen verspürte sie den Drang, ihm von ihren Nöten zu erzählen. Verwirrt löste sie ihre Augen vom Fenster. Was ging nur in ihr vor? Selbst bei Ki hatte es eine ganze Weile gedauert, bis sie gelernt hatte, ihm zu vertrauen. Der junge Kerl berührte sie trotz der dicken Fensterscheibe, das machte ihn bedrohlich. Aross beschloss, ihn nicht zu mögen. »Geh weg, bitte geh weg!«, flüsterte sie.

Erstaunlicherweise erklärte der Knappe im nächsten Moment: »Hm, scheint doch niemand im Haus zu sein.« Schulterzuckend wandte er sich ab, ging zu seinem Pferd und saß auch schon wieder im Sattel.

Die sechs Männer ritten fort. Nachdem sie längst verschwunden waren, sah Aross immer noch nach draußen. Was verschlug den seltsamen Kerl mit seinem Ritter und seinen Kameraden in diese Gegend?

Was für ein Erlebnis! Ich hielt mich für abgehärteter, dachte Aross. Da glubscht so ein dahergelaufener Knilch durchs Fenster, und ich schlottere mit Ki um die Wette.

Noch immer umklammerte sie den Zahn. Der Tagtraum

kam überraschend und mit voller Wucht. Er dauerte nur kurz, dennoch krallte sie ihre Fingernägel erschrocken in die Fensterbank. Zum ersten Mal stellte sie infrage, was sie sah. Das konnte gar nicht sein! Es geschah in diesem unseligen Gasthof. Sie schnappte nach Luft, denn es hatte ihr den Atem verschlagen.

Irrweg

Seit Stunden ritten sie in Richtung Süden. Mehr als einen Tag hatten sie durch den Angriff der Nekorer und die Geschehnisse am Wasserfall verloren. Feinde waren ihnen seitdem keine mehr begegnet. Mit viel Umsicht führte Emicho die Gruppe an. Seine Entscheidungen dienten vorwiegend der Sicherheit seiner Vasallen. Der Ritter hatte vermutet, dass die Nekorer den Weg an der Küste entlang abriegelten, daher waren sie zunächst nach Norden geritten, um dann einige Kilometer flussaufwärts zum Kabano zurückzukehren. Dort durchschwammen sie den Fluss und reisten danach hauptsächlich nachts weiter. Jeden Busch, jeden Baum und jeden Stein schien der Ritter in dieser Gegend zu kennen. Und die Landschaft bestand nur aus Büschen, Bäumen und Steinen. In einer kleinen Schlucht ließ er ein geschütztes Lager errichten und teilte zunächst Plaudius, dann sich selbst als Wachposten ein. Auf einer felsigen Plattform konnte er mögliche Feindbewegungen von Weitem ausmachen. Die zweite Wache übernahmen Drogdan und Hektorian, wodurch Farin einige Stunden Schlaf fand.

Als er aufwachte, sah er, wie ihn Baraldon nachdenklich betrachtete. Farin dachte gar nicht daran wegzuschauen, sondern musterte den Knappen herausfordernd.

Baraldon fühlte sich offenbar genötigt, etwas zu sagen: »Dein Verhalten beim Wasserfall war … war sehr mutig.«

»Ist das ähnlich ernst gemeint, wie das 'Ich gebe dir Rückendeckung'?«, schoss es trotzig aus Farins Lippen.

Baraldons Mund wurde schmal. »Du hast jedes Recht, über mein Verhalten beim Buhurt enttäuscht zu sein. Ich sage es nur ein einziges Mal: Es tut mir leid.«

Die Empörung, die Wut, die Abneigung gegenüber Turgensons Sohn – all das fiel von Farin ab. So ganz verstand er es selbst nicht. Eben noch war Baraldon für ihn ein wortbrüchiger Mistkerl gewesen, nun war er drauf und dran, ihm alles zu verzeihen. Nein, das ging dem Totengräbersohn zu schnell, so einfach wollte er ihn nicht davonkommen lassen.

Steif sagte Farin: »Lass uns nicht mehr darüber reden.« Mit zusammengepressten Lippen drehte er ihm den Rücken zu und rollte seine Strohmatte auf.

Am späten Nachmittag brachen sie ihr Lager ab und ritten weiter nach Osten. Ohne Zwischenfall trafen sie erneut auf die wilde Küste, nur diesmal einige Kilometer südlich vom Wasserfall.

Am frühen Abend tauchte ein einfaches Haus mit einem langen Giebel am Rand der Felsküste auf.

»Eine Schenke. Die soll es schon vor dem Alten König gegeben haben«, erklärte Drogdan, der neben Farin ritt.

Pferde oder Menschen konnte er keine sehen, und die Tür an der Frontseite war trotz des freundlichen Wetters geschlossen.

»Etwas heruntergekommen«, stellte Plaudius fest.

Ritter Emicho hatte bislang keinen Ton gesagt. Misstrauisch beobachtete er die Umgebung, dann glätteten sich seine Gesichtszüge.

Das interpretierte Farin als Zeichen der Entwarnung und schwang sich vom Pferd. Ein paar Hühner links und ein Regenfass rechts, die Eingangstür in der Mitte.

Mit zusammengepressten Lippen betrachtete er das

Schild darüber. »Zur rechten Zeit«, las er laut vor. »Kehren wir hier ein und fragen den Wirt, ob er etwas über die Nekorer weiß, Emicho?«

Ohne die Antwort abzuwarten, drückte Farin die gusseiserne Klinke herunter. Die Tür öffnete sich nicht. Vermutlich von innen verriegelt.

»Abgeschlossen. Damit erübrigt sich meine Frage.«

»Macht nichts, Knappe!«, antwortete sein Herr. »Lange wollte ich mich hier ohnehin nicht aufhalten. Wir müssen weiter. Es ist schon spät.«

Ekel meldete sich mit verschwörerischer Stimme: *In der Schankstube sind zwei Menschen. Ich rieche sie, ich höre sie atmen.*

Neugierig presste Farin das Gesicht an die Scheibe des einzigen Fensters. Schwierig, etwas zu erkennen, denn noch war es draußen heller als im Haus, zudem erschwerte das schmutzige, braune Glas die Sicht ins Wirtshaus. Dennoch sah er, wie sich eine Silhouette nach unten wegduckte. Merkwürdig. Er beschattete seine Stirn und drückte das Gesicht noch einmal ans Glas, sodass seine Nase die Scheibe berührte. Inzwischen hatte er Übung darin, ohne lange zu überlegen, einen Teil seines Geistes Ekel zu überlassen. Tatsächlich! Nun konnte er sie hören und sogar Umrisse der beiden Personen sehen. Ein Mädchen mit kurzen Haaren wie ein Junge und ein kleiner Mann. Das Herz des Mädchens schlug wie das einer Maus, sie hatte aus unerfindlichen Gründen Angst vor ihm. Sofort tat sie ihm leid.

Mit dem Zeigefinger klopfte er ans Fenster und rief: »Hallo! Wir sind nette Reisende«, und lächelte freundlich dazu. »Wir haben nur eine Frage.«

Das Mädchen flüsterte ihrem Begleiter etwas zu, Farin konzentrierte sich.

»Er weiß genau, dass wir hier sind, Ki. Er … hört uns«, wisperte sie.

Woher weiß sie das, wunderte sich der Totengräbersohn.

Was sollte er nun tun? In seinem Rücken spürte er Emichos Ungeduld.

»Geh weg, bitte geh weg!«, hörte er es flüstern.

Na gut, dachte Farin. Angst und Schrecken wollte er nicht verbreiten. Er folgte seinem Instinkt, als er verkündete: »Hm, scheint wahrhaftig niemand im Haus zu sein.« Schulterzuckend drehte er sich um, ging zu Fiesel und stieg in den Sattel.

Schon ritt Emicho los. Der Ritter verweilte ungern länger an einer Stelle als eine Pinkelpause.

Sie entfernten sich von der alten Kaschemme. Die ganze Zeit über ging Farin die angsterfüllte Stimme des Mädchens nicht aus dem Kopf. Wieso schlossen sich zwei Menschen dort ein? Und was sagte der Wirt dazu?

Mit einem Schenkeldruck lenkte er Fiesel direkt neben Donner. »Herr, das Wirtshaus eben kam mir merkwürdig vor.«

Die rechte Hand des Ritters ließ den Zügel los und kratzte das breite Kinn. »Hm. Gerade habe auch ich über die Spelunke nachgegrübelt. Früher trug sie einen anderen Namen ... Auf ein Neues! Genau, so hieß sie. Hm, offensichtlich ist sie nun verlassen.« Er griff wieder nach dem Zügel. »Konzentrieren wir uns lieber auf den Weg zur Burg Siegesmund und die dortigen Aufgaben. Die Gegend hier ist mir nicht geheuer.«

Ein matter Halbmond beleuchtete den Weg.

In Farins Kopf arbeitete es. Ein Gefühl, als hätte er etwas

Wichtiges vergessen, befiel ihn. So wie damals Hacke und Schaufel in der Kate der Giftmischerin.

Mach dich nicht verrückt. Du hast nichts vergessen, sondern alles im Griff, weil ich alles im Griff habe, machte sich der Dämon wichtig.

»Ekel, ich weiß, du bist stark und mächtig, doch es kommt vor, dass ich das Denken für uns beide übernehmen muss«, dachte er laut.

Dass ich nicht lache. Du kannst dir doch keinen Namen mehr als einen Tag lang merken.

»Blödsinn!«

Ach ja? Wie hieß denn die Giftmischerin in Haufen?

»Uh, … irgendwas mit 'G'«, überlegte Farin.

Na toll, gluckste Ekel. Über alles in der Welt liebte er es, recht zu behalten.

Gib dir Mühe, du kommst drauf, ich glaub fest an dich.

»Ich hab's!«, Farin vergaß vor Aufregung, nach innen zu flüstern. »Der Name – es ist der Name!«

»Was ist mit dir? Was für ein Name?«, fragte Plaudius, der neben ihm ritt.

»Öhm, ich überlege nur laut«, erklärte Farin.

Ekel ließ nicht locker: *Was sonst? Darum geht es doch die ganze Zeit. Also – wie hieß die Alte nun gleich?*

Nun überlegte Farin wieder nur in Gedanken: »Ihr Name ist doch jetzt egal. Der Name des Wirtshauses. Er lautet 'Zur rechten Zeit'. Das habe ich übersehen.« Aufgeregt flatterte er mit den Zügeln.

Geht es dir gut?

»Die Prophezeiung! Denk an die Prophezeiung, von der Frenya erzählt hat.«

Du willst nur ablenken. Ich helfe dir – das 'G' ist schon mal richtig.

»Bringe den Knochendeuter in der rechten Zeit mit dem Propheten zusammen. Nur die Allianz aus Dämon und Vision vermag das Weltenreich vor dem Höllenfeuer zu bewahren«, trug Farin gedanklich vor. »Und mit 'in der rechten Zeit' ist nicht das Wann, sondern das Wo gemeint. Die alte Kaschemme. Was sagst du dazu? Ich habe das Rätsel gelöst.« Der Stolz richtete den Totengräbersohn im Sattel kerzengerade auf.

Es dauerte eine Weile. *Warum kommst du erst jetzt darauf?*

Diese bockmistige Schimäre! »Ich habe eher ein 'Farin, du bist ein Genie' erwartet. Jedenfalls muss ich dorthin zurück, um den Propheten zu treffen. Vermutlich der kleine Mann, der mit dem Mädchen im Gasthof saß.«

Aber nicht jetzt. Oder wie willst du das Emicho erklären?

Zwei Pferdelängen vor ihm hielt Emicho Donner an. Sie hatten eine Gabelung erreicht, in deren Mitte ein Wegweiser mit drei Schildern stand. Nabenstein, Siegesmund und Friedhof war auf den halb vergammelten Borkenresten im Mondlicht gerade noch zu erkennen. Die Burg Siegesmund lag demnach im Südwesten. Der Ritter schlug den Weg nach Südosten ein.

»Herr, wir biegen falsch ab. Dieser Weg führt zu Eurer neuen Burg.« Ritter Hektorian deutete nach rechts.

»Wir reiten nicht alleine dorthin. Das Risiko ist zu hoch. Es könnte sein, dass uns eine Armee Nekorer auflauert. Seit unserem Eintreffen auf der Floßstation wissen sie, dass wir kommen. Wir warten zunächst auf die Soldaten des Königs«, machte Emicho unmissverständlich klar.

Mein Herr agiert bedacht und weise, dachte Farin. Sicherheit und Wohlergehen seiner Vasallen liegen ihm sehr am Herzen.

Die Gruppe erreichte einen Wald, und Emicho ließ sie anhalten.

»Wir warten bis zum Morgengrauen. Es ist zu riskant, im Dunkeln durch den Wald zu reiten – die Pferde treten in Löcher, und Äste stechen den Reitern die Augen aus. Hier in der Nähe gibt es einen idealen Platz, wo wir rasten werden.«

Wie langweilig – nur weil Menschen in der Nacht nichts sehen können.

»Wo du gerade wieder angibst, wie schnell kannst du laufen?«

Wie meinst du das?

»Für einen Menschen bin ich zu Fuß schnell unterwegs. Wie lange würden wir zurück zum Wirtshaus brauchen, wenn ich dir meinen Geist überlasse?«

Weniger als eine Stunde.

»Ekel, übertreib nicht so maßlos. Wir sind seitdem etwa zwei Stunden geritten. Du willst doch nicht behaupten, du könntest doppelt so schnell wie ein Pferd laufen?«

Pft. Schneller! Wir sind doch die ganze Zeit über nur gemütlich getrabt.

»Dann lass es uns tun. Ich muss einfach zurück in die 'Zur rechten Zeit'. Denk an den Propheten.«

Ich halte nichts vom Geschwätz der Wahrsagerin.

»Aber ich. Was ist jetzt? Hilfst du mir?«

Laufen ist doch elendig langweilig. Dabei stirbt keiner, höchstens du selbst. Aber dazu wird es eh nicht kommen. Emicho wird es nicht gutheißen, sondern verbieten.

»Davon gehe ich aus, daher fragen wir ihn auch nicht und verdrücken uns heimlich.«

Au fein!! Warum sagst du das denn nicht gleich!

»Wir warten, bis sich alle hingelegt haben, dann hauen wir ab. Noch vor Beendigung der ersten Wache sind wir wieder zurück.«

Endlich wirst du vernünftig, lobte Ekel.

Es gab mindestens zwei Meinungen, ob Farins Vorhaben etwas mit Vernunft zu tun hatte.

Emicho führte die Gruppe ein Stück weiter nach Osten zu einer Formation aus großen Steinbrocken, in deren Mitte sich eine kleine Höhle auftat. Im Schutze der Dunkelheit und der Felsen schlugen sie das Nachtlager auf. Die erste Wache sollten Drogdan und Baraldon übernehmen, die zweite Emicho und sein Knappe. Das bedeutete, dass Farin auf jeden Fall pünktlich zurück sein musste.

Etwas abseits unter einem Busch machte es sich der Totengräbersohn gemütlich. Es dauerte nicht lange, und er hörte das leise Schnarchen von Plaudius.

Wie gut kannst du schleichen, hauchte er in Gedanken.

Wie ein Rammbock während der Brunftzeit. Übernimm du das bloß.

Sollte er tatsächlich etwas entdeckt haben, worin Ekel nicht der Gipfel des Erreichbaren war?

Behutsam kroch er aus dem Nachtlager. Bevor er ihm die Kontrolle übergab, drehte er sich noch einmal um. Alles blieb ruhig, keiner hatte sein Davonschleichen bemerkt. Wie ein unerwünschter Dämon machte sich das schlechte Gewissen bemerkbar. Hätte er vorher doch mit Emicho reden sollen?

Zu spät, jetzt galt es nur noch, keine Zeit zu verlieren. Er raste los. Und unleugbar, der Dämon hatte zur Abwechslung mal nicht übertrieben. Farin huschte durch die Dunkelheit, wobei er erstaunlich gut sehen konnte. Farben erkannte er zwar keine, doch sonst kam ihm die Nacht taghell vor. So musste sich ein Wolf auf der Jagd fühlen. Oder Donner in vollem Galopp. Der Wind rauschte ihm um die Ohren. Was für eine Geschwindigkeit. Hoffentlich hielt er durch und klappte nicht auf dem Rückweg zusammen.

Unglaublich, wie laut der Wald mitten in der Nacht war. Erstaunt blieb Farin stehen und horchte fasziniert. Überall im Unterholz krabbelte, knirschte und knackste es. Die Blätter der Büsche und Bäume rauschten wie der Wasserfall, selbst den Flügelschlag der jagenden Eulen meinte er zu hören. Unfassbar, wie Ekels Dominanz seine Sinne schärfte.

Kampfgeräusche drangen an sein Ohr. Es ging um Leben und Tod. Menschen starben.

Wie fließendes Wasser

Immer noch kniete Aross auf der Bank unter dem Fenster. Ihre Hände fühlten sich eiskalt an, sie atmete schwer.

»Mit dem Knappen eben stimmt etwas nicht. Auf der einen Seite wirkt er freundlich und rechtschaffen, andererseits tobt etwas Finsteres in ihm.« Aross schauderte – deutlich hatte sie eine unkontrollierte Aggression und Macht gespürt. »Wieso hat er uns auf einmal in Ruhe gelassen?«

»Auch ein Künstler kennt mehr Fragen als Antworten.«

»Wir müssen schleunigst aus dem Wirtshaus verschwinden, Ki«, sagte Aross mit blassem Gesicht und blasser Stimme..

Der Maler legte die Handflächen vor seiner Brust zusammen und verbeugte sich kurz. Es sah nach Zustimmung aus. Mit der nächsten Bewegung versuchte er, die Tür zu öffnen. Vergeblich, es ging nicht.

»Das ist doch lachhaft«, wunderte sich Aross.

Mit aller Kraft rüttelte Ki am gusseisernen Griff, sodass Aross die Schwingungen der Bohlen in den Füßen spürte. Ohne Erfolg, die alte Eichenholztür öffnete sich keinen Millimeter.

»Ich helfe dir.«

Nun zogen sie gemeinsam am Türgriff, vergeblich.

»Wir haben hier offenbar noch eine Aufgabe zu erfüllen«, murmelte Aross.

Wurde die Luft in diesem Gruselhaus dünner? Das Atmen strengte sie an. Oder wurde die dicker? Das Mädchen sah Ki an, um ihn zu fragen, ob auch er es spürte.

»Darf ich einen Tee servieren?«, fragte eine Stimme hinter ihr. Sie klang sanft und angenehm. Ihr Besitzer stieg die schmale Treppe vom Dachboden hinunter. Das Mädchen musste nicht hinsehen, um zu wissen, wer da kam, dabei wünschte sie, der Tagtraum hätte gelogen. Wie konnte das nur sein?

Der Mann mit dem welligen Haar, in weißes, edles Tuch gehüllt, trat auf sie zu. In seinem braungebrannten Gesicht leuchteten blaue Augen.

»Darf es wieder Kümmeltee sein, Aross Schlammfuß? Oder triffst du diesmal eine andere Wahl?«

Ohne jedes Erstaunen, als wären sie an diesem Ort verabredet, antwortete das Mädchen: »Fürst Zolkan! Ihr habt Eure Dienerin nicht mitgebracht. Wollt Ihr den Tee selbst kochen?« Sie gönnte dem Mann nicht die Genugtuung, sich an ihrer Angst zu laben.

Mit einem breiten Lächeln quittierte er ihre Worte. »Schon bei unserem ersten Treffen in meinem Gutshaus hast du mich enorm beeindruckt. Wie auch bei unserer zweiten Zusammenkunft in der Kathedrale von Nabenstein.« Er schnalzte mit der Zunge. »Obgleich diese unter keinem guten Stern stand. Mir war, als sei Letzterer vom Himmel direkt aufs Dach gefallen.«

»Wirklich?«, wunderte sich Aross. »Und ich Dummerchen hatte geglaubt, es sei einer der Glockentürme gewesen.«

»Jedenfalls haben wir nach diesem einstürzenden Erlebnis etwas gemeinsam. Wir beide sind die einzigen aus dem Mittelschiff, die das furchtbare Unglück überlebt haben.« Zolkan klang wahrlich entzückt.

Bisher hatte Ki schweigend danebengestanden, nun sagte er: »Konbanwa. So sagen die Leute, wo ein Maler aufgewachsen ist, zueinander, wenn sie sich am Abend begegnen. Ein Künstler nennt sich Ki.«

»Auch von Euch habe ich schon gehört. Ihr kommt von der anderen Seite.« Zolkan musterte ihn kalt.

Die Anspannung in der Gaststube wuchs. Fieberhaft überlegte Aross, welche dunklen Kräfte hier wirkten. »Fürst, Ihr selbst habt mir dieses Gasthaus genannt, um Rotbart zu treffen.«

Mit einem verständigen Nicken meinte Zolkan: »Stattdessen tauche ich hier auf, doch der Pirat lässt dich grüßen.«

Mit glühenden Augen sah Aross ihn an. Wieso hatte er sie überhaupt hierhergelockt? Warum sollte sie dem miesen Beschützer auch nur ein Wort glauben?

»Was wollt Ihr, Fürst Zolkan?«, fragte das Mädchen.

»Dich für meine Zwecke rekrutieren. So ein außergewöhnliches Talent möchte ich auf der richtigen Seite wissen.«

»Und wenn ich auf der falschen Seite bleiben möchte?«

»Dann haben etwas gemeinsam! Nämlich ein Problem!« Seine Stimme klang erstmals bedrohlich. »Wir befinden uns in einem Wirtshaus. Machen wir es uns doch gemütlich.«

Es half alles nichts, wieder einmal musste sie mitspielen. Zu dritt setzten sie sich an den Tisch am Fenster. Ki erwies sich als keine große Hilfe. Mit seinem alterslosen Gesicht spielte er bei diesem Spiel das Mäuschen.

»Aross, der Prinzipal interessiert sich für dich.«

»Ich mich aber nicht für ihn.«

Zärtlich fragte Zolkan: »Weißt du denn, wer das ist?«

Sie schüttelte den Kopf.

»Der Prinzipal ist der wahre Beherrscher des Weltenreiches. Weitaus mächtiger als Grachus, der Alte König, der ohnehin bald sterben wird. Das Zeitalter des Prinzipals bricht an. Er führt den Kult der Nekorer an.«

»Bislang verwende ich Kraft und Zeit darauf, mich nicht von der Stadtwache erwischen zu lassen und am Leben zu bleiben. Prinzipale und Nekorer interessieren mich nicht.«

»Sollten sie aber, denn ihnen gehört die Zukunft und damit auch die deinige.«

»Meine Zukunft gehört mir allein! So wie meine Vergangenheit, über die ich mehr erfahren möchte. Ihr wisst sicherlich mehr über den Viermaster.« Auffordernd sah Aross ihn an.

Darauf fiel der Fürst nicht herein. »Wenn du dich uns anschließt, wirst du alles über deine Herkunft erfahren und musst nicht mehr fliehen. Darüber hinaus kannst du jeden Tag Kümmeltee trinken.« Ein hinreißendes Grinsen entblößte sämtliche Zähne. Allzu gern hätte ihm Aross jeden einzeln ausgebrochen.

Der Kampfgeist des Mädchens erwachte. »Ich kenne die widerlichen Stecher, die Ihr anführt. Oder besser anführtet. Von den Nekorern habe ich gehört, dass sie Dörfer überfallen, Kirchen abbrennen und die Leute töten, die sich ihnen nicht anschließen. Das passt zu Euch, aber nicht zu mir. Sagt Eurem Prinzipal, er kann mich mal.«

»Hm. Ehrlich gesagt, habe ich mir eine andere Antwort erhofft.«

»Das Leben ist voller Enttäuschungen«, sagte Aross so altklug, wie sie konnte. »Verratet mir, wie Ihr lebend aus der Kathedrale gekommen seid.«

»Ein Dämon hat einem Fürsten geholfen«, sagte Ki plötzlich leise.

Ach, der Künstler war auch noch da. Aross betrachtete ihn. Hatte der kleine Mann wirklich Dämon gesagt?

Lieber Tag. Es kann doch nicht dein Ernst sein, mich mit

geheimnisvoll auftauchenden Toten und Dämonen zusammenprallen zu lassen.

»Was weißt du vom Dämon?«, fragte Fürst Zolkan und sah Ki dabei wie einen Spielverderber an.

»Es heißt, ein Dämon sei der Anführer der Nekorer. Wie sonst soll ein Fürst hierher gelangt sein, als durch das Dämonentor im Gästezimmer?«

Mit nur wenigen Bewegungen nahm Fürst Zolkan eine bedrohliche Haltung ein. »Ihr wisst zu viel, um auf der falschen Seite zu agieren.«

»Ihr selbst seid dieser Prinzipal«, behauptete Aross. Gänsehaut krabbelte wie kleine Spinnen ihren Rücken hinunter. »Nur mittels Eurer schwarzen Magie habt Ihr Euch aus der Kathedrale retten können.«

»So wie deine dunklen Mächte sie zum Einsturz gebracht haben.« Seine Wangenknochen traten hervor.

»Keine dunklen Mächte. Das waren die dämlichen Beschützer selbst. Und ihr Anführer in der Kanzel hat wesentlich dazu beigetragen.« Die Angst machte Aross wütend, sie wollte sich vor diesem Mann nicht verstecken.

Der schöne Zolkan schürzte seine vollen Lippen. Oder schmollte er? Täuschte sie sich, oder glomm da plötzlich etwas Gelbes in seinen blauen Augen?

»Ja, der Dämon hat mich gerettet, eine Form der Beschwörung an einen anderen Ort, bevor die Trümmer des Daches mich erschlugen. Solche Kunststücke sind eine Spezialität des Unaussprechlichen.«

»Ein Unaussprechlicher?«, fragte Ki.

»Genug geredet! Die Menschen auf der falschen Seite sterben wie die Fliegen. Du bist eine davon. Es birgt ein zu großes Risiko, dich leben zu lassen, Aross Schlammfuß.«

Zolkans Pupillen verfärbten sich gelb. Mit offenem Mund schnappte Aross nach Luft. Schweiß brannte in ihren Augen. Die Luft im Schankraum wurde immer dicker, immer klebriger. Zäh und harzig kroch sie in die Lungen, machte das Atmen elendig mühsam.

Die Schatten dreier Krieger zeichneten sich an der Wand ab. Wo kamen die schon wieder her? Von allen Seiten näherten sich dunkle Gestalten ihrem Tisch. Gesichtslos wirkten sie, doch die Schwerter in ihren Händen sahen scharf aus. Offenkundig sollten sie nun die Drecksarbeit erledigen. Dieser Mistfürst musste nur am Tisch sitzen und triumphieren.

Mit einem Satz sprang Aross auf, nahm den Stuhl, auf dem sie gesessen hatte in beide Hände, und rammte eines der Beine ins Fenster. Ohne Erfolg, die Scheibe hielt. Die Schatten stutzten. Noch ein Versuch, diesmal fester. Das entgeisterte Gesicht des Fürsten verriet ihr, dass sie auf dem richtigen Weg war. Ein Riss zeichnete sich auf dem Glas ab. Die Schatten stürzten auf sie zu. Ein letzter Versuch, es klirrte, Scherben spritzten nach draußen. Ein Luftzug strömte herein und verwirbelte die dunklen Figuren samt ihren Schwertern hinfort wie ein Orkan eine Staubwolke.

»Verflucht!« Auf einmal sah Zolkan nicht mehr hübsch aus. Nur kurz warf er einen verdrießlichen Seitenblick auf den Ausgang.

Sofort reagierte Ki. Mit einer Hand riss er die Tür auf. »Raus hier!«

Auch die Königin der Ratten zögerte nicht. Sie sprang über einen Tisch und stürzte an Ki vorbei ins Freie. Der kleine Mann folgte. Bloß weg von dem dämonischen Wirtshaus und seinem Finsterfürsten.

Aross und Ki rannten durch die Nacht. Die frische Luft tat so unendlich gut. Als sie sicher waren, dass Zolkan sie nicht verfolgte, verlangsamten sie ihre Schritte.

Erschöpft fiel Aross Ki in die Arme. »Das war knapp. Es tut mir leid, dich in solche Gefahr gebracht zu haben.«

»Schon gut. Woher hat eine Freundin gewusst, dass sie die Scheibe einschlagen musste?«

»Kurz zuvor hatte ich eine Vision, da habe ich es gesehen. Nur konnte ich nicht glauben, dass Zolkan noch lebt und habe es nicht ernst genommen. Was geht hier vor, Ki?«

»Ein Künstler weiß es nicht. Das halbe Weltenreich jagt eine Freundin.«

»Ich habe doch nichts getan. Fast nichts.«

»Still!« Ki legte den Finger senkrecht auf die Lippen und horchte auf. Dann flüsterte er: »Menschen sind in der Nähe.«

Beide gingen hinter einem Busch in die Hocke. Mit großen Augen starrte Aross in die tiefschwarze Nacht. Geräusche hörte sie nicht, und Bewegungen konnte sie in der Nähe auch nicht ausmachen.

Lieber Tag, jetzt bist du längst gegangen und schickst dafür deine dunkle Schwester, um mich herauszufordern. Lass mich ruhen, ich bin müde.

Im nächsten Moment war Aross wieder hellwach. Etwa ein halbes Dutzend Männer standen um sie herum. Waren das die Ritter mit ihren Knappen?

Sie sah genauer hin. Nein, die hatten anders ausgesehen. Diese Männer trugen dunkle Kapuzen und hatten bleiche Gesichter. Wie hatten die sie so schnell finden können?

»Ergreifen und fesseln«, befahl eine Stimme.

Drei oder vier starke Hände ergriffen sie und zerrten an ihr. Verzweifelt versuchte sie sich loszureißen. Der

Halbmond verschwand hinter einer Wolke, Aross konnte die Männer nur noch riechen und hören. Neben ihr kam Bewegung in die Angreifer, sie hörte dumpfe Geräusche, gefolgt von einem Klatschen, Stöhnen, Ächzen, Keuchen untermalt von einem mehrmaligen pock, pock, pock. Der Griff der Hände um ihren Oberarm lockerte sich, dann ließen sie Aross los.

Die Wolke gab den Mond frei, viel Licht drang nicht durch, doch im Vergleich zu vorher, konnte Aross wieder alles sehen. Zuerst hatte sie vor Schreck vergessen zu atmen, nun blieb ihr vor Erstaunen die Luft weg. Sie traute ihren Augen nicht. Ki wirbelte umher. Beinahe waagerecht lag er in der Luft und hämmerte einem Angreifer die Ferse unters Kinn. In der darauffolgenden Bewegung trat er mit dem rechten Bein einem anderen Mann gegen die Kniescheibe. Während er einknickte, hatte dieser den Ellenbogen des kleinen Mannes im Gesicht. Wie fließendes Wasser bewegte sich der Künstler mit einer Kampftechnik, die Aross nie zuvor gesehen hatte. Wie ein Tänzer schwang er seine Hüfte bei den Stößen. Diese Bewegungen verliehen ihm eine enorme Kraft, die Aross ihm niemals zugetraut hätte. Die Männer auch nicht. Mit federnden Knien und gebeugten Armen rammte er seine Fingerknöchel, Ellenbogen und Fersen in die Männer. Schon stand er breitbeinig da, beinahe in der Hocke, die Finger klauenförmig vor der Schulter, die Handflächen nach außen gedreht.

Drei Männer warteten noch auf ihren Einsatz. Einer davon griff frontal mit seinem Schwert an, worauf Ki nur gewartet zu haben schien. Geschmeidig wich er dem Schlag aus und ging zur Gegenattacke über. Mit einem Bein voraus, das andere angewinkelt, sprang er ihm ins Kreuz, stieß sich dabei ab und brachte mit einem Drehsprung einige Meter Abstand zwischen sich und die letzten beiden Gegner. Für den rechten der beiden, der nur unbeholfen mit seinem Schwert wedelte, ging es zu schnell. Wie eine Katze mit der Tatze verpasste ihm Ki zwei Schläge auf die Schläfe. Er sackte zusammen. Der letzte stehende Gegner nutzte die Gelegenheit, um Ki hinterrücks von oben mit seinem Schwert zu erschlagen.

»Kii!«, wollte Aross ihn warnen, doch es war zu spät.

Denn längst hatte der kleine Mann die Gefahr erkannt. Ohne sich umzudrehen, riss er beide Arme hoch, ergriff den Schwertarm des Angreifers und schleuderte ihn mit brachialem Schwung über seinen Rücken direkt gegen einen Felsbrocken. Es knirschte hässlich. Nun war Ruhe in den Büschen, sechs Männer lagen stumm auf dem Boden. Sechs bewaffnete Krieger gegen einen unbewaffneten Maler.

»Weg hier!«, piepste das Mädchen. Mehr brachte es nicht heraus.

Nun folgte der zweite Versuch, ihren Häschern im Schutz der Nacht zu entkommen. Die Gedanken rasten in ihrem Kopf. Da tat ihr kleiner Freund so, als könnte er keinem Gänseblümchen ein Blatt krümmen, entpuppte sich dann aber mit seinen nackten Händen und Füßen als der gefährlichste Kämpfer, den Aross je gesehen hatte. Ihr Vertrauen in Ki war grenzenlos, doch worauf konnte sie sich noch verlassen?

Auf fremde Männer, die mich jagen, dachte Aross. Sie wünschte sich mit Ki weit weg von dieser verseuchten Gegend. Als sie durch das Dickicht in südlicher Richtung hasteten, vernahm sie ein Schluchzen hinter sich.

»Was ist los, Ki?«

»Ein Künstler hat zwei von den Männern getötet. Kehlkopf zertrümmert und Wirbelsäule gebrochen.« Er schluchzte herzergreifend. »Es ging nicht anders, es waren zu viele auf einmal, um Nachsicht zu üben.«

»Hör mal – du hast uns das Leben gerettet, dir blieb nichts anderes übrig.«

»Ein Künstler hat geschworen, keine Leben mehr zu nehmen.«

Seine Worte verschlugen Aross die Sprache. Eben noch hatte sie den größten Kämpfer aller Zeiten erlebt, und nun weinte er über seine Heldentaten. Dieser kleine Mann blieb ein Mysterium. Wieder war sie auf der Flucht. Ihr Leben war eine einzige Flucht. Vor was eigentlich? Vor der Gefangenschaft? Vor dem Bösen? Vor dem Tod? Vor dem Unvermeidlichen?

Mitten in ihren Überlegungen brach ein riesiger Schatten durchs Dickicht und stand plötzlich vor ihnen.

Abrupt blieb Aross stehen und starrte die Bestie an. Zunächst sah sie nur vage Umrisse, doch die gelbleuchtenden Augen in fast zwei Metern Höhe jagten ihr enorme Angst ein. Der Schatten breitete seine langen Arme aus und kam näher. Die Bewegungen strotzten vor Kraft und Entschlossenheit. Nur kurz offenbarte das Mondlicht, wessen Opfer sie waren. Die Schnauze, der Körper, die Krallen, alles war über und über blutverschmiert.

Schlimmer als jeder Albtraum, dachte Aross. Das war's nun. Ich werde nicht schreien.

Die Bestie

Den Kampfgeräuschen folgend lief Farin durchs Dickicht. Wie der Kabano das Floß, so leitete ihn sein Gehör auf engen Bahnen. Der Geruch von Blut stieg ihm in die Nase. Köstlich! Fruchtig, salzig, voller Lebenskraft.

»Übertreibst du nicht ein wenig, Ekel?«, fragte Farin irritiert und überlegte, ob es klug gewesen war, sich dem Dämon mit Haut und Haar nebst Geist und Willen zu überlassen.

Wir haben wenig Zeit. Du musst rechtzeitig zum Wachbeginn wieder zurücksein, daher vertraue mir. Und meinen Fähigkeiten. So wie beim Tjost.

»Nur, ... so wild und hitzig habe ich mich noch nie gefühlt.«

Bisher habe ich meine Natur zurückgehalten und sie deinen Fähigkeiten angepasst. Lass uns ausprobieren, wie weit ich gehen kann.

»Hm. Na gut.«

Nach diesem Zugeständnis hetzte Ekel voller Begeisterung noch schneller über Stock und Stein. Farin beschlich das dunkle Gefühl, dass es sich mal wieder um eine der berüchtigten Na-gut-Ideen handeln könnte.

Die Landschaft rauschte an ihm vorbei. Eine nie gekannte Gier nach Fleisch wucherte in ihm. Eine Gier nach rohem Fleisch. Sonst plagte ihn zu nachtschlafender Zeit nie der Hunger. Knurrend schüttelte er den Kopf. Die Kampfgeräusche verloschen wie eine Kerze im Wind. Das änderte nichts – stattdessen leitete ihn der bestialische Geruch menschlicher Ausdünstungen.

Eine Stimme zehn Meter vor ihm auf dem Boden brabbelte vor sich hin. »Wie kann das sein? Wie kann das sein?«

Nun konnte er sie nicht nur riechen, sondern auch sehen. Sechs Leiber lagen auf der Erde, nur einer bewegte sich. Die anderen Männer waren entweder tot oder ohnmächtig. Nekorer, stellte er mit einem Blick auf ihre dunkle Kleidung mit dem Flammenzeichen fest. Der Kerl hatte ihn noch nicht bemerkt, zu sehr war er mit sich selbst beschäftigt. Was nun?

Wir töten sie, schlug der Dämon vor, Farin leckte sich dabei über die Lippen. *Damit sind es sechs Nekorer weniger.*

Wie durch einen dicken Nebel brachte der Totengräbersohn mühsam hervor: »Bockmist, Ekel! Das geht zu weit. Ich will die Männer nicht umbringen. Ich will sie zur Abwechslung mal befragen, um mehr über unseren Feind zu erfahren. Vielleicht sind sie nur fehlgeleitet.«

Was soll das heißen: fehlgeleitet? Ekel klang bärbeißig wie nie. *Der einzige Fehlgeleitete bin ich. Mir überlässt der holde Totengräberengel immer nur die Drecksarbeit! Ein ums andere Mal muss ich seinen Arsch retten, aber wenn es mal spaßig wird, würgt er mich ab. Ich kann auch befragen.*

Farin fühlte sich ertappt, der Dämon hatte nicht ganz unrecht. »Wenn sie friedlich bleiben, bringst du sie nicht um, einverstanden?«

Wofür hältst du mich?

»Hm. Na gut. Übernimm du es!«

Mit einem Jubelknurren und drei, vier riesigen Sätzen sprang Farin mitten unter die Männer. Trotz tiefer Dunkelheit erfasste er jede Einzelheit. Zwei Nekorer atmeten nicht mehr, sie stanken nach Tod. Einer lebte noch, starrte jedoch nur mit offenen Augen gen Nachthimmel, er konnte sich offensichtlich nicht bewegen, nicht einmal die Lippen oder die Lider. Zwei der Kultisten lagen bewusstlos auf der Erde, und der letzte stemmte sich mit den Armen mühsam in eine Sitzposition hoch.

Jetzt erst richtete der Nekorer den Blick auf den riesigen Schatten über ihm. Seine Augen wurden so groß wie sein Mund. »NEIN, NEIN! Ein Werwolf!«, zitterte er.

Im ersten Moment wollte sich Farin erschrocken umdrehen, dann verstand er.

»EIN TODGEWEIHTER!«, donnerte er den Mann an. Seine Stimme klang noch tiefer und grollender als die von Ritter Emicho. *»Was ist hier geschehen?«*

»Ver... verschone mich. Ich … ich tue alles, was du willst«, der Mann zitterte am ganzen Körper.

»Wer hat euch so zugerichtet?«

»Wir … wir sollten ein Mädchen und ihren Begleiter verfolgen und einfangen. Als wir die beiden stellten, wehrten sie sich.«

»Ihr sechs gegen einen Mann und ein Mädchen? Machst du dich über mich lustig, Sterblicher?« Farin holte mit seiner Pranke aus, er blinzelte kurz – es war seine Hand.

»Der Mann … der Mann ...« Er schluckte und krächzte erbärmlich.

»Was war mit dem Mann? Muss ich dich erst zerreißen, bevor du redest?«

Jetzt zitterte der Kerl noch mehr, was daran lag, dass Farin ihn unter seinem Lederkragen packte, mühelos mit einer Hand emporhob und durchschüttelte.

»Na … na … na … nein, nein, gewiss nicht. Der kleine Mann kämpfte sehr außergewöhnlich – wir hatten keine Chance gegen ihn.«

»Was erzählst du da? War er ein Schwertmeister?«

»Er … hatte keine Waffe, nur seine Hände und Füße.

Aber … er war so unglaublich klein und flink. Es … war, als würde ich mit meiner Klinge nach einer Fliege schlagen.«

»Ihr habt zu sechst gegen eine unbewaffnete Fliege verloren?«

»So war es. Bitte glaubt mir.«

»Was hat das Mädchen dazu beigetragen?«

»Sie hat nur zugesehen.«

»Hatte sie kurze Haare und sah aus wie ein Junge?«

»Ja, ja, ja.« Der Mann schien erfreut, endlich eine positive Antwort geben zu können.

Farin löste den Griff, der Mann plumpste wie ein Sack Mehl auf den Boden.

»Von wem stammte der Befehl, die beiden dingfest zu machen?«

»Unser Anführer Molles bekommt die Befehle vom Prinzipal.« Er zeigte auf einen der beiden Toten, der gekrümmt auf dem Boden lag. Wie ein Raubtier sprang Farin zu ihm und öffnete den Riemen seines Unterarmschutzes. Das Mal des Unaussprechlichen glänzte matt im Mondlicht.

Ekels Fragen sind tatsächlich hilfreich, dachte Farin. Er macht es gut.

Im nächsten Augenblick beugte er sich wieder über den Nekorer, der ihn angsterfüllt anstarrte. *»Trägst auch du solch ein Pentagramm?«*

Reflexartig versteckte der Mann den linken Unterarm hinter dem Rücken. »Nein … nein, Herr.«

Mit der einen Hand packte Farin den Arm, mit der anderen zerriss er mit einem Ruck das Leder des Armschutzes als wäre es einfaches Leinen. Darunter kam das Drudenfußmal zum Vorschein. Wütend zog er die Lefzen hoch. Etwas beschwerte sich tief in Farin. Lippen, dachte es.

Wie eingefroren starrte ihn der Mann ungläubig an. »Was bist du?«, flüsterte er.

»Noch eine Lüge, und ich zerfetze dich wie das Leder. Wo ist der Prinzipal jetzt?«

»Das … das weiß ich nicht.«

Hinter ihnen regte sich etwas.

»Dann kennst du aber mit Sicherheit die Identität des Prinzipals.«

»Es … es tut mir leid. Nur wenige Auserwählte wissen, wer er ist.«

»LÜGNER! Du bist gebrandmarkt! Du musst ihn gesehen haben.«

»Nein, nein. Es geschah während des großen Rituals. Zusammen mit neunzehn anderen Männern wurde ich im Tempel mit einem Trank betäubt, und als wir wieder aufwachten, trugen wir alle das Mal.«

Hinter sich hörte Farin deutlich ein langes Einatmen, als ob sich jemand für eine Kraftanstrengung vorbereitete.

Bemerkte Ekel im Eifer seiner Befragung nicht, dass einer der Überlebenden aufgewacht war und ihn gerade angriff? Immer noch beugte er sich mit grimmigem Gesicht über den Nekorer und dachte nicht daran, sich umzudrehen.

Schon sauste ein Schwert nieder, katzengleich sprang Farin zur Seite. Die Klinge, die seinem Rücken gegolten hatte, sauste ins Leere. Nein, nicht ganz. Sie teilte den Kopf des Mannes, den sie eben noch befragt hatten, in zwei Hälften. Nicht ganz symmetrisch, doch das störte den armen Kerl nicht mehr. Farins rechte Pranke schnellte an den Hals des Angreifers, umklammerte seinen Kehlkopf mit festem Griff und riss ihn mit einem Ruck heraus. Gurgelnd brach der Mann zusammen, Blut spritzte umher wie Wasser aus einem Springbrunnen.

»Keine weiteren Fragen mehr«, stellte Ekel fest.

Farin stöhnte: »Ja, ganze Arbeit. Es gibt im Augenblick

keinen mehr, den wir verhören können.« Mit schmalen Lippen sah er auf die beiden Toten und dann an sich hinunter. »Was für eine Sauerei, Ekel.«

Jetzt beschwer dich bloß nicht. Wir haben doch einiges erfahren.

»Gerne hätte ich noch mehr über den Tempel herausbekommen, vor allem, wo wir ihn finden.«

Wer konnte denn ahnen, dass ihn sein eigener Kamerad erschlägt? Der Dämon klang untröstlich.

»Bist du da sicher? Hast du nicht absichtlich bis zum allerletzten Moment gewartet?«

Farin spürte, wie sich seine Augen verformten. Eben noch schlitzförmig wie Raubtier, nun rund wie ein Uhu.

Oh nein, so etwas Hinterhältiges traust du mir zu? Leg deine Hand aufs Herz, wir besinnen uns, und dann schwöre ich bei Gott, dass ich unschuldig bin.

»Du bist ein Widerling.«

Seit langer Zeit mal wieder ein Lob.

»Wir sollten hier verschwinden, es bleibt uns nicht mehr viel Zeit. Der kleine Mann und das Mädchen aus dem Gasthof interessieren mich. Sie können noch nicht weit sein. Suchen wir sie.«

Schon stob Farin davon. Wieder ging es in atemberaubendem Tempo durch die Buschsteppe. Gebückt wie ein menschliches Monstrum aus alten Gruselgeschichten raste er durch die Nacht. Er ließ sich auf vier Beine nieder, wobei sich seine Nase dicht über dem Boden kräuselte. Hechelnd folgte er seiner Witterung. Witterung? Hecheln? Was geschah mit ihm? Der intensive, menschliche Geruch nahm zu, ein Sprung über einen Felsen, und schon sah er sie. Zwei schmale Rücken rannten einen Steinwurf vor ihm auf eine Baumgruppe zu. Er schlug einen Bogen, rauschte an einem

Dickicht vorbei, zwei Sprünge seitwärts, und schon stand er vor ihnen.

Beide stoppten abrupt und rissen entsetzt die Augen auf. Der kleine Mann nahm eine merkwürdige Stellung ein. Er drehte ihm die Hüfte zu, winkelte das vordere Bein an, das hintere streckte er durch, den Fuß fest auf den Boden gedrückt, passend dazu streckte er einen Arm vor, der andere blieb schlagbereit zurück. Er erinnerte Farin an einen Kleiderständer aus der Burg Sturmwacht. Konnte es wirklich sein, dass dieses Kerlchen die sechs Nekorer überwältigt hatte?

Einige Wimpernschläge lang standen sie sich tatenlos gegenüber.

Mit einem tiefen Grollen sagte Farin: »Wir müssen uns unterhalten.«

Das Mädchen piepste: »Ki, das Monstrum kann sprechen.«

»Eine Freundin sollte sich hinter mich stellen, sofort«, sagte der Kleine.

Laut dachte Farin: »Hör mal Ekel, blutbesprenkelt und mit wilder Grimasse sehen wir offenbar nicht sehr menschlich aus.«

Ja und? Schön sind die beiden auch nicht.

Laut sagte Farin: »Habt keine Angst! Ihr seid die beiden aus dem Wirtshaus 'Zur rechten Zeit'. Ich habe euch durchs Fenster gesehen.«

»Du? Du warst das?« Ungläubig legte das Mädchen den Kopf schräg. Sicherheitshalber machte sie zwei Schritte zurück.

»Vorhin musste ich gegen die Nekorer kämpfen, daher das viele Blut.«

Er fletschte entschuldigend die Zähne.

»Reißzähne hat er keine«, stellte das Mädchen fest. »Wer bist du?«

Mit hoher Konzentration erlangte der Totengräbersohn wieder die volle Kontrolle. »Mein Name ist Farin. Ich bin der Knappe des Ritters, der uns anführt. Wir sind zu sechst – du selbst hast uns durchs Fenster beobachtet.«

»Was will ein Knappe von einem Künstler und einer Freundin?«

Von wem redet der?

»Ich bin auf der Suche nach einem Propheten, den ich nach einer alten Überlieferung im Gasthof treffen soll.«

Erstaunlich, wie schnell das Mädchen ihre Angst beiseitegelegt hatte. »Dann viel Vergnügen, doch dafür läufst du in die falsche Richtung. Was willst du von uns?«

»Vielleicht wisst ihr etwas über den Propheten.« Farin musterte den kleinen Mann. »Ihr scheint etwas Besonderes zu sein. Seid Ihr es vielleicht?«

»Nein. Nur ein bescheidener Künstler«, antwortete er. »Ein Künstler heißt Ki. Und eine Freundin Aross.«

»Wir können dir nicht weiterhelfen. Geh uns aus dem Weg«, forderte das Mädchen.

Die Kleine war äußerst keck. »Was macht ihr in dieser gefährlichen Gegend? Erstaunlich, dass ihr den Kampf gegen die Nekorer überlebt habt, doch wird euch das auch beim nächsten Mal gelingen? Ihr seid nur zu zweit.«

»Das geht dich nichts an.« Trotzig verschränkte sie die Arme vor der Brust.

»Ich verstehe Euer Misstrauen, mein Herr. Meine Kameraden und ich bekämpfen den Kult der Nekorer. Wir wollen die Dinge zum Besseren wenden und sind über jede

Information, die uns dabei hilft, dankbar.«

Die Blicke des Mädchens brannten Löcher in seine Haut. Sie schien hin- und hergerissen. Mit dem Hemdärmel wischte sich Farin über den Mund, alles war voller Blut, sehr vertrauenserweckend sah er sicherlich nicht aus.

»Was willst du vom Propheten?«, fragte das Mädchen plötzlich. Ihr Blick fesselte ihn.

Eine gute Frage zum richtigen Zeitpunkt erfordert eine ehrliche Antwort, dachte Farin. »Eine Heilkundlerin erzählte mir von einer Prophezeiung. Sie lautet: Bringe den Knochendeuter in der rechten Zeit mit dem Propheten zusammen. Nur die Allianz aus Dämon und Vision vermag das Weltenreich vor dem Höllenfeuer zu bewahren.«

Zunächst reagierte die Kleine verständnislos. Sie machte eine abwehrende Handbewegung, dann erglomm ein Funke in ihren Pupillen. Kurz und schwach, doch er war da. Obwohl sie nun reglos vor ihm stand, bewegte sich etwas in ihr. Ein Gefühl, eine Idee, ein Verstehen, was auch immer. Mit schmalen Augen beobachtete Farin sie.

Komm, raus damit, dachte er. Hilf mir weiter!

Der Totengräbersohn war so auf das Mädchen namens Aross konzentriert, dass er erst jetzt bemerkte, wie sich von mehreren Seiten Menschen näherten.

In diesem verlassenen Landstrich ist mehr los als auf dem Wochenmarkt, dachte er wütend.

Die Störung kam äußerst ungelegen. Als er nach seinem Schwert griff, fiel ihm auf, dass er damit noch nie auf Leben und Tod hatte kämpfen müssen.

»Gott sei Dank, da ist er, Emicho«, rief Drogdan.

Schon kam der Ritter hinter den Bäumen hervor. Seine vier Weggefährten hatten ihre Schwerter gezückt, nur

Hektorian fehlte. Irritiert starrten sie ihn an. »Bist du verletzt?«, fragte Plaudius mit einem erschrockenen Blick in sein Gesicht.

»Nein, das ist nicht mein Blut.«

Mit ernsten Mienen fixierten sie nun den kleinen Mann und das Mädchen.

»Die beiden sind Freunde«, erklärte Farin.

»Nehmt ihnen die Waffen ab«, befahl Emicho.

»Ein Künstler und eine Freundin tragen keine Waffen.«

Ungläubig inspizierte Emicho die beiden. »Du läufst in diesem Gebiet ohne Schwert herum?«

Der kleine Mann nickte.

»Hier ist es zu unsicher, wir gehen zurück ins Lager«, befahl der Ritter. »Zudem will ich Hektorian und die Pferde nicht zu lange alleinlassen.«

Mit einem unguten Gefühl beobachtete Farin das Szenario. So störrisch, wie er Aross bisher erlebt hatte, befürchtete er Schlimmes.

»Wir gehen mit ihnen«, entschied das Mädchen in selbstverständlichem Tonfall.

»Wie eine Freundin wünscht«, antwortete der seltsame, kleine Mann.

Gemeinsam machten sie sich auf den Weg.

Ritter Emicho tobte mit Händen und Füßen. »KNAPPE! Wir sind hier im Feindesland, das müsste dir spätestens seit den Erlebnissen auf dem Floß klar sein. Du hättest durch deine Unbedachtheit die Nekorer auf uns aufmerksam machen können. Deine Dummheit hat uns alle gefährdet. Aber nicht genug.« Er musste erst tief Wut holen. »Das Allerschlimmste ist: Wie kannst du es wagen, mich zu hintergehen? Schleichst dich heimlich aus dem Lager wie ein Strauchdieb. Eine solche Disziplinlosigkeit kann ich dir nicht durchgehen lassen. Für den Rest der Reise bist du nur noch geduldet. Mein Knappe bist du jedenfalls nicht mehr!«

Für Farin stürzte das Weltenreich ein. Meinte Emicho das ernst? Ließ er vielleicht Gnade vor Recht ergehen, sobald er sich wieder beruhigt hatte, oder war es das wirklich?

»Aber, Herr. Es … es ging mir doch nur um die Prophezeiung. Ich wollte nichts Unrechtes ...«

In der Stimmung interpretierte Emicho jede Bewegung der Lippen als Hochverrat. »Prophezeiung? Wie wäre es mit Verzeihung! Dafür, dass du uns alle in Gefahr gebracht hast.«

»Herr, lasst ihn doch sagen, was es mit der Prophezeiung auf sich hat«, versuchte der gute Drogdan, Partei für den bedröppelten Totengräbersohn zu ergreifen. An Schlaf war nicht mehr zu denken, zumal die Sonne bald aufgehen würde. Zu dritt saßen sie auf dem steinigen Grund etwas abseits von den anderen. Hektorian und Baraldon hielten auf einem vorgezogenen Posten Wache. Der seltsame Mann und das Mädchen ruhten sich in der kleinen Höhle aus. Plaudius war zu ihrer Bewachung abgestellt.

Purer Zorn entstellte die Gesichtszüge des Ritters, die Augenbrauen bebten. Wie der Scharfrichter dem Delinquenten wandte er sich Farin zu: »Dann mal los! Von wem hast du diesen Schwachsinn?«

»Von … von der Wahrsagerin Frenya.«

Emicho stöhnte: »Hätte ich mir denken können, warum frage ich? Die fliegt ebenfalls aus der Burg, sobald ich zurück bin.«

Bestürzt haderte Farin mit seinem Schicksal. Hatte er

tatsächlich einen derart großen Fehler begangen und damit das Vertrauen seines Herrn verspielt?

»Was besagt denn die Prophezeiung?«, traute sich Drogdan zu fragen.

Betrübt murmelte Farin: »Bringe den Knochendeuter in der rechten Zeit mit dem Propheten zusammen. Nur die Allianz aus Dämon und Vision vermag das Weltenreich vor dem Höllenfeuer zu bewahren.«

»Siehst du das nicht ein? Das ist doch ganz offensichtlich Blödsinn. Der Dämon ist unser erbitterter Feind. Wie soll der zusammen mit dem Propheten das Weltenreich retten?«

Wie sollte Farin ihm erklären, dass Ekel gemeint war und nicht der Unaussprechliche?

Schon kam die nächste Wuttirade: »Und was für ein absurder Prophet überhaupt? Die einzigen, die du gefunden hast, sind ein als Junge verkleidetes Gör und ein waffenloser Blumenpflücker.«

»Der kleine Mann hat mit bloßen Händen sechs Nekorer besiegt«, verteidigte ihn Farin.

»Hast du das mit eigenen Augen gesehen?«, fragte der Ritter.

»Nein, aber kurz danach traf ich dort ein. Zwei fand ich tot vor und vier waren außer Gefecht gesetzt. Sowohl an dem Mädchen als auch an dem kleinen Mann haftet etwas Besonderes.«

»Blödsinn! Das sind doch nur Ausflüchte.«

Seine Glaubwürdigkeit hatte mit dieser Eskapade merklich gelitten, verstand Farin betrübt. »So ganz verstehe ich es auch nicht. Vielleicht ist der unglaubliche Kämpfer der Prophet.«

»Die halbe Portion? Knappe, langsam glaube ich, du hast

den Verstand verloren. Müssen wir dich in Fesseln legen?«

»Immerhin habe ich etwas über den Kult der Nekorer in Erfahrung gebracht. Es gibt einen Tempel, in dem die Brandmal-Rituale stattfinden.« Er berichtete Emicho und Drogdan, was ihm der Nekorer erzählt hatte.

»Dann nehmen wir uns mal deine neuen Freunde vor«, entschied der Ritter. »Hast du geprüft, ob sie das Mal tragen?«

»Nein, aber das ist doch sehr unwahrscheinlich, da sie von den Nekorern angegriffen wurden.«

Ein wütendes Schnauben folgte. »Auf 'unwahrscheinlich' verlasse ich mich nicht mehr. Ich hielt es auch für äußerst unwahrscheinlich, dass du dich heimlich aus dem Staub machst.«

Als sie in der kleinen Höhle ankamen, lehnten der seltsame Mann und das Mädchen mit dem Rücken am Stein. Die beiden sahen erschöpft aus.

»Linken Ärmel hochkrempeln!«, befahl Emicho.

Verwundert fragte Aross: »Warum?«

Für Diskussionen hatte der Ritter noch nie Verständnis. Und in dieser Laune schon gar nicht. »Nicht fragen, sondern gehorchen und zwar schnell!«

Mit einem Blick, schräg und respektlos, zog Aross den Ärmel ihres Hemdes hoch. Der kleine Mann folgte ihrem Beispiel. Erleichtert stellte Farin fest, dass beide Arme unversehrt waren.

»Wo kommt ihr her?«, bellte Emicho.

»Aus der Gosse«, kläffte Aross zurück.

»Was wollt ihr hier?«

»Sind wir deine Gefangenen? Oder was willst du von

uns?«

Farin presste die Lippen zusammen. Allzu ehrfürchtig verhielt sich das Mädchen nicht.

Mit einem Zornesschnauben antwortete Emicho: »Ich bin ein Ritter des Alten Königs. Du erweist mir Respekt, oder ich lege dich übers Knie. Unverschämtheiten dulde ich nicht.«

Das Gesicht des Mädchens blieb unverändert. Unbeeindruckt sagte sie an Emicho vorbei zu Farin: »Wenn du diesem Mann dienst, kann es mit dir nicht weit her sein.«

Jetzt erschlägt er sie, dachte Farin.

Der kleine Mann erhob sich, was kaum einen Unterschied machte. »Ein Ritter sollte Nachsicht üben. Ein Künstler und eine Freundin sind in dieser Nacht zweimal überfallen worden und zweimal knapp dem Tode entronnen.«

Tatsächlich schaffte er es, Emichos Wut auf sich zu lenken. »Mein kindsköpfiger, ehemaliger Knappe hält es für möglich, dass du der Prophet bist. Ich bin leider zu verärgert, um zu lachen.«

»Ein Künstler ist nur ein Künstler.«

»Und was ist mit Aross?«, fragte Farin.

»Dieser Rotzlöffel? Schwachsinn! Du hältst die Klappe!«

»Ich, ein Prophet?« Das Mädchen zuckte mit den schmalen Schultern. »Warum nicht, möglich wäre es.«

»Pft! Du bist ja genauso verblendet.« Die Stimme des Ritters brannte vor Zorn. »Na, dann sag uns doch mal die Zukunft voraus, holde Dame. Machen wir es nicht zu kompliziert – der Tag bricht gerade erst an, was geschieht denn heute noch so alles?« Seine kantige, grantige Miene verwandelte sich in ein grimmiges, spöttisches Fragezeichen.

»Wenn du unbedingt willst, beweise ich es dir!«, behauptete Aross mit aufgebracht blitzenden Augen. Sie schloss die Lider und summte wie eine Biene auf Blütensuche. Ungläubige Blicke richteten sich von allen Seiten auf sie. Es wurde ganz still. Abrupt endete das Summen.

Weiße Zornesflecken sprenkelten Emichos Wangen. Wie ein brodelnder Vulkan verfolgte er den Auftritt. Gerade, als er ausbrechen wollte, öffnete Aross die Augen. Ihre Pupillen sahen glasig aus.

»Herr, seht ihre Augen!«, staunte Plaudius.

»Ja und? Alles nur Theater. Belehre mich eines Besseren! Raus mit der Prophezeiung«, donnerte Emicho.

»Ich muss mal kacken!«, sagte Aross und nickte bekräftigend.

Eine Weile sagte niemand einen Ton.

Als Erster lobte Drogdan: »Sie kann tatsächlich in die Zukunft sehen. Respekt!« Er gluckste, sein Oberkörper zuckte merkwürdig. »Entschuldigt. Eigentlich ist mir nicht nach Lachen zumute. Aber ...«, er presste sich schnell die Hand vor den Mund und sah angestrengt auf seine Füße. Auch Plaudius drehte sich auffällig schnell um und unterdrückte verkrampft einige komische Geräusche.

Wieder Stille.

Perplex starrte Farin auf das Mädchen, er bewunderte ihre Unschuldsmiene. Wie konnte so ein kleines Ding derart respektlos gegenüber dem weißglühenden Ritter sein? Dementsprechend verriet Emichos Gesicht, dass er gerade darüber sinnierte, ob er den Kopf der Göre mit dem Zweihandschwert oder mit dem Langschwert abschlagen sollte.

Auch davon ließ sich Aross nicht einschüchtern. Mit

trotzig vor der Brust gekreuzten Armen hob sie ihr Kinn.

Es fehlte nur noch, dass sie ihm die Zunge rausstreckte. Farin stöhnte. Was hatte er da eingefangen? Dieser Auftritt konnte den Ritter kaum von der Notwendigkeit und Richtigkeit des Ungehorsams seines Knappen überzeugen.

Erstaunlich gefasst resümierte Emicho: »Das sagt alles darüber aus, wes Geistes Kind dieses Kind ist.« Mit äußerster Liebenswürdigkeit wandte er sich dem Totengräbersohn zu. »Nun, Farin aus Haufen, ich denke, der nette Zwischenfall zeigt auf, dass du ihr mit deiner blödsinnigen Prophetengeschichte in nichts nachstehst.«

»Kann ich nun in die Büsche?«, fragte Aross, als ob sie das Ganze nichts anging.

Vertrauen

So ganz verstand Aross selbst nicht, was in ihr vorging. Der meckernde Ritter mit seinen fünf Leibeigenen verkörperte das abschreckende Beispiel schlechthin. Mit welchem Recht bestimmte er über das Leben der anderen? Das Recht des Stärkeren? Weil er von klein auf kämpfen gelernt hatte? Das Recht der hohen Geburt? Weil er von klein auf dem König in den Hintern gekrochen war wie die Generationen vor ihm?

Trotz ihrer Ablehnung spürte sie einen Unterschied zu den anderen Anführern, die sie in Nabenstein kennenlernen musste. Emicho war nicht wie Fürst Zolkan, der Kettenhund oder der Erzbischof. Sie konnte nicht genau sagen, worin der Unterschied bestand, doch sie nahm sich vor, es herauszufinden.

Mit schmalen Augen beobachtete sie den Ritter, wie er das Zaumzeug seines gewaltigen Pferdes kontrollierte. So ein typischer Rittergaul. Klotzig, klobig, kräftig. Normale Pferde würden unter dem Gewicht der Hünen mit ihren Metallrüstungen zusammenbrechen. Gegen Ki wirkte Emicho wie ein Riese. Eigentlich mochte Aross Riesen seit der Geschichte der Oberin über den verliebten Blödmann, der elendig verblutete.

Sie stand auf und klopfte sich ein wenig Sand vom Hosenboden. Ohne lange darüber nachzudenken, nahm Aross den Zahn der Zeit aus ihrer Gürteltasche in die linke Hand und näherte sich dem Ritter.

Der prüfte gerade den Sattelgurt und sah sie nicht einmal an, während er unfreundlich brummelte: »Was willst du?«

»Herr Ritter, warum kümmerst du dich selbst um dein

Pferd? Wofür hast du deinen Knappen?«

»Er ist nicht mehr mein Knappe.«

»Warum?«

»Es gibt etwas, das ich noch mehr hasse als Kinder.« Immer noch würdigte der Ritter sie keines Blickes.

»Ah, ja?« In aller Gemütsruhe wartete Aross ab. Sie war sicher, Emicho würde sie erhellen.

»Kinder, die 'warum' fragen.«

»Wenn du denen eine Antwort gibst, fragen sie nicht mehr warum.«

»Das gilt auch, wenn sie verschwinden.«

Boah, was für ein Griesgram. So leicht wirst du mich nicht los, dachte Aross.

»Wir drehen uns im Kreis.« Dann fragte sie mit zuckersüßer Stimme: »Ritter Emicho, warum willst du den Knappen nicht mehr?« Sie würde diese Frage jetzt so oft stellen, bis er sie erschlug. Oder antwortete.

Genau das schien er zu spüren – immerhin wandte er sich vom Gaul ab und musterte sie mit seinen hellblauen Augen. »Zu ungehorsam, zu aufmüpfig. Zudem verheimlicht er mir etwas. Aber was geht dich das an? Hau endlich ab!«

»Ich tue selten das, was ich tun soll«, erklärte Aross ruhig.

Die Augen des Ritters weiteten sich. Klar, Ungehorsam und Aufmüpfigkeit mochte er nicht. »Wie alt bist du?«, fragte er und sah weiterhin nur seinen Gaul an.

»Ungefähr vierzehn, genau weiß ich es nicht.«

Der Ritter zog den Sattelgurt nach. »Du zählst bald als erwachsene Frau. Allzu alt wirst du nicht werden.«

»Ihr sucht doch einen Propheten. Ich glaube, ich habe ihn gerade gefunden«, meinte Aross mit einem spitzbübischen Lächeln.

Aufs Neue betrachtete der Ritter das Mädchen, dabei kratzte er sich an seinem eckigen Kinn.

Jetzt wird er wieder stinkwütend, dachte sie.

»Komm mal her!«, sagte er nur.

Will er mich etwa schlagen? Voller Misstrauen blieb Aross, wo sie war. Der Sicherheitsabstand zu erwachsenen Menschen konnte nicht groß genug sein.

»Hast du Angst vor mir oder vor dem Pferd?«, fragte er.

»Vor Tieren habe ich keine Angst. Nur vor Zweibeinern. Warum soll ich näherkommen?«

»Warum, warum!«, äffte er sie nach, dabei suchten seine Augen die ihrigen. »Ich will wissen, was mein Pferd Donner von dir hält. Er ist ein besserer Menschenkenner als ich.«

Der polternde, selbstgerechte Kerl wollte sie wohl auf den Arm nehmen. Oder übers Knie legen, wie er es schon angedroht hatte.

Doch, wer den ersten Schritt tut, sollte beim zweiten nicht kneifen. Feigheit passte nicht zu Aross Schlammfuß. Entschlossen stellte sie sich neben den Ritter und hielt dem Schlachtross die rechte, flache Hand unter das Maul. »Leider habe ich nichts für dich, Donner. Nächstes Mal bringe ich dir was mit«, erklärte Aross dem Pferd.

Das Streitross spitzte die Ohren, senkte den Kopf und beschnupperte ihre Handinnenfläche mit seinen fleischigen Lippen. Friedlich guckte der Hengst das Mädchen mit seinen großen braunen Augen an.

Die Miene des Ritters verriet nichts darüber, welche Erkenntnis er nun gewonnen haben könnte. Einen Moment lang stand das ungleiche Paar nebeneinander, ihre Blicke verflochten sich.

»Geh jetzt und lass uns allein«, bestimmte Emicho

barsch. Doch die Art und Weise, wie er sie von sich schob, wollte nicht zum Tonfall seiner Worte passen. Sanft, beinahe behutsam legte er seine großen Hände auf ihre schmalen Schultern.

Die Berührung löste es aus. Grelle Blitze in den Pupillen ließen das Mädchen schwindeln. Geblendet kniff Aross die Augen zusammen. Dennoch sah es aus, als würde sie mit offenen Augen in einem See aus Milch tauchen. Das hatte sie schon einmal erlebt, auf dem Steg, als der Kettenhund sie gepackt hatte.

Für Sekundenbruchteile sah Aross in Emicho hinein wie in einen tiefen Brunnen. Deutlich spürte sie die Sorge, die Last der Verantwortung für seine Begleiter. Das Gleiche galt für die Menschen in seiner Heimatburg im Norden. Sogar für den Alten König hegte er eine gewisse Treue, die jedoch durch vergangene Ereignisse überschattet schien. Dieser Mann richtete sein Handeln in erster Linie nach dem Wohl seiner Vasallen aus. Hierin lag der entscheidende Unterschied zu Fürst Zolkan, der als Erstes immer nur an sich dachte. Und als Zweites an sich. Aross stellte fest – Emicho war ein konsequenter Mensch, hart, doch nicht härter zu anderen, als zu sich selbst. Krampfhaft strebte er danach, stets das Richtige tun, was ihm nicht immer gelang. Aber wer schaffte das schon? Die Bilder einiger Menschen, die er getötet hatte, flackerten ihr durch den Kopf, weil sie offensichtlich auch ihn nicht losließen. Darunter ein junger Kerl, der wie ein Knappe aussah. Spürte sie seine Gewissensbisse? Allerdings gab es deutlich mehr Eindrücke von dankbaren Menschen, deren Leben er gerettet oder denen er anderweitig Gutes getan hatte. Eine merkwürdige Bande verknüpfte ihn mit seinem jetzigen Schildträger. Bei diesem

Verhältnis kämpften viele Gefühle gegeneinander: Misstrauen gegen Liebe, Stolz gegen Zweifel, Hoffnung gegen Verzweiflung.

Der Nebel verschwand. Langsamen Schrittes entfernte sie sich. Verwirrt sah sie sich um. Wo wollte sie denn hin, und was war das für ein Zahn in ihrer Hand? Schlagartig kam die Erinnerung zurück. Sie reiste mit Ki durchs Niemandsland, und der Zahn hatte Didiweis gehört. Zuletzt hatte sie mehr über den Ritter erfahren wollen. Sie verstand es selbst nicht, sie mochte den herumschnauzenden Nörgler. Aber es gab noch einen anderen Grund, warum sie sich ohne Einwand dieser Gruppe angeschlossen hatte. Der Knappe Farin! Genau wie der Ritter wusste Aross, dass der junge Kerl etwas Besonderes war. Mit den gelben Augen eines Höllenhundes hatte er heute Morgen vor ihr gestanden. Und eine Prophezeiung erwähnt. Zum zweiten Mal in ihrem Leben hatte sie von einem Knochendeuter gehört. Das Mädchen öffnete ihre linke Hand und betrachtete den Zahn.

Didiweis, du warst die Erste, die ihn erwähnt hat. 'Finde den Knochendeuter', hast du gesagt.

Zwischendurch war es Aross entfallen, jetzt holte sie diese Begebenheit wieder ein. An diesem Ort war sie auf der richtigen Spur. Oder die Spur war am richtigen Ort. Alles drehte sich um den seltsamen Knappen. Was führte der Schildträger im Schilde?

***

»Drogdan, meint es unser Herr wirklich ernst? Sucht er sich einen neuen Knappen?«, fragte Farin verzweifelt. Sie saßen nebeneinander auf der Felsformation über der Höhle und hielten Wache.

»Schwer zu sagen. Er ist arg verärgert, du hättest nicht einfach abhauen dürfen. Vielleicht hängt es davon ab, wie du dich den Rest unserer Mission verhältst.« Er zog die Schultern hoch. »Ich kann mir vorstellen, dass er dir noch eine Chance gibt, aber verlass dich nicht zu sehr darauf.«

»Bockmist. Ich wollte euch nicht in Gefahr bringen. Ich konnte auch nicht ahnen, dass ihr direkt loszieht und mich zu viert sucht.«

»Emicho war außer sich, als er entdeckte, dass du nicht mehr da bist. Selten habe ich ihn so besorgt erlebt.«

»Danach sah es bei unserem Wiedersehen aber nicht aus.«

»Du kennst doch den alten Brummbären. Er kann es nicht leiden, wenn etwas nicht streng nach Plan läuft.«

Farin presste die Lippen zusammen. Er wollte an etwas anderes denken. »Was hältst du von dem Mädchen, Drogdan?«

»Och, die Kleine hat was. Bei ihrer außerordentlichen Vision habe ich mich bepinkelt vor Lachen. Auch bei Plaudius wären um ein Haar alle Dämme gebrochen …«, er kicherte bei dieser Erinnerung, »… nur, dann hätte uns Emicho in seiner jetzigen Gemütsverfassung ebenfalls rausgeworfen.«

»Ja, ja – für Plaudius und dich war es amüsant. Für mich weniger. Einerseits bin ich wütend auf Aross, sie hat alles nur noch schlimmer gemacht. Andererseits … besitzt sie Mut und hat ihren eigenen Kopf. Sie ist in vielerlei Hinsicht kaum zu fassen.« Farin konnte nicht anders, etwas zupfte seine Mundwinkel zu einem Lächeln.

Drogdan nickte: »Ja, sie lässt sich nicht so leicht einschüchtern.«

Mit einem tiefen Seufzer sagte der Totengräbersohn: »Ich hoffe, ich bekomme noch Gelegenheit, unserem Herrn zu zeigen, dass ich doch zu etwas tauge.«

»Hör mal, Farin«, mit ernster Miene suchte Drogdan seinen Blick. »Du bist mein Freund. Ich halte dich für einen großartigen Kerl – selbst wenn du nicht mehr Emichos Knappe sein solltest. Gräme dich nicht und verbiege dich nicht zu sehr. Vielleicht können wir das von dem Mädchen lernen.«

»Hm. Danke, Drogdan.«

»Wenn man vom Teufel spricht ...«, antwortete der Waffenmeister.

Farin bekam einen Schreck, sofort dachte er an Ekel. »Was meinst du?«, fragte er mit dünner Stimme.

In dem Moment sah er Aross auf sie zukommen. Mit ihren Jungenkleidern, den kurzen Haaren, ihrer spitzen Nase und dem schmalen Mund sah sie eigenartig aus. Nicht gerade hübsch, auch nicht hässlich, eher … ihm fehlten die Worte. Auch ihr Gang hatte etwas Besonderes. Mit kleinen Schritten kam sie näher, dabei tippelte sie schnell wie ein Vierbeiner. Mit staunenswerter Leichtigkeit krabbelte sie die Felsen zu ihnen hinauf.

Ohne einen Gruß schoss sie los: »Ich will was wissen!«

Leicht verdutzt sah Farin sie an.

Sie redet nicht drum rum, dachte er. Eigentlich müsste sie sich prima mit Emicho verstehen.

»Ja?«

»Du hast was von einem Knochendeuter erzählt. Wer ist das und was soll der tun?«

»Warum willst du das wissen?«, fragte Farin.

»Warum, warum?«, äffte sie ihn nach. »Ich habe zuerst

gefragt. Erst deine Antwort.« Sie stemmte ihre Hände in die schmalen Hüften.

Das breite Grinsen von Drogdan ärgerte Farin, deshalb wollte er nicht nachgeben. Unverwandt sah er sie an. Doch dann besann er sich eines Besseren und antwortete: »Ich habe es dir und deinem Freund bereits gesagt. Viele Dinge drehen sich um die Prophezeiung. 'Bringe den Knochendeuter in der rechten Zeit mit dem Propheten zusammen. Nur die Allianz aus Dämon und Vision vermag das Weltenreich vor dem Höllenfeuer zu bewahren'.«

Unglaublich, wie die Kleine die Augen verdrehen konnte. »Das hast du mir bereits erzählt. Kannst du nicht einfach meine Frage beantworten? Ich wiederhole sie nochmal: Weißt du, wer der Knochendeuter ist?«

Ärger stieg in Farin hoch. Himmel, war die pampig.

Drogdans Grinsen wurde breiter als der Kabano, dabei schaute er von ihrer erhöhten Position angestrengt in alle Richtungen. Klar, er hielt ja aufmerksam Wache.

»Du könntest ruhig mal netter sein«, der Totengräbersohn verschränkte die Arme vor der Brust.

Nun stampfte sie mit ihrem rechten Fuß auf. »Pah! Ich besuche euch hier oben und stelle eine einfache Frage, die selbst ein Knappe verstehen müsste. Du antwortest nicht, sondern stellst eine dämliche Gegenfrage. Danach erzählst du mir den gleichen Mist wie heute Nacht und sagst kein Wort zu dem, was ich eigentlich wissen möchte. Als Krönung des Ganzen machst du mir dann auch noch Vorwürfe. Mit so einem rede ich keinen Ton mehr.«

Sie drehte sich um, kletterte den Felsen hinunter und verschwand in der kleinen Höhle, ohne einen Blick zurückzuwerfen.

Verdutzt glotzte ihr Farin hinterher. »Aber ...«

Kichernd prustete Drogdan los: »Du hast ein Händchen für Frauen, das muss ich dir lassen.«

»Aber … die hat sie doch nicht alle beieinander.«

»Nun ja, sie ist aus einem bestimmten Grund gekommen. Sie wollte mehr zu etwas in Erfahrung bringen, das du losgetreten hast. Das heißt, sie versuchte zu helfen.«

Hauptsache, der schlaue Drogdan hielt ihm nun im Nachhinein schlaue Vorträge. Mit beiden Händen rieb Farin sein Gesicht. Immer noch fanden sich Reste von Schmutz und Blut darin. Heute Nacht hatte er nicht geschlafen, Emicho war wütend auf ihn wie noch nie, und in dieser Gegend lauerte permanent Todesgefahr durch die Nekorer. Konnte er seine restliche Kraft darauf verwenden, mit höchster Einfühlsamkeit auf die Empfindlichkeiten des Mädchens zu achten? Am besten, Emicho jagte sie zum Teufel.

»Ich will jetzt kein blödes Wortspiel hören, Ekel«, dachte er mies gelaunt.

Der Dämon tat ihm den Gefallen und blieb still. Vermutlich schlief er sich gemütlich aus. Manchmal beneidete er Ekel.

***

Der überhebliche Stiefelputzer konnte sie mal. Ach nee, das war er ja nicht mehr. Nicht einmal das konnte er, schließlich hatte ihn der Ritter rausgeworfen.

Was machte Emicho mit seinen fünf Vasallen eigentlich hier? Ach, was ging sie das an. Lieber Tag, warum umgibst du mich mit lauter Blödmännern?

Vor der Höhle stand Ki und reckte und streckte sich wie eine Katze in alle Himmelsrichtungen.

»Eine Freundin hat Rauch über der Stirn«, begrüßte er sie.

Wollte er sie nun auch noch ärgern? Nein, nicht Ki. Sie legte den Kopf in den Nacken und pustete kräftig. »Jetzt nicht mehr.«

Es half, tatsächlich sah die Welt nun schon anders aus. Nachdenklich fragte Aross: »Hast du etwas dagegen, dass wir noch eine Weile bei Ritter Emicho bleiben? Ich habe so ein Gefühl, dass es richtig wäre.«

»Wenn eine Freundin das möchte, und ein Ritter uns duldet, wie kann ein Künstler dann dagegen sein?«

Eigentlich wollte sie sofort wieder losstürzen und den Ritter fragen. Doch dann betrachtete sie den kleinen Mann, und tiefe Dankbarkeit suchte sie heim. Rührseligkeit passte nicht zur Königin der Ratten, dennoch druckste sie, bis sie mit feuchten Augen herauspresste: »Danke, Ki. Danke … für alles.«

Der kleine Mann führte die Handflächen unter seinem Kinn zusammen und verbeugte sich kurz. Es sah aus wie ein 'gern geschehen'.

Inzwischen brannte die Sonne auf ihrer Haut, der Frühling zeigte sich von seiner besten Seite. Der Ritter ließ das Lager abbrechen und versammelte dann seine Leute um sich.

»Wir durchqueren den Wald und nähern uns der Burg Siegesmund von Südwesten. Wenn König Grachus Wort hält, treffen wir vorher auf einhundert königliche Soldaten. Das verleiht dem Einzug in die Burg Nachdruck. Ich will dort keine bösen Überraschungen durch die Nekorer erleben.«

Mit einem Hüpfer sprang Aross auf. »Herr Ritter, wir möchten uns der Gemeinschaft anschließen. Bis zur Burg erbitten wir Euren Schutz.«

Brav benutzte sie die gebotene Höflichkeitsform.

Ungläubig sah Emicho sie an. »Ihr beide wollt mit uns reisen? Ihr habt ja nicht einmal Pferde.«

»Euer Weg führt durch den Wald. Dort müsst Ihr die Pferde einen guten Teil am Zügel führen. Wir beide sind klein und leicht und könnten das restliche Stück bei jemandem mitreiten.«

Auch der blöde Knappe guckte sie scheel an. Sein Freund mit der hellen Stimme, Drogdan, grinste. Eigentlich grinste er immer, vermutlich auch im Schlaf.

»Wir haben eine gefährliche Mission zu erfüllen. Ich kann euch nicht gebrauchen«, knurrte der Ritter.

»Warum ist es denn gefährlich?«, fragte Aross erschrocken. Ihre Hand fuhr zum Mund.

»Weil hier überall Nekorer herumlaufen, denen Menschenleben wenig bedeuten.«

»Und dann wollt Ihr sogar ein kleines Mädchen und einen unbewaffneten Mann in dieser bösartigen Gegend alleine zurücklassen?«, sie flackerte mit den Wimpern.

Der Ritter kratzte sich an seinem breiten Kinn. Aus dem breiten Mund darüber kam nichts heraus. Um Fassung ringend beobachtete Farin seinen Herrn, Drogdan grinste zur Abwechslung.

»Du reitest bei mir mit«, entschied Emicho. »Donner mag dich. Ritter Hektorian, Ihr nehmt Ki mit auf Euer Ross.«

Herrlich, die Miene des ehemaligen Knappen. Damit hatte er wohl nicht gerechnet.

Wie das artigste Burgfräulein des Weltenreiches machte Aross einen Knicks. »Habt Dank, edler Ritter.«

Uh, fast hätte sie dabei das Gleichgewicht verloren.

»Sobald wir in der Burg sind, geht ihr wieder eure eigenen Wege, damit das klar ist«, machte Emicho deutlich.

Damit hatte Aross kein Problem. Bis dahin konnte noch viel geschehen. Und wenn nicht, würde sie sich mit Ki früh genug aus dem Staub machen. Zunächst hatte die Königin der Ratten das bekommen, was sie wollte.

Siegesmund

»Ekel, es ist nicht zu glauben. Emicho lässt sich von dieser Göre auf der Nase herumtanzen und nimmt sie auch noch mit.«

Der Ritt durch den dichten Wald stellte eine echte Herausforderung dar. Im Grunde mussten sie die Pferde tatsächlich über die Hälfte der Strecke am Zügel führen, weil das Reiten wegen der tiefwachsenden Äste kaum möglich war.

»Komm Fiesel«, auch in diesem Augenblick mussten alle absitzen. Alle? Wütend sah Farin zu Emicho hinüber, der Donner am Zügel führte, während Aross hoch droben im Sattel thronte und sich nur ab und an hinter den Hals des Hengstes duckte. Dabei hätte der Ritter etliche Gründe gehabt, das Mädchen hinrichten zu lassen, wenn es ein oder zwei Jahre älter gewesen wäre.

Bist du eifersüchtig?, ätzte der Dämon mitten in Farins Ärger hinein und machte dadurch alles nur noch schlimmer.

»Bockmistiger Blödsinn! Nein! Ich verstehe es nur nicht. Sie ist frech, dreist und lümmelhaft.«

Ist das nicht alles das gleiche?

»Nein, weil sie das alles ist«, sagte Farin trotzig. »Soll er sie doch als Knappe nehmen.«

Mit Sicherheit würde sie beim Buhurt und Lanzenstechen besser abschneiden.

»Du reitest gerade auf meinem wunden Punkt herum.«

Wie bitte? Ich sehe hier nur eine Person reiten. Er gluckste.

Es reichte Farin. In dieser Stimmung konnte er gegen Ekel nur verlieren, also sollte er die Klappe halten und die Gedanken abstellen. Warum war Letzteres nur so schwierig?

Als sie am frühen Nachmittag den Wald durchquert hatten, tat sich vor ihnen erneut eine Buschsteppe auf. Ritter Hektorian zeigte schweigend in die Ferne, Farin folgte seinem Blick. Jetzt sah er sie auch, die Staubwolke, weit entfernt am Horizont.

»Feinde oder Freunde lautet die alles entscheidende Frage«, sagte Emicho. »Alle zurück in den Wald. Ich werde alleine auskundschaften, was es damit auf sich hat. Bestenfalls sind es die königlichen Soldaten, die uns Grachus zur Verstärkung schickt.«

»Herr, lasst mich mit Euch gehen«, versuchte es Farin.

Die knappe Antwort lautete: »Nein!«

Der Ritter hob Aross von Donner herunter und schwang sich selbst in den Sattel. »Hektorian, Ihr seid mir für das Wohlergehen aller verantwortlich.«

Schon galoppierte er der Staubwolke entgegen.

Betrübt sah Farin Ritter Emicho hinterher, der immer kleiner wurde und bald nur noch als dunkler Punkt auszumachen war. Die Pferde wurden zurück in den Wald gebracht und dort angebunden. Hektorian teilte Plaudius und Baraldon als Wachposten ein, zudem beobachtete er selbst etwas vorgezogen von einem Hügel aus die Staubwolke.

Aus dem Augenwinkel schielte der Totengräbersohn zu Aross hinüber, die es sich mit Ki zusammen im Schatten eines Baumes gemütlich gemacht hatte.

Sollte er seinen Stolz überwinden und zu ihr gehen? Entschuldigen musste er sich für nichts. Wenn, dann oblag dies eher ihr. Damit hakte er seine Überlegung ab. Sie konnte ihm ohnehin nicht helfen. Eine Stimme in ihm, definitiv nicht die von Ekel, flüsterte, dass er seinen kindlichen Trotz ablegen sollte. Ach was, es tat mal gut, Naivität über Vernunft siegen zu lassen.

Er richtete sich auf und blickte mit der Hand über den Augen nach Süden. Der Ritter war nicht mehr zu entdecken, die Staubwolke kaum größer.

Lass mal sehen, forderte ihn Ekel auf.

Seufzend überließ Farin dem Dämon seinen Willen und seinen Geist. Unglaublich – trotz der blendenden Mittagssonne konnte er es erkennen. Erleichterung erfasste den Totengräbersohn, es handelte sich um eine Armee Fußsoldaten. Alle trugen das königliche Wappen auf der Brust, den gelb-schwarzen Wanderfalken. Hundert Männer marschierten gut geordnet Ritter Emicho entgegen.

»Zum Glück, es sind die Männer von König Grachus«, murmelte er.

»Woher willst du das wissen? Die sind doch noch viel zu weit weg.«

Jäh fuhr er herum. Hatte sich das Mädchen an ihn herangeschlichen? Immerhin war sie gekommen und sprach mit ihm. Obwohl – wollte er das überhaupt?

»Ich … ich, äh, ich ...«

»Stottere?«, half sie ihm.

Sie war beinahe so komisch wie Ekel. Er konnte ihr schlecht erklären, dass er es sehr wohl sehen konnte.

Ekel stöhnte. So ein Wurm-stell-dich-nicht-so-stoffelig-an-Stöhnen. *Soll ich mit ihr reden?*

Bloß nicht, dachte Farin und verbannte den Dämon in den Hinterkopf.

»Ich habe gute Augen«, versuchte er es Aross zu erklären.

»Die in der Nacht gelb leuchten«, ergänzte das Mädchen.

Dann stellte sie sich neben ihn und blickte konzentriert nach Süden. »Ich kann von hier aus nichts erkennen.« Aufreizend sah sie ihn an. »Was bist du für einer?«

»Ein Werwolf. Um Mitternacht verwandle ich mich in ein mordsüchtiges Biest. Daher stammte auch das viele Blut«, sagte er nett und lächelte.

»Ich glaube dir kein Wort. Es ist etwas anderes. Du hast ein Geheimnis. Du weißt es, ich weiß es, Emicho weiß es.«

Mit gefurchter Stirn und zusammengepressten Lippen musterte er das Mädchen. Ihre linke Hand war zur Faust geballt, als klammerte sie sich an etwas.

»Haben wir nicht alle ein Geheimnis?«, sagte er schwach, und so klang es auch.

»Ja, aber nicht so eins.«

»Was geht dich das eigentlich an?« Farin fühlte sich in ihrer Gegenwart nicht wohl, das Mädchen verunsicherte ihn.

»Ich bin auf der Suche nach Geheimnissen …«, sagte sie, als wüchsen sie wie Pilze im Wald. »… nach dem meiner Herkunft zum Beispiel.«

»Du weißt nicht, woher du stammst?«, fragte Farin, froh darüber, dass er von sich ablenken konnte.

»Ich wurde als Säugling vor dem Waisenhaus in Nabenstein gefunden. Aber wir wollten über dich reden.«

Wollten wir das? Die ließ nicht locker.

»Ich bin aus Haufen«, sagte der Totengräbersohn, um etwas Unverfängliches zu sagen.

»Was für ein Haufen?«

»Äh, ein kleines Dorf im Westen des Weltenreiches.«

»Und wie bist du dann Knappe geworden?«

»Der Ritter hat mich eines Tages ent…, äh, geholt.«

»Weil du so gut kämpfen kannst?«

»Äh, nicht ganz.«

»Weil du so gut in die Ferne gucken kannst«, ihr Lächeln spöttelte.

»Äh, nicht ganz.«

Aross schnaubte. »Ich kann dich nicht fassen, Farin aus Haufen. Du kommst mir vor wie ein glitschiger, sich windender Aal. Gib mir für einen Moment deine Hand.«

Reflexartig versteckte er beide Hände unter seinen Achseln.

Aross klatschte sich mit der freien Hand an die Stirn. »Boah, ich habe mir immer eine kleine Schwester gewünscht.« Sie sah ihn verwandt an.

»Zeig mir erst, was du in deiner linken Hand hältst.«

Die Stimme Hektorians ertönte. »Sammeln! Emicho winkt uns zu ihm. Es sind offenkundig die königlichen Soldaten. Wir brechen sofort auf.«

Erleichtert erhob sich Farin. Die Kleine hatte ihn in die Enge getrieben, der Befehl kam gerade richtig. »Wir müssen los«, sagte er.

Ohne eine Miene zu verziehen oder die Lippen zu bewegen, zeigte sie es ihm mit ihren Augen: Du bist ein Jämmerling.

Hör mal. Du parlierst mit dem Alten König, mit Rittern und Fürsten nahezu auf Augenhöhe. Warum machst du dir vor dem Mädchen ins Leinenhemdchen?

Darauf antwortete Farin nicht. Was auch?

»Weit ist es nicht mehr bis zur Burg Siegesmund. Ich bin gespannt auf unser neues Zuhause«, freute sich Plaudius neben ihm. Von Drogdan hielt sich Farin absichtlich fern, denn er hatte Aross vor sich auf dem Sattel sitzen.

»Ob es mein neues Heim wird, muss sich noch erweisen«, sagte Farin. »Sobald sich eine Gelegenheit ergibt, rede ich mit Emicho.«

»Hm, ich finde auch, er sollte dich als Knappe behalten. Ich lege ein gutes Wort für dich ein, ob es was nützt, kann ich dir nicht versprechen.«

»Danke, Plaudius.«

Sie erreichten die Soldaten. Ritter Emicho stand zusammen mit einem Offizier vor der Truppe.

»Das ist Heermeister Thobald. König Grachus schickt ihn und seine Männer zu unserer Unterstützung.«

Das Gelb des Waffenrocks leuchtete wie die Sonne. Sein braungebranntes Gesicht wirkte sympathisch. Ein visierloser Helm verdeckte das Haar, doch seine Augen blickten freundlich. »Ritter Emicho, es ist uns eine Ehre, bei dieser Angelegenheit helfen zu dürfen. König Grachus hat mich instruiert. Die Befriedung des Südens ist eine wichtige Aufgabe. Heute noch werden wir in die neue Burg einziehen. Herr, ich unterstehe Eurem Befehl.«

Beeindruckt ließ Farin seinen Blick über die Soldaten schweifen. Alle trugen leichte Rüstungen, Buckler und Kurzschwerter. Es schienen erfahrene Männer zu sein, kaum einer zählte weniger als dreißig Jahre.

»Ich danke Euch, Heermeister. Dann lasst Eure Männer nicht allzu lange in der Sonne stehen: Auf zur Burg Siegesmund.«

Die kleine Armee setzte sich in Bewegung. Farins Kameraden stiegen ab und führten ihre Pferde am Zügel.

Thobald zeigte auf Emichos Gefährten. »Etwa zwei Stunden Fußmarsch liegen noch vor uns. Genug Zeit, um uns miteinander bekannt zu machen. Ein Gesicht kenne ich bereits. Ritter Hektorian aus dem Hause Eichengrund, schön, Euch wiederzusehen.«

»Die Ehre liegt bei mir, Heermeister Thobald«, grüßte der Angesprochene freundlich zurück.

Emicho stellte seine restlichen Mitreisenden vor. »Unsere Gäste, Aross und Ki.« Sein Finger schwenkte nach rechts. »Und hier haben wir Hektorians Knappen Baraldon sowie meine Begleiter Plaudius, Drogdan und Farin.«

Der Heermeister lächelte einem nach dem anderen freundlich zu. Farin verspürte einen Stich im Herzen. Baraldon hatte der Ritter als Knappe vorgestellt. Ihn nicht.

Obgleich Farin mit gesenktem Kopf marschierte, spürte er, dass Aross ihn beobachtete. Hatte sie seine Enttäuschung bemerkt? Jämmerling hatte sie ihn genannt. Das war noch nett. Er musste ihr wie ein warmer Waschlappen vorkommen.

Am frühen Abend zeichneten sich am Horizont drei Türme ab. Schlank ragten sie in die Höhe, weißverputzt leuchteten sie in der Sonne. Schon von Weitem bot sich ein rundweg anderer Anblick als Burg Sturmwacht, dieser graue, viereckige Kasten.

Emicho und Hektorian bildeten mit ihren Streitrössern die Vorhut. Aufmerksam suchten sie die Gegend nach Feinden ab, glücklicherweise ohne Erfolg. Wo waren die Nekorer?

Neugier vertrieb Farins Unzufriedenheit mit sich selbst. Er betrachtete die gigantische Eingangspforte der Burg. Es gab keinen Graben und keine Zugbrücke, dafür zwei zehn Meter hohe, eisenverstärkte Flügeltüren. Darüber führte ein breiter Wehrgang, auf dem jede Menge Verteidiger jede Menge unangenehme Dinge lagern konnten, die auf jede

Menge Angreifer hinuntergekippt werden konnten. Oben wartete bereits eine eindrucksvolle Gesellschaft. Mindestens zwanzig Personen hatten sich zur Begrüßung eingefunden, darunter auch zahlreiche Frauen. Nicht verwunderlich, die anrückende Armee war von den Wachen sicherlich schon vor Stunden gesichtet worden.

Eine der Damen kam Farin bekannt vor, ihr schwarzes Gewand gab ihm den entscheidenden Hinweis. Natürlich, dort stand Maghareta von Siegesmund, Fürst Gorians Witwe, er hatte sie erstmalig gesehen, als sie Keimunds Leiche in Empfang genommen hatte. Der Totengräbersohn empfand Mitleid mit der Frau, schließlich hatte sie in kurzer Zeit ihren Sohn und ihren Gatten verloren.

Die Armee baute sich vor dem Tor auf. Die unten guckten nach oben, die oben guckten nach unten.

Ritter Emicho trat vor. »Meine Dame, Fürstin Maghareta. Verzeiht, dass ich nicht lange um den heißen Brei rede. Ich bin hier, um die Burg Siegesmund in Besitz zu nehmen. Aus Rücksicht auf Eure Trauer spare ich mir auszuführen, was zu dieser Situation geführt hat.«

»Ritter Emicho, Ich weiß, wie hoch mein Gatte Gorian gespielt hat und dass Euch keine Wahl blieb. Euer Anspruch ist rechtmäßig. Zudem hat mir ein Kurier des Königs den Wunsch Seiner Majestät, König Grachus, übermittelt, Euch die Burg zu übergeben.«

»Dann öffnet das Tor. Ich verspreche Euch Schutz und standesgemäße Behandlung.«

»Ich habe Erkundigungen über Euch eingeholt, daher weiß ich, dass Ihr ein Ehrenmann seid und auf Euer Wort Verlass ist, Ritter Emicho.« Gebieterisch hob sie die Hand: »ÖFFNET DAS TOR! Heißt den neuen Burgherrn willkommen.«

Laut knarzend setzten sich beide Torhälften in Bewegung, die Türen öffneten sich gemächlich. Dafür wurden jeweils drei Männer benötigt, die mit ganzer Kraft drückten. Es dauerte lange, bis beide Flügel offenstanden. Ein Zeichen des Vertrauens, so konnten sechs Soldaten nebeneinander in die Burg einmarschieren.

Tagelang hatte sich Farin diesen Moment ausgemalt und stets mit erbittertem Widerstand gerechnet. Glücklicherweise klappte nun alles reibungslos. Natürlich wurden sie nicht mit Jubel empfangen, doch am nötigen Respekt ließ es die Familie Siegesmund nicht fehlen.

Als Erster schritt Ritter Emicho, seinen Hengst Donner neben sich führend, durch das Burgtor. Dahinter folgte Heermeister Thobald mit einem Drittel seiner Soldaten. Emichos Vasallen, zu denen augenblicklich auch Aross und Ki zählten, bildeten die dritte Gruppe, zum Schluss rückte der Rest der Armee nach.

Der riesige Burghof fasste alle Menschen. Der Hofstaat bildete ein breites Spalier und begrüßte die Neuankömmlinge knicksend.

Auch Fürstin Maghareta selbst war zum Empfang des neuen Burgherrn vom Torhaus hinabgestiegen. Thobald scherzte mit einem der Wächter an der Pforte, auch er schien froh, dass die Übergabe der Burg ohne Komplikationen vonstattenging.

Aross stand ganz in Farins Nähe und sah sich aufmerksam um. Typisch, das reizbare Mädchen war stets auf der Hut. Offenbar beruhigte sie sich, denn nun verharrte sie wie eine Steinstatue, ihre Augen glänzten.

»Ich danke Euch, Fürstin«, ehrerbietig küsste Thobald die

Hand der schwarzen Dame. Er zeigte auf die leeren Wehrgänge. »Wir verteilen meine Männer auf der Mauer. Wir möchten keine Überraschungen mit den Kultisten erleben.«

»Ihr meint die Nekorer? Seit Tagen habe ich keine gesehen, Heermeister«, versicherte die Fürstin.

Erneut fiel Farins Blick auf Aross. Was faszinierte ihn so an dem Wildfang? Das Mädchen zwickte gerade Ki in den Arm und flüsterte ihm etwas zu. Nur ihre Lippen bewegten sich, ansonsten wirkte ihr Gesicht leblos, weiß wie ein Bettlaken, ohne Mimik, ohne Gefühl.

»Schließt das Tor«, rief Maghareta von Siegesmund.

Auch Drogdan und Plaudius freuten sich über den unbeschwerten Einzug in die Burg. Sechs Männer begannen ächzend die beiden Flügeltüren wieder zuzuschieben. Ki und Aross betrachteten interessiert die Konstruktion der gewaltigen Pforte. Staunend deutete das Mädchen auf die drei stählernen Angeln an jeder Seite, von der jede einzelne etwa so groß war, wie sie selbst. Immer noch leichenblass flüsterte sie eindringlich auf den kleinen Mann ein. Was ging in ihr vor?

»Ekel, hilf mir bitte. Was sagt sie?« Farin ließ seinen Geist schweben.

Bei dem Lärm ist es schwer auszumachen. Dreh eine deiner Ohrmuscheln seitwärts zu ihr.

Der Totengräbersohn tat wie ihm geheißen. Schnell dröhnte sein Kopf vor lauter aufregender Geräusche vieler aufgeregter Menschen. Nach und nach filterte er wie mit einem Sieb ein helles, aufgeregtes Wispern heraus.

»Ki, ich habe es gesehen. Es ist entsetzlich. Wir müssen sofort raus hier. Das Tor ist gleich zu, es ist zu spät, um die anderen zu warnen.«

Wie bitte? Kälte kroch in Farin hoch. Was meinte sie?

Er blickte hin und her und sah nur zufriedene Menschen um sich herum. 'Ich habe es gesehen', hatte Aross gesagt. Was? Die Zukunft? War sie vielleicht doch der Prophet? Ach was, ein weiterer Beweis, wie verrückt das Mädchen war. Es ließ ihm keine Ruhe. An zwei Soldaten vorbei drängelte er sich in ihre Richtung. Er würde sie einfach fragen.

Der Spalt zwischen den Flügeltüren der Pforte war noch etwa einen Meter breit. Das Mädchen und der kleine Mann machten keine Anstalten, die Burg zu verlassen, noch vier Schritte, dann war er bei ihr.

»Bei drei, Ki«, hörte er Aross sagen. »Eins, zwei, drei.«

Die beiden rannten los, schneller, als es Farin für möglich gehalten hätte. Sie stürzten auf den Spalt zu. In allerletzter Sekunde, bevor das Tor endgültig geschlossen war, zwängte sich zuerst Aross, dann dicht dahinter Ki durch die Lücke.

»Stehen bleiben!«, riefen zwei Soldaten durch den nunmehr fingerbreiten Spalt den beiden hinterher.

»Lasst sie laufen, sie sind unwichtig«, hörte er die Fürstin hinter sich im Burghof sagen. »Verriegelt die Pforte.«

Wir gehen auf die Mauer, sagte Ekel gebieterisch. In diesem Ton hatte er noch nie mit ihm gesprochen.

Instinktiv gehorchte Farin und stieg die steile Treppe hoch, die auf den Wehrgang führte. Oben angekommen sah er Ki und Aross hinter einem Felsen verschwinden. Mit trockenem Mund drehte er sich um und blickte in den Burghof hinunter.

Irritiert fragte Ritter Emicho: »Was ist geschehen? Wer hat die Burg verlassen?«

»Ki und Aross«, antwortete Drogdan neben ihm.

Die Fürstin ging nicht weiter darauf ein. »Es wäre mir

eine Ehre, Euch durch die Burg Siegesmund zu führen«, bot sie galant an.

Mit seinen geschärften Sinnen sah Farin von hier oben jede Kleinigkeit, hörte jedes gesprochene Wort, roch den Schweiß der Menschen. Mit einem Heldenlächeln zwinkerte Drogdan gerade einer hübschen Dienstmagd mit langen, schwarzen Haaren zu.

Plaudius flüsterte Baraldon zu: »Was habe ich für einen Hunger. Ich freue mich auf ein anständiges Abendmahl.«

Und Emicho? Farin bemerkte, dass die Liebenswürdigkeit der Fürstin nun auch den Ritter befremdete.

Maghareta von Siegesmund erhob ihre Stimme: »Stalljungen, versorgt die Pferde. Kümmert euch zuerst um den Hengst des neuen Burgherrn.« Sie lächelte. »Ein feines Tier, Ritter Emicho.«

»Fürstin, ich führe mein Ross besser selbst in den Stall. Donner wird schnell nervös, wenn Fremde ihm zu nahekommen«, erklärte Emicho.

»Das wird nicht nötig sein, mein Ritter.« Sie setzte ein verständnisvolles Lächeln auf. »Meine Vasallen wissen mit Pferden umzugehen.«

Die Soldaten breiteten sich langsam in der Burg aus. Noch stand Farin alleine auf dem Wehrgang. Immer wieder pulsierte derselbe Gedanke in seinem Kopf. Was hatte Aross gesehen? Was hatte ihr solche Angst eingejagt? Alles nur ein Hirngespinst?

Obwohl Ekel schwieg, fühlte Farin, dass der Dämon aufs Höchste konzentriert war. Auch er suchte mit Nachdruck nach dem Fehler. Er fand ihn nicht.

Mit seinen geschärften Sinnen, spürte der Totengräbersohn Emichos Anspannung bis hier oben, obwohl der Ritter äußerlich ganz unbefangen wirkte. Zwei Stallburschen traten auf ihn zu und wollten Donner übernehmen, um ihn in den Stall zu führen. Nervös begann das Tier zu tänzeln.

Ein Nicken der Fürstin und einer der königlichen Soldaten drehte sich um seine Achse. Er hielt ein Zweihandschwert über seinem Kopf. Wuchtig trieb er die Klinge tief in Donners Kehle, als schlachtete er ein Rind. Emicho stand auf der anderen Seite und reagierte sofort, er zog sein Schwert. Doch es war zu spät. Von allen Seiten packten ihn starke Arme, rissen ihn von seinem Pferd weg und stießen ihn auf den Boden. Der Hengst ging hoch, seine Vorderhufe wirbelten durch die Luft. Er schüttelte sein eigenes Blut durch die Luft, das Tier hatte keine Chance, die Wunde klaffte viel zu tief, viel zu tödlich. Das Streitross kam wieder auf vier Beine, seine Vorderläufe knickten ein. Auch die beiden Stallburschen hatten nun Spieße in den Händen, die sie tief in die Brust des Pferdes stießen. Der schwere Leib krachte auf den gepflasterten Boden des Burghofs. Donner war tot.

Die Stimme der Fürstin klang nach wie vor liebenswürdig, doch das verstärkte nur den unbändigen Hass in ihrer Miene. »Verehrter Ritter. Als mein Ehrengast werdet Ihr Burg Siegesmund nie mehr verlassen. Habt Ihr wahrlich geglaubt, ich würde Euch meine Burg kampflos übergeben? Als Belohnung dafür, dass Ihr verantwortlich für den Tod meines Kindes seid? Als Belohnung dafür, dass Ihr mit Eurem schwarzen Bastard meinen Mann beim Tjost ermordet habt?«

Sie wandte sich an Heermeister Thobald. »In Ketten mit ihnen. Alle. Wer sich wehrt, wird getötet. Wir brauchen nur Emicho und seinen Knappen lebend.«

Was für eine Falle! Nach dem Betrug mit dem Gift beim Tjost hätten sie wissen müssen, dass den Nekorern und der Familie Siegesmund kein Verrat zu niederträchtig war.

»Ihr habt die Fürstin gehört. Gefangennehmen!«

Die Soldaten zogen ihre Kurzschwerter. Die Bestürzung auf den Gesichtern der Freunde schmerzte Farin, als hätte er sich Arme und Beine gebrochen. Hektorian zog sein Schwert. Von mehreren Seiten drangen Klingen in den Körper des Ritters.

Emicho brüllte: »NEIN! Nicht kämpfen!«

Ein Mann kam von der anderen Seite des Wehrgangs auf Farin zugelaufen, während zwei Soldaten die Treppe zu ihm hinaufstiegen.

Fünf gegen einhundert. Nein, vier gehen achtundneunzig. Ritter Hektorian brach blutend zusammen, zwei Angreifer hatte er noch mit in den Tod genommen.

»NICHT KÄMPFEN!«, brüllte Emicho. Seine Stimmbänder waren kurz vor dem Zerreißen.

Plaudius, Drogdan und Baraldon unterließen jeden Widerstand.

Die drei Soldaten hatten Farin fast erreicht.

Nicht kämpfen, aber springen, sagte Ekel. *Mach dich bereit.*

Springen? Ungläubig sah Farin durch das Zinnenfenster nach unten. Bestimmt acht Meter bis zum steinigen Boden.

Los jetzt.

Farin zögerte. »Ich breche mir beide Beine. Und Füße.«

Spring endlich. Ekel kicherte eklig. *Irgendwie hatten wir das schon.*

Farin konnte nun alles andere als ein Déjà-vu gebrauchen. Der Mann auf dem Wehrgang zog sein Kurzschwert und stürmte auf ihn zu. Die beiden anderen waren nur noch zehn Meter entfernt.

Überlass es mir.

Seit dem Lauschen vorhin hatte Ekel ohnehin die Kontrolle. Kurzerhand wich er aus und ließ den angreifenden Soldaten ins Leere laufen. Dann packte er ihn am Arm und schleuderte ihn in einem großen Bogen mit dem Kopf voran von der Mauer. Wild mit den Armen rudernd krachte er mit dem Schädel auf den Boden.

Ekel erklärte: *Der ist mit dem falschen Ende aufgekommen – dem großen Runden. Das ist nicht gut. Wir machen es besser und landen mit den beiden anderen Enden deines Körpers.*

Die beiden Soldaten rannten mit gezückten Schwertern auf ihn zu.

Farin wartete nicht länger. Er sprang.

Verzweiflung

Mit flinken Beinen rannten Ki und Aross aus der Burg. Weg, Hauptsache weg von hier. Der Name Siegesmund passte nicht, Todesmund sollte sie heißen. Mit dem Zahn in der Hand hatte sie die Zukunft gesehen, den Verrat, das Abschlachten des wehrlosen Pferdes, den Tod von Ritter Hektorian, den Strick um den Hals der drei Weggefährten. Sie würden als Nächstes sterben. Noch immer zitterte sie beim Gedanken an die Vision, dabei wirkte zunächst alles so friedlich. Sie warf einen Blick über die Schulter. Das Tor blieb zu, niemand verfolgte sie. Die geschlossene Gesellschaft beim Schlachtfest im Burghof hatte eindeutig Vorrang.

»Warte mal, Ki«, keuchte Aross.

Hinter einem Felsen hielten sie an. Mit gemischten Gefühlen beobachtete Aross die Burg. Gerade hatte sie angefangen, sich an die neuen Gefährten zu gewöhnen, schon war alles wieder hinfällig.

Auf der rechten Frontmauer tauchte eine Gestalt auf. Jetzt erkannte sie ihn, es war der verbohrte Knappe. Was machte Farin dort oben? In dem Moment drehte er den Kopf und blickte zu ihr herüber. Dann schaute er wieder in den Burghof hinunter.

Etwas Zeit verging, bis ein Soldat mit erhobenem Schwert auf Farin zu rannte. Deutlich sah sie die Klinge über den Zinnen aufblitzen. Im nächsten Moment kniff sie ungläubig die Augen zusammen. Der Soldat fiel von der Mauer. Nein, falsch. Er flog ein oder zwei Meter hoch wie ein Speer, senkte sich und stürzte mit dem Kopf voran auf die Erde.

»Ki«, quietschte sie wieder einmal. »Hast du das gesehen?«

Der kleine Mann nickte: »Um einen Soldaten fliegen zu lassen, braucht es einen Mann von großer Kräftigkeit.«

Nun erblickte Aross neben Farin noch zwei Soldaten auf dem Wehrgang. Was nun? Sie biss sich auf die Lippen. Der Knappe schwang sich über die Mauer und hüpfte hinunter, als wartete unten ein meterhoher Haufen Heu auf ihn.

»Autsch!«, rutschte es ihr heraus, als Farin aufschlug. Der Knappe beugte die Knie und schaffte es, mit beiden Füßen gleichzeitig zu landen. Im selben Moment rollte er sich nach vorn ab, um die Wucht des Aufpralls zu mindern.

»Der steht nicht mehr auf«, sagte Aross leise und senkte den Blick.

»Wen meint eine Freundin?«, fragte Ki.

Verwundert hob das Mädchen den Kopf. Tatsächlich erfreute sich der Knappe bester Gesundheit und lief mit bemerkenswerter Geschwindigkeit direkt auf sie zu.

»Ein Knappe ist ein Hase«, bemerkte Ki.

»Und ein Floh«, ergänzte Aross.

Sie stellte sich auf den Felsen und winkte Farin zu. Kaum außer Atem erreichte er die beiden. Hatte er etwa wieder das gelbe Glimmen in den Pupillen?

Tränen liefen ihm über die Wangen, doch er wirkte gefasst. »Verrat! Sie haben …« Er stockte.

»… Ritter Hektorian niedergestochen. Und Emichos Pferd Donner ebenfalls«, führte Aross leise fort. »Die Soldaten haben uns getäuscht. Es sind Nekorer.«

Das Gesicht des Knappens glühte. »Genau. Woher hast du es gewusst, Aross? Wie kommt es, dass ihr rechtzeitig geflüchtet seid?«

War er etwa misstrauisch? Nein, er suchte verzweifelt Hilfe. Sie hob den Kopf und sah ihn fest an. »Ich bin die Prophetin.«

Wie ein Spiegel aus Eis warf er den Blick zurück. »Ich bin der Knochendeuter!«

Das Mädchen nickte. Der Knappe schien verstanden zu haben, dass die Zeit der Geheimniskrämerei vorüber war.

»Ich bin der Künstler«, meinte Ki.

»Wenn das nun geklärt ist, stellt sich die Frage, wie wir helfen können«, sagte Farin. »Aross, was hast du noch gesehen?«

»Sie werden deine Gefährten noch heute im Burghof hängen – alle, bis auf Ritter Emicho. Er soll einem Ritual unterzogen werden. Worum es dabei geht, habe ich allerdings nicht verstanden.«

Der Knappe presste die Lippen zusammen, eine Hand ballte er zur Faust. »Was hast du in Bezug auf mich gesehen?«

Sie zuckte die Schultern. »Nichts. Du warst verschwunden. Kein Wunder, schließlich bist auf die Mauer geklettert und gesprungen. Aus dieser Höhe – unverletzt. Wie hast du das geschafft?«

»Später, vertraue mir! Jetzt treibt mich die Sorge um meine Freunde um. Bist du sicher, dass sie sterben werden?«

»Meine Visionen sind veränderbar. Ich selbst habe die Zukunft schon beeinflusst«, erklärte Aross.

»Dann werde ich alles versuchen, um sie zu retten.« Er sprang auf. »Dafür muss ich in die Burg zurück.«

Trauriges Bedauern erfasste das Mädchen. »Wie soll das gehen? Alle Mauern sind besetzt. Du müsstest bis zum Einbruch der Dunkelheit warten, sonst sehen sie dich schon von Weitem.«

»Dann ist es zu spät! Daher bleibt nur eine Möglichkeit – ich stelle mich!«

Mit gefurchter Stirn sah ihn Aross an. »Das ist Selbstmord. Sie werden dich mit offenen Klingen empfangen und zusammen mit deinen Freunden töten. Nach allem was ich gehört habe, sind die Nekorer voller Hass, sie kennen keine Gnade.«

»Das wird sich zeigen. Die Kultisten jagen in erster Linie mich, dahinter stecken mächtige Kräfte, denen ich mich stellen muss. Ich gehe zur Burg zurück.«

Erstaunt musterte sie den Knappen. Sie erkannte ihn kaum wieder, noch vor wenigen Stunden hatte er sich wie ein beleidigter, trotziger Hänfling benommen, nun wirkte er entschlossen und mutig wie sein Herr.

»Knochendeuter Farin«, sagte Aross. »Ich kann wenig tun, um dich in deinem Kampf zu unterstützen. Was können Ki und ich schon gegen hundert Soldaten ausrichten? Vielleicht hilft dir eine meiner Visionen.«

In einer Bewegung öffnete sie ihre Gürteltasche und holte den Zahn heraus. »Gib mir deine Hand«, forderte sie ihn auf.

***

Farin durchrauschte ein Strom bunt gemischter Gefühle. Die Angst um seine Kameraden dominierte alle anderen. Nun saß er hier bei dem Mädchen, und sie forderte ihn zum zweiten Mal am heutigen Tag zum Händchenhalten auf. Diesmal zögerte er nicht. Er umklammerte ihre zarte Hand. Seine Finger waren fast doppelt so lang. Aross schloss die

Lider.

Wenn sie jetzt anfängt zu summen, werde ich verrückt, dachte er.

Eine Weile geschah nichts, dann riss das Mädchen die Augen auf. Immer größer wurden sie, sodass es schon schmerzen musste.

»Was ist los? Alles in Ordnung?«, fragte der Totengräbersohn.

Auch Ki sah sie besorgt an.

Ruckartig zog sie die Hand weg, als hätte diese auf einer heißen Herdplatte gelegen. »Was … was … ist das in dir? So etwas habe ich noch nie gespürt oder gesehen. Wer bist du?« Sie sah sich irritiert um, als sei sie gerade aus einem langen Schlaf erwacht.

»Später erkläre ich dir alles, doch zuerst muss ich meine Freunde retten. Kannst du mir helfen?«, fragte Farin.

»Welche Freunde? Was willst du von mir?« Mit dem Ärmel ihres Hemdes wischte sie sich den Schweiß von der Stirn.

Besorgt beugte sich Ki über sie. »Eine Freundin leidet. Jeder Blick in die Zukunft kostet ein Stück Vergangenheit.«

Die Augen des Mädchens schienen zu einem anderen Körper zu gehören.

Auch das noch, dachte Farin.

Aross schlug beide Hände vors Gesicht. Als sie die Finger herunternahm, sahen ihre Augen wieder aus wie früher.

»Ich … ich glaube, ich erinnere mich an alles, Farin. Ich weiß nicht, was in dir vorgeht, doch … ich …«, sie schluckte, »… will dich nicht in den Tod schicken.«

»Was soll das heißen?«

Mit großen Augen sagte Aross: »Schwer zu sagen, ob du und das Unfassbare in dir drin, das Schicksal deiner Kameraden ändern könnt. Doch wenn du es nicht versuchst, werden sie mit Sicherheit sterben. Ihnen wird gerade ein Strick um den Hals gelegt.«

»Das langt. Ich kann nicht länger warten.« Farin riss sich Schwert und Tasche vom Gürtel. »Passt bitte darauf auf. Ich komme wieder.«

»Das hoffen wir, Knochendeuter. Meine Vision hat noch mehr gezeigt, Verwirrendes, doch ich verstehe es nicht: Schnelligkeit siegt über Festigkeit. Halte nach Hilfe Ausschau.«

Farin lief in halsbrecherischem Tempo los, Ekel half ihm dabei. Schon von Weitem brüllte er: »ICH STELLE MICH! MACHT DAS TOR AUF! ICH ERGEBE MICH! Lasst dafür meine Freunde frei.«

Die Männer auf der Mauer zeigten auf ihn. Einen kurzen Moment später tauchte Fürstin Maghareta von Siegesmund über dem Tor auf und sah erstaunt auf ihn hinunter. Ein bekanntes Gesicht tauchte neben ihr auf. Auch in schwarz. Der Rabe grinste wie ein Totenschädel. Er flüsterte der Fürstin etwas zu.

»Ekel, was sagt der Mistkerl?«

Konzentriert lauschte Farin. Die unverwechselbare Stimme des Schwarzen ertönte: »Es ist verrückt! Emichos Schildträger kommt freiwillig zurück. Das löst eine Menge Probleme. Seht zu, dass ihr ihn diesmal erwischt, Gnädigste.« Das Gnädigste klang alles andere als gnädig.

»Willkommen zurück, Knappe.« Sie beugte sich zu ihm herunter. »Du ergibst dich?«

»Wenn Ihr dafür Plaudius, Drogdan und Baraldon gehen lasst. Und die Pferde.« Es war völlig zwecklos, Emichos Freilassung zu fordern.

Im Glauben, nur sie könnte ihn hören, zischte der Rabe leise: »Kommt nicht infrage.«

Die schwarze Dame zuckte mit den Schultern. »Nun gut, die sind unwichtig. Ich bin einverstanden.«

»Wie kann ich wissen, dass Ihr Wort haltet?«

»Gar nicht. Du kannst es nur hoffen und mir vertrauen.«

Ach so! Leider hatte sie recht.

»Einverstanden! Ich vertraue auf Euer Wort!«

»ÖFFNET DAS TOR!«, rief die Fürstin.

Wieder dauerte es elendig lange, bis sich die beiden Flügel der Pforte in Bewegung setzten. Als der Spalt groß genug war, betrat Farin die Burg.

Das spöttische, morbide Grinsen des Raben empfing ihn als Erstes, danach stürzten sich vier Soldaten auf ihn. Nachdem sie ihn durchsucht hatten, drehten sie ihm den rechten Arm auf den Rücken und schoben ihn in den Burghof.

Nach wie vor wimmelte es dort von Menschen. Drogdan, Plaudius und Baraldon standen jeder mit einer Schlinge um den Hals auf einem Holzschemel unter einem Balken. Emicho hatten sie gegenüber auf einen Stuhl gesetzt – ein gemütlicher Ehrenplatz mit bester Sicht auf das Geschehen unter dem Galgen.

Die Fürstin hat nicht lange gezaudert, das muss ich ihr lassen, dachte Farin.

Erschüttert guckte Farin in die Gesichter seiner Freunde, die so bleich waren, als wären sie bereits gehängt worden. Es trieb ihm die Tränen in die Augen, wie sie mit auf den

Rücken gefesselten Händen auf den Stühlen balancierten. Ihre einzige Schuld war es, im falschen Moment am falschen Ort aufgetaucht zu sein.

»Lasst nun meine Kameraden frei«, forderte er.

Bislang machte die Gräfin keinerlei Anstalten.

»Ekel, was machen wir, wenn sie nicht Wort hält?«

Das fällt dir aber früh ein. Dann wird es unangenehm.

»Nehmt ihnen die Schlingen ab«, befahl Maghareta.

Erleichterung überkam Farin.

Das passte dem Raben gar nicht. »Wartet!« Er drehte sich mit seiner knochigen Fratze zur Fürstin um. »Ihr wollt diesen Abschaum doch nicht wirklich verschonen?«

Unter ihren langen Wimpern schoss ein abschätziger Blick hervor. »Genau das werde ich tun. Auch wenn ich nicht alles gutgeheißen habe, was mein Gemahl tat, so war er dennoch der Erste Ritter.« Sie ballte die Hände zu Fäusten. »Mir ist klar, Euch ist so etwas wie Ehre fremd, doch ich bewahre einen Rest davon in dieser Burg. An mein Wort halte ich mich. Die drei Männer dürfen gehen. Ihr bekommt Emicho und seinen Knappen. Die anderen sind nicht wichtig, so lautete Euer eigenes Bekunden.«

Das weiße Gesicht des Raben nahm einen grünlichen Schimmer an, doch er schwieg. Tatsächlich zogen zwei Männer Plaudius, Drogdan und Baraldon die Schlingen vom Hals.

»Gebt ihnen ihre Pferde wieder! Die Waffen natürlich nicht.«

»Farin, was … was hast du getan?«, fragte Drogdan mit heiserer Stimme, als er vom Schemel sprang.

Baraldon sah nur auf seine Füße, er zitterte und war zu keiner Gemütsregung fähig. Plaudius kaute stumm auf seiner

Unterlippe.

Unsanft stießen die Soldaten die drei Kameraden an ihm vorbei.

»Gebt ihnen auch mein Pferd mit«, bat Farin.

Die Fürstin guckte ihn an wie einen Irrenhäusler. »Du bittest um Gnade für deinen Gaul?«

»Ja, es ist ja nur ein Gaul.«

»Also gut«, nickte sie.

»Diese Wohltätigkeiten werdet Ihr dem Prinzipal erklären müssen«, krächzte der Rabe.

»Das werde ich, wenn er sich endlich blicken lässt. Als Erstes präsentiere ich ihm den Knappen, um den sich alles dreht. Und als Zweites Ritter Emicho.«

Die ganze Zeit über hatte Emicho geschwiegen, erst jetzt sah Farin den Knebel in seinem Mund. Seine Pupillen waren klein wie Stecknadelköpfe, seelisch durchlitt er Höllenqualen, die letzten Minuten mussten unsagbar fürchterlich gewesen sein. Vermutlich machte er sich unentwegt Vorwürfe, wobei nun immerhin drei seiner Vasallen freikamen.

Die Kameraden wurden mit ihren Pferden und Fiesel zur Pforte geführt. Trotz seines stoischen Gesichts war Drogdan Todesangst, Schmerz, Erleichterung und Verwunderung anzumerken. Er drehte sich zu Farin und Emicho um. »Herr, ich ...«

»Haut ab!«, unterbrach ihn Farin.

Schon wurden die drei durch die Pforte gestoßen. Die beiden Männer führten jeweils zwei Pferde hinter sich her. Bald waren sie nicht mehr zu sehen.

Was hast du dir dabei gedacht, uns in eine solche Situation zu bringen? Wieder ließ dich deine Seele so handeln, mein Freund.

Trotz Angst und Bestürzung klarte der Nebel in Farins

Kopf auf. Hatte Ekel ihn gerade 'Freund' genannt?

Du hast dich verhört. Etwas Hirnrissigeres, als zur Burg zurückzukehren, gibt es nicht.

Die Fürstin rief laut: »Es wird heute keine Hinrichtung mehr geben.« Sie wandte sich an den Raben. »Die beiden gehören Euch.«

»Das tröstet mich. Ihr ahnt nicht, wie sehr mich das tröstet.« Er machte ein paar Handbewegungen, und Farin wurde zu Emicho geführt. Seine hellblauen Augen waren blass wie nie. So hatte sich der Ritter den ersten Tag in seiner neuen Burg Siegesmund mit Sicherheit nicht vorgestellt. Seine Hände waren auf den Rücken gefesselt und die Füße zusammengekettet. Einige Soldaten trugen nun dunkle Kleidung mit dem Zeichen der Flamme, andere neutrale Waffenröcke. Das Wappen des Königs war von allen Uniformen verschwunden. Auf was für ein Possenspiel waren sie da nur hereingefallen? An und für sich sahen alle aus wie ganz normale Menschen. Irgendwie hatte sich Farin die Nekorer düsterer und blutleerer vorgestellt. Leider machte sie das weder freundlicher noch wohlgesonnener.

»Der Prinzipal ist auf dem Weg hierher, er wird sich später um euch kümmern«, sagte der Rabe gehässig. »Bringt sie in den Kerker und legt ihnen Ketten an. Sperrt Emicho mit seinem Knappen ins rote Verlies«, befahl er. »Wir brauchen beide zusammen in einem Raum.« Ein Kichern folgte.

Das klang nicht gut. Derweil verstärkte sich das Pochen und Ziehen in Farins Armen. Die Soldaten hatten sie schmerzhaft verdreht. Wütend funkelten sie ihn an, offenbar nahmen sie ihm die Flugeinlage ihres Kameraden übel. Die Fesseln schnitten in sein Fleisch und in sein Selbstwertgefühl. Fieberhaft dachte er über Fluchtmöglichkeiten nach. Im Augenblick fühlte sich Farin völlig hilflos. Was sollte er tun – in Ketten, mit fast einhundert Nekorern um ihn herum? Emichos Gesicht wirkte nach wie vor unbeeindruckt, nur die Augen konnten seine Gefühle nicht unterdrücken. Dort sah Farin wütendes Leiden und leidende Wut.

Sechs Soldaten samt Heermeister Thobald, der Meisterverräter, führten sie ab. Wenigstens zogen sie vorher Emicho den Knebel aus dem Mund. Ernstzunehmende Feinde mit gut gepflegten Rüstungen und Waffen. Doch für Farin und den Ritter waren sie schlimmer als Feinde, sie waren die Gewinner.

Ein Mann trat ihm in den Rücken. Beinahe stolperte er eine grobe Steintreppe, vergleichbar mit denen in den Katakomben unter der Burg Sturmwacht, hinunter. Gleich sperrten sie Emicho in seine eigene Burg. Nur eine einsame Fackel beleuchtete den langen Gang. Von einem Ständer nahm sich Thobald eine weitere und zündete sie daran an. Kurz vor einer Gittertür bogen sie nach rechts ab und erreichten einen Gang, von dem weitere Räume abgingen. Vor einer Tür mit abblätternder Farbe blieben sie stehen. Der rote Kerker, ihr neues Zuhause. Der Griff sah aus wie der einer Truhe. Thobald zog die Tür auf, die in einen mit schmutzigem Stroh ausgelegten Raum führte. Die brennende Fackel ließ Ketten mit Handeisen und in den Stein eingelassene Ringe glänzen. Sorgfältig klappte ihr Bewacher die Klammer der Hand- und Fußeisen auf, legte sie um Emichos Hand- und Fußgelenke und verriegelte sie danach. Die Kette der Handeisen führte durch zwei Ringe in der Wand nach oben über einen Balken. Sorgfältig schloss Thobald die Kettenglieder mit einem groben Vorhängeschloss. Er zog den dunklen Schlüssel heraus und hielt ihn hoch. »Den gibt es nur einmal – und zwar bei mir.« Er verstaute ihn in einer Tasche an seinem Gürtel. Danach zog er mittels der Konstruktion aus Ketten und Ringen Emichos Arme nach oben, sodass sie ein 'V' formten. Der Ritter konnte nur noch mühsam auf Zehenspitzen stehen. Anschließend verpassten sie Farin die gleiche Verrenkung an der Wand gegenüber. Hierbei übernahm einer der Soldaten das Anketten. Auch zum Schließen seiner Kette verwendeten sie ein Vorhängeschloss.

Da sein Herr die ganze Zeit über keinen Ton von sich gab, schwieg auch Farin. Mit zusammengepressten Lippen dachte er an die Unterhaltung des Erzbischofs mit dem Raben. Derzufolge würden sie zunächst Emicho brandmarken und dann Farin töten, um den Dämon in den Körper des Ritters zu zwingen. Wie lange er wohl tot sein müsste, bis sich das Amulett auf seiner Brust materialisieren würde? Farin verscheuchte diesen Gedanken, vielmehr sollte er darüber nachgrübeln, wie er überleben konnte. Vielleicht fiel Ekel etwas dazu ein.

»Fertig!«, sagte der Soldat und übergab Thobald den Schlüssel. Letzterer kontrollierte mit seiner Fackel sorgfältig sämtliche Ketten, Schlösser, Hand- und Fußeisen.

Er nickte zufrieden. »Unsere Gäste sind hier gut aufgehoben. Der Prinzipal wird uns belohnen.«

Die Männer verließen den Kerker und nahmen das letzte Licht mit. Krachend schlug die schwere Tür zu, zwei Riegel wurden vorgeschoben. Eingesperrt von Soldaten des Königs, die sich rasend schnell zu Nekorern gewandelt hatten. Nun standen oder besser hingen sie allein im Stockfinsteren.

Die tiefe Stimme Emichos durchbrach die Stille: »Warum

hast du dich ihnen ergeben, Farin? Das geht mir nicht in den Kopf.«

»Herr, außerhalb der Burg hätte ich die Kameraden nicht retten können.«

Lautes Schnauben. »Das ist dir bei Drogdan, Plaudius und Baraldon tatsächlich gelungen. So ergibt es wenigstens ein wenig Sinn, dass du dein Leben meinem hinterherwirfst.«

»Nun kann ich versuchen, auch Euch zu helfen.«

Ein bitteres Lachen ertönte. »Indem du mir hier Gesellschaft leistest? Du bist von Sinnen! Völlig wirr! Es grenzt an ein Wunder, dass du dir nicht bereits beim Sprung von der Burgmauer das Kreuz gebrochen hast.« Er machte eine kurze Pause. »Die werden uns genüsslich abhängen und dann abschlachten. Ein solches Schicksal hast du dir freiwillig ausgesucht. Doch ich mache dir keinen Vorwurf, sondern mir.« Jetzt flüsterte er. »Völlig blauäugig habe ich Thobald und den vermeintlichen Soldaten des Königs vertraut. Ich habe euch hierhergeführt und den Tod meines Freundes Hektorian zu verantworten.« Seine Stimme klang nicht wehleidig, sondern sachlich wie die eines Richters. Das machte seine Selbstvorwürfe nur noch schlimmer.

Überfordert schwieg der Totengräbersohn.

»Es … es tut mir leid«, sagte der Ritter.

Eine Weile blieb es still. Schwarze Luft und schwarze Stille um ihn herum. Farin erschreckte sich über das plötzliche Klirren, als Emicho verzweifelt seine Ketten schüttelte.

Stöhnend brach der Ritter den Befreiungsversuch ab. »Zwecklos. Solide Arbeit – die Nekorer wissen, was sie tun. Hier kommen wir erst raus, wenn die es wollen oder gar nicht mehr. Diese Körperhaltung bedeutet Leiden. In spätestens drei Stunden wird der Schmerz unerträglich. Nach zehn Stunden erlöst dich die Ohnmacht. So ist die Lage, Knappe.«

Sie schwiegen sich in der Dunkelheit an. Farin spürte schon jetzt, wie seine Muskeln verkrampften. Das Körpergewicht nur auf den Zehen zu halten, kam ihm genauso unerträglich vor, wie an den Armen frei in der Luft zu hängen. Seine Muskeln und Sehnen brannten bereits, sodass er verzweifelt wie ein Fisch an Land nach Luft schnappte.

»Der Mut lässt kaum Platz für den Verstand im Kopf eines Knappen«, meinte Ki, als Farin zur Burg Siegesmund zurücklief.

Nun stand der Knappe vor der Burg. Er sprach mit jemandem oberhalb der Pforte. Ein Flügel des riesigen Tores öffnete sich, und er tat es tatsächlich. Farin verschwand in der feindlichen Burg.

Mit gemischten Gefühlen sah Aross hinter ihm her. Der Kerl mit den schönen Zähnen und den krausen Haaren musste wahrlich unendlich tapfer oder unendlich dämlich sein, sich freiwillig wieder in die Hand der Nekorer zu begeben. Vielleicht beides? Hatte sie ihn nicht selbst in den Tod geschickt, als sie ihm prophezeit hatte, dass seine Kameraden mit Sicherheit am Galgen sterben würden, falls er nichts unternähme? Wenn sie sich selbst aufgrund ihrer Visionen in Gefahr brachte, war das ihre Angelegenheit, doch andere dazu zu verleiten, kam ihr falsch vor. Das sollte auch für Farin gelten, obgleich er äußerst ungewöhnlich war. Sie hatte in ihn hineingeblickt. In dem unscheinbaren Knappen tobte eine nie gesehene Macht, ungezähmt und unbezähmbar, frenetisch und furios. Vielleicht konnte er damit das Unmögliche schaffen, vielleicht zerriss sie ihn auch. Noch etwas anderes bereitete ihr Sorgen. Unmittelbar nach ihren jüngsten Visionen konnte sie sich an nichts mehr erinnern, nicht einmal an ihren Namen. Beim ersten Mal nach dem Gespräch mit Emicho hatte dieser Moment nur kurz gedauert, dann in der Burg Siegesmund und vor allem eben mit dem Knappen hatte die Orientierungslosigkeit deutlich länger angehalten. Sie sollte den Zahn weniger häufig verwenden, wer weiß, was der mit ihrem Kopf anstellte.

Das Kinn auf die vor sich verschränkten Arme gestützt, lag Aross bäuchlings auf dem Felsen und beobachtete die Burg. Die Pforte stand immer noch offen. Sollten Ki und sie nicht besser weiter weglaufen? Nein, die Nekorer interessierten sich nicht für sie, so hatte sie es in ihrer Vision gesehen. Auf den Wehrgängen patrouillierten Soldaten, bisweilen trug der Wind Fragmente von Befehlen zu ihr herüber.

Angespannt hob sie den Kopf, als drei Männer gefolgt von vier Pferden herauskamen. Nun erkannte Aross Drogdan, Plaudius sowie den Knappen Baraldon. Überrascht wanderte ihr Blick zu Ki. Der kleine Mann blickte zurück und sah aus wie immer. Aross fragte sich, ob er der eigentliche Prophet war, denn was auch geschah, Kis Miene sah aus, als hätte er genau das erwartet. So würde er auch gucken, wenn sie jetzt die Arme ausbreiten und eine Runde umherfliegen würde.

Die drei Männer stiegen auf, das vierte Pferd führte der Dicke am Zügel neben sich her. Im Galopp ging es los, sie schienen bestrebt, möglichst schnell von der Burg wegzukommen. Sie wartete noch einen Moment, bevor sie sich auf den Felsen stellte, um ihnen zuzuwinken. Der Waffenmeister zeigte mit dem Finger in ihre Richtung, und sie hielten auf das Mädchen zu.

»Was ist geschehen?«, fragte sie.

»Hektorian ist tot, Emicho und Farin werden gerade in den Kerker gebracht. Wir sind um Haaresbreite dem Tod entkommen. Die wollten uns aufhängen, aber Farin hat uns im Austausch für sein Leben gerettet.« Seine Augen glänzten feucht.

»Sie haben meinen Herrn niedergestochen«, sagte Baraldon. Er zitterte am ganzen Körper und rieb sich den Hals. Vermutlich spürte er immer noch den Galgenstrick.

»Was können wir tun?«, fragte Aross.

Mit gefurchter Stirn erwiderte Plaudius: »Nichts. Wir sind zu fünft gegen eine befestigte Burg mit über hundert Soldaten. Es grenzt an ein Wunder, dass sie uns haben ziehen lassen. Ach, ich … weiß nicht, was ich sagen soll.«

Der junge Knappe sprach aus, was wohl alle drei dachten: »Es ist unfassbar, dass Farin zurückgekommen ist und sein Leben für unsere geopfert hat. Ich … ich hätte das nicht getan.«

»Vermutlich keiner von uns«, betonte Drogdan.

»Selbst wenn wir unsere Pferde zu Tode reiten und den König in Nabenstein um Hilfe bitten, brauchen wir mindestens zwei Tage. Soldaten mit Ramme und Katapulten benötigen sogar eine Woche.«

Alle schwiegen betreten.

»Eine Reiterarmee ist bereits unterwegs und wird gegen Mitternacht hier eintreffen«, sagte Aross in die Stille.

Ungläubig blickte Drogdan sie an. »Reiter? Wie kommst du denn darauf?«

»Ich weiß es!«

Sofort fauchte der dicke Plaudius. »Eine deiner tollen Visionen? Ich finde, die Lage ist viel zu ernst für Späße.«

»Reitet nach Südosten, und ihr werdet auf sie stoßen.« Aross zuckte die Achseln.

Drogdan kniff sich ins Ohrläppchen. »In der Richtung liegt Nabenstein, unser Weg führt uns ohnehin dort entlang. Hier, kümmert euch um Farins Pferd, es heißt Fiesel, na ja, eigentlich Liesel. Irgendwie dünkt mir, er würde es gutheißen.«

»Selbst wenn das Mädchen recht behält und diesmal eine echte königliche Armee im Anmarsch ist, kommt die Hilfe für Emicho und Farin zu spät. Die Nekorer werden die beiden als Druckmittel einsetzen und mit Sicherheit töten, sobald die Burg angegriffen wird«, erklärte Baraldon mit dünner Stimme.

Drogdan nickte: »Und die Eroberung wird viele Tage, wenn nicht Wochen dauern, denn zuerst muss die Pforte mit einer Ramme aufgebrochen werden.«

»Ich fürchte, unser Herr und sein Knappe sind auf sich allein gestellt.« Plaudius senkte den Kopf – die Geste machte deutlich, wie er die Chancen einschätzte, die beiden lebendig wiederzusehen.

»Lebt wohl! Wir reiten jetzt nach Nabenstein.« Drogdan hob den Arm zum Abschied. »Und wenn wir der Armee begegnen, umso besser.«

Beiläufig sagte Aross: »Die Soldaten sollen sich beeilen und gegen Mitternacht hier sein. Dann gibt es noch Hoffnung.«

Abrupt hielt Drogdan inne und musterte das Mädchen argwöhnisch. »Hör mal, Kleine. Du weißt nicht, was du redest.«

Aross blieb ruhig. »Es hat keinen Sinn, Ki! Wir müssen mit ihnen reiten und mit dem König sprechen. Schließlich führt er die Armee an.«

»König Grachus?«, Drogdan sah sie an, als hätte sie nun vollends den Verstand verloren.

»Wer sonst? Ich kenne nur diesen König.«

»Du glaubst doch nicht wirklich, dass er persönlich auf

dem Weg hierher ist? Der tut sich keinen Pferderücken mehr an.«

»Eine Freundin hat das dritte Auge«, erklärte Ki.

Das war zu viel für Plaudius. »Und ich habe ein drittes Ei. Wir haben keine Zeit für solche Plaudereien.«

»Der König wird kommen, du …!« Aross schluckte im letzten Moment ein wertschätzendes 'Fettsack' herunter.

»Pah! Selbst wenn du recht hast, glaubst du allen Ernstes, König Grachus hört ein dahergelaufenes Mädchen an?«, empörte sich Drogdan.

»Das wird er! Also werden wir euch begleiten.«

Freundlich klopfte Ki Farins Pferd am Hals. »Ein Künstler mag ein Pferd. Ich werde als Nächstes ein solches malen.«

Das half in der Sache nicht wirklich weiter, beruhigte jedoch auf wundersame Weise die Gemüter.

»Ki und ich haben nun tatsächlich ein Reittier. Hoffentlich können wir es Farin bald zurückgeben. Wie auch seine Gürteltasche und sein Schwert.« Entschlossen nahm sie die Zügel in die Hand. »Komm Ki. Wir beide zusammen sind nicht schwerer als der Knappe.«

Beide bestiegen Fiesel, Aross saß hinten und schlang die Arme um den kleinen Mann. Mit einem hilflosen Nicken signalisierte Drogdan sein Einverständnis, dann galoppierten sie zusammen los. Die Sonne versank hinter dem Horizont, das Nachtgrau überzog das Weltenreich mehr und mehr. Alles sah noch trostloser aus.

»Was wird eine Freundin tun, wenn wir die Armee erreichen?«, fragte Ki.

»Mit dem König reden, nur er kann helfen, das Richtige zu tun.«

Ki nickte. Wenigstens einer, der ihr glaubte. Da sie sich

ohnehin an ihn klammerte, drückte sie ihn feste. Ki glaubte ihr immer.

Eine Stunde verhaltener Galopp bis Drogdan die Gruppe anhielt. Er stieg ab und verharrte. Auch Aross und Ki sprangen vom Pferd. Es dauerte nicht lange, und das Mädchen spürte den Boden vibrieren. Jetzt hörte sie es auch. Wie ein weit entferntes Gewitter – das Hufgetrampel von einigen Hundert Pferden. Der ungläubige Drogdan warf Aross einen ungläubigen Blick zu.

Die königliche Kavallerie kam ihnen entgegen. Eine schier unmögliche Menge an Soldaten auf ihren Pferden, zum Teil schwer gepanzert und alle schwer bewaffnet, wie Aross trotz Dunkelheit feststellte. Mit dem Arm über dem Kopf winkte Drogdan ihnen zu. Sofort preschten mehrere Reiter vor, zogen die Schwerter und forderten laut: »Erklärt Euch!«

»Ich bin Drogdan, Waffenmeister von Burg Sturmwacht, mein Herr ist Ritter Emicho aus dem Haus der Steindrachen, Ritter von König Baldan Grachus. Ich verbürge mich für meine Gefährten.«

Ein alter Mann mit einem hageren Gesicht und Spitzbart schloss zu ihnen auf. Das Reiten behagte ihm nicht sonderlich, er hing etwas schief auf seinem Pferd, der Rücken schien zu schmerzen.

»Hauptmann, lasst gut sein. Ich kenne den Mann. Er gehört zu Emichos Vasallen.«

Eilig kniete Drogdan nieder. »Mein … mein König. Es ist mir eine Ehre.«

Auch der Dicke plumpste vom Pferd direkt auf seine Knie, hurtig tat Baraldon es ihm nach. Allgemeines unterwürfiges Gemurmel.

»Ah, mein Großneffe ist auch dabei«, stellte der Greis mit einem Blick auf den Knappen fest.

Das war also der Alte König.

Alt ist er, dachte Aross.

Völlig unbeeindruckt saß Ki vor ihr auf dem Pferd und lächelte den Beherrscher des Weltenreiches an.

Grachus warf einen Blick auf den Künstler. »Euch kenne ich ebenfalls! Ihr habt vor Kurzem ein Bild der Königin gemalt, auf dem sie zwanzig Jahre jünger aussieht.«

»Höchstens fünf. Ein König hat eine schöne Frau Gemahlin«, antwortete Ki.

Grachus schien sich nicht daran zu stören, dass sich der kleine Mann nicht vor ihm in den Dreck geworfen hatte. Er lehnte sich etwas vor, sodass er Aross besser im Blick hatte. »Wer ist der Letzte im Bunde?« Er blinzelte kurz. »Ich bitte um Nachsicht. Wer ist die Letzte im Bunde?«

Die Letzte überlegte nicht lange: »Aross Schlammfuß aus Nabenstein, Königin der Ratten.«

»Eine Königin?« Stirnrunzeln löste sein schmales Lächeln ab. »Aross, Aross? Der Name kommt mir bekannt vor.«

»Eure Stadtwache sucht mich seit Wochen für den Preis von hundert Silberlingen.«

»Wie bitte?«, brach es aus Drogdan hervor.

»Interessant!«, meinte Grachus. »Ich hatte schon etwas von zweihundert Silberlingen läuten hören. Hierzu würde ich gern mehr erfahren.«

»Dafür haben wir keine Zeit. Wenn wir uns beeilen, können wir noch in dieser Nacht die Burg erobern«, sagte Aross.

»Erobern? Wie soll das ohne Belagerungswaffen gehen?«,

fragte Grachus.

»Es tut mir leid, Eure Majestät. Sie ist noch ein Kind«, versuchte Drogdan zu beschwichtigen.

Nachdenklich sah der Alte König das Mädchen an. Etwas mühsam streckte er den Rücken durch. »Wie auch immer. Eilig habe ich es auch, denn ich habe meinem Ritter Emicho Hilfe versprochen. Es hat sich herausgestellt, dass die von mir entsandten Soldaten von den Nekorern überfallen und getötet worden sind. Die Teufelsanbeter haben sich unsere Rüstungen und Waffen genommen und Emicho getäuscht. Aus vielerlei Gründen kann ich mir das nicht bieten lassen, daher führt unser Weg zur Burg Siegesmund. Vor Ort werde ich entscheiden, ob wir eine Armee mit Belagerungswaffen nachrücken lassen. Ich hoffe, ich kann Kraft meines Amtes etwas bewirken. Fürstin Maghareta ist keine dumme Frau. Ihr werdet uns begleiten, währenddessen können wir reden.«

Endlich erhoben sich Drogdan, Plaudius und Baraldon, gingen zu ihren Pferden und saßen wieder auf. Gemeinsam ritten sie zur Burg Siegesmund.

Ketten

Mit zusammengebissenen Zähnen verdrängte Farin die Schmerzen in Armen und Füßen.

»Ekel?«, dachte er laut in sich hinein.

Ist ja gemütlich hier.

Immerhin meldete sich der Dämon sofort. »Ich brauche deine Hilfe – dringender denn je.«

Wieso wundert mich das nicht. Sag bloß, du hast einen Plan.

»Plan? Augenblicklich lautet der Plan: leide und sterbe.« Farin schluckte bitter. »Ich … ich habe da eher auf dich gesetzt.«

Das sind ja ganz neue Töne. Lass mich mal die Ketten prüfen.

Bereitwillig wie nie zuvor, ließ Farin seinen Geist schweben. Er spürte, wie sich die Präsenz des Dämons verstärkte, doch sehen konnte er immer noch nichts. Nun rasselte er mit den Ketten wie ein Schlossgespenst – er zog sie nach rechts, nach links, nach oben und unten. Ohne jeden Erfolg.

Stabil!

»Erspar es dir«, hörte er Emichos Stimme von gegenüber. »Die Verankerungen sind tief in den Stein eingearbeitet, und mit den Ketten kannst du einen Elefanten fesseln.«

Verzweiflung verdrängte Hoffnung. Das unerträgliche Gefühl, hilflos in diesem dunklen Kerker eingesperrt zu sein, trieb Farin die Tränen in die Augen. »Das Ganze ist ein Albtraum. Ist es aussichtslos?«, dachte er.

Das Wort 'aussichtslos' kommt in der Dämonensprache nicht vor. Kopf hoch, solange er noch dran ist. Die Nekorer machen mich langsam wütend.

»Was können wir tun, Ekel? Es muss einen Weg geben, hier rauszukommen.«

Keine Angst – ich lass dich nicht hängen.

Wenn diesem Zuspruch nicht das typische, überhebliche, dämliche Dämonenglucksen gefolgt wäre, hätte sich Farin noch mehr gefreut.

Versuche mir deinen Geist vollständig zu überantworten. Lass dich bedingungslos fallen.

»Mache ich das sonst nicht?«

Nein, du hältst immer ein Stück von Farin, dem Wurm, zurück. Daher konnte ich mich bisher auch nicht austoben.

»Nicht austoben? Hm. Wenn ich an deine bisherigen Einsätze denke ...«

Willst du diskutieren, probieren oder weiterhängen?

»Wenn du mich so fragst ...«

Versprechen kann ich nichts, zumal es deine Muskeln und Knochen zerreißen könnte.

»Wie bitte?«

Selbst mit dämonischer Verstärkung wird es schwierig. Der menschliche Körper ist so furchtbar empfindlich. Beim kleinsten Mückenstich fängt er sofort an zu bluten.

»Hm. Klingt irgendwie nach 'spring doch endlich'.«

Iwo.

»Na gut!« Und wenn es sein letztes 'na gut' war.

Farin wunderte sich über sein unbändiges Vertrauen in die Schimäre. Kunststück, es blieb ihm ohnehin keine andere Möglichkeit, er überließ sich voll und ganz dem Dämon. Gab es jetzt noch einen Unterschied zwischen ihm und ihm?

Vor seinen Augen zeichneten sich trotz der tiefen Finsternis Umrisse ab. Nun sah er Emichos Gestalt an der Wand gegenüber hängen. Farin drehte den Kopf nach oben und zog erneut an der Kette, die seine Arme hochhielt.

Emicho reagierte auf das erneute Rasseln: »Knappe,

erspar es dir. Wir müssen auf ein Wunder hoffen.«

In dem Moment riss eine unmenschliche Kraft den Dorn des Ringes, an den die rechte Hand gekettet war, aus der Mauer.

»Die Glieder sind fachmännisch geschmiedet und nur über dem Feuer zu öffnen«, urteilte der Ritter.

In nächsten Moment zog eine unmenschliche Kraft den Dorn des Ringes, der die linke Hand fesselte, mit einem Ruck aus dem Stein.

»Hör auf, sinnlos Kraft zu vergeuden«, empfahl Emicho.

Es klirrte, als die Ketten auf den Boden fielen. Mit einem wütenden Knurren riss Farin die Klammern der Handeisen auf und schüttelte sie ab.

Natürlich bemerkte, oder besser hörte Emicho, dass sein Gegenüber deutlich mehr erreicht hatte, als nur mit den Zehenspitzen den Boden.

Angespannt flüsterte er: »Was … was tust du?«

Mit wenigen Griffen öffnete Farin die Klammern der Fußeisen und schüttelte sie ab.

Nun störte nur noch die Kette. Er nahm ein Stück mit vier Gliedern in beide Hände und zog kräftig daran, bis die Arme schmerzten. Auch bei einem anderen Stück hatte er keinen Erfolg. Nicht einmal Dämonenkräfte konnten die Kette sprengen.

»Verdammt noch mal, Knappe! Antworte, wenn ich dich frage. Was geht hier vor?«

Emichos Fluchen rief aus weiter Ferne Farins Geist hervor. Doch dessen Aufmerksamkeit galt nicht seinem Herrn, sondern den Befreiungsversuchen. »Ekel, jede Kette ist so stark wie ihr schwächstes Glied. Oder ihr Schloss. Probiere mal, den Eisendorn als Hebel zu verwenden, um es aufzubrechen.«

Der Dämon antwortete mit einem undefinierbaren Grollen. Mit viel Fantasie klang es wie 'gute Idee'.

Immer noch wutentbrannt nahm er den Dorn wie einen Keil in die Faust und trieb ihn mit brutaler Wucht in den Bügel des Vorhängeschlosses. Es sprang auf, die Kette war offen und er frei.

»Knappe!«, erklang es verwundert. Die Augen weit aufgerissen starrte Emicho ins Dunkel.

Farin gab keine Antwort, Ekel auch nicht.

Was nun? Er entschied sich, zuerst die Tür zu öffnen, bevor er Emicho befreite. Auch an der Innenseite hatte sie einen Truhengriff. Er packte ihn und rüttelte kräftig daran. Schnell bemerkte er, dass er die eisenbeschlagene Tür unmöglich so aufbekommen würde. Die massiven Riegel konnten nur von der anderen Seite geöffnet werden.

Mit knurrendem Aufbrausen überlegte er. Wie wäre ein einfaches Rammen mit der Schulter? Dabei könnten Farins Knochen oder seine Wirbelsäule zersplittern.

Einfach mal höflich anklopfen.

Mit der Faust hämmerte er an die Tür. Hämmern war untertrieben, er wummerte dagegen wie mit einem Rammbock. Das dicke Holz bebte und zitterte, maßloser Lärm erfüllte den Kerker. Es klang wie eine Pauke, die den Weltuntergang ankündigte. Bummm! Bummm!

Er hielt inne und lauschte.

Stille.

Emicho stöhnte. »Du bist frei? Wie zum Teufel ... Farin, ich kann nichts sehen. Was geschieht hier?«

Geräusche von draußen – durch die massive Tür hörte Farin das Klacken beschlagener Stiefel auf steinernem

Grund. Sie wurden lauter.

»Da stimmt was nicht, einer der Gefangenen muss sich von den Ketten befreit haben. Zieht die Schwerter, und macht euch bereit«, ertönte eine bekannte Stimme von draußen.

Der erste Riegel wurde aufgeschoben, dann der zweite. Die Tür öffnete sich nach innen, der Totengräbersohn stand dahinter, der Schein einer Fackel brüllte in den Kerker, die Wände reflektierten grelles Licht, geblendet kniff Farin die Augen zu. Mehrere Männer mit gezogenen Kurzschwertern traten ein.

Der Vorderste zeigte entsetzt auf die leere Wand und schrie: »WAS?« WO …?«

Mit Bärenkraft schlug Farin die Tür zu. Er erwischte zwei Soldaten, die umfielen, als hätte sie ein vollbeladener Ochsenwagen überrollt. Mit einer schnellen Bewegung ergriff er das Handgelenk des Fackelträgers. Heermeister Thobald persönlich war gekommen, um nach dem Rechten zu sehen. Ruckartig drehte er den Arm wie eine Schraubzwinge, es krachte und knackte fürchterlich, der Hall verstärkte das Brüllen des Verräters. Die Fackel fiel auf den Boden, Farin trat sie aus. Tiefe Dunkelheit umfing die Männer, von denen sich einer vor lauter Schmerzen auf dem Boden krümmte und den nutzlos gewordenen Arm hielt.

Zwei standen noch.

»ZU HILFE!«, brüllte der eine.

»HIERHER!«, rief der andere.

Farin sah ihre Konturen, roch ihr Entsetzen – er war der Einäugige unter den Blinden.

Mit zwei gezielten Hieben an die Köpfe schlug Farin die hilflos im Dunkeln herumfuchtelnden Männer nieder. Sie sackten zusammen und lagen nun kreuz und quer auf dem Boden.

Heermeister Thobald lärmte weiterhin wie am Spieß: »DIE GEFANGENEN FLIEHEN! ZU HILFE!«

Wütend hieb ihm Farin die Faust auf den Lederhelm. Trotz seines Kopfschutzes knirschte und platschte es laut.

Weitere Stiefelschritte hasteten näher. Zwei Männer mit flackerndem Licht in der einen und Kurzschwert in der anderen Hand stürzten in die Kerkerkammer. Der Erste stolperte über einen der am Boden liegenden Soldaten, daher ging Farins Fausthieb über seinem Kopf ins Leere. Dafür versetzte er dem Zweiten einen Kopfstoß, das heißt, seine Stirn krachte auf den Nasenrücken des Angreifers. Wieder knackten Knochen. Rasende Wut verlieh jeder Aktion des Totengräbersohns Wucht und Geschwindigkeit. Auch der Schädel zerbarst wie eine Wassermelone. Fremdes Blut vermengte sich mit seinem eigenen – eine Platzwunde auf der Stirn ließ ihm das Blut in die Augen rinnen. Zwei auf dem Boden liegende Fackeln warfen unheimlich flackernde Schatten. In einem roten Schleier wandte er sich dem letzten Nekorer zu, der gerade mit seinem Schwert nach ihm stechen wollte. Durch einen Schwenk zur Seite ließ er den Hieb ins Leere laufen, dann umklammerte er den Mann mit beiden Armen, als wollte er einen Baum ausreißen. Mit Schwung hob er ihn hoch, sodass er mit dem Kopf an die Decke krachte. Der Totengräbersohn spürte Tropfen im Gesicht. Fallen ließ er ein totes Stück Fleisch. Eine der beiden Fackeln erlosch, die andere beleuchtete ein düsteres Bild des Grauens. Der Kerkerboden klebte vor Blut und anderen Flüssigkeiten. Sieben Männer lagen kreuz und quer vor ihm. Nur zwei atmeten noch.

Farins Oberkörper hob und senkte sich heftig, nur langsam beruhigte er sich. Er wischte sich das Blut aus den Augen, die Stirn schmerzte und seine Handgelenke waren angeschwollen, als wollten sie platzen. Mit zusammengepressten Lippen hob er den Kopf und blickte Emicho an. Der Ritter sah fremd aus, wie ein anderer Mensch. Die Pupillen wie schwarze Löcher, die Lippen zerbissen und die Miene vor ungläubigem Erstaunen verzerrt.

»Jetzt befreie ich dich!«, knurrte es. Mit schnellen Handbewegungen öffnete er zuerst die Hand- und dann die Fußeisen des Ritters. Mit einer Hand riss er Thobalds Leiche mit dem zerschmetterten Kopf hoch, fasste mit der anderen in seinen Gürtel und zog den Schlüssel heraus. Damit öffnete er das Vorhängeschloss.

»Frrrei!«, grollte er.

Mit bewundernswerter Selbstbeherrschung beobachtete der Ritter das Treiben seines Knappen. Kein Wort kam über Emichos Lippen. Als er von den Ketten befreit war, rieb er sich die Gelenke, bewegte seinen Körper, um ihn wieder einigermaßen funktionsbereit zu machen. Ächzend hob er ein Kurzschwert sowie die brennende Fackel vom Boden auf. Nur kurz ließ er seinen Blick über das Massaker im Kerker schweifen, dann leuchtete er auf die Wand mit den herausgerissenen Eisendornen. Inzwischen sah sein Gesicht wieder halbwegs menschlich aus.

»Nimm dir einen Harnisch und zieh ihn an. Bei den Helmen haben wir weniger Auswahl«, flüsterte er. »Die meisten sind mit blutigem Brei gefüllt.« Er bückte sich und zog einem Nekorer Kopfbedeckung und Rüstung aus und legte beides an. Farin tat es ihm gleich, wobei die Lederrüstung seine Arme einengte, und der Helm auf die Ohren drückte.

»Komm!«, sagte Emicho, als begäbe er sich in der heimischen Burg zum Waschen in den großen Badezuber.

Zunächst liefen sie nach links, an einer Gabelung entschied sich der Ritter für den Gang nach oben – vermutlich stets die erste Wahl, um aus einem Burgverlies zu fliehen.

Zunächst kam ihnen niemand entgegen. Unbehelligt erreichten sie eine Kreuzung. Welchen Weg sollten sie nehmen? Emicho überlegte nicht lange. Zweimal rechts und dann weiter bergauf. Schritte. Zwei Männer kamen ihnen entgegen, Emicho hob seine Fackel, als würde er sich schmaler machen, doch letztlich wollte er das Licht von ihren Gesichtern nehmen.

»Asche zu Asche!«, grüßte ein Nekorer und hielt Emicho seine Fackel vor die Nase. Das hätte er nicht tun sollen, denn der Ritter rammte ihm ohne zu zögern sein Kurzschwert ins Herz. Fast zeitgleich krachte sein Ellenbogen gegen die Schläfe des anderen. Danach schnitt er ihm die Kehle durch. Nun sah Farin seinen Herrn zum ersten Mal kämpfen, und ihm wurde klar, dass er Ekel in einigen Aspekten kaum nachstand.

Nun stapften sie die in den Steinboden eingearbeiteten Stufen hinauf. Hier waren sie definitiv nicht hergekommen. Eine Tür versperrte den weiteren Weg – glücklicherweise ließ sie sich leicht öffnen. Frische Nachtluft wehte Farin um die Nase. Sie gelangten in einen Turm, von dem eine Öffnung auf den südlichen Wehrgang führte. Mit wenigen Blicken orientierte sich Emicho. Etwa zwanzig Meter entfernt stand eine Gruppe von vier Wachen. Glücklicherweise waren in der Dunkelheit nur Schatten zu erkennen, Fackeln brannten hier oben keine, die hätten nur die

Nachtsicht der Soldaten beeinträchtigt. Emicho lehnte sich über die Mauer und sah nach unten. Von links kamen Geräusche, eine Patrouille marschierte den Wehrgang ab.

Herzklopfen in einem viel zu engen Harnisch. Der Totengräbersohn überließ dem Dämon nach wie vor einen Teil seines Geistes. Die Männer näherten sich, Farin spannte die Muskeln an.

»Asche zu Asche«, grüßte Emicho freundlich wie ein Schmuckverkäufer.

»Asche zu Asche«, brummelte es zurück, und schon waren die drei vorbei. Der Ritter machte nun einige Schritte nach links den Wehrgang entlang. In einer Nische standen drei Fässer, auf einem lag ein Seil. Mit flinken Bewegungen knotete Emicho eine große Schlinge und warf sie über eine Zinne. »Los, klettere du zuerst«, flüsterte er.

»Kommt nicht in Frage. Ihr zuerst«, flüsterte Farin zurück.

»Hier wird nicht diskutiert. Ich befehle. Runter mit dir.«

»Nein! Ich kann notfalls springen. Erst Ihr. Ich folge Euch«, knurrte Ekel in Farin.

Emicho sah ihn an. Ein bleiches, blutbespritztes, entschlossenes, kämpferisches Gesicht, das nun nachgab. Der Ritter kletterte in das Zinnenfenster, packte das Seil mit beiden Händen und hing im nächsten Moment an der Außenmauer. Sich mit den Füßen abstoßend, ließ sich Stück für Stück hinunter. Farin blieb auf dem Wehrgang stehen, als hielte er Wache. Seine Augen spielten ihm einen Streich. In der Ferne bewegte sich die halbe Buschsteppe. Überrascht sah er zu den Wachen rechts von ihm hinüber, doch die schienen ihn nicht zu bemerken.

Du vergisst immer, dass du viel besser sehen kannst als sie … äh, dass ich viel besser sehen kann.

Ach so.

Halte Ausschau, hatte Aross geraten. Er sah noch einmal genauer hin. Jetzt hatte er Gewissheit: Eine riesige Reiterarmee näherte sich der Burg.

Emicho erreichte den Fuß der Mauer und hielt das Seil stramm, um Farin den Abstieg zu erleichtern. Doch Farin kam nicht. Vermutlich kochte der Ritter vor Wut, weil er noch zögerte. Eine Erklärung rufen konnte er schlecht, wenn er unentdeckt bleiben wollte. Noch einmal sah der Totengräbersohn in die Ferne. Die Armee war ein gutes Stück nähergekommen, eine Kavallerie. Die königliche Kavallerie. Berittene Soldaten ohne Hilfsmittel eroberten keine befestigte Burg.

Schnelligkeit siegt über Festigkeit?

Nun verstand er.

Die Pforte. Ich muss die Pforte öffnen!

Mit einem Griff zog er die Schlaufe über die Zinne und warf das Seil zu Emicho hinunter. Ein klareres Zeichen, dass er ihm auf diesem Weg nicht folgen würde, gab es nicht. Ein leiser Fluch hallte zu ihm herauf.

Eine Leiter führte in den Burghof. Behände kletterte er nach unten. Schon sah er die Umrisse des gewaltigen Burgtores.

»Ekel, schaffen wir das? Können wir eine der beiden Flügeltüren aufschieben?«

Stell mir nie wieder diese Frage.

»Wie? Ob wir die Pforte aufbekommen?«

Ein Stöhnen. *Nein, 'Ekel, schaffen wir das?'.*

Die Nekorer fühlten sich in der Burg Siegesmund allem Anschein nach sehr sicher. Die Querbalken, die die Pforte im Ernstfall zusätzlich sicherten, waren nicht angelegt. Im Grunde verschlossen lediglich zwei Riegel das Tor. Warum waren die nur so furchtbar überdimensioniert? Mit zusammengepressten Lippen überließ Farin dem Dämon erneut seinen Geist. Viel Zeit blieb nicht. Einerseits müssten die Wachen auf dem Wehrgang jeden Moment die anrückende Armee entdecken. Andererseits würden sie sofort auf ihn aufmerksam, sobald er damit anfing, die Riegel aufzuschieben, was mit Sicherheit ziemlichen Lärm verursachte. Zu früh durfte er damit nicht beginnen.

Angespannt horchte der Totengräbersohn. Unzählige Pferdehufe. Das Startsignal! Er packte den ersten Riegel – massiver Stahl, dick wie ein Dachbalken – und schob ihn mit einem kräftigen Schwung auf. Ob der Krach auch ohne sein verbessertes Gehör derart mordsmäßig war? Egal! Der untere Riegel klemmte etwas. Er brauchte zwei Anläufe, um ihn zu öffnen.

Schon erschallten Rufe von mehreren Seiten.

»Da macht sich jemand an der Pforte zu schaffen.«

»FEINDLICHE ARMEE IM ANMARSCH!«, brüllte es von oben.

Jetzt kam Leben in die Burg.

Mit aller Kraft schob Farin den linken Torflügel auf. Er stemmte sich dagegen, seine Füße gruben sich in die Erde, das Tor öffnete sich zentimeterweise. Das massive Holz wog mehr als hundert Schlachtrösser. Mindestens zehn Soldaten stürzten die Treppen und Leitern der Wehrgänge hinab, um ihn aufzuhalten. Die ersten beiden hatten ihn fast erreicht.

Anstatt anzugreifen, blieb der linke verdutzt stehen. »Das … das ist nur einer. Alleine kann er das Tor unmöglich aufbekommen. Das ist Hexerei.«

Das Zögern reichte Farin, um den Torflügel ganz aufzuschieben. War die Reiterarmee noch zu weit entfernt? Wie konnte er dafür sorgen, dass die Nekorer das Tor nicht einfach wieder schlossen? Oder sollte er besser schnell weglaufen – keiner von denen würde ihn einholen. Schwer atmend stellte er sich den Angreifern entgegen, die von allen Seiten auf ihn einstürmten.

Hm, keine gute Idee. Selbst für mich sind das zu viele, lass uns abhauen.

Dem Totengräbersohn wurde die Entscheidung abgenommen. Ritter Emicho tauchte in der Toröffnung auf und stürzte sich auf die Nekorer in seiner Nähe. Mit staunenswerter Leichtigkeit wirbelte sein Kurzschwert durch die Luft. Drei Angreifer lagen bereits auf dem Boden, doch sofort drängten andere nach. Lange würde Emicho nicht mehr durchhalten. Lautes Getrampel hinter ihm, Farin warf sich zur Seite und schon preschten zwei Reiter nebeneinander in die Burg. Gerade noch rechtzeitig dachte er daran, Helm und Harnisch auszuziehen, um nicht versehentlich angegriffen zu werden.

Von den Pferderücken aus hieben die wahren Soldaten des Königs auf die Nekorer ein, die sich dem Tor näherten. Immer mehr Reiter drängten in die Burg. Als es zu eng wurde, sprangen die nachrückenden Soldaten von den Pferden und stürmten zu Fuß durch die Pforte. Sie nahmen Emicho in ihre Mitte und schützten ihn. Erschöpft sank der Ritter auf die Knie und überließ die Feinde den Soldaten des Königs.

Mit großer Erleichterung erkannte Farin: Die vielleicht fünfzig oder sechzig einsatzbereiten Nekorer hatten keine Chance gegen die Übermacht der Angreifer.

Erklärungen

Mit schmerzenden Gliedern schleppte sich Farin aus der Burg. Selbst Ekel schien am Ende seiner Kräfte angelangt zu sein.

Stimmt gar nicht, maulte es dämonisch los. *Endlich haben wir ein wenig Spaß gehabt.*

»Hoffentlich haben wir niemals viel Spaß«, dachte Farin.

In fünfzig Meter Entfernung zum Tor ließ er sich auf den Boden fallen. Keuchend kroch er zu einem Felsen und lehnte sich dagegen. Jeder Knochen in seinem Körper fühlte sich an wie gebrochen. Ein großer Schatten näherte sich und setzte sich friedlich neben ihn.

Eine Weile schwiegen sie, bis Emicho meinte: »Du bist der ungehorsamste Knappe, den ich je hatte.«

Immerhin nennt er mich seinen Knappen, dachte Farin.

»Und der grandioseste«, ergänzte der Ritter.

Wie meinte er das? Auch Ekel spitzte Farins Ohren.

Emicho erklärte: »Ihr habt mir das Leben gerettet. Und das von Drogdan, Plaudius und Baraldon. Und meine Burg Sturmwacht.«

»Ihr?« Farins Stimme klang belegt.

»Der Dämon und du.«

Der Totengräbersohn nickte müde.

Sie beobachteten eine Weile, wie die Soldaten des Königs die Burg einnahmen.

»Ich wünschte mir, du hättest mich vorher eingeweiht.« Seltsamerweise klang es nicht vorwurfsvoll.

Farin holte tief Luft: »Ihr hattet wegen Eures Vaters einen solchen Hass auf den Dämon, dass ich mich nicht getraut habe. Ich … wollte nicht Opfer Eurer Rachegelüste werden.«

»Hm! Ist er von Gerlunda direkt auf dich übergegangen?«

»Er war in einem Amulett, das ich mir umgehängt und später ins Feuer geworfen habe. Dann bin ich ihn nicht mehr losgeworden.«

Das kannst du sicher netter ausdrücken.

»Und du schaffst es, Farin zu bleiben und nicht dem Bösen zu verfallen?« Zweifel klangen bei dieser Frage mit.

»So boshaft ist der Dämon gar nicht. Er ist … höchstens ein bisschen … eklig.«

Na toll.

»Antworte! Hast du dich unter Kontrolle, oder beherrscht er dich?«

»Er agiert nur dann, wenn ich ihm meinen Geist überlasse. Daher bin ich durchaus Herr meiner Sinne. Er hat nichts mit dem Dämon der Nekorer zu schaffen.«

Der Ritter kratzte sich am Kinn. »Also gibt es einen zweiten, der die Brandmale verteilt und die Menschen manipuliert wie bei meinem Freund Stenzel.«

»Ja, und der ist ein wahrer Teufel«, meinte Farin.

»Und dein Dämon ist ein Engel?«, knirschte es skeptisch neben ihm.

Farin suchte den Blick des Ritters, im Dunklen sah er nur seine Pupillen glänzen. »Nennt ihn, wie Ihr wollt – es bleibt dabei. Im Grunde war er es, der Euch beim Tjost gerettet und aus dem Kerker befreit hat.«

Und er hat die schwere Pforte aufgeschoben und ist von der Mauer gesprungen und hat das Floß vor dem Wasserfall gestoppt und …

»Ja, ja!«, unterbrach ihn Farin gedanklich und sagte laut: »Ein Engel ist er nicht, aber … er ist der eigentliche Held. Ja, das ist er.«

Rede bitte etwas lauter, ich konnte nicht verstehen, was du gesagt hast.

Es dauerte eine Weile, bis Emicho fragte: »Hat der Dämon dir erzählt, wer Gerlunda getötet hat?«

»Öhm, nein.«

»Das hast du demnach selbst herausbekommen?«

»Öhm, ja.«

»Wer ist mir bezüglich Keimunds Tod auf die Schliche gekommen?«

»Das war ich.«

»Wer hat einem so erfahrenen alten Fuchs wie König Grachus in einem einzigen Gespräch imponieren können?«

»Hm!« Worauf wollte sein Herr hinaus?

Emicho schnaubte. »Noch eine letzte Frage, Farin aus Haufen: Wer hat sich dafür entschieden, zurück zur Burg Siegesmund zu gehen und sich im Austausch für die Kameraden auszuliefern?«

Oho! Ganz allein der Wurm kam auf diese absurde Idee. So dämlich wäre ich niemals!

»Das … das war auch ich.«

»Dann hör auf, dich kleiner zu machen, als du bist, Knappe.«

Ritter Emicho legte den Arm um seine Schulter und drückte ihn an sich. Nur ganz kurz, dann saß er wieder neben ihm, als sei nichts geschehen.

Diese Vertrautheit bedeutete Farin unendlich viel. Er schluckte. Niemals hätte er gedacht, dass der Ritter sich zu einer solchen Geste hinreißen ließe.

»Wer kennt dein Geheimnis noch?«, fragte Emicho in scharfem Ton und hörte sich an wie immer.

»Niemand.« Er überlegte. »Das heißt, Aross und Frenya

ahnen etwas, wissen jedoch nichts Genaues.«

»Dann sorge dafür, dass es so bleibt. Wir klären später noch einige Dinge. So richtig traue ich dem Dämon nicht. Denk an meinen Vater.« Emicho erhob sich und starrte geradeaus. »Sehe ich richtig? Der Greis da hinten, der sich kaum auf dem Pferd halten kann, hat verblüffende Ähnlichkeit mit Baldan Grachus.«

»Tatsächlich.«

Schnellen Schrittes näherte sich der Ritter dem König, der von sechs Reitern bewacht wurde.

Farin blieb einfach sitzen – die nächsten drei Tage würde er nicht mehr aufstehen.

Grachus begrüßte den Ritter: »Emicho, schön, dass Ihr wohlauf seid. Ich habe Euch einen einfachen Auftrag erteilt: Zieht in Eure eigene Burg ein.« Er schwenkte den Arm. »Seht Euch um. Warum verursacht Ihr immer solch einen Aufwand?«

»Nur weil Ihr mir die falschen Soldaten gesandt habt.«

Trotz der Entfernung konnte Farin jedes Wort verstehen.

»Was macht Euer Knappe dort drüben?«

»Er ruht sich aus, Majestät.«

»Ich habe wahre Heldentaten über ihn gehört.«

»Ich verdanke ihm mein Leben.«

»So viel Ehrenhaftigkeit würde mich jedenfalls misstrauisch machen ...«

Emicho beteuerte: »Ich verbürge mich für ihn.«

»… wenn ich ihn nicht selbst kennengelernt hätte. Hört auf, Euren König zu unterbrechen.«

»Ja, er ist ein … interessanter Bursche.«

Ein Offizier kam angeritten. »Euer Exzellenz. Die Burg ist unser. Fürstin Maghareta freut sich, Euch begrüßen zu dürfen.«

»Davon bin ich überzeugt. Sie wird sich vor meinem Gericht in Nabenstein verantworten. Wenn sie nicht Eure drei Vasallen freigelassen hätte, würde ich sie hier an Ort und Stelle aufhängen lassen. Schließlich kooperiert sie mit meinen Feinden, den Nekorern.« Eindringlich fragte er den Hauptmann: »Wichtiger als die Fürstin ist der Rabe. Er soll sich in der Burg aufhalten. Habt Ihr ihn gefunden?«

»Bisher keine Spur von ihm. Wir durchkämmen gerade die Gänge unter der Burg. In einem Kerkerraum liegen mehrere Leichen, einige davon sind nicht mehr zu erkennen, deren Kleidung passt jedoch nicht zum Raben.«

Mehr wollte der Totengräbersohn nicht wissen. Die Erschöpfung nahm sich seiner an, er schlief an Ort und Stelle ein.

»He, Knappe. Wach endlich auf!«

Die Mädchenstimme und die Mädchenhand an seiner Schulter weckten Farin. Er lag auf einer Trage in einer Ecke der Burg, rechts und links von ihm waren weitere Verletzte untergebracht. Jede Stelle seines Körpers schmerzte, als wäre er gevierteilt worden.

Ein schmales Gesicht tauchte über ihm auf. »Du siehst scheiße aus«, stellte Aross fest.

»Danke.« Farin versuchte seinen linken Arm zu heben. »Autsch!«, jammerte er laut.

»Boah! Stell dich nicht so an. Dich möchte ich mal erleben, wenn du mit Rohrstock Nummer fünf verprügelt wirst.«

Wovon sprach die Durchgeknallte überhaupt? Langsam fielen Farin die Einzelheiten der gestrigen Nacht wieder ein.

Die Kleine war die Prophetin. Schwer zu glauben, doch sie hatte es bewiesen.

»Du hast gewusst, dass sie meine Freunde aufknüpfen wollen und dass die Reiterarmee kommt, Aross.«

»Ja und? Im Vergleich zu dir habe ich wenig getan. Steh auf und wasch dich. Alles ist voll Blut und Schmutz.« Sie verzog den Mund und atmete tief durch. Lieber Tag – ich hätte nicht gedacht, dass ich so etwas mal sagen werde.

Mit schrägem Blick beäugte Farin das Mädchen. Die Visionen schienen dem Kopf nicht sonderlich gutzutun.

Autsch, sogar das Gucken tat weh.

Mit mehr Willen als Verstand schaffte es Farin, sich aufzusetzen. »Haben die Soldaten den Raben gefunden?«

»Den schwarzen Krächzer? Nein, sie suchen noch. Aber deine Kameraden sind alle in der Burg. Drogdan, Plaudius und Baraldon. Obwohl ich die nicht leiden kann. Die haben mir alle nicht geglaubt.«

»Dann glaube mir – sie sind in Ordnung«, beteuerte Farin.

»Jetzt, wo du wach bist, kann ich dich endlich fragen.«

»Du meinst: jetzt, wo du mich geweckt hast.«

»Kommt doch auf dasselbe raus. Ich will mit …«, sie zögerte, »… darf ich … mit Fiesel ausreiten? Nur um die Burg herum?«

Der Totengräbersohn konnte es kaum glauben. Das war alles, was sie wollte?

»Na klar. Geht es ihr gut?«

Das Gesicht des Mädchens leuchtete. »Ja, bestens. Sie mag mich. Und deine Gürteltasche und dein Schwert habe ich auch noch.«

»Hm. Dann viel Spaß. Und danke, dass du dich um Fiesel

gekümmert hast.«

Ohne ein weiteres Wort flitzte Aross davon. Wenn nur alles so einfach wäre.

Es dauerte eine ganze Weile, bis Farin aufstehen konnte. Auf seinen wackligen Beinen blieb ihm die Luft weg.

Mit einem Grinsen, wie auch sonst, kam Drogdan ihm entgegen. »Ah, unser Held. Du siehst scheiße aus.«

Ach so!

»Badezuber. Wo?« Farin wollte Kraft, Luft und Zeit sparen.

»Du bist doch nicht verletzt, oder?«

»Nichts Ernstes, bis auf ein paar gebrochene Finger vielleicht.« Er betrachtete die geschwollenen Gelenke seiner rechten Hand.« Den Zeigefinger konnte er jedenfalls nicht mehr beugen.

Der Waffenmeister stützte Farin die paar Schritte bis zu einem runden Holzbau in der Nähe der Burgschmiede. Der Geruch von Badewasser stieg ihm in die Nase.

»Ich schicke den Heiler zu dir. Er sieht sich deine Hand an.«

»Drogdan, ich habe eine Bitte. Kannst du mir frische Kleider besorgen?«

»Mach ich gern. Meinem Lebensretter gewähre ich drei Wünsche. Also, zwei hast du noch frei.«

»Danke.«

»Heute Abend kommt der Rat zusammen. Auch der König wird daran teilnehmen. Und stell dir vor, unsereins ist auch eingeladen. Plaudius, Baraldon, du und ich.«

»Oh! Was ist mit Aross?«

»Sie nicht.«

Darüber wollte sich Farin später Gedanken machen.

Nach dem längsten Bad seines Lebens sah seine Haut aus wie ein drei Monate alter Apfel. Einer der Heilkundigen des Königs schiente seinen Zeigefinger und legte ihm einen Verband an. Danach führte ihn ein Bediensteter in einen Schlafsaal mit vier leeren Betten. Nur in ein Leinentuch gewickelt, plumpste Farin dankbar ins nächstbeste und schlief sofort ein.

Ein Diener weckte ihn mit der Nachricht, dass er im Speisesaal der Burg erwartet wurde. Neben seiner Schlafstätte entdeckte er saubere Kleidung. Die Brust der Tunika zierte das königliche Wappen. Mit der flachen Hand streichelte er über die Stickereien.

»Herr, bitte folgt mir«, sagte der Bedienstete.

Und Farin folgte ihm, langsam und behutsam, Körper und Muskeln ließen nichts anderes zu. Unendlich viele Schritte später betrat er den Saal, in dem bereits ein Dutzend Männer versammelt waren. Am Kopf des Tisches hatte König Grachus Platz genommen. Auf der Fensterseite saßen einige Offiziere mit durchgedrückten Rücken wie gefrorene Hühner auf der Stange, ihnen gegenüber hatten sich Emicho, Plaudius, Drogdan und Baraldon niedergelassen. Neben dem Ritter war noch ein Stuhl frei – dort setzte sich der Totengräbersohn hin. Alle sahen ihn an, glücklicherweise fühlte er sich zu müde, um rot zu werden.

Ohne von Farin eine Begrüßung oder eine Erklärung für das Zuspätkommen abzuwarten, ergriff der König mit ernster Miene das Wort: »Es bleibt noch viel zu tun. Die Nekorer haben nur eine Schlacht verloren und sind längst nicht besiegt. Ihr Prinzipal treibt weiterhin sein Unwesen. Wer ist der Anführer der Teufelsanbeter überhaupt? Es ist fatal, dass wir nicht einmal seine Identität kennen. Verhört die Gefangenen, ich will Informationen. Auch über den Dämon, mit dem sich unsere Feinde verschworen haben. Um Fürstin Maghareta kümmere ich mich persönlich.« Trotz seines Alters funkelten seine Augen kampflustig. Er hob das Rotweinglas und sah Emicho an. »Doch zunächst wollen wir den erfolgreichen Einzug in Euer neues Domizil feiern.«

Die Gesellschaft prostete sich laut zu, und alle nahmen einen Schluck.

Emicho erhob sich. »Der Preis war hoch. Ich denke an meinen Freund Ritter Hektorian aus dem Hause Eichengrund, der sein Leben lassen musste.«

Still tranken die Männer einen zweiten Schluck.

Baldan Grachus fuhr fort: »Bemerkenswert finde ich Euren Mut und Eure Kraft, Emicho. Da entkommt Ihr wie durch ein Wunder dem Kerker und somit dem sicheren Tod, und dann öffnet Ihr mit Eurem Knappen noch die große Pforte und verteidigt sie, bis wir eingreifen konnten. Nur so war es möglich, die Burg in einer Nacht einzunehmen. Ich an Eurer Stelle wäre schleunigst mit einem Seil über die Mauer verschwunden.«

»Wir wollten Euch willkommen heißen«, erklärte Emicho.

»Drei meiner stärksten Männer haben es mit Ach und Krach geschafft, die Pforte wieder zu schließen«, staunte nun auch der Hauptmann.

»Unglaublich, was Menschen unter Todesgefahr zu leisten im Stande sind. Wir haben uns vollends verausgabt«, log der Ritter, dass sich die Tischplatte bog.

Wie so oft musste die Wahrheit warten.

»Diese besondere Tapferkeit soll nicht vergessen werden.« Grachus suchte Emichos Blick. »Wie belohnt Ihr denn

Euren Knappen für seinen Mut?«

Der Ritter drehte den Kopf. »Knappe Farin, gibt es etwas, das du dir wünschst?«

»Eigentlich nicht, das heißt ...« Ihm fiel tatsächlich etwas ein.

»Eigentlich ist ein höchst überflüssiges Wort, Knappe.«

»Öhm … ja, dann ...«

»Raus damit!«, grollte es.

»Ein Pferd. Ein neues Pferd.«

»Wie? Ist dir Fiesel nicht mehr gut genug?«, wunderte sich der Ritter.

»Doch, doch. Nur möchte ich sie gern Aross schenken.« Er senkte den Kopf, als hätte er gerade etwas äußerst Dümmliches von sich gegeben.

Der Alte König sah auf einmal um einige Jahre jünger aus. »Emicho, Ihr habt einen wahren Wunderknappen. Er erbittet nichts für sich, sondern für jemand anderen. Solch ein Untergraben des moralischen Standards bin ich seit Jahren nicht mehr gewohnt. Wo ist das Mädchen überhaupt?«

»Ihr kennt diesen Wechselbalg?« Emicho zog die Brauen hoch. »Drogdan hat mir erzählt, sie werde mit hohem Kopfgeld von der Stadtwache in Nabenstein gesucht.«

»Ja, zweihundert Silberlinge, aber nur in Nabenstein. Hier nicht.« Grachus' faltiger Mund wurde breiter. »Ich denke, sie ist mindestens tausend wert, wenn sie Euren Knappen zu solch einem Geschenk verleitet. Zudem hat sie meine Armee angetrieben und dafür gesorgt, dass wir rechtzeitig eintrafen, um Euch beim Einzug in die Burg zu unterstützen.«

»Sie hat eine gute Intuition, im rechten Moment das Richtige zu tun«, sagte Farin. Ein Gefühl verbot ihm, die

Prophetengeschichte an die große Glocke zu hängen.

»Du bekommst dein Pferd«, sagte der Ritter und ergänzte mit traurigem Blick. »Und auch ich brauche ein Neues.«

Damit war das Thema zunächst abgehakt. Die ganze Zeit über sagte Baraldon kein Wort. Er lehnte sich vor und guckte Farin an, als käme er vom Mond.

Nee, aus Haufen, das liegt hinter dem Mond.

Ach ja, Ekel war auch eingeladen – der eigentliche Held.

»Auf dein Wohl, du Schimäre«, dachte Farin laut nach innen, hob sein Glas mit Wein und trank einen Schluck.

Auf dein Wohl, du Wurm.

Selten hatte der Totengräbersohn Ritter Emicho in einer solch offenherzigen Laune erlebt wie in den letzten Stunden. Auf den ersten Blick wirkte er nahezu freundlich, als er sagte: »Die Erlebnisse der vergangenen Tage haben mir gezeigt, dass ich mich auf meine Vasallen verlassen kann.« Hierbei warf er seinem Knappen einen besonderen Blick zu. Er hob seinen Becher mit Wein und prostete der Gesellschaft zu.

Diesen wunderschönen Moment würde Farin so schnell nicht vergessen. Tatsächlich hatte er es geschafft und sich den Respekt seines Herrn und seiner Kameraden verdient. Sogar den seines Königs. Mit Ekels großartiger Hilfe natürlich, da gab es nichts zu deuteln. Ein Glücksgefühl durchströmte ihn – von heute an musste er Emicho nicht mehr anlügen oder ihm etwas vorspielen. Der Ritter wusste nun über Farins Geheimnis Bescheid, hatte die zwiespältige Lage seines Knappen akzeptiert und würde nun von der Verfolgung des Dämons ablassen.

»Auf das Haus der Steindrachen, auf das Haus der Wanderfalken, auf König Grachus«, dröhnte der Ritter und riss den Becher erneut hoch, sodass Wein herausspritzte.

Hierbei rutschte ihm für einen Moment der Ärmel seiner Tunika hoch. Es war zwar noch blass, doch Farin sah es: das gestürzte Pentagramm mit der Flamme in der Mitte auf Emichos Unterarm.

*** Ende ***

Im nächsten Band, Der Totengräbersohn Buch 3,
wird die Geschichte um Farin und Aross fortgesetzt.

Dankeschön!

Lieber Leser, vielen Dank dafür, dass Sie den Totengräbersohn auf seiner Reise begleitet haben.

Wenn Sie etwas Zeit erübrigen können, schreiben Sie doch bitte eine Leserbewertung auf Amazon. Als unabhängiger Autor habe ich nicht die Marketingmaschinerie eines Verlages im Rücken, daher sind positive Rezensionen die einzige sinnvolle Form von Werbung.

Auch das direkte Feedback meiner Leserinnen und Leser ist mir sehr wichtig – über Kritik, Lob und Anregungen freue ich mich und werde Ihnen garantiert antworten.

Gerne per eMail an **sam.feuerbach@t-online.de**.

In einem Newsletter sende ich Ihnen aktuelle Informationen über Sam Feuerbach und seine Welten, wenn Sie möchten. Registrieren können Sie sich über meine Homepage www.samfeuerbach.de.

Die Taschenbücher sind beim Verlag bene Bücher erhältlich, auf Wunsch signiert: www.benebuecher.de.

Vielen Dank!
Sam Feuerbach

Autorenportrait
Sam Feuerbach

Geboren am 19.05.1962

Erste Buchveröffentlichung: Mai 2014
Genre: High Fantasy und Thriller
Verlage: bene Bücher für Taschenbücher
Amazon KDP für e-Books
Audible für Hörbücher
Fanpro für gebundene Ausgaben

Mittelalter Fantasy

In modernem Sprachgewand und mit viel Humor entlarven die Bücher von Sam Feuerbach, dass sich seit dem finsteren Mittelalter bis zum heutigen Tag das Miteinander der Menschen kaum geändert hat.
Seine beiden Reihen sind bei Amazon und Audible mit Ø 4,9 Sternen bewertet.

Der Totengräbersohn

Reihe in vier Bänden
Band 1 (2017)
Band 2 (2017)
Band 3 (2018)
Band 4 (2018)

Preise

Der Totengräbersohn
Buch 1 gewinnt in 2018
den Deutschen Phantastik Preis in der Kategorie "Bestes deutschsprachiges Hörbuch"

Krosann-Saga

Reihe in sechs Bänden
Die Auftragsmörderin (2014)
Der Schwertmeister (2014)
Die Sanduhr (2015)
Die Myrnengöttin (2015)
Der Seelenspeer (2016)
Der Verräter (2016)

Thriller

Trilogien
in Zusammenarbeit mit Thariot

EchtzeiT
erschienen in
2015 und 2016

Instabil
erschienen in
2017 und 2018

Hörbücher

Die Totengräber-Reihe und die Krosann-Saga sind als Hörbucher bei Audible erschienen

Kontakt:

www.samfeuerbach.de
sam.feuerbach@t-online.de
www.facebook.com/krosann
www.benebuecher.de